MONS KALLENTOFT

DAS DUNKLE HERZ VON PALMA

EIN MALLORCA-KRIMI

Aus dem Schwedischen
von Christel Hildebrandt

TROPEN

Tropen
www.tropen.de
Die Originalausgabe erschien unter dem Titel »Hör mig viska« im Verlag
Bokförlaget Forum, Stockholm
© 2020 by Mons Kallentoft
Published by agreement with Ahlander Agency, Sweden
Für die deutsche Ausgabe
© 2021 by J. G. Cotta'sche Buchhandlung
Nachfolger GmbH, gegr. 1659, Stuttgart
Alle deutschsprachigen Rechte vorbehalten
Cover: Zero-Media.net, München
Foto: Palma ©mauritius images / Hans Blossey
Himmel: © FinePic®, München
Gesetzt von C.H.Beck.Media.Solutions, Nördlingen
Gedruckt und gebunden von CPI – Clausen & Bosse, Leck
ISBN 978-3-608-50461-3
E-Book: ISBN 978-3-608-12098-1

¿Quién taladró mi sueño?
Wer hat meinen Schlaf durchbohrt?
FEDERICO GARCÍA LORCA

Der Anruf erreichte die beiden in Stockholm. Er war wieder zurück, nachdem er der Polizei den Weg zu den Resten des Leichnams gezeigt und dafür gesorgt hatte, dass sich in angemessener Form um Emme gekümmert wurde, und er hatte beschlossen, jetzt in Stockholm zu bleiben, Rebecka wollte ihn wieder bei sich haben. Früher an diesem Tag hatten sie in einem abgedunkelten Behandlungsraum im Karolinska-Universitätskrankenhaus das kleine Wesen in ihr schwimmen sehen, der erste Ultraschall, war es nun ein Junge oder ein Mädchen, und jetzt saßen sie in der Küche mit gelieferter Pizza vor sich, der Teig, die Tomaten und der Käse wurden durch den Luftzug vom Fenster kalt, und Tim nahm das Gespräch an, er erkannte die Nummer der Policía Nacional, Juan Pedro Salgados Nummer.

»Es ist ein anderes Mädchen.«

»Aber die Jacke …«

»Es wurden Tausende dieser Jacken in dem Jahr verkauft. Und in dem Jahr davor.«

»Und die Haare?«

»Sie ist es nicht. Die DNA stimmt nicht überein. Das ist ein anderes Mädchen.«

»Wer?«

»Woher sollen wir das wissen?«

Und die Gewissheit, alles, was er sich eingeredet hatte, was zur Ruhe gekommen war nach der längsten aller schonungslosen Wanderungen, verschwand, und dafür war da wieder eine Hoffnung, diese verdammte, hoffnungslose Hoffnung, das Spiel des Universums mit ihnen, das Ende, das zu einem neuen Anfang geworden war, ein Kommazeichen statt eines Punkts.

Rebecka sah ihn an. Sie hörte seine Worte, verstand sie vielleicht nicht, aber sie wusste es, und als er aufgelegt hatte, flüsterte sie:

»Das war nicht Emme, die du gefunden hast.«

Er schüttelte den Kopf, und sie lächelte, und beide standen auf, umarmten sich. Lebendig, tot, vielleicht, vielleicht nicht. »Ich wusste es, ich habe es gewusst«, flüsterte sie, und er wünschte, er könnte das Gleiche murmeln, denn er schämte sich, er schämte sich so sehr, Emme, dass ich es zugelassen habe, mich in dem Gefühl, in der Gewissheit deines Todes, einzurichten, wie konnte ich das nur, bevor wir es ganz sicher wussten, was für ein Vater tut das?

Sie hätten zusammen jubeln sollen, das warst nicht du, aber ihre Blicke flackerten, versuchten Halt an verschiedenen Punkten in der Küche zu finden, an einer Leiste, einem Daumenabdruck auf der Dunstabzugshaube aus Edelstahl, an einem fleckigen Blatt der Korianderpflanze, gekauft für sechzehn Kronen und siebzig Öre bei Hemköp.

Emme.

WhatsApp.

Zuletzt online.

»Aber du bleibst doch hier?« Rebecka machte sich aus seiner Umarmung los. »Du fährst doch nicht wieder dorthin?«

Sie ließ den Blick auf ihm ruhen, er fummelte an einem Stück Pizzarand herum, das nicht einmal mehr lauwarm war, und sagte:

»Ich weiß nichts, Rebecka.«

Wie verhält man sich?

»Sag es mir«, forderte sie ihn auf.

»Was soll ich sagen?«

»Wie es nun weitergehen soll. Das ist das Einzige, was ich wissen will.«

EINS

Palma und Stockholm, 7. August

Ein Vermissen, das niemals zu einer Trauer werden darf. Eine Erleichterung, die eigentlich Verzweiflung ist, und Scham.

Vielleicht wäre es schön gewesen, weitergehen zu dürfen, das sagte jemand, der es nicht besser wusste.

Rebeckas Gesicht verblasst vor Tims Augen, ist gleichzeitig deutlicher als jemals zuvor. Was sollen wir tun? Du musst bleiben, du musst fahren.

Ich fahre, ich komme zurück.

In der Tiefe der Nacht flüstert Rebecka, ihr Gesicht, nur Schatten und Licht in dem kleinen Fenster auf dem Computerbildschirm. Er hat die Lampe auf der Kommode neben dem Küchentisch eingeschaltet, Rebecka hat sie gekauft, als sie hier war, als ihr so schwer ums Herz war, und der Lampenschein zerschneidet die Dunkelheit, verleiht seinem Gesicht eine Kontur, und er versucht, in das Kameraauge des Displays zu schauen. Damals regnete es, der Frühlingsregen zerriss den Himmel über der Bucht von Palma und zeigte sie in wechselnden Grautönen, massiv und mächtig, und sie gingen schweigend durch den Regen, versuchten, einander wiederzufinden, sich in das einzufinden, was kommen sollte, und jetzt dringen ihre Worte in ihn ein, vorsichtig, aber nicht zögernd, und sie zieht ihn zu sich, wobei er weiß, dass sie das gleichzeitig will und doch nicht will.

Ambivalenz.

Das Wort beschreibt die beiden.

Unerfülltes Warten. Alles unerfüllt.

Liebe mich. Liebe uns.

Aber das ist doch das Einzige, was ich tue.

»Du solltest sie sehen, sie schläft jetzt, du solltest sie sehen, Tim!«

Und er will sie sehen, aber er erträgt Rebeckas Stimme nicht, es genügt, dass er die dunklen Kreise erahnt, ihre Augen, die so viel in sich bergen, das er weder sehen will noch sehen kann, selbst wenn sie hier wäre, in der Wohnung in der Calle Reina Constanza.

Sie nimmt das Telefon vom Wohnzimmertisch in der Wohnung am Tegnérlunden hoch, vorsichtig hebt sie es von dem kleinen Kaktus, an den es angelehnt stand, und er stellt den Ton aus, hört nur seine eigenen Atemzüge, als sie durch den Flur geht, das kurze Stück bis zum Schlafzimmer. Rebecka filmt mit eingeschalteter Handylampe den Weg vor sich, vielleicht damit er sie nicht sehen muss, und er überlegt, was sie wohl sagt, will den Ton wieder einschalten und sie den Namen des kleinen Mädchens flüstern hören, aber sie nähert sich lautlos dem großen weißen Bett. Das Handylicht mischt sich mit dem Schein in dem Zimmer, in dem er selbst sitzt, und dann sieht er die Konturen unter der Decke, sie geht jetzt langsam, um das schlafende Kind nicht zu wecken, und sie setzt sich auf die Bettkante, ändert den Winkel des Handys, das blonde Haar, wie Flaum auf dem hellgrauen Kissen, das kleine Mädchen, das auf dem Rücken liegt, die Arme über dem Kopf ausgestreckt, und würde er jetzt den Ton einschalten, was könnte er hören, was flüstert Rebecka jetzt wohl?

All das, was er hören will und doch nicht hören will.

»Komm nach Hause, Tim. Du solltest bei uns hier sein. Hier bei uns, da solltest du sein.«

»Komm nicht her, Tim. Bleib dort.«

Die Haut auf den Wangen ist so dünn, und sie hat die gleiche Nase wie du, Emme. Er will wegsehen, will den Blick verweilen lassen, und er schaltet den Ton wieder ein. Rebecka schweigt, und er flüstert, sie ist schön, er meint, die Worte zu sagen, dabei hört er nur den leichten Atemzügen des Kindes zu, und dann flüstert er:

»Was hat sie heute gegessen?«

Und Rebecka antwortet:

»Spielt das irgendeine Rolle? Ich weiß es nicht mehr. Wäre es nicht besser, wenn du auf meine Frage antwortest?«

Welche Frage, will er sagen, ich hatte den Ton ausgeschaltet. Sie hält weiter die Kamera auf das kleine Mädchen gerichtet, dessen Namen er nicht einmal in seinem Inneren aussprechen kann, und er wünscht sich, er könnte die Hand durch den Schirm hindurch ausstrecken, die Wange des Kindes streicheln und dann den Arm um Rebecka legen, sie dicht an sich ziehen, zusammen mit ihr einschlafen, in den Träumen vom Atem des Kindes gewiegt, und unten auf der Straße sind Schreie zu hören, ein paar der neuen Zuhälter, die an der Straßenecke gegenüber von seiner Stammbar Las Cruces ihrem Geschäft nachgehen, sind aufgebracht. Vielleicht sind sie wütend auf irgendeinen Kunden, der nicht bezahlen will, oder auf eine der Prostituierten, die keine Lust hat, eine ganze heiße Augustnacht durchzuarbeiten.

»Du hast also keine Antwort auf meine Frage?«

»Nein.«

Sie ist jetzt irritiert, und Tim weiß, dass er etwas sagen sollte, etwas Liebevolles, ihr was auch immer versichern, erklären, dass er wisse, welcher Tag heute ist, dass das alles bedeutet, und nichts, es ist doch nur ein Tag, aber er bleibt stumm, starrt das kleine Mädchen an, seine zweite Tochter, fünfzehn Monate alt, liegt sie mit über den Kopf ausgestreckten Armen da, offen, als wollte diese Welt ihr nur Gutes, und Rebecka sagt,

»Ich bin müde, ich glaube, wir sollten ins Bett gehen«, und bevor er etwas darauf erwidern kann, ist das Fenster auf dem Schirm, in dem er gerade noch das kleine Mädchen sah, schwarz.

Er kann ihre Atemzüge nicht mehr hören. Seine eigenen auch nicht.

Stattdessen aufgebrachte Schreie.

»Ich werde dich töten.«

Menschen, die in Ecken gedrängt werden, von denen sie nicht einmal wussten, dass es sie gab. Er schaltet den Computer aus, reibt sich die Augen, und Rebecka legt sich neben Maia, berührt mit der Hand den Brustkorb des Kindes, sie weiß, dass Tim den Ton ausgestellt hatte, das macht er immer, und sie fragt sich, was er eigentlich nicht zu hören erträgt, welche Worte, welche Geräusche am schmerzhaftesten sind. Aber sie hat keine Zeit für solche Überlegungen, das Kind ist hier, nirgendwo sonst, jetzt, und Maia spürt ihre Hand, dreht sich im Schlaf zu ihr, und der Atem des Mädchens streift jetzt süß und warm ihre Stirn, sie konzentriert sich auf diese Atemzüge, spürt, wie sie kommen und gehen, geboren werden, ersterben, geboren werden.

Alles wird gut werden, irgendwo da draußen ist deine Schwester, Maia, und sie ist nicht in der Lage, Emmes Namen auch nur lautlos auszusprechen, aber irgendwo ist sie, du wirst ihre Liebe kennenlernen, wie diese einen Spalt in deiner Seele öffnet,

genau

wie

wir

es einmal fühlten.

W*hatsApp, Zuletzt online.*

Tim schaut durch einen Spalt in der Gardine. Das blinkende Licht des Polizeiautos tut weh in den Augen, die Polizisten steigen aus, und es gelingt ihnen, die lärmenden Männer zu beruhigen, die fünf Meter voneinander entfernt auf dem Bürgersteig stehen, zwei Zuhälter, die mit schwerem Atem und aufgeblasenen Brustkörben versuchen, die letzten Spuren von Adrenalin aus ihren Körpern zu vertreiben.

Vor einigen Wochen hatte es hier im Viertel eine Messerstecherei gegeben. Ein Mann, der einem Freund fünfzig Gramm Marihuana besorgt und dafür kein Geld bekommen hatte, stieß ebenjenem Freund ein Küchenmesser mit zehn Zentimeter langer Klinge in den Bauch, nachdem sie beim Türken an der Ecke Kebab gegessen hatten. Tim weiß nicht, wie es dem Opfer ergangen ist, aber auf dem Pflaster vor dem Restaurant sind immer noch kleine Blutspritzer zu erkennen.

Er zieht sich vom Fenster zurück. Seine Kehle ist trocken, also holt er sich ein Bier aus dem Kühlschrank, legt sich aufs Bett und schaut an die Decke, an der die neue blaue Farbe in der Dunkelheit zu einem Nachthimmel wird.

Er meint aus den Clubs in El Arenal Musik zu hören, doch er weiß, das ist reine Einbildung, die Geräusche dringen nicht bis zu ihm. Aber der Rhythmus ist da, dessen ist er sich sicher, vielleicht findet ja in dem ecuadorianischen Restaurant Casa del Sabor eine Party statt, vielleicht tanzen und trinken sich die von der Arbeit Erschöpften durch die Nacht.

Das Bett schwankt unter ihm. Er müsste sich eigentlich ein neues kaufen, aber woher soll das Geld kommen? Sowieso steht Nachtschlaf nicht an erster Stelle auf seiner Prioritätenliste wichtiger Dinge. Von Peter Kants Geld ist nicht mehr viel übrig, hunderttausend Euro waren es mal, dafür hatte er die Unschuld des Deutschen beweisen sollen, der des Mordes angeklagt war.

So weit ist er nie gekommen. Kant wurde in einer Gefängniszelle ermordet. Aber es ist Tim gelungen, dessen junge Frau Natascha zu retten. Sie schickt ab und zu kurze SMS aus Polen oder ein Foto von einem Traumstrand, an den sie mit ihrer Mutter gereist ist.

Die Zeitung liegt ordentlich zusammengefaltet am Fußende des Bettes. Er hatte sie nicht aufschlagen wollen. Wollte nicht den doppelseitigen Artikel sehen, das Bild auf dem Zeitungspapier, auf dem sie ihn anblickt, in dem Auto am Flughafen Arlanda, auf dem sie direkt in die Kamera lächelt, hinter ihr der Regen wie eine Wand aus Tropfen.

Es ist keine Ruhe zu finden.

Es gibt nur ihn und das Bier, das ihm kalt die Kehle hinunterrinnt. Das muss er sich jedenfalls einreden, sonst könnte er nicht hier liegen, sonst könnte er nie ausruhen, und wenn er nicht ausruht, wird er zugrunde gehen, und dann ist alles zu Ende.

Am liebsten würde er sich selbst klonen, damit er an mehreren Orten gleichzeitig sein könnte, aber in erster Linie, damit es ihn mehrfach gäbe, sodass er all den Gefühlen entfliehen könnte, für die es keinen Platz in ihm gibt. Aber jetzt liegt er hier auf dem Bett, auf dem verschwitzten Laken und will das *Diario de Mallorca* nicht öffnen, das er früher am Tag von dem Schwarzen am Zeitungsstand draußen an den Avenidas gekauft hat.

»Sie steht drin«, sagte der Mann. Und Tim hat genickt.

Axel Bioma, sein Freund, der als Journalist beim *Diario de Mallorca* arbeitet, hatte ihm am Morgen eine SMS geschickt.

Der Artikel kommt heute raus.

Er hatte Tim vor ein paar Tagen um einen Kommentar gebeten, und Tim hatte ihn gebeten, zur Hölle zu fahren.

»Rede mit mir. Das hier ist deine einzige Chance, vielleicht ihre einzige Chance. Und das weißt du, Tim, das ist dir doch klar?«

Ich habe dazu nichts zu sagen.

Capisce?

Tim umklammert fest die Bierdose, aber nicht so fest, dass er sie zerdrückt. Dann richtet er sich auf, ergreift die Zeitung, schlägt den Artikel über Emme Kristina Blanck auf, über das sechzehnjährige Mädchen, das auf den Tag genau vor fünf Jahren in Magaluf verschwand. Was Axel verfasst hat, ist eine Art Rückblick auf den Verlust, die Trauer und die Sehnsucht.

Deine Augen, Emme. Das Foto ist in Farbe, und der unscharfe Druck lässt sie fast jadegrün erscheinen.

Chica sueca desaparecida hace ya cinco años.

Was ist mit ihr passiert?

Der Polizeichef Juan Pedro Salgado gibt dazu keinen Kommentar ab. Niemand hat dazu etwas zu sagen, keiner weiß etwas, und dann der unvermeidliche Abschnitt über den Vater, Tim, der jahrelang gesucht hat, der glaubte, sie an einem Novembermorgen, als die

Sonne vom Himmel fiel, in den Bergen hinter Deià gefunden zu haben, der jedoch ein paar Wochen später einen Anruf von der Polizei erhielt, die ihm mitteilte: Das ist sie nicht, das ist nicht Ihre Tochter, die wir gefunden haben, das ist eine andere Person, wir wissen nicht, wer, aber es ist nicht Ihre Tochter.

SIE IST ES NICHT.

Verstehst du das, verstehst du, was wir euch sagen wollen?

Salgados Stimme, belegt, am anderen Ende.

Das ist nicht deine Tochter, Tim.

Der Artikel schließt mit einer Telefonnummer. Eine Hotline zur Policía Nacional.

Falls Sie sachdienliche Hinweise haben, wählen Sie bitte diese Nummer.

Inzwischen tun sie nicht einmal mehr so, als ob, denkt Tim. Ich bin der Einzige, der nach dir sucht, Emme. Ich und deine Mutter, aber sie tut es auf ihre Weise.

Er blättert in der Zeitung, als gäbe es den Artikel gar nicht. Hofft, dass jemand diese Nummer anruft.

In Madrid fand eine Demonstration statt, liest er. Kinder, die während des Franco-Regimes ihren Eltern gestohlen wurden, Hunderte von ihnen, wollen eine Entschädigung vom Staat. Sie sind inzwischen alle erwachsen, und auf den Fotos, die am Anfang der Gran Vía gemacht wurden, ist eine bunte Schar zu sehen, die den Verkehr blockiert und vom Staat fordert, seiner Verantwortung gerecht zu werden.

»Ich bin nie in mir selbst angekommen«, sagt ein Mann in einem abgetragenen rosa Hemd. »Der Schmerz hört nie auf.«

Tim blättert weiter.

Ein Repräsentant der rechten Partei Vox im andalusischen Parlament ist in Málaga auf offener Straße erschossen worden.

Miguel Albern.

Er hatte die Vox in El Ejido vertreten, wo die Partei bei der Regionalwahl fünfunddreißig Prozent der Stimmen erhielt. Ein Körper unter einer gelben Plastikfolie, uniformierte Polizisten vor einem Krankenwagen. In einem Leitartikel wird darüber spekuliert, ob möglicherweise eine neue Welle des Terrorismus ins Land schwappt, nach der ETA, aber dieser rechte Politiker soll eine dubiose Vergangenheit gehabt haben, wahrscheinlich hat seine Ermordung damit zu tun, vermutet der Journalist.

Dann verliert sich Tim in den üblichen Sommerartikeln, über Betrunkene in El Arenal und bulgarische Drogenhändler in Magaluf, über die mangelnde Sauberkeit überall dort, wo keine Touristen sind, über verstopfte Abflüsse. Immerhin herrscht kein Wassermangel mehr, die große neue Quelle außerhalb von Marratxí liefert wie erwartet und sogar noch mehr.

Ein Eiscremetest, und der lokale Laden Ca'n Miquel schlägt sowohl Häagen-Dazs als auch Amorino im Blindtest, der von einem der bekanntesten Köche der Insel ausgeführt wurde.

Keine große Überraschung, dass die einheimischen Sorten gewinnen. Selbst die Eistester sind hier korrupt.

»Amorino schmilzt zu schnell«, sagt der Koch, »das ist der Fehler am ausländischen Eis.«

Tim faltet die Zeitung zusammen. Er sieht das kleine Mädchen vor sich, ihr Kopf auf dem Kissen, all das flaumige Haar, deine Haare waren anders, Emme, sie waren dünn und fein und lagen perfekt an deinem perfekt geformten Kopf, und in der Küche klapperte deine Mama mit den Töpfen, während ich neben dir im Bett lag, und ich wusste, es würde niemals einen schöneren Augenblick geben als diesen.

Ein Himmel wird zerrissen.

Von blauen Farben, grauen.

Er trinkt sein Bier aus, das lauwarm und abgestanden ist.

Maia.

Emme.

Dann zieht er die Schuhe an und geht hinaus in die Nacht, auch wenn er weiß, dass seine Bemühungen fruchtlos sein werden.

Denn das ist es, was er tut:

Er sucht.

Und bevor er nicht das gefunden hat, was er sucht, kann nichts anderes gefunden werden. All das, was Wasser und Erde ist, Wolken und Mandelbäume, rissiger Beton, hustende Motoren und keuchende Kaffeemaschinen, alles andere, all das, was sich in der Umgebung eines Menschen befindet, das muss warten.

Er geht in die Berge, die Taschenlampe leuchtet ihm den Weg. Er meint etwas hinter einem Felsen zu sehen, die Umrisse eines Körpers, ein Stück eines Skeletts.

Bist du das? Nie im Leben bist du das, und er fühlt sich dumm, während er in der Dunkelheit weiterstolpert, den steilen Abgründen und scharfkantigen Steinen nahe. »Emme, Emme.« Ihr Name kommt einer Meditation gleich, Plastikperlen eines Rosenkranzes, durchsichtig, nicht materiell existent, als strichen seine Finger über nichts, als wäre sie alles und es gäbe sie gleichzeitig gar nicht. Ihr Verschwinden hat ihn zu etwas gemacht, was außerhalb der letzten Grenze existiert. Er bewegt sich außerhalb der Welt, schaut in sie hinein, und das ist nicht seine, nicht Rebeckas, nicht Maias, das ist nicht ihre Welt, und das Einzige, was sie zurückführen kann, ist Emme. Sie haben es nie ausgesprochen, aber keiner von ihnen kann die Erleichterung leugnen, die sie empfanden, als sie eine Weile lang glauben durften, dass Emme tot sei. Jetzt können wir dich begraben, um dich trauern, weiter vorwärts gehen und du wirst immer in unserem Gedächtnis bleiben. Doch jetzt befindet er sich wieder im Limbus, einem Limbus, der daraus besteht, hier herumzulaufen, des Nachts Gespenster zu sehen und zu ermüden, hinunter nach Magaluf zu fahren und zu trinken, das neue Kind zu vermissen, dem er nicht nahe sein kann, dem er nicht seine Liebe schenken kann. Manchmal denkt er, dass diese Gefühle sinnlos sind, und er versucht sich in der Leere zurechtzufinden, nur zu funktionieren, weder zu fühlen noch zu denken oder zu hoffen.

Als er anruft, zeigt die Uhr kurz nach fünf. Rebecka wacht nicht vom Klingelton auf, sondern von Maias Weinen. Vor dem Fenster ist es bereits hell, und sie setzt sich im Bett auf, will nicht rangehen, will nicht, aber wenn er nun etwas gefunden hat, wenn …, und sie greift mit der einen Hand nach dem Telefon, zieht mit der anderen Maia an sich, schiebt das T-Shirt hoch und gibt ihr die Brust, spürt, wie sich die kleinen Lippen um die Brustwarze festsaugen, und sie nimmt den Anruf an. Fast nagt Maia jetzt, das tut weh, aber sie ist still, auch die Augen schweigen in der Dunkelheit.

Tims Stimme klingt schleppend, er ist betrunken, aber nur ein wenig, und sie weiß, was er getan hat, er war in Magaluf, hat in den Clubs nach Emme gefragt, die Energie verloren, den Mut, hat sich im Benny Hill auf den Barhocker gesetzt und eins, zwei, drei, vier Pils getrunken, und dann ist er wieder ins Auto gestiegen, hat sich alle Mühe gegeben, in der Spur zu bleiben, und jetzt ist er zu Hause in seiner Wohnung, einsam, und sie sagt:

»Du hast uns aufgeweckt, Tim.«

Sie kann hören, wie er schluckt.

»Was trinkst du?«

»Wasser.«

»Gut.«

»Schläft sie?«

Rebecka spürt, wie fest Maia saugt, hungrig. Sie schläft und trinkt gleichzeitig.

»Ich habe ihr die Brust gegeben. Sie ist wieder eingeschlafen. Wenn es dich beruhigt.«

»Ich habe eine der üblichen Runden gedreht«, sagt er.

»Magaluf?«

»Ja. Und in die Berge.«

»Wie war es?«

»Wie immer. Was habt ihr morgen vor?«

»Wir gehen in den Hagapark. Treffen dort ein paar andere.«

»Welche anderen?«

»Frauen, die ich schon mal im Vasapark getroffen habe. Ich habe dir von ihnen erzählt. Jüngere Mütter, die solche Sorgen haben, in denen ich mich gerne verliere.«

Und sie wiederum verlieren sich gern in Rebeckas Sorgen, ihnen gefällt die einfache Psychologie, dass man ein Kind verliert, oder es zumindest hoffnungslos verschwunden zu sein scheint, und dann kommt ein neues, ein Ersatzkind, und damit ist eine Art Ordnung wiederhergestellt, ein glückliches, aber nicht banales Ende. Rebeckas Nähe scheint diesen Frauen die Möglichkeit zu geben, ihre eigenen Sorgen zu relativieren; mit Männern, die zu viel arbeiten, Kinderwagen, die kaputtgehen, Kindern, die sich weigern, abgestillt zu werden, Kindergartenplätzen, die es nicht in der gewünschten Kita gibt, Sojamilch oder Hafermilch zu dem ökologischen, frisch gerösteten Filterkaffee, der nicht heiß genug ist, oder viel zu heiß, und am meisten gefällt ihnen, dass Rebecka ihnen die Möglichkeit gibt, bei der nächsten Essenseinladung etwas Besonderes zu sein; erinnert ihr euch noch an das Mädchen, diese Sechzehnjährige, die auf Mallorca verschwunden ist, wisst ihr, ihre Mutter, die habe ich in Tegnérlunden getroffen und sie …

Ja, was ist sie?

Ich bin zu streng, denkt sie. Das sind vernünftige junge Menschen, die versuchen, ihren Platz im Leben zu finden. Versuchen, gute Mitbürger zu sein und all das.

»Rebecka, bist du noch dran?«

Blaugraues Licht der Morgendämmerung vor dem Fenster.

»Ich bin noch dran, Tim.«

Sie kann sein Gesicht vor sich sehen. Die hellen Falten auf der Stirn, die nie braun werden, sie sehen wie kleine Risse aus, wie von rauem Sandstein, die kleine Narbe an der Augenbraue, das Haar in einem unordentlichen Seitenscheitel gekämmt und Augen, die sie anschauen, auffordernd, fragend, als glaubte er, sie hätte auf alles eine Antwort, sie wüsste in jeder Situation, was richtig ist, unter allen Umständen.

Aber ich weiß nichts, Tim. Und das weißt du.

Ich weiß nur etwas von dem kleinen Menschen, der jetzt meine Brust mit den Lippen loslässt, nach der anderen Brust sucht, ungeduldig, wimmernd, und ich schiebe die Brustwarze an ihre Lippen, beruhige sie.

»Sag einmal ihren Namen. Ich möchte, dass du ihn jetzt sagst.«

»Warum?«

Sie kann die unterdrückte Verärgerung in seiner Stimme hören.

»Sag ihn, sie ist deine Tochter.«

Sie ist jetzt selbst auch verärgert, zumindest ihr Ton.

»Heute stand ein großer Artikel über Emme im *Diario*. Axel hat ihn geschrieben. Zum Jahrestag, dem fünften Jahrestag. Der ist heute.«

»Ich weiß, dass er heute ist.«

Einundzwanzig.

Emme ist jetzt einundzwanzig.

Ein Messer im Bauch, die Lippen um ihre Brustwarze, nagend, und es tut weh, so weh.

»Oder vielmehr war es gestern«, bringt sie heraus. »Inzwischen ist schon ein neuer Tag.«

»Unter dem Artikel steht eine Telefonnummer, die einer Hotline. Vielleicht ruft ja jemand an.«

»Tausendachthundertsiebenundzwanzig Tage«, sagt sie.

»Was?«

»So lange ist sie jetzt verschwunden. Tausendachthundertsiebenundzwanzig Tage.«

»Sind es so viele? Ich habe den Überblick verloren.«

Und dann spricht sie die Worte aus, die sie nicht sagen darf, nicht sagen will, und trotzdem spricht sie sie. Fast wie die verrückte

Marta in der Quartierskneipe nicht weit von Tims Wohnung entfernt, die auch die verbotenen Worte nicht zurückhalten kann.

»Glaubst du, dass sie nach so langer Zeit noch am Leben ist, Tim? Sie ist tot. TOT. Aber wir leben. Maia und ich. Und wir warten nicht mehr lange auf dich.«

Sie macht eine Pause.

Versucht, den eigenen Worten zu glauben.

Hört Tims Worte, als er das Gespräch mit der Polizei beendete.

Das war nicht Emme.

»Und wenn sie lebt, was glauben Sie, wie es ihr geht?«

Sie hatte ihn nicht gebeten, zu bleiben. Sie hatte ihn nicht gebeten, die Schwangerschaft an ihrer Seite mitzuerleben, das konnte sie nicht, und so fuhr sie ihn an einem Morgen voller Schneematsch nach Arlanda, als die Sicht durch die Windschutzscheibe nicht mehr als zwanzig Meter betrug. So fühlte sich damals ihr Leben an, gefährlich, als könnte alles Erdenkliche vor ihr auftauchen. Das Kind, das in ihr wuchs, das Kind, das es ihr ermöglichte, mit beiden Füßen fest auf dem Boden zu stehen, trotz der neuen Ungewissheit, trotz der Trauer darüber, dass sie vor kurzer Zeit erst in der Lage gewesen waren, trauern zu können.

Tim neben ihr. Ihre Hände verlässlich auf dem Lenkrad, der Wagen, der sich durch das Weiße, Undurchdringliche voranarbeitete, und sie hatte sich gewünscht, hatte es sich in Gedanken vorgestellt, dass er bliebe, in Stockholm bliebe, über Weihnachten und Neujahr, dass sie gemeinsam unter der Straßenbeleuchtung die Biblioteksgatan entlanggehen und in der Bar des Grand Hôtel säßen, unter all den Touristen und den gestressten Hauptstädtern, spürt, dass es trotz allem noch die Möglichkeit gab, ein anderes Leben zu führen, vielleicht kein neues, aber eines, in dem Verlust und Liebe nebeneinander existieren und sie beide zum alltäglichen Treiben und Leben zurückfinden könnten. Aber er wollte weg, und er gab ihr einen vorsichtigen Kuss auf den Mund, bevor er in Richtung Terminal 5 verschwand, durch immer dichter fallende Flocken, von dem Grauweiß verschluckt wurde, und sie musste ihm gar nicht sagen, dass sie sich wünschte, er bliebe hier, dass sie ihn brauchte, denn das wusste er, und er wusste auch, dass dies ein Spiel war. »Du bist ein großes Mädchen, Rebecka«, sagte er und schloss die Autotür. Er sagte die Worte weich, liebevoll, fast wie im Scherz, damit sie nicht wütend wurde, obwohl sie das hätte werden sollen.

Und er suchte und suchte, ohne dass es zu irgendetwas führte. Sie sahen einander auf den Bildschirmen im Dunkel, im März war sie auf Mallorca, und er lag da mit dem Ohr auf ihrem Bauch, sein schwerer Kopf, und er nickte, als sie ihn fragte, ob er das Kind hören könne, begreifen könne, dass es dort in ihr existierte, größer und lebenskräftiger mit jedem Tag. Er antwortete nicht mit Worten, vielleicht glaubte er, dass Worte ihn zu sehr an das Kind binden könnten, das dort unter der Haut existierte und das es bald bei ihm geben sollte, wirklich, nicht verschwunden, sondern hier, das sie aus nächster Nähe wachsen und sich entwickeln sehen sollten, im Gegensatz zu Emme, die fort war und die sie beide auseinander-riss, wo sie doch mehr als je zuvor zusammen sein sollten.

Sie gingen am Hafen von Palma spazieren, und die Wellen, die weißen Ränder, die sich ständig veränderten, sie gab es auch in ihrem Inneren. Er nahm ihre Hand, drückte sie fest, und sie wünschte sich, er würde sagen, dass alles gut werde, aber er sagte gar nichts.

Doch einmal, als sie vor einem heftigen Regenschauer unter einem Sonnenschirm Schutz suchten, da sagte er:

»Ich liebe dich, Rebecka.«

Und sie nickte und erwiderte:

»Ich dich auch.«

Sprach das Wort »liebe« nicht aus, denn unausgesprochen konnte es zu dem Haken werden, an dem sich seine Seele verfing und ihn zu Rebecka und dem Kind ziehen konnte. In diesem Augenblick glaubte sie, es könnte möglich sein, dass man als Mensch tatsächlich ganz neu anfangen könne, ganz gleich, was auch passiert war.

Tagträume im Regen. Hätte sie Tagebuch geschrieben, hätte die Eintragung diese Überschrift getragen.

Dann kam Maia.

Tim war bei ihr, und er war doch nicht bei ihr. Er kam ein paar Tage vor dem Geburtstermin, fuhr mit ihr ins Karolinska, war dabei, als Maia ihren ersten Atemzug machte, hielt sie im Arm, schnitt die Nabelschnur durch, legte ihr das winzige Mädchen in dem grellen Licht des Kreißsaals auf die Brust, und doch war er nicht anwesend. Er war in den Bergen und auf den Ebenen von Mallorca, er war in den Bäumen und in den Steinen der Häuser, in dem glänzenden Asphalt in Palmas Nächten, nicht einmal in diesem Augenblick konnte er für sie da sein, seine neugeborene Tochter, er konnte nur für Emme da sein, aber Rebecka war zu erschöpft, um etwas zu sagen, und nach acht Tagen verließ er die beiden. Schweigend packte er seine Tasche, bat sie, nachzukommen, sobald sie konnte, und sie stand da mit Maia im Arm, diesem schlafenden neuen Menschen, hielt sie ihm hin, und er schüttelte den Kopf.

»Tu das nicht, tu das nicht. Du weißt, ich kann das nicht, noch nicht.«

»Du wirst es niemals können«, sagte sie.

»Kannst du es denn, Rebecka? Kannst du es?«

»Ja, ich kann.«

»Ist dir eigentlich klar, was du da von dir selbst verlangst?«

»Woher soll ich das denn wissen, Tim? Kann das überhaupt jemand wissen?«

»Ich weiß es«, sagte er, aber sie konnte ihm ansehen, dass er es nicht mehr wusste, dass er eher einer Idee als einem Menschen hinterherjagte, dass er versuchte, den letzten Rest seiner selbst zu bewahren, um ihn Emme geben zu können, sollte sie jemals nach Hause kommen. Falls jemand mehr von ihm fordern sollte, wäre er verloren.

Mehr Zeit am Bildschirm.

Worte.

Gesichter, lächelnd, weinend, schreiend.

»Du fliehst, Tim«, sagte sie.

Und er lachte ihr direkt ins Gesicht. »Entschuldige.«

»Das kehrt das Schlechteste in uns hervor.«

Und sie dachte, vielleicht kehrt es das Wahre in uns hervor.

Sätze, von denen erwartet wird, dass sie gesagt werden. Wir sollten zusammen sein; ich sollte bei euch sein; ich kann hinunterfliegen, nichts hindert uns daran; also komm, das wird schön.

Ende September zog sie zu ihm nach Palma, in die Wohnung in der Reina Constanza, und sie spielten Familie, schliefen zusammen in dem kleinen Bett, liebten sich auf dem Küchenfußboden, wenn Maia schlief, leise, heftig und einsam, und anschließend verschwand er, ging hinaus, suchte, und gegen Mittag kam er wieder, manchmal auch erst am Abend, besoffen, nachdem er in einer billigen Bar getrunken hatte, in einem Stadtteil, der noch kaputter war als er selbst.

Sie kaufte Fisch auf dem Markt, glänzenden, frischen Steinbutt, den sie im Ofen buk, und sie aßen, tranken Weißwein, und sie versuchte ihn zu halten, in der Wohnung, in der Stadt auf der Insel, die er nicht verlassen konnte, ihn in der muffigen Wohnung bei sich zu behalten, bei Maia, dem Kind, das in seinem Hunger ihre Brustwarzen zerbiss und dem anscheinend der Eisengeschmack in der süßen Milch gefiel.

Der Ventilator drehte sich an der Decke, die Nacht rumorte draußen vor dem Fenster. Sirenen heulten, einsame Menschen brüllten den Mond an, der sich hinter dichten Wolken verbarg, und auf der anderen Seite der Insel fiel ein Regen, der zu einer Sturzflut wurde, die kleine Kinder in dem Lehmstrom zum Meer hin mit sich riss und sie lebendig in dem erstarrenden Schlamm begrub. Als sie morgens von dem Sturzregen las, und davon, dass die verschlammten Kanäle das Wasser nicht hatten halten können und es stattdessen durch die Straßen des kleinen Ortes und weiter auf die Strände zugerast war, schien die Sonne.

»Hast du das gesehen?« Sie saß mit Maia auf dem Schoß am Küchentisch, hielt Tim die Zeitung hin. »Sie gehen davon aus, dass es mindestens dreißig Tote gibt.«

»Und hier scheint die Sonne. Da kann man sich so einen Regen schwer vorstellen, nicht wahr?«

»Aber es gab ihn. Genau wie es dich gibt.« Sie stupste vorsichtig Maias Nase.

»Ich hoffe, sie finden alle Kinder«, sagte er und ging erneut, ließ sie allein zurück.

Rebecka schaute sich die Fotos in der Zeitung an, das Feld, auf dem das lehmige Wasser in einem zwei Meter hohen, neu entstandenen Wasserfall angerauscht kam, Fotos von den Hunden, die nach den Kindern suchten, von den Einwohnern, die einen Suchtrupp aufgestellt hatten, um zu helfen, und Rebecka begriff, dass auch Maia sie nicht näher zueinanderführen konnte, sondern sie nur noch weiter voneinander trennte, und sollte es ihr und Maia jemals gelingen, ihn zurückzugewinnen, dann wäre sie gezwungen, ihn Einsamkeit spüren zu lassen, ihn dazu zu bringen, ihre Abwesenheit zu fühlen, sie zu einem Teil von ihm werden zu lassen, damit er letztendlich begreifen konnte, dass es eine Möglichkeit für ein Sowohl-als-auch gab. Ein Wir, mit oder ohne Emme.

Während er draußen unterwegs war, packte sie. Buchte Tickets für sich und für Maia. Schrieb einen Zettel, den sie direkt hinter die Wohnungstür legte.

»Wir lieben dich, Tim. Komm, wenn du bereit bist.«

Sie schrieb:

»Es gibt einen Raum, in dem wir alle zusammen sein können. Du und ich und Emme und Maia.«

Jetzt hält er den Zettel in der Hand, es ist früher Morgen, und er hat ihn so oft an all den Abenden und in den Nächten, die inzwischen vergangen sind, in der Hand gehalten, und wieder liest er:

Wir lieben dich.

Ich liebe dich.

Komm, wenn du bereit bist.

Werde ich jemals bereit sein?

EMME, EMME, EMME.

Es ist noch etwas von uns übrig. Von dir, von mir, von uns.

Rebeckas geschriebene Worte in seinem Ohr, ein Wind, der über Europa gen Süden zieht und der flüstert,

du solltest du solltest du solltest.

Wir sind es, die sollten, Rebecka, würde er gern flüstern, aus der Dunkelheit der Wohnung heraus, damit die Worte sie und Maia vor einer Welt beschützen, in der es keinen Schutz gibt.

Ich werd meine eigene Muschi lecken! Ich leck meine Muschel, als wär's meine Muschi!«

Martas Worte dröhnen durch das Las Cruces, laut und schrill stoßen sie gegen die verschiedenfarbigen Fliesen an den Wänden, gegen die Geräte, in denen Zitronensorbet und *horchata* langsam umgerührt werden, ziehen über den Besitzer Ramón hinweg, der den Bartresen bedächtig mit einem feuchten Tuch abwischt, dann weiter zu seiner Frau Vanessa, die am Sandwichgrill steht und den Käse auf einem *llonguet* schmelzen lässt, um schließlich in Tims Ohren zu dringen, während er einen Schluck von seinem *cortado con hielo* nimmt.

Niemand mag über ihre verrückten Worte lachen, niemand regt sich auf, dafür ist es draußen viel zu heiß, fieberheiß, malariaheiß, eine Hitze, die Insekten auf dem Asphalt und den abblätternden Putzwänden im Viertel festkleben und verbrennen lässt.

Draußen auf der Straße fährt ein gelber Wagen vorbei, langsam, zögernd, als wäre die Luft durch die Hitze nur noch schwer zu durchdringen, und wieder schreit Marta:

»Die Hölle ist hier! Die Hölle der Höllen.«

»Sei still«, ruft Ramón mit schleppender Stimme, die verrät, dass er aus Andalusien stammt. »Wir wissen schon alles über deine Höllen.« Und jetzt lächelt er, schaut Tim an und fragt ihn, ob er noch einen Kaffee wolle.

Tim nickt zur Antwort.

Auf dem Fernsehbildschirm über den Regalen mit den Gläsern werden Bilder von einer großen Prügelei im Megapark gezeigt, dieser gigantischen Bierhalle in El Arenal. Deutsche prügeln sich mit Briten, Schreie und Biergläser, die durch die Luft fliegen.

Ramón stellt ihm den Kaffee mit Eis hin. Schnell schmilzt das Eis durch die Hitze des Getränks, und Tim rührt um, er spürt noch das gestrige Bier, dessen Nachwirkungen in seinem müden Schädel, und er schiebt Rebeckas Worte beiseite, schiebt Maia beiseite, die Bilder von ihr auf dem Bildschirm. In seinem Inneren traut er sich, ihren Namen zu denken, aber die Wahrheit ist, dass es ihm gelungen ist, sich einzureden, dass ein Kind in der ersten Zeit seinen Vater nicht braucht, da geht es um Nähe und Symbiose mit der Mutter, deshalb kann er getrost hier sein, kann suchen, ohne dass es ihn etwas kostet.

»Ich habe den Artikel gesehen«, sagt Ramón. »Er weiß, was er tut, dieser Axel.«

Tim nickt, hebt den Blick zu dem Fernsehapparat, um zu zeigen, dass er nicht daran interessiert ist zu reden, weder über den Artikel noch über Emme.

»Vielleicht passiert ja jetzt was, vielleicht taucht ein neuer Hinweis auf.«

Wieder nickt Tim. Er muss sich eingestehen, dass er sich nicht so recht traut, in diese Richtung zu denken, dass es tatsächlich neue Hinweise geben könnte, die zu etwas führen könnten. In all der Zeit, die er nun schon nach Emme sucht, ist er selbst ein Teil dieser Suche geworden, das wird ihm nun klar. Er ist längst nicht mehr derjenige, der sein eigenes Handeln steuert. Emme, die Erinnerung an sie, die große Ungewissheit, die sie ist, erfüllt seine Tage, und so könnte er weitermachen bis an sein Lebensende. Oder aber etwas passiert, ein Hinweis taucht auf und er folgt ihm, wohin auch immer er ihn führt, direkt in die Dunkelheit, wenn es notwendig ist, an einen Ort, an dem die letzten reinen Reste einer Seele verwittern.

Vielleicht ist heute der Tag, an dem sich etwas verändert?

»Wie geht es Rebecka?«, fährt Ramón fort. »Und Maia?«

Tim fragt sich, woher die Neugier kommt. Ramón ist eigentlich bekannt dafür, dass er den Mund halten und Distanz wahren kann, aber vielleicht macht ihn die Hitze verrückt.

Seine Frau knallt das fertige Sandwich auf den Tresen.

»Lass ihn in Ruhe, Ramón. Du bist viel zu neugierig.«

»Er ist nur höflich«, erwidert Tim mit einem Lächeln.

»Und wie geht es ihnen?«

Vanessa kehrt zurück zum Sandwichgrill, macht ihn sauber und murmelt etwas in der Richtung, dass diese verfluchten Männer doch immer zusammenhalten.

»Gut«, antwortet Tim, und Ramón nickt, die Antwort genügt ihm.

»Allen geht's immer nur gut«, schimpft Marta, und einer der alten Säufer am Fenstertisch hebt sein Glas mit Anisschnaps: »Darauf stoßen wir an, Marta«, und Ramón lacht über den Wahnsinn, sagt nur: »Irrenhaus, ein einziges großes Irrenhaus.«

Tim spürt, wie sein Handy in der Tasche vibriert, es ist auf lautlos gestellt, und er fragt sich, wer ihn wohl jetzt anrufen will, er weiß nicht, wer das sein könnte.

Tim holt das Telefon heraus. Eine spanische Nummer, die er nicht kennt. Schweres Atmen am anderen Ende.

»Ist da jemand?«, fragt Tim.

»Ja«, antwortet eine dumpfe, raue Stimme auf Spanisch.

»Und?«

»Spreche ich mit Tim Blanck?«

Ramón zieht die Augenbrauen hoch, scheint sich zu wundern, was das für ein Telefongespräch sein kann, vielleicht spürt er, dass es wichtig ist, dass die Welt in der Hitze ächzt und etwas außerhalb des Gewöhnlichen geschieht.

»Ich habe den Artikel gelesen«, sagt die Stimme am Telefon. »Über deine Tochter.«

»Und jetzt möchtest du mir ein paar nette Worte sagen?«

Schweigen.

»Wie heißt du und wie bist du an meine Nummer gekommen?«

»Darauf gebe ich dir keine Antwort.« Der Mann klingt nicht ängstlich, nicht zögerlich, aber auch nicht entschlossen. »Ich habe Informationen über die Nacht, in der deine Tochter verschwunden ist.«

Tim hält den Apparat vor sich. Sieht ihn an, begegnet Ramóns fragendem Blick, dann drückt er das Handy wieder ans Ohr, fragt sich, ob das ein Scherz ist oder Ernst, oder ob jemand sich wegen irgendetwas an ihm rächen will, ob das all die Dämonen aus seiner Vergangenheit hier auf dieser Insel sein können, die ihn letztendlich vernichten wollen.

Oder aber es ist der neue Hinweis, der auftaucht.

»Wer bist du?«

»Das ist nicht wichtig, aber ich habe dir etwas über diese Nacht zu berichten.«

»Und was?«

»Sei um drei Uhr am *chiringuito* an der Cala Mayor.«

Tim holt tief Luft, überlegt, was er zu verlieren und was er zu gewinnen hat. Dann streicht er sich mit der Hand über die kleine Narbe von der Schusswunde an der Seite, spürt den kleinen Knoten unter dem verwaschenen dünnen Stoff des hellblauen T-Shirts.

»Und wenn ich das nicht tue?«

Der Mann hustet.

»Dann war's das. Ich bin nur ein ganz normaler Mensch, für den es keinen Grund gibt, Angst zu haben. Ich werde in der Bar warten.

Drinnen, draußen ist es zu heiß. Komm, wenn du glaubst, dass es die Mühe wert ist.«

Verschwitzte Haut im Schatten der Sonnenschirme, verschwitzte Körper beim Essen, Kinder, die am Wasser spielen, verkohlte Silhouetten im Gegenlicht und ein spiegelglattes, ätzendblaues Meer.

Verhaltene Schreie, vor Freude oder um sich ein Eis zu erbetteln. Der schmutzige Sand ist heiß, und die wenigen, die es bis zum Wasser schaffen, rennen oder haben Flipflops an den Füßen und verspiegelte Sonnenbrillen, wer sieht mich?

Tim schaut an der Cala Mayor über den Strand. Er hat sich ganz hinten ins *chiringuito* gesetzt, mit dem Rücken zum Notausgang, sodass er das ganze Lokal überblicken kann.

Die Spanier sitzen drinnen in dem Raum mit Klimaanlage, sie schaufeln Paella in sich hinein, trinken langsam ihren gekühlten Weißwein und lauwarmes Wasser. Die Touristen sitzen draußen, scheinen die extreme Hitze zu genießen.

Ein scharfer Duft von gegrillten Sardinen.

War das Telefongespräch ein Scherz?

Wird überhaupt jemand kommen?

Er hat sich ein Bier bestellt, das die Kehle kühlt und den Hunger dämpft.

Ein kleines Mädchen verschüttet ein Glas mit Coca-Cola, ein Vater brüllt, droht ihr mit der Faust, schlägt aber nicht. Das ist glücklicherweise auch hier inzwischen verboten, und ich habe dich nie geschlagen, Emme, war auch nie kurz davor, habe dich nicht einmal fest am Arm gepackt, wenn du dich unmöglich aufgeführt hast, aber das hast du auch nie, es war immer nur ein außergewöhnliches Vergnügen, zusammen mit dir zu sein, und er will aufstehen, dem Vater ein paar Tische weiter sagen, er solle das wertschätzen, was er hat, was ihm jeden Moment entrissen werden kann, und er weiß, dass Maia es bei Rebecka gut hat, sicher sind sie jetzt im Hagaparken und Rebecka vergleicht gestreifte kurze Hosen von Polarn O. Pyret mit den Müttern aus Vasastan, und einen Moment lang hofft er, dass Rebecka darin einen Ausgleich finden kann, im Alltag mit kleinem Kind, Caffè latte und Zimtschnecken, obwohl er es doch besser weiß. Das alles macht sie Maia zuliebe, nicht für sich, aber vielleicht hilft es ihr trotzdem, die Gedanken von dem Unmöglichen fernzuhalten.

Emmes Füße, die kleinen Füße einer Dreijährigen in einem Teller mit Spaghetti, Tomatensoße auf den Zehen, und das Meer – welches Meer war es? – reicht bis ans Straßencafé, in dem sie sitzen. Emmes Haar ist immer noch kurz, es fing erst richtig an zu wachsen, als sie vier wurde, und er sagt ihr, sie solle die Füße herunternehmen. Sie lacht, sagt: »Ich bin Pippi, Papa, also darf ich mit den Füßen ins Essen«, und die Menschen um sie herum in diesem halbschicken Urlaubstempel schauen ihn und Emme an, warten, was er wohl tun wird, Füße gehören schließlich nicht ins Essen, »nimm die Füße runter, Emme«, aber sie weigert sich, »ich bin Pippi«, und er trägt sie davon, schreiend, lachend, glucksend vor Glück läuft sie zum Wasser und guckt mit großen Augen zu, wie die sanften Wellen ihre Füße sauber spülen.

Zwei Jahre später liegen sie nebeneinander im Bett, sie will nicht einschlafen, also liest er ihr noch ein Märchen vor und fragt dann, »Emme, was glaubst du, wer war er erste Mensch auf der Welt?«

Sie überlegt.

»Das war bestimmt Astrid Lindgren.«

Der Mann.

Tim erkennt sofort, dass er es ist. Schätzungsweise Mitte dreißig. Eins siebzig groß. Dichtes, schwarzes Haar, eine breite, gerade Nase, aufgepumpter Brustkorb und Bizeps, die unter einem weißen T-Shirt mit dem Logo von Palmas kommunalem Krankenhaus anschwellen.

Der Mann entdeckt Tim. Nickt. Er nähert sich langsam dem Tisch in der Ecke, und Tim mustert ihn. Offenbar hat er keine Waffe dabei: Wenn doch, hätte er sie im Rücken in den Hosenbund gesteckt, aber dieser Mann bewegt sich dafür zu locker.

Tim hat seine Pistole zu Hause gelassen. Die Glock liegt sicher in ihrem Versteck über der Toilette im Badezimmer. Kants Geld liegt dort auch. Die fünfundzwanzigtausend, die noch übrig sind.

Jetzt lächelt der Mann. Er sieht wirklich aus wie der Sanitäter, der er laut dem Logo auf seinem T-Shirt wohl sein soll.

Tim steht auf, streckt die Hand aus, und der Mann ergreift sie und drückt sie fest.

»Juan Carlos«, sagt er. »Wie der alte König. Du bist Tim?«

»Ja. Setz dich.«

Beide setzen sich an den Tisch. Über ihren Köpfen dröhnt ein Aggregat der Klimaanlage, und erst jetzt spürt Tim bewusst den kühlen Luftstrom, ganz wunderbar im Nacken.

Der Mann ruft einen Kellner zu sich, bestellt ein Bier.

»Ich muss mich dafür entschuldigen, dass ich am Telefon so geheimnisvoll getan habe«, sagt er. »Aber hättest du mich nicht treffen wollen, wäre es wohl das Beste für mich gewesen, anonym zu bleiben.«

Warum?, fragt Tim sich.

Aber eigentlich weiß er, warum.

All die Korruption, die vielen Verbrechen, alle verborgenen Verbindungen zwischen den Menschen, ihre Gier, all der Schmutz, den es in dieser Stadt gibt, man weiß nie, wann sie ihr wahres Gesicht zeigt. Wenn man kann, schwimmt man lieber unter Wasser, wie die Mallorquiner sagen.

Juan Carlos' Bier kommt, er prostet Tim zu.

»Na dann, zum Wohl.«

Dann zögert er. Tim spürt das, also ist es wohl das Beste, ihm einen kleinen Schubs zu geben.

»Du wolltest mir etwas erzählen.«

Er schiebt die Hand in die Tasche, zieht einen weißen Umschlag mit fünf Hunderteuroscheinen von Kants Geld heraus.

»Dreihundert«, sagt er. »Wenn du mir erzählst, was du mir erzählen wolltest. Zweihundert dazu, wenn es das wert ist.«

Juan Carlos schüttelt den Kopf, sein Blick verändert sich.

»Ich will kein Geld haben.«

Aber der veränderte Blick sagt etwas anderes. Er ist nicht hergekommen, um Geld zu kriegen, doch jetzt wittert er es.

»Ich arbeite als Sanitäter«, beginnt Juan Carlos, wischt sich ein paar frische Schweißtropfen von der Stirn und spielt an seiner schwarzen Ray-Ban herum. »In jener Nacht gab es einen Unfall. Oben bei Son Espases, auf einem Kreisverkehr ein Stück weiter. Ich war in dem Rettungswagen, der den Notruf übernahm. Als wir ankamen, war der Fahrer bereits tot, andere Autos waren an dem Unfall nicht beteiligt.«

Tim trinkt sein Glas aus.

»Noch eins?«, fragt Juan Carlos.

»Nein, danke. Erzähl weiter. Ich verstehe noch nicht, was das mit dem Verschwinden meiner Tochter zu tun haben kann.«

»Als wir am Unfallort waren, fuhr ein Auto vorbei. Und ich glaube, auf dem Beifahrersitz saß ein blondes Mädchen. Ganz schmutzig im Gesicht. Das kann deine Tochter gewesen sein.«

Tim hört schweigend zu. Emme in einem Auto, bei einem Unfall, vielleicht. Das kann wer auch immer gewesen sein, wenn der Krankenwagenfahrer sich überhaupt noch richtig erinnert. Und selbst wenn?

»Ich habe gestern den Artikel gelesen und hatte so ein Gefühl, dass du das wissen solltest. Meine Erinnerung ist nicht mehr so genau, aber sie könnte es gewesen sein. Und am Steuer saß ein Mann.«

»Wie sah der Fahrer aus?«

»Er war dunkelhaarig, höchstwahrscheinlich ein Spanier, so weit kann ich mich noch erinnern.«

»Dick, schlank?«

»Ich kann mich nur an das schwarze Haar erinnern. Nicht an die Farbe des Autos oder welche Marke es war, aber ich erinnere mich, dass er vorbeifuhr. Tut mir leid, vielleicht war das eine dumme Idee, herzukommen.«

Juan Carlos trinkt aus seinem Glas. Steht auf.

Tim nimmt den Umschlag und reicht ihn ihm.

»Da sind fünfhundert drin.«

Der Mann nimmt das Geld, ohne sich zu bedanken.

»Ich will mit der Familie nach Formentera«, sagt er, »da kommt das gerade recht.«

»Warum hast du so lange gewartet, warum erzählst du mir das erst jetzt?«, fragt Tim. »Dir wird ja damals wohl kaum entgangen sein, was passiert ist.«

»Zu der Zeit war ich immer im Stress. Die Kinder waren klein, inzwischen sind sie größer. Als ich den Artikel gelesen habe, ist wohl einfach etwas im Gehirn verknüpft worden. Wie gesagt, es tut mir leid.«

»Trotzdem danke«, sagt Tim.

Juan Carlos dreht sich um, will gehen, doch dann zögert er.

»Da ist noch eine andere Sache, die ich dir mitteilen wollte«, erklärt er. »Ich weiß nicht, ob ich es überhaupt sagen soll, es klingt wie Gotteslästerung.«

»Was?«

»Als mein Hund verschwunden ist, da bin ich zu einem Medium gegangen, einer Seherin.«

Tim schließt die Augen. Er denkt an die »Medien«, die Kontakt zu ihm und Rebecka aufgenommen hatten, behaupteten, sie könnten ihm sagen, wo Emme sei. Er hatte sie gebeten, zur Hölle zu fahren, weder er noch Rebecka haben etwas für diese Art von Hokuspokus übrig.

Er öffnet die Augen.

»Und sie konnte mir sagen, wo der Hund war. Im Bellver-Park. Und weißt du, ich habe ihn dort tatsächlich gefunden.«

Tim schüttelt den Kopf.

»Das ist nichts für mich.«

»Ich schicke dir auf jeden Fall ihre Nummer. Sie heißt Clandestina, hat einen Tarotladen nicht weit von El Corte Inglés.«

»Don't bother«, sagt Tim. Bald sieht er nur noch Juan Carlos' Rücken. Der Stoff seines T-Shirts scheint vom Strand verschluckt zu werden, von den Menschen, den Sonnenschirmen und schließlich vom Meer.

Tim holt sein Handy heraus. Die Hand zittert unkontrolliert. Er versucht, sie still zu halten, doch sie weigert sich, und er atmet tief und langsam, erinnert sich an den Raum, in dem Emme gewesen sein soll, der Raum mit dem Toiletteneimer und der dreckigen Matratze mit den Spermaflecken, dass sie von dort geflohen sein soll.

Das ist sie offenbar. Aber was ist danach passiert?

Ein Autounfall in der gleichen Nacht, die Ahnung eines Sanitäters, und er weiß, das ist nicht viel, dem er da nachgehen kann, aber es ist immerhin etwas, und die Hand darf nicht mehr zittern, er darf jetzt nicht zittern.

Es gelingt ihm, Simones Nummer zu tippen. Er braucht sie jetzt, die frühere Kollegin bei Heidegger Private Investigators, er braucht ihre unschlagbare Fähigkeit, digital Informationen herbeizuschaffen. Sie hat genau wie er bei Heidegger aufgehört, ist jetzt selbstständig. Tim vermisst seine Arbeit dort nicht: untreuen Männern und Frauen hinterherzuspionieren, sie zu fotografieren, Betrüger dazu zu zwingen, das mit falschen Papieren erschlichene Geld für Boote zurückzuzahlen, die verkauft wurden, ohne dass sie existierten, gestohlenes Gut für eine Versicherungsgesellschaft zurückzukaufen.

Sie meldet sich nach dem fünften Freizeichen.

»Tim, mein Freund. Was willst du? Ein Bier heute Abend mit mir trinken? Ich bin frei wie ein Vogel.«

Sie klingt fröhlich. Jung, jünger als die achtundzwanzig Jahre, die sie wirklich alt ist, diese deutsche Frau, die bereits als Teenager aus ihrem Heimatland weggezogen ist, aus Gründen, die er nie erfahren hat.

Ein Bier?

Er mag nicht einmal mehr an weitere Biere denken. Aber er erzählt ihr, was er erfahren hat, was Juan Carlos ihm berichtet hat. Bittet sie um Hilfe, alles herauszufinden, was sie über diesen Unfall in Erfahrung bringen kann, über das, was im Krankenhaus Son Espases in dieser Nacht geschah, denn Emme könnte ja auf irgendeine Art dort gelandet sein, zumindest den Platz überquert haben. Nachzuprüfen, ob das Auto, das vorbeifuhr, von irgendeiner Überwachungskamera festgehalten wurde.

Emme.

Das einzige Mädchen auf der Welt.

An deren Gesicht er sich kaum noch erinnert, ohne ihr Foto anzublicken. Wie siehst du jetzt aus? Wie sehe ich aus?

Welche Welt erfassen deine Augen?

»Ich melde mich. Mal sehen, was ich vor dem Bier schaffe. Um zehn Uhr bei Ventuno, okay?«

»Okay«, wiederholt er, ohne zu wissen, worauf er eigentlich antwortet.

Beide legen auf, da piepst Tims Handy.

971753585. Clandestina. Könnte einen Versuch wert sein.

W enn wir nicht wissen, raten wir.

Um acht Uhr hat sich die größte Hitze gelegt, und Tim zieht sich die Joggingschuhe an, ein Unterhemd, und dann geht er hinaus. Läuft hinunter zur Playa de Palma, wo die letzten Strandbesucher den Sonnenuntergang in sich aufsaugen, der Haschischrauch wabert über ihnen, und die Mülltonnen quellen über vom Abfall des Tages. Wildkatzen laufen maunzend um sie herum, schlagen ihre Krallen in die Essensreste, fauchen einander an, und er läuft, atmet die warme Luft ein, spürt, wie ihm der Schweiß ausbricht, der Körper reagiert. Er schaut nicht zu den Fensterscheiben des Kongresszentrums, will sein eigenes Spiegelbild nicht sehen, denn was gibt es da mehr zu sehen als einen Mann, der versucht, vor sich selbst wegzulaufen.

Die Erinnerung an Emme verblasst. Mit jedem Tag mehr, wie das Papier hier in der Sonne.

Seine Suche wird immer zielloser, vielleicht gibt es von ihr nur noch Knochenreste, wenn überhaupt, verwittert, nicht auffindbar, von Wölfen oder von Raubfischen gefressen, vielleicht ist sie ja doch ertrunken. Er läuft, sein Herz pocht heftig, und in den Straßencafés in Portixol trinken Menschen Wein, unterhalten sich, treffen sich, was man so tut auf Mallorca im August. Sie schauen ihm hinterher, dem Mann, der da läuft, aber ihre Blicke sind nicht interessiert, sie fragen sich nicht, wer er ist. Er wird schneller, ihm wird fast schwarz vor Augen, als er an dem Obelisken gegenüber vom Hafen von El Molinar vorbeikommt, und er muss einer wütenden Bulldogge ausweichen, als er sich dem Strand von Ciudad Jardín nähert.

Er hat das Gefühl, als zerbrächen die Rippen unter dem Druck der Lunge, der ganze Körper ist jetzt mit Schweiß bedeckt und er wird wieder langsamer, stellt fest, dass gerade eben das Wunder geschehen ist, sein Hirn war leer, die Seele für ein paar Minuten blank, und er möchte sich am liebsten erbrechen, holt heftig Atem, unterdrückt die Übelkeit. Am Strand haben südamerikanische Familien ihren Grill angezündet, sie spielen Fußball mit ihren kleinen Kindern, und die Frauen decken weiße Campingtische mit Plastikschüsseln.

Er trinkt an den Wasserhähnen am Spielplatz. Kinder lärmen, ein Stück entfernt auf der Strandpromenade macht ein kleines Mädchen in Maias Alter offenbar seine ersten Schritte. In der anderen Richtung, hinter der Stadt, hängt die Sonne über der wellenförmigen Silhouette der Serra de Tramuntana, rosa schimmernd, dann feuerrot versinkend, wie ein Mensch, der langsam, aber nicht ohne Kampf, in einem grauschwarzen, warmen Meer ertrinkt.

Zurück geht er. Langsam trocknet der Schweiß auf dem Körper, und er überlegt, ob er nicht wieder loslaufen sollte, doch es genügt, die Muskeln und das Herz haben ihren Teil bekommen, er hat seinen Willen gekriegt, mehr braucht er nicht, und was hat die Schilderung des Sanitäters zu bedeuten, hat sie überhaupt etwas zu bedeuten? Ein Unfall. Zu Hause hat er ihn gegoogelt, aber nur eine kurze Meldung gefunden, die er früher übersehen hatte.

Zuletzt online.

Seine Silhouette in den Scheiben des Kongresszentrums auf dem Rückweg. Der schwarze Strich eines Menschen in Bewegung. Er könnte wer auch immer sein, einer der Männer von den falschen Pässen, die bei ihm zu Hause in der Wohnung liegen.

Tim geht weiter, das Hemd ist inzwischen fast trocken, und er biegt beim Endesa-Gebäude ab und geht hoch nach La Soledad. Er kann die Baustelle für die Ferienhausanlage im unteren Teil vom Parque Krekovic erahnen, wandert weiter zwischen den Slumhütten entlang, und ein Stück weiter im Viertel zischt ihm ein langhaariger Mann mit arabischem Aussehen hinterher, fragt, ob er etwas kaufen wolle, Hasch, Koks, »ich habe alles«.

Tim wird schneller, spürt, wie der Schweiß von neuem ausbricht, und vor seinem Haus angekommen, sucht er in den Gesäßtaschen seiner Jogginghose nach dem Haustürschlüssel. Vor dem Las Cruces lümmeln die venezolanischen Bauarbeiter herum, trinken Bier, als hätten sie am nächsten Tag frei, und vielleicht haben sie das ja auch. Ist heute Samstag, dann wäre ja morgen Sonntag?

»Tim Blanck. Wie geht's?«

Tim dreht sich um, hat aber die belegte Stimme schon erkannt, ohne das Gesicht zu sehen. Das Zwerchfell verkrampft sich, aus Angst und Wut, und Juan Pedro Salgado lächelt ihn an. Sein hellgrauer Seidenanzug liegt wie angegossen an seinem fetten Körper, und er steht neben seinem Auto, einem schwarzen Mercedes.

Der Polizeidirektor, dem es gelungen ist, sich ein geheimes Vermögen mit Wasser und der neuen Ferienhausanlage, an der Tim gerade vorbeigegangen ist, zu beschaffen. Er weiß zu viel über Tim, und Tim weiß zu viel über ihn, und genau so soll es in dieser Stadt sein. Alle hocken zusammen, alle wissen etwas über den anderen, alle sitzen fest und niemand kann etwas daran ändern.

Ich habe gemordet, du hast vergewaltigt. Am besten halten wir beide die Schnauze.

Salgado streckt die Hand aus.

Tim ergreift sie nicht.

»Okay«, sagt Salgado. »Ich kann dich verstehen.«

Tim tritt einen Schritt zur Seite, auf den Bürgersteig, schaut sich um, aber der Polizeidirektor scheint allein gekommen zu sein.

»Was willst du?«

Salgado breitet die Arme aus.

»Wir sind doch Freunde, Tim, nicht wahr?«

Nein, das sind wir nicht.

In keiner Weise.

»Komm, setzen wir uns ins Auto. Drinnen ist es immer noch kühl. Das ist einer der Vorteile, ein gutes Auto zu haben. Dass der Innenbereich kühl bleibt, auch wenn man die Klimaanlage ausgeschaltet hat.«

»Wir können doch ebenso gut hier miteinander reden.«

»Du stinkst nach Schweiß, und trotzdem lade ich dich in meinen Wagen ein, also komm schon.«

Hinein in die kühle Luft.

Nichts kann ihn in Salgados Auto locken, gleichzeitig beginnt jedoch Tims Ermittlergehirn zu arbeiten. Was will dieses Schwein? Er geht an Salgado vorbei, steigt über die graue Bordsteinkante, umrundet den Mercedes, öffnet die Beifahrertür und setzt sich hinein.

Das Wageninnere ist kalt. Und diese Kälte macht den Kopf innerhalb weniger Sekunden klar.

»Was willst du?«, fragt Tim noch einmal und schaut zur Sonnen-
blende, sieht die Karte mit Emmes Foto, das dort nicht eingeklemmt ist, sondern nur in seinem eigenen Auto, diese Karte, von
denen er schon so viele verteilt hat.

Missing.

Vermisst.

Salgado schaut ihn mit seinen glänzenden Fischaugen an, seine
Ohren werden zu rosa Kiemen, und Tim fragt sich, ob er überhaupt
an Land atmen kann.

»Der Freund von einem Freund von einem Freund braucht Hilfe.«

»Und du willst, dass ich ihm helfe?«

»Genau das will ich.«

»Und warum sollte ich das tun?«

»Weil wir beide voneinander abhängig sind. Und du möchtest
doch sicher, dass wir das weiterhin sind?«

Ich will nicht. Aber ich muss.

Kann das was mit dem Rettungswagenfahrer zu tun haben?
Warum sonst tauchen zwei Dinge am gleichen Tag auf? Tim will
Salgado fragen, ob er Juan Carlos kennt, etwas von dem Unfall
weiß, aber sollte es doch keinen Zusammenhang geben, ist es das
Beste, den Mund zu halten.

»Und was soll ich deinem Wunsch nach tun?«

»Zuallererst mal solltest du dich unter die Dusche stellen.«

»Sieht es so aus, als wäre ich für Scherze empfänglich?«

Tim wendet sich Salgado zu, starrt ihn an, holt langsam tief Luft.

»Du wirst sehen, dass es das wert ist«, sagt Salgado. »Glaube mir.
Ich zwinge niemals jemanden, mir einen Gefallen zu tun, ohne
mich zu revanchieren.«

Tims Nachbar Luis Adame geht schwankend vorbei, offensichtlich von irgendetwas high, vielleicht von Amphetamin, gemischt
mit Rohypnol, und jetzt will er nach Hause und seinen Kindern
Gute Nacht sagen, oder zumindest ein paar Stunden mit ihnen
spielen, bevor er auf dem Familiensofa einschläft.

»Komm zur Sache.«

»Dieser Freund«, sagt Salgado. »Er will, dass du Sergio Gener im Gefängnis besuchst, morgen zur Besuchszeit um elf Uhr. Er braucht bei einer Sache Hilfe, und da ist jemandem die Idee gekommen, dass du der Richtige sein könntest.«

Sergio Gener.

Mallorcas Drogen- und Nachtclubkönig. Der Kaiser der Gangster, der etwas Besseres werden wollte und in Grundstücke und Gebäude investiert hat. Dem immer noch der Nachtclub Opium gehört und der in Palma im Gefängnis sitzt, verurteilt zu neun Jahren wegen Steuerhinterziehung. Eine Bagatelle verglichen mit den Morden und Drogenverbrechen, für die er angeklagt wurde und deren er sicher schuldig ist, die ihm das Gericht aber nicht beweisen konnte, weil jeder verdammte Zeuge von Gedächtnisverlust befallen oder von der Insel weggezogen ist. Er ist jetzt siebzig, Gener, und will garantiert seine neun Jahren nicht absitzen, denkt Tim.

»Und was will er?«

»Ich habe keine Ahnung«, antwortet Salgado. »Aber du wirst ihn ja morgen treffen. Und du wirst es nicht bereuen.«

Dann beugt sich Salgado über ihn, sein fetter Bauch drückt gegen Tims Seite, als der Polizeichef das Handschuhfach öffnet und eine Ausgabe des *Diario de Mallorca* herausholt. Er schlägt den Artikel über Emme auf, hebt ihn vor sein Fischgesicht und Tim will ihm die Zeitung aus der Hand reißen, diese Visage mit seinen Fäusten zerschmettern.

»Du suchst wohl immer noch?«, bemerkt Salgado, hinter der Zeitung versteckt. »Das respektiere ich, also triff ihn, triff Sergio.«

Er senkt die Zeitung, blättert weiter zu einem Artikel über Francos gestohlene Kinder. Zeigt darauf.

»Weißt du«, sagt er, »ich bin eines dieser Kinder. Meine Tochter hat ein paar Haare von mir an eine dieser DNA-Websites in den USA geschickt, sie wollte mich zu meinem Geburtstag überraschen und herausfinden, ob wir vielleicht irgendwelche Verwandte dort drüben hätten. Doch das hatten wir nicht. Stattdessen stand dort klar und deutlich, dass meine Eltern gar nicht meine Eltern waren. Also habe ich ein bisschen nachgeforscht, und es stellte sich heraus, dass sie mich in einer Geburtsklinik in Andalusien gekauft haben. Ihre Kontakte zu den Falangisten haben das ermöglicht. Kannst du dir so etwas vorstellen? Es gibt nicht einen Blutstropfen eines Mallorquiners in mir.«

Salgado schließt die Augen, und als er sie wieder öffnet, sieht Tim echten Schmerz darin, als wäre etwas in Salgado kaputtgegangen, zerbrochen, etwas, das nie wieder geheilt werden kann. Der katholische Junge, der plötzlich keine Mutter mehr hat und für alle Zeiten herumirren muss, der Mann, der ein Ziel vor Augen hatte, dem es gelungen ist, das zu bekommen, was er will, und der dann einsehen muss, dass ihm das gar nichts bedeutet, weil er das Einzige vermisst, das ihm wichtig ist, eine geistige Heimat.

»Ich bin dabei, nach meiner richtigen Mutter zu suchen. Das ist nicht so einfach. Aber es geht. Es muss gehen.«

»Du willst wissen, wer du bist?«

»Wollen das nicht alle? Es wollen doch wohl alle wissen, was passiert ist? Wir sind auf der Jagd, Tim, das weißt du, wir erzählen nie alles, hoffen aber, dass die anderen es tun, obwohl wir wissen, dass dem nicht so ist. Man kann es ja wohl als ironisch bezeichnen, dass alle unsere Handlungen uns zum Schluss selbst in den Hintern beißen? Ich möchte meiner richtigen Mutter in die Augen schauen und sehen, ob sie mich liebt. Ich will die wahre Mutterliebe sehen.«

Tim kann sich ein Schmunzeln nicht verkneifen.

»Tatsächlich? Glaubst du, dass du dadurch Vergebung für deine Sünden erhältst?«

»Vielleicht nicht für alles, was ich getan habe, aber für die schlimmsten Dinge. Für manche Sachen gibt es allerdings keine Vergebung, ganz gleich, was die Priester in der Kathedrale behaupten.«

Salgado blättert weiter in der Zeitung. Bis zu dem Artikel über den Mord an dem Vox-Politiker Miguel Albern. Er legt den Finger auf das Foto von dem Leichnam unter dem Tuch.

»Scheißfaschist. Nur gut, dass er tot ist. Franco und seine beschissenen Gefolgsleute waren es, die haben dafür gesorgt, dass Kinder gestohlen werden konnten.«

Warum erzählst du mir das alles?

Salgado faltet die Zeitung zusammen.

»Du denkst, ich rede nur Scheiße, was? Aber das ist wahr. Nur du und ein paar andere wissen davon. Verdammt, nicht einmal meine Frau weiß es. Sie guckt das Hausmädchen verächtlich an, das unsere blöde Wäsche zusammenlegt, und glaubt, unsere Kinder, die im Pool baden, seien durch und durch Mallorquiner.«

Tim begegnet seinem Blick. Er sagt nichts, versucht eine Art Mitgefühl in sich zu spüren, weiß dabei aber nicht, ob er Salgado trauen soll.

»Morgen, um elf Uhr. Er wartet auf dich.«

Tim erwidert nichts. Steigt wortlos aus dem Wagen und schlägt die Tür heftig hinter sich zu.

Salgado fährt los, und in dem Licht der gerade eingeschalteten Straßenlaternen tanzt der Staub. Die Stromleitungen in diesem Viertel sind alt, deshalb flackert das Licht und lässt den Staub lebendig erscheinen.

Hol dich der Teufel, Rebecka. Emme ist nicht tot, und oben im Las Cruces grölt Marta wieder.

»Jetzt brennt die Welt. Das Ende ist nahe! Das ist sicher. Jetzt gibt es kein Zurück mehr«, brüllt sie. »Ihr versteht das nur noch nicht.«

Im Ventuno wimmelt es nur so von Schweden. Rotwangige Männer in roten Hosen und weißen Poloshirts und mit genau richtig abgetragenen Segelschuhen an den Füßen, Yogatanten, die mit lüsternen Blicken die italienischen Brüder anstarren, denen der Laden gehört. Alex, Kiko, Yari, abruzzische Götter, die Drinks mixen und mit so einer Finesse flirten, dass die Besserbemittelten von Santa Catalina sich nur zu gern von ihrem Geld trennen.

Simone sitzt an einem Tisch ganz hinten in der Ecke, bei den Toiletten, neben dem Weinkühlschrank. Alex serviert ihr einen Martini, und beide sehen Tim kommen. Simone winkt. Alex' Gesicht zeigt ein breites Lächeln, und Tim zwängt sich zwischen den anderen Gästen zu ihnen durch, wird von Alex umarmt, der sagt: »Tim, Grande, wie geht's, wie steht's?«, verschwindet dann in dem Meer aus Schweden, ohne eine Antwort abzuwarten.

Tim gibt Simone auf beide Wangen einen Kuss, und auch sie lächelt, auch mit den Augen. Sie ist sonnengebräunter, als er sie je gesehen hat, und die Kette, die sie trägt, mit einem grünen, in Silber eingefassten Stein, betont ihre Augen. Am Telefon klang sie jung, nun sieht sie auch jünger aus, als sie ist.

Sie hat ihm immer geholfen, wenn er Fragen hatte, ohne wirklich etwas als Gegenleistung zu verlangen.

Warum? Das weiß er nicht.

Er hat gehört, dass sie Hassan Abdellah verlassen hat, den mit Drogen handelnden Marokkaner, mit dem sie so lange Zeit eine Beziehung hatte. Vor einiger Zeit tötete er einen Mithäftling, jetzt muss er für dreißig Jahre im Gefängnis sitzen. Er wurde von Mallorca nach Burgos verlegt, aber Simone scheint momentan nicht an Hassan zu denken.

»Ich habe dir auch einen bestellt«, sagt sie und nimmt einen Schluck von ihrem Dry Martini.

»Aber nur einen.«

»Wir werden sehen.«

»Two at the very most.«

Er setzt sich, versucht das Gemurmel und die Musik auszuschalten, die schwedischen Stimmen, die schwedische Wörter von sich geben, schwedische Stimmen, die übers Wetter, Segeln, Boote und

Mietpreise reden, in einem fort plappern, Wort für Wort für Wort über nichts.

»Ich habe noch nichts herausgefunden«, sagt sie. »Über das, was der Krankenwagenfahrer gesagt hat.«

»Kein Problem.«

Er überlegt, ob er ihr von seinem Treffen mit Salgado erzählen soll, von Gener, aber es ist wohl das Beste, wenn er wartet, bis er mehr weiß.

»Glaubst du, da kann was dran sein?«

Sie legt die Finger ruhig auf den Tisch, bewegt sie nur vorsichtig und lächelt, schaut sich um, als wünschte sie, dass jemand ihre Hand halte.

»Ich weiß nicht.«

»Es muss allem nachgegangen werden«, sagt sie.

Sein Drink wird serviert.

»Schmeckt gut.«

»Ja.«

Er fährt sich mit den Händen durchs Haar.

»Wie geht es dir?«, fragt er.

»Etwas einsam.«

»Sind wir das nicht alle?«

»Du sagst es. Ich hätte nichts gegen einer der Italiener.«

»Go ahead. Ich passe auf dich auf.«

Beide leeren ihre Gläser, bestellen. Unterhalten sich über Belangloses. Simone erzählt von ihrer Arbeit, all den Aufträgen, die sie jetzt bekommt, aus der ganzen Welt, von Leuten, die alles wissen wollen über das Tun und Treiben anderer im Netz. Männern, die wissen wollen, ob ihre Frauen sich Pornos angucken. Unternehmen, die wissen wollen, ob ihre Konkurrenten Dreck am Stecken haben.

»Aber das stört mich nicht«, sagt sie. »Kein Mensch ist besser als die anderen. Das weißt du auch.«

Er nickt. Trinkt seinen dritten Dry Martini aus. Spürt, wie die Welt schwankt, als er aufsteht.

»Ich muss morgen wichtige Dinge erledigen. Ich glaube, es reicht jetzt für mich.«

»Was kann wichtiger sein als trinken? Bleib doch noch ein bisschen.«

Sie nuschelt leicht. Sicher hatte sie schon etwas getrunken, bevor sie ins Ventuno kam.

»Ein andermal. Heute Abend musst du allein trinken.«

Bevor er sich noch umgedreht hat, haben sich zwei Schweden in weißen Hemden Simone genähert, und einer der beiden fragt:

»*Can we interest you in Aperol Spritz, madame?*«

Das Gesicht im Badezimmerspiegel. Es ist seins, aber es hält seinem Blick nicht stand, wird unscharf, als schwömme er unter Wasser.

Eine Stimme, Emmes, ich schwimme, Papa, ich schwimme.

Wo schwimmst du?

Ich weiß es nicht. In welcher Tiefe bewege ich mich?

Er löst den Blick vom Spiegel, geht ins Schlafzimmer und schaltet den Computer ein. Sucht und findet den Artikel über Francos geraubte Kinder. Einer Frau in den Fünfzigern ist es offenbar gelungen, einen neunundachtzigjährigen Gynäkologen vor Gericht zu bekommen. Er soll sie ihrer linksradikalen Mutter weggenommen und einem Ingenieur aus der Führungselite im Verkehrsministerium gegeben haben, ihm und seiner gottesfürchtigen Frau.

Tim googelt, liest mehr über die Kinder.

Es wird angenommen, dass in der Zeit von Francos Machtergreifung bis zu seinem Tod 1975 dreißigtausend Kinder geraubt wurden. Schmutzige Wäsche, die niemals gewaschen wurde, aus dem einfachen Grund, dass immer noch viele Menschen an der Macht sind, die mit den Schuldigen verwandt sind, ihre Söhne und Töchter oder ihre Enkelkinder.

Dreißigtausend Kinder von Personen, die als Kommunisten oder Sozialisten bezeichnet wurden. Von Prostituierten, Drogenabhängigen oder subversiven Künstlern. Von Menschen, die anders waren.

Salgado.

War es Reue, die er zu zeigen versuchte? Für das, was er Emme angetan hat?

Dann soll ihn der Teufel holen.

Tim klappt den Laptop zu und holt das Handy heraus. Es ist schon spät, aber vielleicht antwortet das Medium Clandestina ja trotzdem.

Sie stehen auf der Liste.« Der Wachmann hinter dem Schalter streckt sich zum Lautsprecher.

Mallorcas Gefängnis. Gleich außerhalb der Ringstraße, nur wenige Kilometer von Palmas Zentrum entfernt.

Der Beamte hat dunkle Ringe unter den Augen, Schweißperlen auf der Stirn. Das grauschwarze Haar hängt ihm in Strähnen über die Ohren, und auf dem blauen Uniformhemd sind auf der Brust Fettflecken zu sehen. Zu beiden Seiten des Wärterhäuschens zieht sich die Mauer hin, in verwaschenem Beige, obendrauf blitzt der Stacheldraht.

»Gener wartet schon auf Sie«, sagt die Wache und drückt auf einen Knopf neben dem Mikrofon.

Die riesigen blassblauen Gefängnistore in der Mauer öffnen sich langsam, und mit einem Winken bedeutet die Wache Tim hineinzugehen, durch die Torflügel und weiter zu einem niedrigen Gebäude mit Wellblechdach, in dem sich laut einem Schild mit verblassten Buchstaben der Besuchsraum befinden soll.

Er hatte sich bei der Torwache nicht registrieren lassen müssen, und auch an dem Tresen in dem Besuchsgebäude ist es nicht nötig. Er muss nur sein Handy abgeben, durch einen Metalldetektor gehen, dann wird er von einer großen, bulligen Wärterin leibesvisitiert, und schließlich von einem jüngeren männlichen Wärter durch einen langen Korridor geführt. An die Wände haben Inhaftierte ein Meer mit einem ungebrochenen Horizont gemalt, unter einem Himmel mit vereinzelten Kumuluswolken.

Eine grüne Eisentür am Ende des Korridors. Eine weiße Linie davor.

Tim kann jetzt Geners Anwesenheit spüren, er weiß, dass der Mann hinter der Tür auf ihn wartet. Er kennt das bereits, die Anziehungskraft erfolgreicher Schwerkrimineller. Die der Meinung sind, sie stünden über der Gesellschaft, und dass alle anderen nur dafür da sind, ihnen und ihren Wünschen zu dienen.

Könnte Gener die Menschen versklaven, er täte es.

Tim bleibt an der Linie auf dem Boden stehen. Weiß selbst nicht, warum. Er zögert, will umkehren, doch dann überschreitet er sie doch.

Der junge Wachhabende schließt die Tür mit zittriger Hand auf, öffnet sie langsam, und in einem fensterlosen Raum mit hellgelben Wänden sitzt Sergio Gener, sein magerer Körper scheint auf dem roten Metallstuhl hinter einem weißen Plastiktisch in sich zusammengesackt zu sein. Er nagelt Tim mit dem Blick fest, die schwarzen Augen sind klein und schmal in dem halbdunklen Raum, als blinzele er, obwohl in seiner Welt nie etwas anderes als Zwielicht existiert hat.

»Zwanzig Minuten«, sagt der Wachmann mit bemüht harter Stimme und schließt die Tür hinter Tim.

Ein Greis, will Tim sich einreden. Ein knochentrockener, magerer Mann in zu großer Gefängniskleidung. Eingesunkene Wangen, ungepflegtes graues Haar, zotteliger grauer Bart. Aber der Blick, es ist der leere Blick einer Schlange, wenn sie ihre Kiefer in eine Kröte oder eine Eidechse rammt, die sie als Futter in der Gefangenschaft bekommen hat, ich kann ungefährlich aussehen, aber lass dich nicht täuschen, ich bin giftiger als alle anderen.

»Setz dich.«

Die Stimme des alten Gangsters ist trocken, rau wie Sandpapier.

Tim lässt sich auf dem Stuhl ihm gegenüber nieder.

Kein Spiel, kein Tanz.

»Es heißt, du bräuchtest meine Hilfe«, sagt Tim.

Gener beugt sich über den Tisch vor, und seine dünnen, spitzen Ellbogen reiben über die Plastiktischplatte.

»Ich brauche deine Hilfe nicht. Aber ich will sie haben«, sagt er. »Ich habe einen Job, von dem ich annehme, dass er perfekt zu dir passt.«

»Gegen Bezahlung?«

»Natürlich bezahle ich. Wenn du willst. Vielleicht habe ich ja etwas, das du haben willst?«

Also doch ein Spiel. Aber ich spiele es nicht mit.

»Und warum ausgerechnet ich?«

»Weil niemand, oder zumindest sehr wenige, wissen, dass wir befreundet sind. Denn das sind wir doch wohl seit gerade eben?«

Für Sekunden erwachen die schwarzen Augen zum Leben, die Schlange hat ihren Griff gelockert, sie will mit ihrer Beute spielen, denn die zappelt noch.

»Wie du weißt«, fährt Gener fort, »haben sie mich dieses Mal richtig erwischt. Sie haben Staatsanwälte aus Madrid und Extremadura hergeholt, und sie haben es geschafft, mich wegen Steuerhinterziehung zu verurteilen, aber nicht für schlimmere Dinge.«

Gener macht eine Pause. Schaut Tim an, sein Blick ist abschätzend, und Tim hält ihm stand.

»Sie haben mich hier eingesperrt«, sagt Gener. »Glauben sie. Aber ich denke nicht daran, hier neun Jahre zu versauern. Das ist ausgeschlossen.«

»Und was soll ich deiner Meinung nach tun? Es wäre nett, wenn du zur Sache kommst.«

Gener hebt die Augenbrauen, bevor er weiterspricht.

»Ich habe noch eine Chance. Ein Appellationsgericht, da könnte ich meinen Fall ein letztes Mal vortragen. Aber das wird keinen Erfolg haben. An den Beweisen ist nicht zu rütteln. Also bleibt nur eine Sache.«

Und Tim weiß schon, was jetzt kommt.

»Der Richter muss tun, was ich will.«

»Und wer ist der Richter?«

»Ein gewisser Javier Jara. Den haben sie auch aus Madrid hergeholt. Ein Außenstehender, ohne Verbindung zur Insel. Wenn er will, hat er die Möglichkeit, das Urteil gegen mich aufzuheben.«

»Und du willst, dass ich dir dabei helfe. Den Richter auf deine Seite zu ziehen.«

»Seine Frau liegt im Sterben, Krebs«, berichtet Gener. »Und nach allem, was ich gehört habe, ist sie schon lange krank, es kann also gut sein, dass er sich müde und einsam fühlt.«

Tim schaut Gener an. Ihm ist klar, worauf dieser hinauswill. Unbewusst schüttelt er den Kopf, unterdrückt jedoch den Impuls, aufzustehen, wegzugehen. Er muss bleiben. Zuhören, tun, was ihm gesagt wird.

»Mein Freund Juan Pedro sagt, dass du gut in so etwas bist.«

»Danke für das Kompliment.«

»Du weißt, wie man vorgehen muss, deshalb hast du freie Hand. Du hast eine Aufgabe und ich vertraue darauf, dass du sie erledigen kannst. Er mag die jungen Dinger. Keine Kinder, aber Junge.«

»Und wenn ich nicht will?«

»Dann wirst du dein Mädchen niemals finden.«

Tim ballt die Fäuste auf dem Schoß, kneift nun selbst die Augen zu Schlitzen zusammen.

»Was weißt du über sie?«

»Vielleicht gar nichts. Aber eine Sache weiß ich – wenn du das hier nicht geregelt bekommst, wirst du mir für eine lange Zeit Gesellschaft leisten, und dann kannst du wohl kaum nach ihr suchen. Keiner von uns hat eine weiße Weste, und ich wüsste deine Gesellschaft zu schätzen. Es gibt so viele wilde Tiere hier. Affen, Hyänen.«

Sergio Gener lächelt. Sein Blick ist jetzt tief, bodenlos.

»Und wenn du hier im Knast bist«, fährt er fort, »dann kannst du auch nicht der gute Papa für die kleine Maia in Stockholm sein.«

Zum Schluss wird man zu dem Mann, den man selbst hasst. Zu dem, den sie haben wollen.

Das ist unumgänglich.

Tim überschreitet wieder den weißen Strich auf dem Boden, stellt dabei fest, dass die Wand ihn nicht dorthin zurückführt, wo er herkommt, sondern weiter, weiter vor, hinaus ins Unbekannte. Eigentlich ganz undramatisch, große Veränderungen geschehen langsam und werden zu einer Tatsache, und ich werde tun, was von mir verlangt wird, für dich, Emme, auch wenn das bedeutet, dass ich zu einem anderen werde, zu einem Mann, der für niemanden mehr ein Vater sein kann. Aber eines sollst du wissen, ich habe es für dich getan, und ich werde dir und Maia ein Vater sein. Ich werde reden können, Handlungen ausführen, so tun, als ob es mich gäbe, und ein So-als-ob-Papa ist besser als gar keiner.

Tim steht vor dem Gefängnisgebäude, auf dem Parkplatz neben seinem Auto, das zwischen vielen anderen Autos steht, den Zündschlüssel in der Hand. Er hebt den Blick zum Himmel, fragt sich, was wohl hinter all dem Blau verborgen ist. Jetzt muss er wirklich blinzeln, als wollte der Gott da oben nicht gesehen werden, keine Antwort auf die einfachen Fragen geben, die er des Nachts immer wieder einmal stellt.

Warum hast du mir Emme geschenkt, wenn du sie mir dann doch wieder nimmst?

Warum hast du uns Maia geschenkt, obwohl du wusstest, dass es mir unmöglich sein würde, mit ihr zusammen zu sein?

Er steht reglos da in der Hitze. Hat das Gefühl, hier kerzengerade zu stehen und in sein eigenes Leben zu schauen, dass alles sich in die falsche Richtung entwickelt hat, und aus der Entfernung meint er die Glocken der Kathedrale läuten zu hören.

Aber es gibt keinen Grund, warum sie heute läuten sollten.

Das Geräusch ist eine leere Nachricht von einem noch leereren Himmel.

Es ist fünf Monate her, dass er das letzte Mal in Stockholm war. Nur für ein paar Tage, Maia zuliebe, Rebecka zuliebe. Sie wollte nicht herkommen, obwohl das Wetter auf Mallorca besser war.

In Stockholm schneite es im März, große, nasse Flocken, die die Häuser in der Upplandsgatan so schwermütig aussehen ließen. Er schob den Kinderwagen durch die Stadt, allein, gab Maia in einem Café am Odenplan, das nach Lachsauflauf aus der Mikrowelle und feuchter Wolle roch, die Flasche. Sie akzeptierte den Milchersatz, schaute ihn an, lächelte und spielte mit dem Sauger der Flasche, und sie versuchte, ihn mit ihrem Blick festzuhalten, so ein Gefühl hatte er zumindest, dass das kleine Mädchen versuchte, ihn in seiner Welt zu halten, auch wenn er wusste, es war nur Einbildung.

Er schob den Wagen vor sich her, den Drottninggatsbacken hinunter, und den Fernwärmeschlingen unter dem Asphalt gelang es nicht, den Schnee zu schmelzen, der in immer dichteren Flocken fiel. Er schob sein Baby vor sich her, als wäre es etwas, um das er sich später kümmern wollte.

Zum Kellergeschoss der Hötorgshallen teilten sie sich den Aufzug mit einer älteren Dame.

»Was für ein süßes Mädchen«, sagte sie. »Ist es Ihres?«

Kein Kind gehört irgendjemandem, antwortete er nicht. Stattdessen beugte er sich über den Wagen, schaute Maia von der Seite an und fragte:

»Bist du meins?«

Er schob den Wagen aus dem Fahrstuhl. Schaute zum Restaurant Piccolino, musste an das Bild auf Emmes Handy denken, das Selfie von ihr, ihm und Rebecka, es war kurz vor Weihnachten. Der geschmolzene Käse auf dem Krabbentoast lief an der Seite herab.

Es gibt eine Grenze dafür, wie viel Trauer ein Mensch tragen kann. In jeder Liebe kann möglicherweise Trauer stecken, und es ist möglich, der Liebe den Rücken zu kehren, ohne feige zu sein.

Er hockte sich neben den Wagen, versuchte Maia anzusehen, doch sein Blick wanderte weiter, in das Wirrwarr aus Fleisch und Nüssen und Kräutern, Karotten und Roter Bete und Kartoffeln für dreihundert Kronen das Kilo.

Mama hat noch was zu erledigen, flüsterte er. Sie kommt bald nach Hause.

Wieder suchte sein Blick ihr Gesicht, und dabei sah ich dich, Emme, in einem anderen Kinderwagen, zu einer anderen Zeit, es fielen andere Schneeflocken, die dennoch die gleichen waren.

Ich muss, ich muss.

Es tut mir so leid, Maia, aber ich muss fortgehen.

Er fuhr weg, wie er es immer getan hatte. Und Rebecka trank Kaffee mit einer anderen Mama, einer Lisa oder Klara oder Lovisa, im Espresso House in der Vasagatan, und sie unterhielten sich über Strampelanzüge und hofften, ihre Babys würden im Kinderwagen weiterschlafen, obwohl es wahrscheinlich ziemlich warm in den Schneeanzügen war.

»Sie schläft nachts durch.«

»Meine auch. Es ist wirklich schön, selbst wieder genügend Schlaf zu bekommen.«

Rebecka holte tief Luft und fragte sich, ob der Duft nach Zimtschnecken echt war oder ob er von einem Esterfett aus einem Duftspray stammte, das aus unsichtbaren Ventilen gepustet wurde und alle verrückt machte vor Lust auf Zimt und Butter, Mehl und Zucker.

»Wir wollen zu Ostern auf die Kanarischen Inseln.«

»Auf welche?«

»Lanzarote. Dort soll es nicht so überlaufen sein.«

»Das habe ich auch gehört.«

»Und du, wirst du auch irgendwo hinfahren?«

»Wir fahren nicht weg, wir bleiben zu Hause.«

»Ich habe mir überlegt, ob ich für ihr Zimmer neue Gardinen kaufen sollte. Was meinst du dazu?«

Der Schnee fiel bei kräftigem Wind, die Flocken schienen schnell auf den Boden fallen zu wollen, aber eine Kraft riss sie zur Seite. Aus einer Kaffeemaschine stieg Dampf auf, und Rebecka sagte:

»Ich finde, das klingt nach einer guten Idee.«

»Mit den Gardinen?«

»Welche Gardinen? Wer zum Teufel hat denn was von Gardinen gesagt?«

Schweigen.

Erschrockenes, peinliches Schweigen von Lovisa oder Elsa oder Theresa.

»Du glaubst wohl, das Kind könnte dich erlösen, was? Da will ich dir was sagen, es gibt keine Erlösung, die du von deiner Tochter erzwingen kannst, du hast sie nur leihweise, begreifst du das? Nur geliehen, wenn überhaupt.«

Er klopft an die weiß gestrichene Tür des kleinen Hauses in El Molinar. Hunderte von Metern entfernt schlagen Wellen an den schmalen Strand. Kinder, die schreien.

Das alte Fischerhaus liegt im Schatten, zum Glück, trotzdem ist die Hitze erdrückend. Es ist still im Haus, doch Tim ahnt, dass Mamasan Eli zu Hause ist, ihr Büro hat sie noch nicht wieder geöffnet, seit sie zurück auf der Insel ist.

Aber natürlich ist sie wieder im Geschäft. Auf ihrer Homepage starren die lächelnden Escortdamen und -herren den Betrachter an, gekleidet in Abendkleider oder offene Hemden, viel nackte Haut, in scharfem Licht von der Seite fotografiert, um so die Kurven und Muskeln hervorzuheben.

Tony the Tiger.

Nelly.

Chris from the UK.

Alicia, Honey und Pinky, Candy.

Sicher laufen ihre Geschäfte gut, nachdem sie sich wieder hierher gewagt hat. Sie muss darauf vertrauen, dass die korrupten Männer sie in Ruhe lassen und wahrscheinlich ihre Dienste brauchen, genau wie Tim.

Absatzgeklapper auf einem Steinfußboden auf der anderen Seite der Tür, wie der Schnabel einer Taube auf dem Straßenpflaster, und dann ihr Auge hinter dem Türspion.

Sie öffnet.

»Tim, was machst du hier?«

Am liebsten würde er auf dem Absatz umdrehen. Aber du musst, Tim. Du bist hier, das hier bist du. Glaube nichts anderes.

Sie trägt ein enges rotes Kleid, ist kräftig geschminkt mit frisch gemachtem Haar und trägt ein Paar schwarze Pumps, auf deren hohen Absätzen sie perfekt balanciert. Arbeitet sie jetzt selbst draußen? Nein, das würde sie wohl niemals tun. Vielleicht ist sie auf dem Weg zu einer Party, man kann sich in Palma ja jederzeit schick machen, ohne dass jemand die Stirn runzelt.

»Darf ich reinkommen?«

Sie zögert nicht, lächelt nur, beugt sich vor und gibt ihm einen doppelten Wangenkuss, den er erwidert.

Sie führt ihn durch einen engen Flur zu einem Wohnzimmer mit offener Küche, die vollständig in Weiß gehalten ist. An einer Wand hinter einem großen Loungesofa hängt das Schwarz-Weiß-Foto eines nackten Frauenkörpers. Das Gesicht ist nicht zu sehen, aber Tim ahnt, dass es die Mamasan selbst ist, verewigt von einem Escortfotografen. Hinter einem großen, verglasten Türbereich befindet sich ein Patio, auf dem ein roter Sonnenschirm Schutz für einen Teaktisch und vier rosa Plastikstühle bietet. Hier drinnen ist es kühl, eine eingebaute, lautlose Klimaanlage, und sie öffnet die Kühlschranktür.

»Möchtest du was trinken?«

»Nein danke.«

»Ein Bier. Ich weiß, dass du Bier magst.«

»Nein, wirklich nicht.«

Sie kommt mit einer Dose Holy Water in der Hand zurück. Zeigt zum Sofa. Er setzt sich, während sie weiterhin stehen bleibt, ihn mit fragendem Blick anschaut, bevor sie sagt:

»Denkst du, ich habe dich im Stich gelassen?«

Du hast mich fast in den Tod geschickt, möchte er antworten, du hast mich in die richtige Richtung geführt, zu Salgado, Horrach und Condesan, den Männern, die Emme entführt haben, aber das hast du doch nur in deinem eigenen Interesse getan. Er würde am liebsten aufstehen, zu ihr treten, sie bedrohen, aber er bleibt sitzen. Sie scheint gewusst zu haben, dass er kommt, fast sieht es aus, als hätte sie auf ihn gewartet, aber er ist aus eigenem Antrieb gekommen, und eigentlich sollte sie sich vor ihm fürchten, ihm nicht die Tür öffnen. Doch nichts an ihr verrät auch nur eine Spur von Angst.

»Es ist, wie es ist«, sagt er.

»Und es war nicht deine Tochter, die du gefunden hast?«

»Nein.«

»Das muss doch ein schönes Gefühl sein.«

»Sie ist immer noch verschwunden.«

»Ich habe den Artikel gelesen. Du hast inzwischen eine neue Tochter?«

Mamasan trinkt einen Schluck von ihrem heiligen Wasser.

»Die Welt dreht sich weiter, die Zeit vergeht«, sagt sie dann. »Es tut mir aufrichtig leid, dass du deine Emme nicht gefunden hast.«

»Ich will dich engagieren. Einige von deinen Mädchen.«

Tim beugt sich vor, streicht mit den Händen über die Oberschenkel.

Mamasan Eli steht immer noch an der gleichen Stelle. Sie lächelt. Nicht höhnisch, sondern konstatierend. Zum Schluss landen alle hier, du auch.

»Ja, und?«

»Es geht um einen Mann, von dem ich ein Foto machen will, wenn er Dinge tut, die ein verheirateter Mann nicht tun darf.«

Sie nickt.

»Und wer dir dafür den Auftrag gegeben hat, das erfahre ich natürlich nicht, oder? Hängt es mit dem Büro Heidegger zusammen?«

»Ich arbeite nicht mehr für die. Und das weißt du.«

Sie fragt nicht, warum. Das spielt für sie keine Rolle.

»Und um wen handelt es sich?«

»Das ist sowieso niemand, den du kennst«, erwidert er. »Ganz harmlos.«

»Also eine Frau, die sich scheiden lassen will und sich ihren Unterhalt sichern muss?«

»So etwas in der Richtung.«

Mamasan Eli stellt ihre Dose auf die Küchenplatte. Dann öffnet sie die Glastür einen Spalt, lässt ein wenig von der heißen Luft herein.

»Welches Alter?«

»Je jünger, umso besser«, antwortet Tim.

»Ich dachte, du wärst gegen so etwas.«

»Das bin ich auch. Sie dürfen nicht minderjährig sein, aber sie müssen jung aussehen. Das gefällt ihm.«

Und Tim zieht sich der Magen zusammen, als er die Worte ausspricht, meint zur Toilette laufen, den Magen leeren, die Scham auskotzen zu müssen, aber es gelingt ihm, den Drang zurückzuhalten.

»Bist du okay, Tim?«

»Nichts ist okay, das weißt du.«

»Und wer ist nun dieser Mann?«

Tim nennt den Namen des Richters, und Mamasan Eli blickt ihn nur kurz an, kehrt ihm danach den Rücken zu. Sie holt ein paarmal tief Luft, und er fragt sich, was ihre Mimik jetzt wohl ausdrückt. Angst, Entschlossenheit, die Miene eines zur Flucht entschlossenen Gefangenen.

»Wie du wohl verstehst, gibt es nicht die Option, Nein zu sagen.«

»Weißt du, was du da machst? Das ist gefährlich. Für alle.«

»Ich habe keine andere Wahl«, entgegnet Tim.

Dann dreht Mamasan Eli sich um. Nennt einen Preis.

Tim nickt.

»Ich lasse von mir hören«, sagt sie und zeigt mit der Hand zur Tür. »Ich habe da einige Mädchen im Sinn.«

Tim steht auf. Vorsichtig zieht er die Tür hinter sich zu. Ein Cabrio fährt vorbei. Drei junge Frauen in Badeanzügen, ein Song, den er nicht wiedererkennt. Für einen winzigen Moment spiegelt sich sein Gesicht im schwarzen Autolack.

Er weiß nicht, ob er tatsächlich sich selbst dort sieht. Oder den Mann, den es zu allen Zeiten schon dort gegeben hatte, der darauf wartet, Gestalt anzunehmen. Vernichtet, wiedergeboren. Rein auf eine Art und Weise, wie ein Mensch nur werden kann, wenn der letzte Rest von Unschuld von ihm abgefallen ist.

Clandestina hatte seinen Anruf angenommen. Mit munterer Stimme, trotz der späten Stunde in keiner Weise schläfrig, und sie hatte ihm gesagt, dass er gern am nächsten Tag um vier Uhr kommen könne. »Schlaf gut«, sagte sie in einem Ton, als wären sie allerbeste Freunde, und das, nachdem sie doch nur wenige Worte gewechselt hatten.

Tim legt den Finger auf den Klingelknopf zwischen der schwarzen Tür und dem Schaufenster, das mit schwarzem Stoff und Fakespinnweben abgedeckt ist. Calle Patronat Obrer, eine Nebenstraße, leer und verlassen, obwohl sie mitten im Zentrum liegt. Ein paar Versicherungsvertreter, ein kleiner Blumenladen. Das ist alles, und dazu der laute Verkehrslärm von der nicht weit entfernten Calle Manacor.

Schritte hinter der Tür, er fragt sich, wie sie wohl aussieht, eine weißhaarige Greisin? Aber am Telefon klang sie jung, und vor sich sieht er eine Sirene, die ihn mit ihren Lügen zu sich lockt.

Komm nur, komm her.

Was mache ich hier?

Es brennt hinter den Schläfen, und für einen kurzen Moment wird ihm übel, er hat Rebecka nicht erzählt, dass er ein Medium aufsuchen will. Sie wäre sicher wütend, traurig, würde ihn verhöhnen. Oder doch nicht?

Tu es, Tim, tu es.

Was haben wir zu verlieren, und die Tür öffnet sich.

Sie ist in seinem Alter, schwarzes, glattes Haar, das ihr bis zur Taille reicht. Eine Nase wie ein Rabenschnabel. Ein schwarzes, bodenlanges Kleid, dunkle, tief liegende Augen mit einem Blick, der ihn durchbohrt.

Wir tun das hier, Rebecka. Wir versuchen es.

»Du bist Tim?«

Er nickt, und sie führt ihn in einen Laden, in dem die Glasvitrinen voll sind mit kleinen Glücksbringern, Tarotkartenspielen, Räucherkerzen und Zubehör. Von der Decke hängt eine vielarmige Konstruktion, an deren Enden Totenköpfe kleine Glühbirnen enthalten. Er folgt ihr weiter in einen anderen Raum. Zwei Sofas stehen einander gegenüber, ein kleiner Tisch zwischen ihnen, und an den orangefarbenen Wänden hängen Kerzenleuchter mit brennenden Kerzen.

Hier drinnen ist die Stadt nicht zu hören. Nur ihr Atem.

»Setz dich«, sagt sie. »Du bist gekommen, also hast du keinen Grund mehr, skeptisch zu sein.«

Sie setzt sich ihm gegenüber. Das Licht der Kerzenflammen lässt ihre dunkle Haut wie geflammt aussehen, als hätte sie jemand mit einem Schneidbrenner verbrannt. Sie streckt die Arme vor.

»Nimm meine Hände.«

»Soll ich dir nicht sagen, warum ich hier bin?«

»Ich weiß, warum.«

Sie lächelt, und die Augen werden noch dunkler, schwarz, scheinen in ihrer Seele zu verschwinden.

Er legt seine Handflächen auf ihre offenen Hände, und sie schließt sie schnell ganz fest um seine, wie Schlangenkiefer, die zupacken.

Kalte Haut.

Ihre Haut ist kalt wie die eines Reptils.

Sie schließt die Augen, fordert ihn auf, das Gleiche zu tun.

»Atme durch den Mund aus.«

Sie atmet. Und die Stadt ist ein Murmeln, sie flüstert, der Himmel und das Meer flüstern auch, all die anderen Orte, die Millionen und Milliarden von Menschen, die sich auf der Erdoberfläche bewegen, ihre Hände sind jetzt warm, und sie flüstert:

»Ich sehe sie nicht, ich sehe sie nicht.«

Wen siehst du nicht?

Du musst sie sehen.

»Ich sehe sie nicht«, flüstert Clandestina, und was mache ich hier, warum bin ich hergekommen, Rebecka, Emme, wie könnt ihr mir das antun?

Helft mir, möge mir jemand helfen.

»Die Mädchen, die Mädchen«, flüstert Clandestina. »Die Kinder, die Kinder.« Und ihre Hände sind wieder kalt.

»Ich sehe sie nicht.«

Du musst.

Sie lässt seine Hände los, sagt ihm, er solle die Augen öffnen, und ihr Gesicht befindet sich direkt vor ihm, geflammt, eine Träne auf einer Wange.

»Ich sehe sie nicht«, wiederholt sie. »Aber sie ist da.«

»Wo?«

»Das weiß ich noch nicht.«

»Aber sie ist da?«

Clandestina nickt, lässt die Träne ungehindert das Kinn hinunterlaufen.

»Ich brauche etwas, das ihr gehörte, hast du so etwas?«

»Was zum Beispiel?«

»Was auch immer. Ein Kleidungsstück, eine Haarsträhne, etwas, das sie angefasst hat.«

Er überlegt.

»Ich habe nichts hier. Aber ich könnte etwas beschaffen.«

»Es könnte eilig sein.«

Nach fünf Jahren.

Sie steht auf.

»Das macht fünfhundert Euro«, sagt sie.

Am liebsten würde er sich selbst hart auf den Schädel schlagen, er fühlt sich so dumm, weiß, dass sie nur noch mehr Geld haben will, nur deshalb will sie doch, dass er wiederkommt mit einem Gegenstand, den Emme angefasst hat.

Er gibt ihr das Geld und geht.

*H*ast du schon etwas gefunden? Über den Krankenwagenfahrer? Oder das, was er erzählt hat?

Tim sitzt jetzt in einem Straßencafé in Portixol, er fühlt sich körperlich unwohl bei dem Gedanken, zu einem Medium gegangen zu sein, als er eine SMS an Simone schickt und die ersten Züge seines Biers trinkt.

Noch nicht. Anscheinend ist an ihm oder an dem Unfall nichts Merkwürdiges zu finden. Ich suche noch weiter nach Überwachungsbildern aus der Gegend, wo der Unfall passiert ist.

Aber du musst dich doch auch um deinen Job kümmern.

Sure thing.

Tim bezahlt sein Bier und geht zurück zum Auto. Ihm kommt eine Familie auf dem Weg zum Strand entgegen, die Blicke der Eltern sind angestrengt, die Kinder zerren an den aufblasbaren Spielsachen, sie wollen so schnell wie möglich zum Meer.

Tim fährt nach Hause. Er legt sich für eine kurze Siesta hin, schläft ein, und in der Nacht sucht er in den Bergen rund um das Dorf Orient herum. Am nächsten Morgen versucht er mit Maia und Rebecka zu skypen, aber sie antworten nicht, und so wird es Montag, Dienstag, Mittwoch, Donnerstag, und irgendwo in diesem Wirrwarr aus Sekunden, Minuten, Stunden, Tagen und Nächten taucht Maias Gesicht auf, er hat den Lautsprecher eingeschaltet, als sie stottert

am am am,

und in der Küche ist der immer gleiche Hintergrund zu sehen, die Dunstabzugshaube aus Edelstahl über dem Herd, Weinflaschen neben dem Spülbecken, Gewürzdosen, Kräutergläser und Rebeckas Gesicht, kein Lächeln, keine Ermahnungen, nur ein pflichtschuldiger Blick:

»Da, Maia, da auf dem Bild ist Papa, sag mal Hallo zu Papa«, und er schläft, wandert, schreibt SMS an Simone, die nach einer Weile nicht mehr antworten mag, er erzählt ihr nichts von Gener, und er sucht die Adresse des Richters heraus, beschattet ihn, notiert sich seine Gewohnheiten, verfolgt ihn von seiner Wohnung in der Calle de los Olmos bis zum Gerichtsgebäude an der Plaza del Mercat, und jeden Abend nach beendeter Arbeit gönnt sich der Richter einen Drink im Gibson, zieht sein tadellos faltenfreies Leinenjackett aus, lockert die Krawatte und trinkt ein Bier und anschließend einen Gin Tonic, bevor er bezahlt und langsam durch den heißen Palmaabend nach Hause spaziert.

An einem Abend, als die Dämmerung einsetzt, kann Tim den Einlasscode erkennen, den der Richter an seiner Tür eintippt, danach geht das Licht im dritten Stock an, kurz nachdem der Richter das Haus betreten hat.

In Javier Jaras Leben scheint es keine anderen Frauen zu geben. Er besucht seine Ehefrau auf der Palliativabteilung im Krankenhaus Son Espases, und Tim folgt ihm, taucht unter auf der Station, wo zur Besuchszeit ein großes Gewimmel herrscht, schaut in ein Einzelzimmer hinein und sieht den Richter auf der Bettkante sitzen. Seine Ehefrau schläft, die Arme liegen auf der Bettdecke, geballte Fäuste, ein Tropf direkt in den Hals.

Vor Tims innerem Auge taucht ein Bild von Emme auf. Sie sitzt in der Küche und macht Hausaufgaben, hat ihre Kunstunterlagen auf dem ganzen Tisch ausgebreitet, und sie winkt ihn zu sich, Papa, guck mal. Sie hat ein Madonnenbild ausgeschnitten und kotzgrün angemalt, das soll jetzt kombiniert werden mit ausgeschnittenen Buchstaben aus einer Bibel, die sie in einem Antiquariat in der Drottninggatan gekauft hat.

»Was soll da stehen?«

Sie schaut zu ihm hoch.

»Das weiß ich nicht, Papa.«

Sie denkt nach.

»Etwas Verbotenes«, und Tim verlässt die Palliativstation, ihren Gestank nach Leben, das die Erde verlässt, er weiß, dass es theoretisch immer noch eine Möglichkeit gibt, das hier abzubrechen, weiß gleichzeitig, dass er das nicht tun wird, versucht, keine Gefühle zu entwickeln gegenüber dem, was er dem Richter antut, den Mädchen, die ihn in die Falle locken sollen, was er sich selbst, Rebecka und Maia antut, auch Emme, denn ist ihr Verlust nicht mehr wert als das hier?

Er fährt hoch in die Berge, um zu suchen, und ein paar Tage später bekommt er eine SMS von Mamasan Eli, sie schreibt, sie habe drei Mädchen gefunden, die perfekt für diesen Job passen. Sie möchte wissen wann, wo, wie, und er antwortet, Plaza Mercat, morgen Abend nach sieben Uhr, lass sie dort auf ihn warten. Den Rest erledige ich.

Ein Foto vom Richter vor dem Gerichtsgebäude, geknipst mit extremem Teleobjektiv.

So, dass man ihn anhand des Bildes erkennen kann.

Perfecto.

Am nächsten Abend setzt Tim sich ein paar Tische von den dreien entfernt hin. Eine Musterkarte für die Begierden älterer Männer, eine Blonde, eine Asiatin und eine aus Lateinamerika, alle drei um die zwanzig, alle hübsch, alle mit zu kurzen Kleidern und operierten Brüsten, aber trotzdem ist es nicht offensichtlich, dass sie Escortgirls sind, zumindest nicht so offensichtlich, dass sie einen Richter, der auf der Hut ist, verschrecken könnten.

Das könntest du sein, Emme. Auch die drei haben eine Mutter und einen Vater.

Viertel nach sieben kommt Javier Jara aus dem Gerichtsgebäude, geht hinüber zur Gibson Bar, setzt sich an den Tisch, den die Mädchen freigehalten haben, wobei es für ihn aussieht, als ob er einfach nur frei sei.

Ein Bier, ein Gin Tonic. Jemand, der nach Feuer fragt, eine Zigarette, die angezündet wird, ein Arm, der wie zufällig über ein Leinenjackett streicht, eine Hand auf einem Oberschenkel, die Dämmerung, die langsam auf alte Dachziegel und sandfarbene Fassaden fällt, Lachen. Mamasan Eli hat die Mädchen gut ausgesucht. Ein dritter, vierter Gin Tonic, dann stehen alle vier auf, und Tim folgt ihnen gelassen hoch zur Calle de los Olmos, wo eines der Mädchen sogar noch unauffällig eine Zeitung zwischen Haustür und Rahmen legt, damit er ihnen folgen kann, ohne einbrechen zu müssen.

Er wartet vor Javier Jaras Wohnung.

Wartet vielleicht zwanzig Minuten.

Dann kommt das asiatische Mädchen und öffnet die Tür.

Das Handy heraus, er ist unsichtbar auf dem Flur, eine Tür, einen Spalt offen zu einem Zimmer, in dem sich die Körper aneinanderreiben.

Er filmt sie, mit ruhiger Hand filmt er die vier, in dem breiten Bett des Richters mit schwarzen Satinlaken. Er filmt all das, was die Frau des Richters nicht sehen will, wovon sie nichts wissen will, was dazu führen wird, dass sie nicht nur einsam, sondern auch enttäuscht in den Tod gehen wird, wenn sie das zu sehen bekommt. Und er hasst sich selbst, während er es tut.

Die Nacht, das sind einsame Atemzüge, die Sirenen eines Polizeiwagens und Neonlicht, das über den trockenen Asphalt von Las Avenidas fließt. Das ist ein Bildschirm mit Filmen, nackten Körpern, die sich in samtigem Licht auf eine Art bewegen, dass Gott sich wohl die Augen zuhielte.

Tim sitzt über den Laptop gebeugt am Küchentisch. Langsam leert er eine Flasche Whisky, während er die Fotos redigiert, bis das Ganze einem Amateurvideo ähnelt, gedreht von einem richtigen Exhibitionisten.

Er betrachtet seine Hände, die am Werk sind, sein Gesicht, das sich auf dem Bildschirm spiegelt.

Wem gehört dieses Gesicht?

Was wird es noch kosten, dich zu finden, Emme? Vielleicht werden wir eines Tages um den Tannenbaum sitzen, du und der Mensch, den du geheiratet hast, dein kleines Kind und deine Mutter und Maia, wir verteilen Geschenke, der Fernseher läuft im Hintergrund, und ich werde mich räuspern, sagen, dass ich jetzt, bei dieser Gelegenheit, erzählen möchte, wie Emme verschwand und was ich getan habe, um sie zu finden, welchen Preis einige Menschen bezahlen mussten, aber ich werde mit der Bitte beginnen, dass mich niemand dafür verurteilen möge, und alles, was ich getan habe, uns zuliebe getan habe, und ich bereue nichts, ich würde es immer wieder so tun. Lasst uns gerade heute, an diesem Tag, an dem alle Lichter brennen, das Augenmerk darauf richten und uns darüber freuen, dass wir hier zusammen sind, statt uns mit dem zu beschäftigen, was auf dem Weg dorthin alles geschehen ist.

Er speichert den fertigen Film. Tauft ihn Javier Jara, reibt sich die Augen und trinkt einen großen Schluck von dem Schnaps, starrt auf die zugezogenen Gardinen. Er spürt, wie der Schweiß des Tages und des Abends, der späten Nacht und des frühen Morgens an ihm klebt, als wäre die Haut ranzig und der Verfall fräße sich immer weiter nach innen.

Er öffnet ein Verschlüsselungsprogramm und loggt sich darüber in ein neu eingerichtetes Gmail-Konto ein. Simone hat ihm geholfen, das Programm zu installieren, ihr zufolge sollte es unmöglich sein, die Nachrichten zurückzuverfolgen.

Am liebsten würde er sich jetzt unter die Dusche stellen und sich vom Wasser brechender Staudämme überfluten lassen, bis er durch den Abfluss in die Kloaken und weiter ins Meer bis zur afrikanischen Küste gespült wird. Tief unter Wasser. Vielleicht findet er Emme dort, zwischen den Skeletten ertrunkener Seeleute.

Nichts kann ihn mehr reinwaschen.

Er schreibt die Mail.

Javier, mi amigo

Möchtest du, dass deine Frau das hier auf ihrem Sterbebett zu sehen bekommt?

Dann hängt er der Mail ein Foto an, das den Richter auf dem Parkplatz vom Krankenhaus Son Espases zeigt.

Er komprimiert das Video, bevor er auch das anhängt, schreibt die Mailadresse des Richters ins Adressfeld.

Er formuliert keine Instruktionen. Das ist nicht nötig. Der Richter wird auch so verstehen, was von ihm erwartet wird.

Tim zögert mit dem Finger über dem Cursor. Er drückt nicht auf Absenden, lässt die Zeigefingerspitze nur Millimeter über dem Touchpad schweben.

Zehn Sekunden, zwanzig, eine Minute, das hier wird bald zu sehen sein, und

Rebecka drückt den Knopf der Fußgängerampel, hofft, dass sie so schnell wie möglich auf Grün springt, damit sie ihre Meinung nicht noch ändert, zurück in ihre Wohnung läuft und dem gerade eingetroffenen Kindermädchen erklärt, es könne nach Hause gehen, das alles sei nur ein Missverständnis, sie werde morgens etwas länger zu Hause bleiben und am Nachmittag früher nach Hause kommen, doch da zeigt die Ampel Grün, und Rebecka geht los, geradeaus geht sie, folgt der Norrtullsgatan bis zum Norrtull und dort überquert sie das Rondell mit dem dichten Morgenverkehr, geht weiter unter der Brücke hindurch, zwischen Baugerüst und Blechdach, bis aufs Krankenhausgelände, und im Besprechungszimmer der chirurgischen Abteilung wird sie willkommen geheißen, gefragt, wie es denn Maia geht. Der Klinikleiter Stefan Andersson, immer verständnisvoll, immer ihr Freund, fragt, ob sie in aller Ruhe mit einem einfachen Beinbruch anfangen möchte oder sich doch lieber um die komplizierte Kniefraktur kümmern, die sie gerade hereinbekommen haben.

»Ich übernehme die Kniefraktur«, sagt Rebecka.

Nach der Besprechung, bevor sie in den Umkleideraum geht, um sich die OP-Kleidung anzuziehen, ruft sie zu Hause an, über Facetime, sodass das Kindermädchen zeigen kann, wie Maia sich an dem grauen Sofa im Wohnzimmer entlanghangelt, am am am, nim nim nim plappert und die Arme zum Handy streckt, und als Rebecka sich umzieht, zittern ihre Hände und es fällt ihr schwer, die Knöpfe zuzuknöpfen, die viel zu tief in dem grünen Baumwollstoff zu stecken scheinen. Sie flucht, und die OP-Schwestern und die Anästhesistin drehen sich um.

»Alles okay«, versichert sie. »Was starrt ihr mich so an?«

Und sie bringt die OP erfolgreich hinter sich, sägt und flickt das bei einem Fahrradunfall zerbrochene Gelenk wieder zusammen, anschließend folgen ein offener Schlüsselbeinbruch und ein gebrochener Daumen, und als Letztes an diesem Tag eine Schusswunde, in einer Hochhaussiedlung haben Kinder mit einer Pistole gespielt, die losgegangen ist und deren Schuss eines von ihnen in der Wade getroffen hat. Der Junge hat noch einmal Glück gehabt, trotzdem hat es ihn übel getroffen: Sie muss größere Teile des Muskels entfernen, und der Junge wird für den Rest seiner Tage hinken.

Dann beeilt Rebecka sich, schnell nach Hause zu kommen. Eigentlich hätte sie beim Supermarkt in der Upplandsgatan einkaufen sollen, aber als sie durch die Schaufenster die Menschen zwischen den Tiefkühltruhen herumlaufen sieht, kann sie sich nicht dazu überwinden, hineinzugehen. Stattdessen wird sie noch schneller, rennt geradezu nach Hause, auf den Hof, die Treppen hinauf, steckt den Schlüssel ins Schloss und geht in die Wohnung.

Alles ist still.

Viel zu still.

Wo sind sie?

Nicht in der Küche, nicht im Wohnzimmer oder Badezimmer. Aber im Schlafzimmer sind sie. Maia und das Kindermädchen schlafen dicht aneinandergeschmiegt auf der weißen Tagesdecke.

Rebecka holt ihr Handy heraus. Stellt sich so hin, dass nur Maia auf dem Foto ist. Doch dann ändert sie ihre Meinung, filmt stattdessen, geht näher heran, filmt zunächst Maias Gesicht, dass man ein leichtes Zittern der Lippen und der Nasenflügel erkennen kann, dann weiter nach unten, der Brustkorb ist zu sehen, der kleine Körper, seine Bewegungen, wie Maia atmet und wie ein kleines Herz hinter schmalen, dünnen Rippen schlägt.

Sie schaut sich den Film ohne Ton an, mehrmals, dann ruft sie WhatsApp auf.

Tim, Zuletzt online, und sie lädt das Video hoch, schickt die Nachricht ab, sie will, dass er das direkt sieht, wünscht es sich von ganzem Herzen. Sie atmet tief ein und hat ein Gefühl, als wäre sie selbst der Film, den sie abgeschickt hat, als gäbe es sie und Maia nur, wenn er ihn anschaut, als würden sie ohne seinen Blick langsam ausgelöscht, Emme in ihm, und das Skalpell heute in ihrer Hand, im grellen Licht des OP-Saals, schwerelos war es, sinnlos, wie eine frisch gekaufte Gardine in einem frisch renovierten Kinderzimmer in der Västmannagatan, vielleicht sogar gefährlich in ihrer teilnahmslosen Hand, und sie muss sich selbst eingestehen, dass es sie überhaupt nicht interessiert, wie die Operationen verlaufen sind, guck dir den Film an, verdammt, guck ihn an, sonst komme ich nach Mallorca und zwinge dich dazu, ihn anzugucken. Und vielleicht ist es genau das, was ich will, dass wir zu dir kommen sollen, Maia und ich. Ist von uns überhaupt noch etwas übrig, von dem, was wir waren, oder sind wir bereits untergegangen, verschwunden, vielleicht wurde die Zukunft von dem Hass und der Gewalt, die Emme zugestoßen ist, in Geiselhaft genommen. Aber ich lasse nicht locker, Tim, niemals, wir sind trotz allem zusammen, und

er sieht, dass eine Nachricht von Rebecka auf dem Handydisplay auftaucht. Ihre Benachrichtigungen sind die einzigen, die er zulässt, und er möchte sie eigentlich sofort öffnen, will aber Simone auch nicht unterbrechen, die ihm im Café Es Rebost gegenübersitzt, in dem Straßencafé auf der Plaza España, die die Menschen langsam schlendernd überqueren, um zu den Zügen und Bussen zu kommen, oder hinunter in die Stadt, oder zum Mercado del Olivar. Im Schatten eines der riesigen Bäume versucht ein Mann in einem grauen Wollanzug ein Bündel mondsichelförmiger Heliumballons in Ordnung zu halten.

Simone lächelt, scheint sich über etwas zu freuen.

Die Speisekarte in Tims Händen ist auf Mallorquinisch. Es Rebosts Konzept ist mallorquinisch, obwohl die Kette von einem Deutschen gegründet wurde, der die nationalistischen Strömungen kannte und die kommerzielle Kraft in ihnen sah.

»Über den Krankenwagenfahrer habe ich wie gesagt nichts Auffälliges herausgefunden«, erklärt Simone. »Es stimmt wohl, was er über den Verkehrsunfall gesagt hat, was er gesehen hat und warum er Kontakt zu dir aufgenommen hat.«

Sie streicht sich ein paar Haarsträhnen aus der Stirn, fährt leicht mit der Hand über die kleinen Fältchen.

»Keine Sorge«, bemerkt Tim. »Du siehst nicht alt aus.«

»Aber ich fühle mich alt«, erwidert Simone. »Manchmal tausend Jahre alt.«

»Hast du was am Laufen?«

Sie schaut ihn nachdenklich an, dann fragend.

»Geht dich das was an?«

Er lächelt.

»Also hast du was am Laufen.«

»Vielleicht.«

»Ich hoffe, er ist lieb zu dir. Sonst kriegt er es mit mir zu tun.«

Sie erwidert sein Lächeln.

»Lieb? Was ist das, Tim?«

»Das, was die Menschen zueinander nicht sind.«

Sie runzelt die Stirn.

»Ich werde aus dir nicht mehr schlau. Was ist los mit dir?«

»Ich weiß es nicht. Vielleicht sehe ich das Ende von etwas, aber keinen neuen Anfang.«

Simone mustert ihn, verzichtet aber auf eine Erwiderung. Sie nimmt einen Schluck von ihrem Eistee.

»Was ich gefunden habe«, sagt sie, »das ist der Film einer Überwachungskamera ein paar Hundert Meter entfernt von der Stelle, wo der Unfall passiert ist. Er stammt aus der Securityabteilung des Krankenhauses, die bewahren alles auf. Vielleicht eine Viertelstunde nachdem der Unfall passiert ist, kann man ein Auto vorbeifahren sehen, bevor die Rettungssanitäter …«

Tim unterbricht sie.

»Hast du den Film?«

Sie nickt. Holt ihr Handy heraus, und der Film ist unscharf, schwarz-weiß, ein schwarzer Wagen auf einer Straße, mehr nicht. Der Fahrer ist nur schwer im Auto zu erkennen, vielleicht sitzt jemand auf dem Beifahrersitz, aber ob es sich dabei um ein blondes Mädchen handelt, ist unmöglich zu sehen.

»Ist das alles?«

»Nicht ganz«, fährt Simone fort. »Ich habe das Autokennzeichen rauskriegen können. Der Wagen gehörte einem Xisco Caras, einem Kleinkriminellen, vorbestraft wegen Einbruch und Drogenhandel und wegen der Misshandlung einer Prostituierten. Ich habe nicht rauskriegen können, ob er Verbindungen zu irgendwelchen größeren Organisationen hat, aber du weißt ja, wie das hier ist, alles ist in Bewegung.«

»Und wo finde ich diesen Xisco?«

»Den findest du gar nicht. Er ist vor gut vier Jahren ermordet worden. Ein Jahr nachdem Emme verschwunden ist, im Februar. Ein Schuss in den Hinterkopf, in einer dunklen Gasse in El Arenal, nicht weit weg vom Superdome.«

»Und es wurde niemand wegen Mordes verurteilt?«

Simone schüttelt den Kopf.

»Es gab Spekulationen, dass es sich um einen Streit unter Dealern gehandelt haben könnte, aber wirklich rausgekommen ist nichts.«

Superdome.

Sergio Geners riesige Diskothek am Strand.

Ein Schuss in den Hinterkopf.

Seine Unterschrift.

»Das klingt alles sehr nach Gener«, erklärt Tim und überlegt, ob er jetzt von dem Auftrag erzählen soll, der Schmutzkampagne gegen den Richter.

Er weiß inzwischen mehr, sollte berichten. Aber je weniger Simone weiß, umso besser.

»Es besteht die Möglichkeit«, fährt Tim fort, »dass dieser Xisco

Emme in seinem Auto hatte, dass er sie aufgegabelt hat, nachdem sie aus dem Haus geflohen war. Du hast doch selbst erzählt, dass er eine Prostituierte misshandelt hat.«

»Ja. Sicher, die Möglichkeit besteht.«

Emme, als sie spät in der Nacht, im frühen Morgengrauen, herumirrt.

»Vom Regen in die Traufe«, sagt Simone.

»Wenn es sich denn so zugetragen hat. Das ist schon ziemlich an den Haaren herbeigezogen. Garantiert gibt es noch eine andere Erklärung.«

»Aber es ist nicht unmöglich«, bemerkt Simone.

»Wo soll dieser Xisco gewohnt haben, weißt du das?«

»Ja, mit seiner Mutter in einem Haus außerhalb von Banyalbufar, ich habe die Adresse. Das Haus gehört immer noch ihr, aber seit einem Jahr lebt sie in einem Altersheim in Son Cabot.«

Sie tippt auf ihrem Handy herum.

»Du kriegst sie gleich.«

»Danke.«

»Was willst du jetzt tun?«

»Ich muss wohl damit anfangen, zu dem Haus zu fahren. Das ist ein neuer Ansatz. Und vielleicht ist er noch ziemlich unberührt.«

Hinter ihnen flutschen dem Mann die Heliumballons aus der Hand und steigen zum Himmel. Langsam verlieren sie sich in den Wolken, doch vorher formen sie zwanzig mondsichelförmige Augenbrauen über dem müden Blick eines Gottes.

Rebecka hält Maia unter den Armen, hebt sie ins Wasser in dem nierenförmigen Pool im Tegnérlunden, und Maia macht sich frei, will hinter dem rot-weiß gestreiften Wasserball herjagen, der einem anderen Kind aus dem Viertel gehört.

Frühe Dämmerung über Stockholm.

Maia stolpert, fällt hin, doch das Wasser ist nur vierzig Zentimeter tief, also müsste sie es schaffen, denn normalerweise hat sie keine Angst vor Wasser, und sie steht wieder auf, ist eigentlich noch zu klein für so viel Mut, die anderen Kinder ihres Alters halten sich am Rand fest und fordern die Hände von Mama oder Papa.

Maia kommt zurück an den Rand. Lächelt Rebecka an, die auf dem harten Steinrand kniet und den warmen Wind hört, wie er durch das Laub rund um sie herum fährt, wie der künstliche kleine Bach rauscht, der zwischen großen Steinen vom Pavillon oben auf dem Hügel herunterfließt.

Da bist du ja, da bist du ja.

Am am, am am

nim nim nim.

Rebecka ist älter als die anderen Mütter, und diese beobachten sie mit ebenso viel Aufmerksamkeit wie Misstrauen, genau wie es die Mütter in der Krabbelgruppe anfangs taten. Warum hast du so lange gezögert, ein Kind zu bekommen? Was stimmt nicht mit dir, bestimmt ist dein Kind autistisch.

Eine der Mütter, hübsch und schlank mit schwarzem Haar und perfekt sitzenden Jeans, steht von der Bank auf, kommt auf Rebecka zu.

»Wie mutig sie ist«, sagt sie mit leicht singendem slawischem Akzent.

Was willst du? Warum sagst du das?

»Danke. Das hat sie von ihrem Vater.«

»Girlpower. Das hat sie von Ihnen.«

Wieder stolpert Maia, und Rebecka erinnert sich daran, wie sie Emme und Tim im Pool auf Ko Chang zuschaute, als Emme schwimmen lernte, wie er sie immer weiter hinaus ins Wasser lockte, und Maia geht jetzt auch weiter, zu den tieferen Bereichen des Planschbeckens, und die schlanke, hübsche Frau sieht erst besorgt hin, doch schnell beruhigt sich ihr Blick, wird vertraulich, als hätten die beiden etwas gemeinsam.

Sie streckt die Hand vor, und Rebecka ergreift sie.

Der Händedruck ist fest.

»Ich heiße Ivana«, sagt sie. »Wahrscheinlich erinnern Sie sich nicht mehr an mich, aber ich kann mich noch gut an Sie erinnern.«

Die Stimme ist freundlich, voller Wärme, fast Bewunderung.

»Entschuldigen Sie«, erwidert Rebecka, »ich kann mir Gesichter so schlecht merken.«

»Sie haben meinen Vater operiert«, erklärt Ivana, »sein Bein, nach einem Unfall mit der Motorsäge bei ihm zu Hause im Garten. Im Oktober ist es drei Jahre her. Ein großer, schlaksiger Mann. Aus Bulgarien.«

Rebecka runzelt die Stirn. Tut so, als versuchte sie sich zu erinnern, könnte es aber nicht. Denn sie kann es auch nicht, kann sich an keinen Bulgaren erinnern, der sich mit einer Motorsäge am Bein verletzt hat.

Maia ist jetzt auf der anderen Seite des Planschbeckens angekommen, das Wasser geht ihr bis zum Brustkorb, sie versucht ein Eichenblatt zu schnappen, das auf der Wasseroberfläche schwimmt.

»Sie können sich nicht erinnern.« Ivana lächelt. »Das ist schon in Ordnung. Ich wollte nur noch einmal Danke sagen.«

»Geht es ihm gut?«

»Es geht ihm ausgezeichnet. Er ist ein guter Opa.«

Ivana zeigt zu den Schaukeln, ein kleiner Junge schaukelt dort ganz allein.

»Mein Sohn.«

»Sie sind bezaubernd«, sagt Rebecka, »die Kinder.«

»Ja, das sind sie wirklich, nicht wahr?«

»Was würden wir ohne sie tun? Ohne die Kinder, meine ich.«

Jetzt lächelt diese dankbare Ivana sie wieder an.

»Vielleicht würden wir dann jeden zweiten Abend ausgehen«, erklärt sie, »uns Drinks genehmigen, in zu kurzen Kleidern, Männern hinterherjagen und uns überhaupt unverantwortlich benehmen. Wäre das nicht wunderbar?«

Maia ruft, »Nim nim nim« und hält triumphierend das Eichenblatt hoch.

Simone überquert den Marktplatz. Am liebsten hielte er sie zurück. Kann aber selbst nicht sagen, warum, was sehe ich in ihrem Verschwinden? Ich weiß, was ich sehe, was ich sehen will.

Er nimmt sein Handy hoch. Über ihm bewegt sich leicht die Markise, und er klickt das Video von Rebecka an. Maia schläft, ihr Brustkorb hebt und senkt sich, und die Luft hier ist so heiß, zäh, dass er sie kaum bis in die Lunge einatmen kann.

Maias Wangen, die durchscheinende Haut, die Lippen, so dünn wie Eis an einem der ersten Frühlingstage, zerbrechlich wie die Atemzüge selbst.

Für einen Moment meint er, dass sie schwimmt, unter Wasser ist, aber er weiß, dass sie in dem großen Bett liegt, dort, wo auch Emme lag.

Tu mir das nicht an, Rebecka.

Verdammt, was glaubst du denn, warum ich hier bin?

Wegen des Mädchens, des Mädchens, der Mädchen, der Mädchen, damit sie irgendwann einmal ein gemeinsames Leben als Schwestern haben.

Mamasans Mädchen. Ihm wird übel bei dem Gedanken an Augen, die ihnen vielleicht folgen, ihnen Böses wollen. Es wird ihm übel bei der Vorstellung, wie der Richter sich diesen Film anschaut, sich selbst sieht und einsehen muss, dass er besiegt ist.

Aber Rebecka, das ist auch deine Verantwortung, all das hier, und dafür zu sorgen, dass wir einander nahe sein können. Und ich weiß, dass du das weißt, auch wenn es deinem Instinkt, Maia vor allem Bösen zu beschützen, widerspricht.

W as suche ich?

Tim stellt seinen Wagen ein paar Hundert Meter vor dem verfallenen Steinhaus ab, das ein Stück die Straße hinunter auf einer Lichtung zu erkennen ist. Die Palmenkronen senken sich über das Dach, in dem große Löcher wie leere Augenhöhlen erscheinen.

Kann jemand noch vor einem Jahr hier gewohnt haben?

Das Haus liegt auf dem flachen Land, ein paar Kilometer von Banyalbufar entfernt, zwischen Äckern, die von Mauern umschlossen werden, und Feldern mit krummen Oliven- und Mandelbäumen, die darauf warten, wieder in Blüte ausbrechen zu können.

Tim geht auf das Haus zu, schaut sich um. Er scheint hier allein zu sein. Ein Vogel singt heiser in einem der Bäume, Tim hat keine Ahnung, um was für einen Vogel es sich handelt. In der Ferne bellt wütend ein Hund.

Jemand hat auf einer Seite der Straße das Gras abgebrannt, und wenn eine Böe von der Serra de Tramuntana herunterweht, tanzt die Asche in der Luft. Tim muss die Augen schließen, um keine Flöckchen ins Auge zu bekommen, ein paar Schritte vorwärts geht er blind. Dann meint er eine Bewegung auf dem Grundstück zu erkennen, flucht, dass er nicht seine Pistole mitgenommen hat, aber was soll denn hier noch zu finden sein? Du, Emme? Sollte dich jemand all die Jahre über hier gefangen gehalten haben – es ist ja nicht einmal sicher, dass du überhaupt in diesem Auto gesessen hast.

Keine Angst. Ich bin garantiert allein hier.

Gener.

Was weiß er?

Tim macht einen Satz über den Graben, klettert dann über eine Mauer und geht über das Feld auf das Haus zu. Die Asche schwärzt seine weißen Schuhsohlen, und er duckt sich, versucht herauszufinden, was er da gesehen hat. Ein Vogelschwarm fliegt aus einer Palme auf und kündigt seine Ankunft an. Er bleibt hinter einem Gebüsch stehen, kann aber nur einen leeren, vollgemüllten Hofplatz erkennen, einen Brunnen, der offenbar trockengelegt wurde, und das Steinhaus mit zerschlagenen Scheiben und einer Tür, die einen Spalt offen steht. Links gibt es einen Erdkeller und ein kleineres Gebäude, einen Stall oder eine Werkstatt, das ist von hier aus unmöglich auszumachen.

»Hay alguien aquí?«, ruft er zum Haus hin. »Anyone here?«

Er geht über den Vorplatz, ins Haus hinein und gelangt direkt in eine Küche, unmöbliert, mit einem offenen Loch, wo einmal ein Herd gestanden haben müsste. Spinnweben an der Decke, Staub, Rattenkot und unfassbar stickige Luft.

Er beginnt das Haus zu durchsuchen.

Alle Zimmer im Erdgeschoss sind leer, und im ersten Stock steht ein kaputtes Bett in einem Schlafzimmer, von dem es direkt in ein Badezimmer mit schmutzig braunen, ehemals weißen Kacheln und einem verschimmelten Duschvorhang geht.

In dem Badezimmer bleibt er stehen. Schaut durchs Fenster hinaus auf die Kronen der Palmen, die sich langsam vor dem dunkler werdenden Himmel wiegen. Er versucht sie zu spüren, zu fühlen, ob Emme hier gewesen ist, und er sieht das kleinere Haus, den Erdkeller dahinter, und schnell läuft er die Treppe hinunter, aus dem Haus, über den Vorplatz, zur rostigen Eisentür des Erdkellers.

Er versucht sie aufzureißen, doch dabei löst sich die Klinke, bleibt in seiner Hand hängen. Er tritt fest zu, immer wieder, und die Hitze ist jetzt unbarmherzig, obwohl es doch bereits auf den Abend zugeht.

Tritt, Emme, tritt, Emme.

Wie viele Türen habe ich nicht schon geöffnet? Und zum Schluss fällt die Tür nach innen, aber er bleibt erst einmal still stehen, schaut nur in das dunkle Loch, leuchtet mit der Taschenlampe seines Handys. Er erkennt ein paar Rattenskelette, noch mehr Spinnennetze, feuchte Steinwände, an denen irgendein schwarzer Dreck klebt, das muss Erde sein, die während des heftigen Frühlingsregens durch die Decke eingedrungen ist.

Ein Seil, zur Hälfte von verzweifelten Ratten gefressen.

Er klettert hinein, schaltet die Handytaschenlampe aus, versucht Emme zu erspüren, und was ist nur aus mir geworden, ein verdammter New Ager, der versucht, sich an das heranzuatmen, das es nicht gibt, das es nie gegeben hat. Ascheflocken kleben in seinen Augen, die Dunkelheit will durch die Pupillen eindringen, und er fragt sich, wie er es vermeiden kann, die Grenze zu überschreiten und verrückt zu werden, aufgesogen zu werden von all den Misserfolgen, den Fehlern und Defiziten, nachzugeben angesichts dieser Welt, die ihn bis hierher getrieben hat.

Er geht weiter hinein. Hebt das Seil auf, sucht nach rosafarbenem Stoff, dem Stoff, aus dem Emmes Jacke genäht war, die Jacke, die sie trug, als sie verschwand. Aber hier ist kein Stoff zu finden, es gibt keine einzige Spur von ihr, nicht einmal eine yogische Ahnung.

Er dreht sich um und geht hinaus. Fährt zurück in die Stadt.

Gener hat Scheiße geredet. Er weiß gar nichts von Emme. Er benutzt mich nur als nützlichen Idioten, aber noch ist er nicht aus dem Gefängnis raus.

An diesem Abend geht Tim früh schlafen, er muss nicht einmal etwas aus seinem Stesolidvorrat im Bad holen. Stattdessen lässt er sich von dem Whisky, lauwarm und direkt aus der Flasche getrunken, in die Ruhe einhüllen, die der Schlaf bietet, bevor die Träume beginnen.

Schreie im Haus wecken ihn auf, die Kinder der Familie Adame sind von den verzweifelten Streitereien ihrer Eltern aufgewacht. Am liebsten würde er hinuntergehen, an die Tür hämmern und ihnen erklären, dass sie sich ordentlich um ihre Kinder zu kümmern haben, ob das denn wirklich so schwer sei, aber stattdessen tritt er ans Fenster, schaut hinaus auf die Straße, die im Schein der Straßenlaternen orange leuchtet. Unten an der Ecke steht die Letzte der Prostituierten, diejenige, die immer bis zur Morgendämmerung aushält und von der er nicht weiß, wie sie heißt.

Er zieht die Gardinen vor, legt sich wieder ins Bett, und schon bald sind Polizeisirenen zu hören. Sie kommen näher, ersterben vor seiner Haustür, und er bekommt Angst, wollen sie mich holen, die Polizei geht ins Haus, und kurz danach klopft es an Adames Tür. Aufgebrachte Schreie, und dann sind sie drinnen, und der Tumult setzt sich noch eine Viertelstunde lang fort, bis die Polizeiautos wieder davonfahren und alles still ist.

Tim trinkt, bis er wieder einschläft, und am nächsten Morgen trinkt er Kaffee und isst ein Toastbrot im Las Cruces, bestellt sich dazu einen frisch gepressten Orangensaft mit Eis, ein Gräuel laut Ramón, der etwas Beleidigendes in Tims Richtung murmelt, während er die Nachrichten anschaut.

Ein Bild von Sergio Gener, wie er das Gefängnis verlässt, ein Passbild des Richters.

Die Nachrichtensprecherstimme aus dem Off.

»Sergio Gener, der bekannte mallorquinische Geschäftsmann und, wie gesagt wird, Gangsterkönig, wurde heute Morgen aus dem Gefängnis entlassen, nachdem der Richter Javier Jara in einer extra einberufenen Sitzung einige der Beweise für nicht gültig erklärte, die bei der Gerichtsverhandlung gegen den Angeklagten angeführt worden waren. Gener kommt bis zu einer neuen Gerichtsverhandlung auf freien Fuß, was laut Staatsanwalt bis zum nächsten Jahr dauern kann, falls die noch bestehenden Beweise für eine Anklage ausreichen.«

Es folgt ein Hohelied auf die Organe der mallorquinischen Justiz, das Tim sich nicht anhören mag. Gener, der mit triumphierendem Blick in eine der Fernsehkameras starrt.

»Die Gerechtigkeit hat endlich gesiegt.«

Tim spürt, wie ihm der Saft hochkommt, spürt den chemischen Gestank, den Todesgeruch auf der Palliativstation von Son Espases.

Er sieht die Haut von Mamasans Mädchen in der Dunkelheit.

Wie sie Jara im Gibson anlächeln.

Dann eine SMS.

Der Freigelassene möchte dich treffen.

Dazu eine Adresse.

W ie weit komme ich, bis meine Füße total kaputt sind, wie weit schaffe ich zu gehen, Papa? Schaffe ich es bis in die Berge, und noch ist es dunkel, und ich höre, wie ein Auto startet, und wenn die es nun sind? Sie dürfen mich nicht sehen, ich muss mich verstecken, ich laufe weg, auf dieses Feld, sie kommen zurück, sie holen mich, Papa.

Ich muss mich verstecken.

Das Handy.

Die Schuhe.

Ist es der schwarze Wagen, der zurückkommt?

Ich habe blutige Füße und muss die großen Blumen zur Seite schieben, Sonnenblumen, so groß wie ich, und überall sind Wespen und Fliegen, sie wollen mich auffressen, alles ist blutig, was passiert hier, wo bin ich.

Magaluf. Ich bin in Magaluf, nein, ich muss dorthin zurück, zu Julia und Sofia, zu dem Bett in dem Hotelzimmer und ich muss meine Sachen packen, zum Strand gehen, es ist jetzt heiß, ich habe Durst, ich zittere und die Rippen drücken aufs Herz. Jetzt kommen sie. Ein Auto. Ich werfe mich zu Boden, hinter einem Busch, und es sieht so aus, als wäre eine chinesische Frau in dem Wagen, gehört sie zu ihnen, ich stolpere nur noch und ich muss etwas trinken, niemand darf mich sehen, ich muss

NACH HAUSE

Papa

Wo bist du?

Ich gehe jetzt, Papa, einen Weg entlang, da kommt ein Auto, ich schaffe es nicht mehr, mich zu verstecken, ich muss das Risiko eingehen. Der Wagen hält an, ich winke, ich muss glauben, dass sie gut zu mir sind. Ich kann nicht sehen, welche Farbe das Auto hat, ist es schwarz, weiß oder gelb. Der Fahrer ist nett. Er wird mir helfen. Wird mich in ein Krankenhaus bringen.

Das wird er doch tun, nicht wahr, Papa?

Aber.

Nein, nein, nein.

Kann man die Anwesenheit eines Menschen spüren, lange nachdem er oder sie den Ort verlassen hat?

Eigentlich glaubt Tim das nicht. Er hat nie Emme in dem Raum mit den Matratzen in dem Hochhaus gespürt, er hat sie nicht in dem Hotelzimmer gespürt, nicht einmal zu Hause in der Wohnung am Tegnérlunden konnte er sie noch spüren. Emmes Sachen waren dort, ihre Kleidung, die Schulbücher, ihr Krimskrams, die Schminke, der Schminkspiegel, den er ihr im Internet bestellt hatte, aber nicht sie, nicht das Gefühl von ihr oder dass sie sich jemals in diesem Zimmer aufgehalten hätte. Er spürt sie auch nicht in dem Erdkeller.

Und er will auch ihre Abwesenheit nicht spüren. Die darf es nicht geben.

Beim Dorf Orient öffnet sich die Serra de Tramuntana zu einem Tal, das sich weit erstreckt, die Arme ausbreitet, als könnte das Grün die Berge und Felsen zur Seite schieben. Eine Ansammlung gemauerter Häuser an einer Straße, ein kleiner Gasthof, in dem er früher einmal mit Milena Spanferkel gegessen hat, auf dem Rückweg nach Palma musste sie ans Steuer, weil er zu viel Wein und Orujo getrunken hatte.

Die Straße schlängelt sich zum Dorf hinunter, durch dichte

Vegetation bis zur Talsohle und dann wieder hinauf, zu dem Haus. Die Adresse, die er bekommen hat, befindet sich gleich hinter dem Ort, fast in nächster Nachbarschaft zum Hotel L'Hermitage.

Er biegt direkt vor dem Hotel ab, passiert eine verrostete Eisenpforte, die in eine Mauer eingelassen ist, und setzt die Fahrt auf einer Schotterpiste fort. Schon bald befindet er sich in einem Pinienwald, er durchfährt ihn langsam, bis er auf eine ausgedehnte Lichtung kommt, auf der eine große Finca aus Sandstein Wohlstand ausstrahlt.

Schwarze Autos, Range Rovers, ein Mercedes und ein BMW, stehen unter ein paar Palmen. Zwei schwarz gekleidete Wachleute mit Uzis in den Händen. Die Hitze scheint ihnen nicht zu bekommen, aber stoisch wie Krieger aus Sparta ertragen sie die sengende Sonne. Es muss Kameras an der Einfahrt geben, den Weg entlang, das Tor muss geöffnet worden sein, damit er hineinkommt, sie müssen ihn gesehen haben, ihm erlaubt haben, bis vors Haus zu fahren, ganz ohne Kontrolle oder Leibesvisitation.

Er stellt seinen Wagen neben den anderen ab, steigt aus, und die Gorillas nähern sich ihm, die Waffen über der Schulter hängend.

Braucht Gener diese Typen?

Leichen im Hafenbecken. Richter, deren Ruf in den Dreck gezogen wird. Kokain für Hunderte von Millionen. Geldwäsche, Gier und vielleicht eine Vorliebe für Gewalt, Befriedigung in ihr, das hat er schon so oft gesehen, und er kann nicht leugnen, dass er sich selbst davon angezogen fühlte.

»Er wartet hinter dem Haus auf dich«, sagt einer der Wächter und zeigt auf einen mit Steinen gepflasterten Weg, der zu einigen Nadelbäumen führt, unter denen weiße Lilien wachsen, frisch gegossen natürlich.

Tim geht um das Haus herum. Ein glänzender, blau gekachelter Pool. Einige jüngere Frauen mit großen, schwarzen Sonnenbrillen und zu knappen Bikinis räkeln sich auf den Liegen davor, und auf einem grauen Sofa sitzt Sergio Gener unter einer Pergola, zurückgelehnt in weißen Tennisshorts und einem hellblauen Lacoste-Polohemd. Im Hintergrund kann Tim einen grünen Zaun erahnen, ein Netz und einen rostbraunen Aschenplatz. Gener nippt an einem Glas Weißwein, der verfilzte Bart aus dem Gefängnis ist verschwunden.

»Setz dich«, sagt er und deutet auf einen der Sessel, die dem Sofa gegenüberstehen.

Tim setzt sich, und Sergio Gener beugt sich über den Tisch vor, streckt die Hand aus, und Tim ergreift sie, drückt sie fest, fester als Gener.

»Das hat doch prima geklappt«, sagt Gener mit einem Grinsen. »Willst du auch ein Glas?«

»Ich muss noch fahren.«

»Spielt das eine Rolle?«

Darauf entgegnet Tim nichts.

»Ich halte meine Versprechen«, fährt Gener fort. »In meiner Welt sind sie das Einzige, was einen vom Tod trennt.«

Er schnipst mit den Fingern, und aus dem Haus kommt eine Frau in traditioneller Dienstmädchenuniform, mit einem Briefumschlag in der Hand. Sie legt ihn vor Tim auf den Tisch, um danach sofort wieder im Haus zu verschwinden.

»Fünfzigtausend«, sagt Gener. »Als Dank. Ich weiß, dass du kein Geld haben willst, aber du kannst es ebenso gut auch nehmen. Wir sitzen doch jetzt in einem Boot, ob du es nun willst oder nicht.«

Tim zögert, lässt die Hände auf den Hosenbeinen ruhen, tut sich selbst und Gener gegenüber so, als müsste er noch überlegen. Dabei ist der Beschluss schon vor langer Zeit getroffen worden, er hat diese Art von Zweifel vor Tausenden und Abertausenden von Atemzügen bereits hinter sich gelassen.

Tim nimmt den Umschlag. Schiebt ihn unter dem Hemd in den Hosenbund.

»Braver Junge«, sagt Gener.

»Lieber Onkel«, erwidert Tim, und Geners Blick verliert das

Letzte an Menschlichkeit oder dem, was ihr ähnelt, dann grinst er wieder.

»Du hast *cojones*. Ich wusste, dass du der Richtige für den Job bist. Und der Richter liebt wirklich seine Frau.«

»Emme«, sagt Tim nur, ihr Name hallt vom Pool zurück, eines der Mädchen macht einen perfekten Kopfsprung ins Wasser, das sich zu teilen scheint.

»Ich weiß, was mit ihr passiert ist«, sagt Gener.

Tim merkt, wie seine Hände zittern, er drückt sie auf die Oberschenkel, schaut auf sie hinunter, hat das Gefühl, dass sie gar nicht zu ihm gehören.

»Der Kerl, zu dessen Haus du gestern gefahren bist, hat sie gefunden«, erzählt Gener. »Hat sie aufgelesen, als sie herumgeirrt ist.«

Tim sieht ihn an, wie sich sein Mund bewegt, wie er sich eine Zigarette anzündet, der Schwimmerin applaudiert, die mit eleganten Bewegungen über eine Leiter aus dem Pool klettert.

»Wohin hat er sie gebracht? Hat er sie getötet?«

Tim spricht diese Worte aus, die er selbst nicht hören möchte, spürt, wie die Berge den letzten Rest seiner Hoffnung in sich aufsaugen.

»Er hat sie mit in seine Finca genommen«, fährt Gener fort.

Der Erdkeller.

Habe ich dich darinnen gespürt?

»Ich habe gehört, dass er sie an die bulgarische Mafia verkauft hat, nachdem irgendein Arzt etwas an ihrem Aussehen ausgebessert hat – vielleicht auch schon vorher. Jedenfalls haben sie sie operiert. Das war offensichtlich nötig. Vielleicht waren es auch die Bulgaren, die das mit ihrem Gesicht geregelt haben. Das ist nicht ganz klar.«

Tim schnappt nach Luft. Versucht mit aller Macht, die Hände ruhig zu halten. Gener erzählt nicht alles, er ist ein Mann, der nie alles sagt, niemandem, der die ganze Zeit die Wahrheit so erschafft, wie sie in genau diesem Moment für ihn am besten ist. Warum erzählt er all das überhaupt? Weil ich ihm einen Dienst erwiesen habe, und er will so ehrlich sein und es mir vergelten? Wohl kaum.

»Was für Bulgaren? Was für ein Arzt?«, bringt Tim heraus.

»Ich weiß nicht, was für Bulgaren das waren. Vor fünf Jahren wimmelte es auf der Insel nur so von ihnen, und jetzt sind sie wieder zurück, diese unrasierten Tiere. Sie glauben, ich wäre schwach, aber das bin ich nicht.«

»War das dieser deutsche Arzt? Baumann? Der auch Mamasans Mädchen zusammengeflickt hat, nachdem Horrach sie misshandelt hatte?«

Joaquin Horrach. Der korrupte mallorquinische Vorsitzende der Baubehörde. Der Frauen misshandelte, sie folterte. Der auch Emme in seinen Fingern hatte. Den ich erschossen habe.

Gener wendet seinen Blick den Mädchen zu, anschließend wieder Tim.

»Mehr kann ich nicht sagen.«

Er macht eine Pause.

»Aus dem einfachen Grund, dass ich nicht mehr weiß.«

Tim bleibt in Orient. Er betritt das kühle Restaurant Orient Ca'n Tomeu, registriert den Duft knuspriger Spanferkelschwarte, der sich im Lokal bis an die weiß verputzten Wände und über die braun lasierten Stühle ausbreitet. Er setzt sich an einen Fenstertisch, neben ein paar verschwitzte deutsche Radfahrer, die gerade ihr zweites Bier bekommen. Der mürrische Restaurantbesitzer serviert ihm nur widerwillig Kaffee, schaut auf die Uhr über der Bar, als wollte er überprüfen, wie viel Zeit noch bis zum Ansturm aufs Mittagessen bleibt. Die Uhr zeigt halb zwölf, und normalerweise lassen sich vor halb zwei keine Lunchgäste blicken, also bekommt Tim seinen Kaffee, und er kann sein Handy herausholen und Rebecka anrufen.

Was treibst du?

Wo bist du?

Maia, was macht Maia, und er möchte ihr sagen, wenn sie denn antwortet, dass er in einem Raum war, in dem Emme vielleicht gefangen gehalten wurde, einem widerlichen Raum, und ich glaube, dass ein noch widerlicherer Mann mich dorthin geführt hat, ich habe widerliche Dinge getan, um dorthin zu gelangen, und ich wollte dort sein und gleichzeitig auch nicht dort sein. Bulgaren, will er sagen, und ein Arzt, vielleicht ein deutscher Arzt, Emmes Gesicht, kannst du dir etwas Abstoßenderes vorstellen, Rebecka, stell dir vor, nicht nur die Zeit hat ihre Gesichtszüge verändert, sondern auch das Skalpell.

Jemand hat sie an die bulgarische Mafia verkauft.

Wenn es denn wahr ist.

Können wir das glauben, Rebecka? Fünf, sechs, sieben Mal klingelt ihr Telefon, während sie Maia in den Wagen zurückdrückt und einem Paar Beinen ausweicht, die in einem Straßencafé ganz oben auf dem Drottninggatsbacken auf den Gehweg ragen.

Sie ist auf dem Weg hinunter zur Hötorgshallen, will einkaufen, weiß aber nicht, was, und sie will, dass Maia einschläft. Rebecka starrt geradeaus vor sich hin, in Richtung der Anhöhen von Södermalm, zur Katarinakirche, die im Dunst unscharf erscheint, und das Telefon klingelt in der Tasche, rufen sie etwa vom Karolinska an, heute kann sie nicht kommen, das Kindermädchen hat keine Zeit, und sie will gar nicht rangehen, aber es ist Tim, und sie tut es trotzdem.

»Wie geht es dir, mein Liebling?«, fragt er.

Soll ich ihm erzählen, dass ich wieder angefangen habe zu arbeiten? Dass sich das vollkommen sinnlos anfühlt, aber ich auch nicht immer nur zu Hause sein kann?

»Gut, aber ich langweile mich. Ich glaube, ich werde wieder anfangen zu arbeiten.«

»Das kannst du doch später immer noch.«

»Ja, sicher.«

»Oder fang ruhig an zu arbeiten. Maia ist groß genug für die Kita. Und du kämest dann auf andere Gedanken und hättest etwas zu tun, was du gern tust.«

Was weißt du denn davon?, denkt Rebecka. Woher willst du wissen, wie groß Maia jetzt ist, was sie schafft und was nicht? Und weißt du überhaupt, was ich jetzt noch gern tue?

»Findest du, ich sollte sie in die Kita geben?«

»Wenn es gut für dich ist. Steht sie auf der Warteliste?«

»Für einen Kitaplatz? Nein.«

»Vielleicht wäre es gut, sie anzumelden.«

»Ich muss mir noch überlegen, wie ich es mache.«

Sie verstummt. Warum lüge ich? Warum kann ich ihm nicht einfach sagen, dass ich wieder angefangen habe zu arbeiten? Weil die Wahrheit, welche Wahrheit auch immer, zu kompliziert sein kann, wenn man nicht die einzig wichtige Wahrheit kennt.

»Tatsächlich habe ich vor kurzem schon angefangen zu arbeiten«, sagt sie.

»Wie schön. Und wer kümmert sich dann um Maia?«

»Ein Kindermädchen. Sie ist zuverlässig. Die Tochter eines Kollegen. Zwanzig Jahre alt. Ein bisschen einfältig, aber nett. Und es geht nur um gelegentliche OPs. Maia ist bei ihr gut aufgehoben.«

»Ich vertraue dir. Und es ist schön, dass deine Hände wieder etwas zu tun bekommen.«

Er wirft ihr nicht die Lüge hinsichtlich ihres Jobs vor.

»Wir sind auf dem Weg zum Hötorget«, sagt sie. »Um Kartoffeln einzukaufen, und Pfifferlinge, wenn sie welche haben.«

»Ziemlich früh für Pfifferlinge.«

»Nicht aus dem Baltikum.«

»Schläft sie?«

»Fast.«

Sie hört ein Gurgeln aus der Karre, zufriedenes Gurgeln. Maia genießt es, dass ihr so viele Menschen entgegenkommen, lächelnde

Menschen, die ihr beibringen, dass die Welt ein liebevoller Ort ist und die Menschen eine schöne, liebevolle Gattung sind. Hübsche Kinder werden in dieser Illusion gewiegt.

Sie gehen an der Eisdiele StikkiNikki vorbei, die Schlange geht bis auf die Straße, und Maia zeigt darauf, nam nam.

»Ich muss dir etwas erzählen«, sagt Tim, und wieder erkennt sie diesen Tonfall seiner Stimme, wie sie fast um eine Oktave tiefer sinkt, voller dunkler Hoffnung und Entdeckungen, und sie spürt ihr Herz rasen, will alles hören und doch wieder nicht, will will will, dass er etwas gefunden hat.

Das ist seine Verantwortung.

Und meine.

Sie mag den Gedanken nicht zu Ende führen, spürt, was er mit ihr macht, er ist zu gefährlich. Für sie, für Maia.

»Und was?«

Er berichtet von Gener, von einem Kleinkriminellen, der Emme verkauft haben soll, von dem Erdkeller, dem Seil. Dass sie möglicherweise an die bulgarische Mafia verkauft wurde, es aber noch unklar ist, an wen und wie. Dass es heißt, ein deutscher Arzt hätte ihr Gesicht operiert. Dass sie nach der Zeit in der Gefangenschaft wohl verletzt gewesen ist. Dass er möglicherweise weiß, wer der Arzt ist.

Sie schnappt nach Luft, wartet, dass die Autos auf der Kungsgatan vorbeifahren, und überall sind Menschen, wo kommen all diese Menschen her?

Operiert. Emme.

Wieder kann sie das Gewicht des Skalpells in ihrer Hand spüren. Die freigelegte Haut sehen. Emmes dünne, nackte Haut.

Sie verpasst eine Lücke zwischen den Autos. Maia schläft jetzt, endlich.

»Du hättest das Seil mitnehmen sollen«, sagt sie. »Es der Polizei zeigen. Damit die untersuchen können, ob es Spuren daran gibt.«

»Ich kann die Polizei nicht dorthin führen, das weißt du.«

»Aber das Seil, vielleicht sind Spuren von Emme daran.«

»Ja, vielleicht.«

Technische Beweise, ein Seil in einem Erdkeller, die Worte eines Gangsters, untechnische Beweise, gibt es diesen Begriff? Schließlich hat er Kontakte daheim, die ihm vielleicht helfen könnten.

Er bestellt einen zweiten Kaffee. Rebecka hat ihn nicht abgefertigt, wie er es erwartet hatte, vielleicht will sie ihn sogar aufmuntern, ihn anfeuern, damit er schließlich selbst einsieht, dass Emme niemals gefunden werden kann, dass sie tot ist, Mallorca sie geschluckt hat. Und er begreift, dass es an der Zeit ist, nach Hause zu kommen. Das verstehe ich. Aber ich kann nicht. Oder aber es ist umgekehrt. Wie die Gefühle, die aufkamen, als sie einsehen mussten, dass es nicht Emme war, die gefunden worden war. Aus Erleichterung, Scham. Resignation, Hoffnung. Sie wissen, dass sie sowohl hier als auch in Stockholm sein sollten, dort sein sollten, wo Emme ist.

»Vielleicht gibt es etwas, das in all dem Neuen stimmt.«

»Das Seil«, sagt sie erneut. »Fang mit dem an, dann wissen wir das.«

Sie atmet schwer.

»Sei vorsichtig.«

»Ich fühle mich wie tot und gleichzeitig lebendiger als seit langem«, sagt er, und sie lacht tonlos.

»Sie wacht auf«, erklärt sie dann, »ich muss auflegen.«

»Ich liebe dich.«

»Und ich dich.«

Sie steht mit dem Telefon in der Hand zwischen dem Hotel Haymarket und der Fassade des Kaufhauses, gleich neben einer Würstchenbude.

Senf, Ketchup, gegrillt oder gekocht, geröstete Zwiebeln?

Er fährt zurück zu Xiscos Finca. Schafft es nicht, besonders vorsichtig zu sein, fährt die Allee entlang, so weit es geht, und parkt so nahe am Erdkeller, wie er kann.

Und wenn jetzt jemand anderes das Seil geholt hat?

Aber nein, es liegt dort, ganz hinten in dem ekligen Raum, und er leuchtet umher, sucht nach anderen Spuren, nach Blutflecken oder nach was auch immer, aber er findet als Einziges das Seil.

Tim stopft es in eine Plastiktüte, die er aus dem Auto mitgenommen hat, dann sucht er Schutz unter einer Palme, sucht die Nummer von Per Hansson auf dem Handy, dem Kriminaltechniker, mit dem er meistens während seiner Zeit bei der Polizei zusammengearbeitet hat.

»Tim? Was verschafft mir die Ehre?«

Eine Zurückhaltung in Pers Stimme, wie Tim sie immer bei Menschen hört, die sein Schicksal kennen, die Mitleid mit ihm empfinden, aber eigentlich in erster Linie erleichtert sind, dass sein Schicksal nicht das ihre ist.

Verdammter Scheiß, das eigene Kind verschwunden. Ich würde damit nicht klarkommen.

Das tut man auch nicht.

Man verändert sich.

Verschwindet.

»Du musst mir einen Gefallen tun«, sagt Tim.

»Anything«, erklärt Per.

Tim berichtet von dem Seil, erklärt, wobei er Pers Hilfe braucht.

»Und Emmes DNA?«

»Die findet sich in den Akten. Dafür habe ich gleich am Anfang gesorgt, als sie gerade verschwunden war und die spanische Polizei die DNA haben wollte.«

Und ihm wird bewusst, dass sich auch in der Wohnung noch immer Emmes DNA befinden muss, an Hunderten von Stellen, wenn es notwendig sein sollte, noch eine Probe zu besorgen.

Ihr Zimmer.

Das immer noch unverändert ist.

Maia schläft bei Rebecka. Ihre Spielsachen hat sie in dem großen Schlafzimmer, im Wohnzimmer, in der Küche und auf dem Flur, sie darf Emmes Zimmer gar nicht betreten, oder darf sie das inzwischen?

Darf sie das, Emme?

»Schick mir das Seil heute noch, dann werde ich dafür sorgen, dass so schnell wie möglich eine Analyse gemacht wird.«

»Am liebsten gestern.«

»Deine Sache steht an erster Stelle, Tim. Alle wollen dir helfen, das weißt du.«

FedEx auf dem Flughafen. Menschen in schwarz-lila Hemden, einer von ihnen, ein pickliger junger Typ, nimmt Tims Paket entgegen, verspricht, persönlich dafür zu sorgen, dass es so schnell wie möglich losgeschickt wird.

Wie lange kann es dauern? Wenn Per es direkt weiter an die Forensik schickt, haben sie das Paket morgen, dann ein oder zwei Tage für die Analyse. Sechs Siebtel des Seils sind in dem Paket, das letzte Siebtel liegt im Auto.

Er fährt zurück ins Zentrum, vorbei an den Wohnblocks in Ciudad Jardín und El Molinar, die die Aussicht auf das Meer versperren. Es ist zwei Uhr. Der Hunger kneift ihn im Magen, und er fährt in der Stadt die Avenidas hoch, nach Arxiduc, zwischen den hübschen alten Mietshäusern und weiter zur Calle de Julià Alvarez. Im Anatolia isst er einen Kebab, die dicken Köche tragen Hemden in der gleichen Farbe wie das Schild an der Fassade, und der Dill in ihrer selbst gemachten Soße erinnert ihn an zu Hause. An Schweden, an Weihnachten in der Wohnung, den Tannenbaum, der eigentlich im Tegnérlunden bei eingebildeten Studenten der Forstwissenschaftlichen Fakultät gekauft werden sollte, die jedoch extra dafür bezahlt werden wollten, ihm und Emme mit dem Baum die fünfundsiebzig Meter über den Hof und die zwei Treppen hinauf in die Wohnung zu helfen. Damals war sie sieben, und sie bekam Angst, als er schimpfte, schluckte aber tapfer die Tränen runter und war ganz seiner Meinung, als sie zum Odenplan gingen und lieber dort einen Baum kauften, wo es ihnen auch gelang, ein Kombi-Taxi zu ergattern, das den Baum im Kofferraum mitnahm.

Dill.

Selbst gebeizter Lachs.

In einem anderen Leben, vor langer Zeit, da haben sie so etwas gemacht, Rebecka und er. Ihren eigenen Hering eingelegt, Janssons frestelse, den traditionellen Kartoffelauflauf, zubereitet, Karamellbonbons gekocht, dass es nur so zischte und auf seine Hand tropfte, was zu einer Brandwunde führte, aber letztendlich nicht zu einer Narbe.

Pakete, die rot eingewickelt wurden, Heimlichkeiten unter Zweigen und Tannennadeln, und sie wussten doch beide, wie viel Böses einem Menschen in dieser Welt zustoßen kann, und dennoch waren sie davon überzeugt, dass sie nicht zu den Menschen gehörten, denen etwas Schlimmes passieren konnte.

Als stünden sie über dem Schicksal.

Jetzt fährt er sich mit den Fingern über den Handrücken, wünscht sich, dass es doch zu einer Narbe gekommen wäre, dass er eine Erinnerung an eine verschneite Weihnacht in Stockholm sehen und fühlen könnte, aber da ist nichts, er fühlt nur seine eigene Haut.

Man kann tausend Mal um Entschuldigung bitten. Aber ein winziger Rest von dem, wofür man sich entschuldigt, bleibt immer zurück.

Er sitzt im Wagen auf dem Parkplatz vor der Praxis des plastischen Chirurgen Hans Baumann. Kann hineinsehen. Die Empfangsdame ist neu, die Frau mittleren Alters ist ersetzt worden durch eine jüngere, eine Blonde mit aufgespritzten Lippen in einem blutroten Farbton.

Sein Handy klingelt.

Eine SMS von Mamasan Eli.

Die Mädchen haben ihre Sache gut gemacht, soweit ich gehört habe.

Perfekt. Kümmerst du dich um sie?

Ich habe sie in einen langen Urlaub geschickt. Mach dir um sie keine Sorgen, Tim.

Er glaubt ihr. Sie kümmert sich um ihre Mädchen, auf ihre eigene, etwas schräge Art. Es kann sein, dass sie die Mädchen sexueller Folter aussetzt, wenn nur das Geld stimmt, sie echter Gefahr aussetzt. Aber irgendwie stärkt sie ihnen auch immer den Rücken, besorgt einen Arzt, wenn es nötig ist, schickt sie fort, wenn Palma für sie ein zu heißes Pflaster wird.

Ein braun gebrannter Mann in einer Hose mit dem Gucci-Logo und einem gelben Seidenhemd betritt die Klinik. Der Mann hat einen dicken Verband um die Nase, und er grüßt fast familiär die Empfangsdame, sicher ein Stammgast, der seine Nase wieder einmal hat richten lassen.

Emme sprach eine Zeitlang von einem »nosejob«. Er hatte bisher nie dran denken wollen, aber als Emme fünfzehn Jahre alt war, hatte sie eine Phase, in der sie ständig über ihre Nase schimpfte, dass sie zu breit sei, was an ihren Genen liege, und dass er deshalb natürlich für eine neue Nase bezahlen müsse. Oder aber ihre Mama könnte das machen, OP-Säle gäbe es ja mehr als genug im Karolinska und wenn man das Knie oder die Leber von irgendjemandem flicken könne, dann sei doch bitte schön eine Nase nichts dagegen, das kapiere ja wohl jeder.

Rebecka lachte sie nur aus.

Er sagte, »du bist hübsch, wie du bist. Perfekt.«

»ICH HASSE EUCH.«

Er bleibt im Wagen sitzen, der Kebab macht sich in seinem Magen bemerkbar, aber zum Glück muss er nicht auf die Toilette. Stattdessen trinkt er Wasser aus der Flasche, die immer auf dem Rücksitz liegt. Er wird bis zur Dämmerung warten, bis zur Dunkelheit, Patienten kommen und gehen, und in der britischen Schlachterei, die neben der Klinik liegt, kaufen Kunden importierte Angussteaks und Würste, die mit weißem Pfeffer gewürzt sind.

Kurz nach acht, als die sanft rosa Dämmerung hinter ihm in Orange und Blau wechselt, verlässt die Empfangsdame die Klinik. In einem bodenlangen Kleid geht sie frisch geschminkt und mit offenem Haar Richtung Puerto Portals, sicher will sie dort mit jemandem einen Drink nehmen. Einem Mann, ihren Freundinnen. Was geht das mich an?

Zwanzig Minuten später verlässt Hans Baumann die Klinik. Groß, blond, elegant. Er setzt sich in seinen schwarzen Lexus und fährt los.

Tim folgt ihm den kurzen Weg bis zu seinem Haus in Bendinat, vorbei an Villen, die hinter hohen Palmen und gepflegten Mauern verborgen sind. Baumann hält vor dem Haus, und Tim gelingt es, glaubhaft so zu tun, als wollte er vor einem anderen Haus parken. Die Garagentür öffnet sich, und Baumann verschwindet hinter der grau verputzten Mauer.

Tim steigt aus. Schaut sich um.

Inzwischen ist es fast dunkel, aber immer noch heiß, und er geht auf das Haus zu. Er bleibt am Tor stehen, rüttelt leicht daran, aber es rührt sich nicht, scheint wie in den Asphalt gegossen zu sein. Er geht ein Stück weiter, entdeckt einen Schleichweg zwischen den beiden Häuserreihen. Die Isomatte hätte er mitnehmen sollen. Denn die Mauer um den Garten herum ist hier nur so hoch, dass er rüberklettern könnte, aber vielleicht gibt es ja Glasscherben oben auf der Kante, um Eindringlinge fernzuhalten.

Soll ich sie aus dem Kofferraum holen?

Nein.

Er greift nach der Mauerkrone, tastet sie mit den Fingern entlang, kein Glas, also kann er sich hochziehen. Ein Pool ist zu sehen, eine Terrasse mit Liegestühlen, und dahinter ein großes, hell erleuchtetes Wohnzimmer, in dem Hans Baumann sich gerade aus

einer Karaffe mit bernsteinfarbenem Inhalt etwas zu trinken ein-
schenkt.

Anscheinend ist er allein.

Keine Familie.

Tim huscht über den Rasen, vorbei am Pool, auf die Terrasse. Der
Boden sieht wellig aus im Schein des Poollichts, Tim stellt sich näher an die Glasfront des Wohnzimmers.

Die Tür ist zugeschoben.

Hans Baumann stellt sich an die Scheibe, schaut hinaus in den
Garten, und da tritt Tim vor. Starrt ihn schweigend an.

Baumann fällt vor Schreck das Glas aus der Hand, er stolpert zurück, weiter in den Raum, und er hebt beide Hände, als wollte er
sich vor einem unsichtbaren Geist schützen.

Tim schiebt die Glastür zur Seite, tritt ein, und Hans Baumann
weicht weiter zurück, stolpert über einen hohen Teppichrand,
rudert mit den Armen in der Luft, bis er auf einem der zwei weißen Sofas landet. Die Bernsteinflüssigkeit auf dem Fußboden, ein
Whiskyduft, zerbrochenes Glas rund um ihre Füße, und Baumann
starrt ihn an, mit aufgerissenen Augen, Angst, die Angst des Schuldigen.

Ein großes, grellbuntes Gemälde, Keith Richards darstellend,
hängt über dem Sofa, der Couchtisch hat ein Unterteil aus Stahl,
geformt wie die Wurzeln eines großen Baums. Tim macht ein paar
Schritte auf das Sofa zu.

»Was willst du?« Baumanns Hände in einer abwehrenden Geste,
die schlanken, langen Chirurgenfinger spreizen sich in dem warmen Licht, dünn, zart, nicht wie Rebeckas, deren Finger etwas Ro-
bustes an sich haben.

»Keine Angst«, versucht Tim ihn zu beruhigen. »Ich will dir
nichts Böses.«

»Ich weiß, wozu du in der Lage bist«, entgegnet Baumann und lässt langsam die Arme sinken, legt die Hände auf den weißen Sofabezug.

»Ich habe ein paar Fragen. Das ist alles. Du hast doch Mamasans Mädchen zusammengeflickt, nachdem Horrach sie besucht hat.«

Hans Baumann schaut ihn an, unsicher, und Tims Blick verdunkelt sich.

Baumann nickt.

»Ja, ich habe ihnen geholfen. Einige von ihnen hatten böse Wunden.«

Tim lässt sich neben Baumann nieder. Ein halber Meter Sofa trennt die beiden Männer, Tim schaut hinaus in den Garten, auf den Pool, die hohen, gestutzten Pappeln, die Palmen.

»Du hast ein angenehmes Leben hier«, stellt Tim fest. »Da könnte man richtig neidisch werden.«

Baumann erwidert nichts, schaut nur auf die Glasscherben auf dem weißen Steinfußboden und dem dicken Teppich.

»Meine Tochter hast du sicher auch operiert?«

»Ich weiß nichts von deiner Tochter.«

Tim steht wieder auf, nimmt eines der großen, schweren Kunstbücher von der Glasscheibe des Couchtischs und rammt es direkt Baumann in die Seite, ein perfekter Leberschlag, und der Arzt schafft es nicht einmal mehr aufzustöhnen, bevor er zusammenklappt und nach Atem ringt.

Es dauert einige Minuten, bis der Mann wieder normal atmen kann, Minuten voller Keuchen, Stöhnen und deutschen Flüchen.

»Verdammt, du Arschloch, mein Gott.«

Hier kann dir kein Gott helfen.

»Ich habe dir gesagt, du brauchst keine Angst zu haben.«

Baumann lässt ein merkwürdiges Wimmern hören.

»Nicht vor dir, aber vor den anderen. Was glaubst du denn, was sie mit mir machen, wenn ich dir alles erzähle? Die sind doch wahnsinnig, vollkommen wahnsinnig.«

»Wer sind die anderen?«

»All die anderen.«

»Du weißt also etwas. – Hast du sie operiert?«

»Ich weiß gar nichts.«

Tim zieht Baumanns Hand zu sich, legt sie auf die Tischplatte, hebt das Buch.

»Wer sind sie? Was ist passiert?«

»Bitte.«

»War es Xisco Caras, der mit ihr zu dir gekommen ist?«

Hans Baumann schüttelt den Kopf.

»Das waren Bulgaren«, sagt er. »Sie sind zu mir gekommen, sind hier eingedrungen, genau wie du, und dann haben sie mir eine Kapuze über den Kopf gestülpt und sind mit mir aufs Land gefahren, ich habe keine Ahnung, wohin. Als sie mir die Kapuze wieder abgenommen haben, war ich in einem hell erleuchteten Raum mit Steinwänden, und auf einem Bett mitten im Zimmer lag sie.«

»Wer?«

»Emme.«

Tim versucht die Bilder von Emme auf einem Bett von sich zu schieben, zerschunden, nackt, bekleidet, wach, schlafend, ängstlich, so voller Angst, aber die Bilder wollen nicht verschwinden, sie müssen jetzt weg, sonst weiß ich nicht, was ich mit dem Mann hier tue.

»Nimm ihren Namen nicht in den Mund.«

»Ich habe erst später verstanden, dass sie es war, als ich ihr Foto in der Zeitung gesehen habe. Sie schlief, als ich gekommen bin. Aber sie hatte eine Jochbeinfraktur. Einen Riss in der Unterlippe. Jemand hatte sie geschlagen.«

Horrach. Kein Zweifel.

Tim senkt den Arm mit dem Buch, lässt sich wieder auf das Sofa sinken.

»Was hast du mit ihr gemacht?«

»Sie wollten, dass ich ihre Verletzungen versorge.«

Was haben diese Menschen mit dir gemacht, bist du aufgewacht, hattest du Angst, warst du gefesselt? Das Seil, grelles Licht von nackten Glühbirnen.

»Ich habe schon Schlimmeres gesehen. Das konnte behoben werden.«

»Und du bist hinterher nicht zur Polizei gegangen?«

»Dann hätten sie mich umgebracht. Das weißt du selbst.«

»Wer waren die? Die Bulgaren? Hatte Gener seine Hände im Spiel? Oder ganz andere?«

Horrach. Salgado. Condesan.

»Du weißt doch auch, dass hier alle irgendwie in alles verwickelt sind. Die Bulgaren wussten genau, dass ich so etwas mache.«

»Hast du Geld dafür gekriegt?«

Hans Baumann sieht Tim an, als wäre dieser geistig behindert.

»Natürlich«, antwortet er. »Glaubst du, ich arbeite gratis? Tust du das? Führst du diese Art von Aufträgen aus, ohne daran etwas zu verdienen?«

Tim schließt die Augen.

»Du hast sie irgendwo operiert, und dorthin bist du nie wieder zurückgekehrt. Und du weißt nicht, wo das war?«

»Stimmt.«

»Und du bist dir sicher, dass sie es war.«

»Es war deine Tochter.«

Tim öffnet die Augen, schaut sich im Raum um.

»Und die Bulgaren, wer waren die?«

»Keine Ahnung, ich habe nur gehört, dass sie untereinander Bulgarisch gesprochen haben.«

»Wie sind sie an meine Tochter gekommen? Wie ist sie aus Xisco Caras' Händen in ihre gelangt?«

Tim steht auf, spürt die Müdigkeit in jedem einzelnen Muskel. Hans Baumann ist tiefer ins Sofa gerutscht, seine Schultern sind zusammengesunken.

»Ich weiß es nicht – und wer ist Xisco Caras?«

»Werde ich sie wiedererkennen?«

»Das weiß ich nicht. Ich habe sie operiert, aber das wird sie kaum besonders verändert haben. So eine große Sache war das nicht.«

Wie siehst du jetzt aus, Emme? Ich glaube, er sagt nicht alles, was er weiß, oder vielleicht ja doch, vielleicht ist es genauso abgelaufen, wie er behauptet.

Tim spürt ein Gewicht in seiner Hand.

Das Buch.

Als er es hochhebt, ist es leicht wie eine Wolke.

»Meine Frau ist Ärztin.«

Warum erzähle ich ihm das?

»Würde sie wollen, dass du mich tötest?«

»Ich weiß es nicht«, antwortet Tim. »Wir tun doch alle nur, was wir tun müssen. Das weißt du so gut wie ich.«

»Du genießt die Situation hier.«

Tim erwidert nichts, betastet nur die Wolke in seiner Hand.

Baumann sitzt ruhig auf dem Sofa im Zimmer vor der offenen Terrassentür, Tim hat sich auf einen der Liegestühle am Pool gelegt, er schaut hoch zum Sternenhimmel, zur Dunkelheit, die intensiver ist als die leuchtenden weißen Punkte.

Die Bulgaren müssen sie in der Zeitung gesehen haben. Sie müssen begriffen haben, dass der Fall heiß war, dass sie vorsichtig sein müssen, und trotzdem haben sie dich gekauft, Emme, genau wie Gener behauptet hat. Das sagt einiges darüber aus, wie viel Geld mit jungen, hübschen Frauen zu verdienen ist, es sagt etwas aus über die Gier der Menschen.

Wie siehst du jetzt aus?

Ich werde dich wiedererkennen, dein Gesicht, deine Augen, geschlossen oder offen, und sie wacht auf in einem fremden Raum, wo bin ich? Papa, wo bist du, es ist niemand hier, und mein Gesicht brennt, ist angeschwollen, was ist passiert, hat jemand mein Gesicht in Brand gesteckt? Das Licht schneidet in den Augen, sie versucht aufzustehen, aber der Kopf ist zu schwer, die Arme und Beine stecken irgendwie fest, und jemand – ist das ein Mensch? – grunzt etwas, es riecht nach Holz und Apfelsinen, vielleicht ist das Rasierwasser, und wo sind Sofia und Julia, warum sucht ihr nicht nach mir?

Sie rudert mit den Armen, versucht zu treten, immer und immer wieder versucht sie zu treten, aber nichts geschieht, und sie blinzelt, sie kann nicht mehr, wird still, Mama, komm und hol mich, und da sieht sie ein Gesicht, dunkle Augen, und sie versucht zu schreien, aber die Kiefer lassen sich nicht öffnen.

Ruhig, ruhig, sagt er, calm, calm.

Ein Stich in den Arm, und langsam wird das Blickfeld unscharf, wird zunächst weiß, dann zeigen sich alle Spektralfarben, um schließlich von einer blaugrauen Finsternis geschluckt zu werden, in der es keine Geräusche gibt, und Tim will zu Baumann hineingehen, ihm seine Chirurgenhände mit dem Kunstbuch, der Wolke, zerschmettern, doch stattdessen steht er auf, geht um das Haus herum, durch die Gitterpforte hinaus, den Kopf gesenkt, als könnten ihn irgendwelche Überwachungskameras einfangen, auch wenn die Wahrscheinlichkeit, dass Baumann zur Polizei gehen könnte, verschwindend gering ist und die Polizei sowieso nichts machen würde.

Als Letztes hatte er Baumann gefragt, ob dieser sein Handy dabeigehabt habe, als er zu Emme gebracht worden war. Und ob er immer noch die gleiche Nummer wie damals habe. Und als Baumann zurückfragte, warum Tim das wissen wolle, hatte dieser nur das Buch hochgehalten, das hatte gereicht, dass der Arzt die Frage mit einem Nicken bejahte.

Ich habe seine Hände verschont, denkt Tim, als er das Lenkrad ergreift und losfährt. Mamasans Mädchen brauchen jemanden, der sie verarztet. Ihre physischen Wunden, weiße Spuren von neunschwänzigen Katzen auf braun gebrannten Schultern. Für die inneren Wunden gibt es kein Heilmittel.

Zurück in seiner Wohnung stellt er sich unter die Dusche. Die Hände zittern, als er die Shampooflasche greift und sich den Inhalt auf die Haare drückt.

Das Bild vom Emme in dem Loch.

Das Wasser läuft ihm lauwarm übers Gesicht.

Ein Objekt.

Nur so kann ich jetzt an dich denken, Emme, hier und jetzt, und das Wort hallt in ihm wider, und er möchte nichts lieber, als dass all dies ein Ende hat, möchte sich die Pistole an die Schläfe drücken, die Temperatur des Wassers so weit nach unten regulieren, dass es kalt wie die Pistolenmündung wird, und dann abdrücken.

Es gibt kein Zurück mehr.

Verzeih mir, Emme.

Du sollst Maia kennenlernen.

Verzeih mir, dass es sie gibt. Dass wir es nicht geschafft haben zu warten, sie nicht haben wegmachen lassen. Ich glaube, ich habe das dir zuliebe gewollt, verzeih mir das, Maia.

Ich bitte für alles um Verzeihung, Maia.

Er hebt den Kopf.

Die Wasserstrahlen aus dem Duschkopf, der in der wackligen Armatur steckt. Eine rieselnde Stille, lautlose Worte.

Der Lärm dringt durch Mauerwerk und Armierungseisen, bis in seinen Gehörgang, bis in die Träume, in denen ein kleines Mädchen mit einem älteren am Strand spielt, schwarze Silhouetten im Gegenlicht, und er ruft ihnen zu. Sie drehen sich um, und ihren Gesichtern fehlen die Konturen, und dann schreien sie, und er schlägt die Augen auf, sieht den still stehenden Deckenventilator, spürt den Schweiß auf dem Rücken. Das Rollo ist heruntergezogen, die grünen Gardinen hängen reglos bis auf den Boden, und die Schreie der Kinder übertönen die der Erwachsenen.

Wie spät ist es? Elf Minuten nach neun. Jetzt reicht es. Er steht auf, zieht sich Hose und T-Shirt über, dann verlässt er die Wohnung, geht zwei Treppen hinunter, und ihm tun die Fingerknöchel weh, als er hart, hart und lange, an Adames Wohnungstür klopft, und er brüllt:

»Basta, basta! Ahora.«

JETZT MACHT VERDAMMT NOCH MAL DIE TÜR AUF, und mehrere Türen im Treppenhaus werden geöffnet, und ein Stockwerk höher starrt ihn Señora Flores an, der Holländer Rilke einen Stock tiefer, und auf seiner eigenen Etage sein Nachbar, Señor Garudo, der alte Dominikaner, der, nach vierzig Jahren auf den Baustellen in der Stadt, erst vor kurzem in Rente gegangen ist.

»Basta!«

Doch die Schreie werden nur noch lauter.

Schlüsselrasseln, und dann hat er den arbeitslosen Maurer Luis Adame vor sich, einen Meter neunzig lang, breitschultrig und bierbäuchig steht er vor ihm, nackter, verschwitzter Oberkörper, kleine Pupillen in tief liegenden braunen Augen, das hektische, wiederholte Kopfzucken eines Junkies auf Speed. Hinter ihm stehen der kleine Junge und das Mädchen, sie schreien, doch als sie Tim sehen, verstummen sie, vielleicht sehen sie in ihm ihre Rettung.

»Was willst du, *cabrón*, kümmre dich um deinen eigenen Dreck.«

»Ihr müsst aufhören, euch zu streiten, den Kindern zuliebe und wegen der Nachbarn.«

Tim versucht ruhig und gefasst zu reden, eindringlich, aber ohne Schwäche zu zeigen, damit Adame nicht glaubt, Tim hätte Angst vor ihm, was er auch tatsächlich nicht hat.

»Wir müssen gar nichts!«, kreischt die Mutter der Kinder aus der Kuche. »Kapiert? Einen Scheiß müssen wir«, und sie schließt sich gegen den äußeren Druck mit ihrem Ehemann zusammen.

»Es reicht jetzt«, sagt Tim. »Das ist nicht gut für die Kinder.«

Und Señora Flores ruft herunter:

»Da hat er recht.«

Adame bläst sich auf, starrt Tim an, doch dieser weicht seinem Blick nicht aus.

»Sonst rufe ich das Jugendamt an, okay?«

»Du willst also petzen? Als wärst du selbst ein besserer Vater.«

Kurz ballt Tim die Fäuste, schließt die Augen, zählt bis zehn, es gelingt ihm, sich zu beherrschen.

Jetzt grinst Adame.

»So ist das mit dem hohen Ross.«

Dann wirft er die Tür zu und schreit:

»Und jetzt hältst du die Fresse, *comprendes*?«

»Gut gemacht«, lobt Señor Garudo. »Das sind doch richtige *hijos de puta.*«

Simone hat Zeit, ihn zu treffen, natürlich können wir uns sehen, Tim, aber dann in Ciudad Jardín, damit ich auch schwimmen gehen kann.

Sie kommt aus dem Wasser heraus, in einem roten Badeanzug geht sie auf der Matte entlang, die von der Strandpromenade bis ans Wasser führt.

Eine Million Menschen. Dicht an dicht auf dem Sand, und die Sonne herrscht über sie, lässt die ohne Sonnenschirm schneller einschlummern als die mit, und auf dem Turm der Badeaufsicht fährt sich ein muskulöser junger Mann mit der Hand durch sein langes schwarzes Haar. Simone wickelt ihr Handtuch um sich, bahnt sich ihren Weg durch all die Menschen auf dem Weg zum Wasser oder zurück, stößt dabei gegen ein aufblasbares Krokodil, sodass sein kleiner Besitzer es fallen lässt, und sein Vater wirft ihr giftige Blicke zu, obwohl sie um Verzeihung bittet.

Tim betrachtet sie aus dem Schatten im hinteren Teil der Bar Mino, einer der Pavillons an der Promenade, die nur im Sommer geöffnet sind.

Er trinkt von seinem Bier. Eigentlich ist es dafür noch zu früh, aber was soll's.

»Hast du keins für mich bestellt?«

»Ich wusste nicht, dass du eins haben wolltest.«

Ein paar Minuten später nippt Simone an ihrem Bier, spuckt einen Olivenkern in die Hand, legt ihn vorsichtig in den Aschenbecher.

»Hat das, was ich da für dich ausgegraben habe, dir genützt?«

»Oh ja, das hat es. Vielen Dank.«

»Und was?«

»Willst du das wirklich wissen?«

»Das ist auch mein Auftrag, Tim, und das weißt du. Du musst mich auf dem Laufenden halten.«

Der Tisch direkt neben ihrem ist leer, und an den anderen sind die Touristen mit sich selbst beschäftigt.

Tim berichtet von dem Haus, dem Erdkeller, dem Seil, davon, was Sergio Gener erzählt hat, von Baumann und den angeblichen Bulgaren.

Simone isst noch eine Olive, spuckt den Kern genau auf die gleiche Art aus wie den ersten.

»Dann hat sie also noch gelebt?«

»Es scheint so.«

»Wenn du, was das Seil betrifft, eine positive Antwort kriegst, weißt du mit Sicherheit, was passiert ist.«

»Nicht ganz und gar«, erwidert Tim, und Simone sieht ihn an, zuerst neugierig, dann flehentlich.

»Du darfst dich nicht zurückziehen. Du darfst nicht gleichgültig und kalt werden. So bist du nicht. Das habe ich im Es Rebost gesehen, und ich kann es jetzt sehen. Du hast dich verändert.«

»Seit wann bist du unter die Amateurpsychologen gegangen?«

»Ich kann es dir ansehen«, entgegnet sie und zieht das Handtuch höher.

»All der Dreck, der ans Tageslicht kommt. Er hat sie operiert. Ihr ins Fleisch geschnitten.«

Simone beugt sich über den Tisch vor, ergreift seine Hand, drückt sie, und die Wärme, ihre Fürsorge, durchschreitet ihn wie eine Armee von Soldaten, die einem einsamen Außenposten zu Hilfe eilen. Gib nicht auf, du darfst nicht aufgeben.

»Und wie geht es dir eigentlich?«

»Kümmre dich nicht um mich. Was ist dein nächster Schritt?«

Er gibt ihr Baumanns Handynummer, dazu den Zeitpunkt, zu dem der Arzt zu Emme gebracht worden sein muss.

»Kannst du einen Standort herausfinden?«

Sie nickt.

»Aber ich werde wohl ein paar Tage brauchen. Glaubst du, die Bulgaren sind noch hier auf der Insel?«

»Das werden wir sehen. Aber ich glaube es nicht. Wobei ich schon vor langer Zeit aufgehört habe, zu glauben«, und dann macht er seine Hand frei, ergreift stattdessen ihre, und er erwidert den Druck von vorhin, und so sitzen sie schweigend eine Weile zusammen, unter glücklichen und unglücklichen Urlaubsgästen an einem viel zu heißen Augusttag an einem Strand, von dem sie nie geglaubt hätten, hier einmal zu landen.

Er wartet auf die Nacht. Liegt im Bett, hat sich aus der Küche ein Glas geholt, will den Whisky nicht direkt aus der Flasche trinken.

Im Zimmer riecht es nach Schweiß, und jemand muss in der Nähe einen Joint geraucht haben, der süße Haschgeruch dringt bis zu ihm durch. Er denkt an Rebecka, an ihre Haut, fasst sich vorsichtig selbst an, lässt aber schnell wieder ab davon.

Nicht so.

Nicht ganz allein.

Er möchte sie physisch bei sich haben, will mit ihr schlafen, begehrt alles, was sie ausmacht, abwartend und bereit, eifrig und verrückt. Gemeinsam können sie so den Moment erobern, haben es schon so oft getan, einander dazu gebracht, noch einen weiteren

Tag zu ertragen, indem sie Haut und Nähe wurden. Wir erschaffen die Zärtlichkeit neu, suchen den Schmerz auf, erschaffen auch ihn von neuem, sodass wir spüren, dass wir am Leben sind. Er möchte Rebecka anrufen, ihr erzählen, was er in diesem Augenblick fühlt.

Stattdessen verlässt er das Bett. Geht unter die Dusche. Zieht sich einen hellen Leinenanzug an.

Und dann spaziert er durch das nächtliche Palma. Taxis mit grünen und roten Lampen fahren auf der Calle Manacor wie Raumfahrzeuge vorbei, und je weiter er die Straße hinunterkommt, umso zahlreicher werden die Straßenprostituierten und die Drogendealer.

»Koks? Ich habe alles.«

»Schenk mir fünf Minuten, Baby, und ich werde dich in den Himmel bringen.«

Der Türsteher vom Globo Rojo lässt ihn rein. Er bezahlt die fünfzehn Euro Eintritt, tritt durch die roten Samtvorhänge ein, zögert auf der Türschwelle, wieder eine Grenzlinie, aber eine, die er schon vor langer Zeit überschritten hat, und dann ist er drinnen im Club.

Ein ruhiger Abend. An dem mit Spiegeln verkleideten Bartresen stehen zwei schwarze Frauen in paillettenbesetzten Kleidern und zwanzig Zentimeter hohen Stilettos. Auf den abgewetzten Sofas sitzen vier Frauen mit osteuropäischem Aussehen, dieser unverkennbaren Blasiertheit und dem suchenden Blick, den nur sie haben, als wären sie am falschen Ort geboren, zur falschen Zeit mit den falschen Karten in der Hand. Ein paar Lateinamerikanerinnen am anderen Ende des Raums, auf roten Sesseln rund um einen Glastisch. Eine Discokugel, schwarze Wände, roter Laminatfußboden, Spiegel an der Decke. Er schaut hoch. Hundert Kopien von ihm selbst in den gebrochenen Scherben.

Er gibt dem Barkeeper seinen Coupon, einem Mann in seinem Alter mit groben Gesichtszügen.

»Ein Bier.«

»Champagner?«

Verkaufen, wie immer.

»Nein danke.«

Tim bekommt sein Bier und eine der Lateinamerikanerinnen steht auf, kommt zu ihm und sie fragt:

»Was macht ein so hübscher Mann wie du zu dieser Uhrzeit hier?«

»Er trinkt ein Bier.«

»Ach, du bist wohl der mundfaule Typ? Du könntest mich zu einem Drink einladen. Vielleicht kann ich dich ja in Schwung bringen? Oder meine Zunge?«

»Nein danke.«

Sie verlässt ihn, den Kopf genauso hoch erhoben wie auf dem Weg zu ihm.

Tim schaut zu der Tür, die in die hinteren Räume führt. Sie öffnet sich, und da sieht er sie, Milena, arbeitet sie tatsächlich immer noch hier? Er hatte geglaubt, sie hätte aufgehört, hätte einen deutschen Mann gefunden und wäre in Pension gegangen. Doch dem ist offensichtlich nicht so. Sie erblickt ihn, scheint zunächst zu ihm gehen zu wollen, doch dann dreht sie sich um und geht wieder zurück nach hinten.

Er spürt eine Hand auf dem Unterarm und dreht sich um. Neben ihm steht eine der Osteuropäerinnen. Sie mag fünfundzwanzig sein, mit blondiertem Haar, locker geflochtenen Pancake-Zöpfen und schiefen Zähnen, die niemals von irgendeiner Zahnspange korrigiert wurden. Ihre Stimme ist weich und freundlich.

»Hey Baby, looking for some fun? In the sun?«

»Bist du aus Bulgarien?«

Seine direkte Frage lässt sie zurückweichen. Aber sie sammelt sich schnell wieder.

»Such dir aus, woher ich kommen soll, Baby.«

»Dann kannst du gehen«, entgegnet Tim, und die Härte in seinen Worten lässt ihn selbst innerlich zusammenzucken, aber er kann sie hier und jetzt nicht sanfter herausbringen.

»Ich bin aus Bulgarien«, flüstert sie ihm ins Ohr, und ihr Atem ist warm, trifft direkt aufs Trommelfell. »Genau wie die feinen Herren, denen der Club hier gehört.«

»Sie ist aus Rumänien«, mischt sich der Barkeeper ein und winkt eine der anderen Frauen zu sich. »Die hier ist Bulgarin.«

Dunkler Pagenkopf, rote Lippen, große schwarze Augen, erschöpft, Mitte dreißig oder älter. Ein wie eine Zuckerstange rotweiß gestreiftes Kleid, das direkt über ihrem Schritt endet, schwarze Boots mit enormen Plateausohlen im Glamrock-Stil.

»Spendierst du mir einen Drink?«

Tim schüttelt den Kopf, zeigt zu der Tür, die zu den hinteren Räumen führt.

»Lass uns direkt dorthin gehen.«

Der Barkeeper nickt.

»Hundertfünfzig Euro für die Stunde.«

Tim legt das Geld auf den Tresen. Das hier ist ein Schuss ins Blaue, ein Versuch, aber er hätte sowieso nicht schlafen können.

Er folgt der Frau auf den schmalen Flur, von roten Deckenlampen erleuchtet, die dafür sorgen, dass die grünen Samttapeten an den Wänden zu schmelzen scheinen. Geräusche aus den Zimmern, Stöhnen, Keuchen, unterdrückte Schreie der Erregung.

Milena?

Wahrscheinlich nicht, aber sie spielt ihre Rolle gut.

Sie gehen in den letzten Raum am Ende des Flurs. Spiegel hinter einem Bett mit rosa Satinlaken.

Emmes rosa Zara-Jacke.

Maia, Rebecka

nicht jetzt, nicht jetzt

Rotes Licht, ein gestreifter Frauenkörper, der die Schuhe von den Füßen schleudert, spiegelt sich in den durchsichtigen Wänden der Duschkabine. Ein Papierkorb mit leeren Kondompackungen, Kleenex und Toilettenpapier.

Es stinkt nach Sperma.

»I'm Branka«, sagt sie und ist dabei, sich auszuziehen.

»Das musst du nicht tun.«

»You wanna fuck with clothes on? It's a hundred euros for full service anyway.«

Er holt noch einmal hundertfünfzig Euro heraus, legt sie auf das Bett.

»Ich will nur reden«, sagt er. »Ein bisschen über deine Landsleute erfahren. Und wissen, wie lange du schon hier bist.«

Sie setzt sich aufs Bett und starrt ihn an, versucht wohl festzustellen, ob er ein Verrückter ist, vielleicht ein Sadist mit einem Lötkolben, oder ob er wirklich nur ein paar Fragen stellen will. Offensichtlich entscheidet sie sich dafür, dass er harmlos ist, setzt sich neben ihn, legt den Arm um ihn und am liebsten würde er ihn wegschieben, ist aber nicht in der Lage, das zu tun.

»Been in Mallorca for seven years.«

»Welche Bulgaren waren hier vor fünf Jahren die Bosse?«

Sie überlegt.

»Ich weiß es nicht. Ich bin immer lieber für mich gewesen.«

»Nun komm schon, wer hatte das Sagen?«

»Warum willst du das wissen?«

Sie nimmt den Arm weg, zieht sich von ihm zurück, sieht ängstlich aus.

»Damals ist ein Mädchen verschwunden, und ich glaube, es könnte einer aus der bulgarischen Mafiabande gewesen sein, der sie verschleppt hat. Sie ist immer noch vermisst.«

Branka schaut ihn an, holt ihr Handy heraus, leuchtet ihm mit dessen Lampe direkt ins Gesicht.

»Now I know you«, sagt sie. »Daddy of the Swedish girl.«

Sie schüttelt den Kopf.

Steht auf.

»Can't do this.«

»Was kannst du nicht tun?«

»Nothing!«, schreit sie.

Er holt weitere fünf Hunderteuroscheine heraus. Hält sie ihr vors Gesicht. Er weiß, dass er sie in Gefahr bringt, eine Gefahr, die ihr gar nicht bewusst sein kann, und dennoch streckt er ihr die Scheine hin, spürt eine Wut in sich, eine Wut, der die Richtung fehlt.

Nimm es, nun nimm es schon.

Du musst es tun.

»Wer? Wer in deiner Community kann dahintergesteckt haben?«

Sie schaut die Geldscheine an. Will sie sich schnappen. Aber er zieht die Hand zurück.

»Do you want my number? I fuck outside also. Much cheaper.«

Er nickt. Sie tauschen ihre Nummern, und das Licht der Handydisplays verändert das Licht in dem kleinen Zimmer. Dann steht er auf, geht an ihr vorbei, hinaus auf den Flur, durch den Club. Keine Milena.

Aber so ist es ja immer.

An solchen Orten gibt es dich und gleichzeitig gibt es dich auch nicht.

Hier kann die Nacht jeden schlucken.

*B*ist du wach?

Tim geht die Calle Manacor entlang durch die Stadt, während er eine SMS an Axel Bioma schickt.

No sleep for the wicked.

Können wir uns treffen?

Nur wenn du einen Drink spendierst.

Wo bist du?

Eine Adresse, ein Schwulenclub in der Altstadt, Tim kennt ihn. Er hat dort einmal einen Mann gefilmt. Bei dem Fall ging es um Untreue, seine Ehefrau hatte den Verdacht, dass er fremdginge. Aber nicht mit anderen Männern.

Direkt dem Club gegenüber befindet sich ein leeres Grundstück, hinter einem grünen Maschendrahtzaun. Graffiti auf einem leer stehenden Haus daneben, und dann ein blank geputztes Haus weiter die Straße hinunter, dort, wo die Zu-verkaufen-Schilder im Mondlicht glänzen.

Es gibt keinen Türsteher, man muss nur die blau gestrichene Tür aufziehen und hineingehen. Gelbes Blitzlicht, eine Discokugel, Männer mit nacktem Oberkörper, in hautengen Lederhosen, die vor einem Spiegel tanzen.

Axel steht ein Stück weiter hinten im Lokal, an einem Stehtisch, gelangweilt und overdressed in einem hellblauen Baumwollanzug.

Er winkt Tim zu, hebt sein Bier und zeigt auf die Bar. Tim bestellt zwei Bier und geht damit in Axels Ecke.

»Du siehst müde aus, Mann.« Axel streckt die Hand vor.

Tim ergreift sie. Drückt sie fest.

»Und du siehst jünger aus als je zuvor. Aber was treibst du hier? Das ist es ja wohl nicht, was dir für heute Nacht vorschwebt?«

»Ich vertreibe mir nur die Zeit«, erwidert Axel. »Ich kann einfach nicht einschlafen.«

Tim will Axel für den Artikel danken, ihm erzählen, wohin ihn der geführt hat, lässt es dann aber doch. Stattdessen legt er hundert Euro vor Axel auf den Tisch.

Dieser starrt die Scheine an. Nimmt sie.

»Was willst du wissen?«

Tim trinkt einen Schluck Bier.

»Ich will wissen, wer der Boss der bulgarischen Mafia hier auf der Insel ist. Oder wer es war, als Emme verschwand.«

Axel zieht die Augenbrauen hoch.

»Sergio Gener hat die Bulgaren verjagt. Das ist allgemein bekannt.«

»Aber früher waren sie hier?«

Axel nickt.

»Hast du mehr Details?«

»Nein. Wir haben nicht so viel darüber geschrieben. Aber wenn du willst, kann ich mal ein bisschen nachforschen. Vielleicht versuchen sie ja wieder hier Fuß zu fassen?«

Tim legt weitere vierhundert auf den Tisch und Axel nimmt sie.

»Das sollte wohl reichen?«

»Du weißt, dass ich dir immer helfen will, Tim. Ich bin dein Freund, aber solche hier kosten echt Geld.«

Axel zeigt diskret auf die jungen Typen in der Bar. Natürlich ist er deshalb hier.

»Verurteile mich nicht zu hart. Wir haben doch alle unsere Schwächen.«

»Ich nicht.«

Tim dreht sich um, will die Bar wieder verlassen, eingeölte Muskeln bewegen sich in einem Spiegel.

»Ich lasse von mir hören, wenn ich was rauskriege«, ruft Axel und übertönt sogar die Musik.

Am nächsten Morgen kommt eine Mail von Per Hansson. Tim liegt im Bett, als er das sieht. Er spürt, wie seine Nackenmuskeln sich allein bei dem Gedanken, sie zu lesen, verkrampfen.

Bevor er die Mail öffnet, kocht er sich eine Tasse Kaffee.

Hallo Tim.

Beigefügt der Bericht über das Seil. Lass von dir hören, wenn du noch Fragen hast.

Tim öffnet die angehängte Datei. Liest die formellen Worte.

Es kann konstatiert werden, dass Spuren von Hautresten am Seil vorliegen, deren DNA-Profil mit dem von

Emme

Kristina

Blanck

übereinstimmt,

und Tim wirft das Handy zur Seite, wodurch der Kaffeebecher umkippt, die schwarze Flüssigkeit färbt seine weiße Bettdecke dunkelbraun, und Tim schließt die Augen, blinzelt, versucht die Bilder aus dem Erdkeller wegzuschieben, dort musst du gelegen haben, gefesselt, allein, und wie sehr er auch versucht, sie von sich fernzuhalten, die Bilder kommen immer wieder. Er zieht die Bettdecke mit dem Kaffeefleck über den Kopf, drückt Nase und Stirn in den Stoff, bemüht sich, bis zehn zu zählen, dann versucht er, einen klaren Gedanken zu fassen,

ein Schritt näher, Tim,

ein Schritt näher.

Jetzt weißt du, sie war da, sie war in dem Auto, das an der Unfallstelle vorbeifuhr, und er denkt an Sergio Gener, fragt sich, welche Rolle er wohl im Spiel des Gangsterbosses spielt, und wieder tut der Nacken weh, die Muskeln dort fühlen sich wie Eisenstangen an, glühende Eisenstangen, und wo bist du, Emme, wer bist du heute, werde ich dich überhaupt wiedererkennen, ich erkenne doch nicht einmal mich selbst wieder.

Ich liebe dich.

Zuletzt online.

Ich

Liebe

Dich.

ZWEI

Im Arbeitszimmer war sie immer gern zum Bücherregal gekrabbelt, dort fing sie mit der untersten Reihe an, zog ein Buch nach dem anderen heraus, bis sie in einem Haufen hinter ihr lagen. Anschließend stand sie auf, suchte ihr Gleichgewicht und machte sich an der zweiten Reihe zu schaffen, gurrend, jubelnd, sich der Tatsache sehr bewusst, dass sie etwas Verbotenes tat. An das dritte Regal kam sie nicht heran, und da wurde sie wütend, uh, uh, uh, stieß sie aus, während sie sich nach den gebundenen Büchern streckte, so ersehnt, aber außer Reichweite ihrer kurzen Arme und kleinen Hände.

Schweigend standen sie zusammen auf der Türschwelle, betrachteten sie, wie sie alles ausräumte, es genoss, diese Unordnung schaffen zu können, und sie merkte gar nicht, dass ihre Eltern dort standen, und Tim hielt Rebeckas Hand – seine Finger sind warm im Verhältnis zu meinen, und ich will zu dir gehen, Emme, in entschlossenem, aber amüsiertem Ton sagen, dass du das nicht machen darfst, das weißt du, Bücher sollen im Bücherregal stehen, nicht auf dem Boden liegen, das weißt du, Emme. Aber ich möchte die Hand deines Papas halten, dir zuschauen, ihn spüren und für die kurzen Minuten, die du uns vergisst und glaubst, du wärst ganz allein auf der Welt, ihn anschauen und gemeinsam mit ihm lächeln, und er lehnt sich gegen den Türpfosten, spürt die Härte des weiß gestrichenen Rahmens an der Schulter, und er schnuppert an Rebeckas Haar, Kamille, und als sie sich bewegt, raschelt die Seide ihres Kleids, dieses merkwürdige Geräusch lässt ihn an eine heisere Amsel denken, und das Kind in dem rosa-hellblau gestreiften Pullover knurrt wütend, weil die Bücher unerreichbar bleiben.

Ich liebe euch, denkt Rebecka. Wenn das hier ein Traum ist, möchte ich, dass er nie zu Ende geht.

Aber das geht nicht, denkt sie, es ist unmöglich, dass es so bleibt.

Dann bekommt Emme doch ein Buch zu fassen. Zerrt es heraus und kippt nach hinten um, und Maia klopft ungeduldig mit den Händen auf die Platte des Küchentischs, windet sich in dem Kinderstuhl, und Rebecka blickt auf die Mikrowelle und zählt die Sekunden, bis der Brei aus Dorsch und Erbsen in dem Glas fertig ist, warm genug, aber nicht kochend heiß.

Gleich ist es fertig, mein Liebling, gleich fertig, und jetzt ist Maia sauer, verzieht das Gesicht, kann jeden Moment anfangen zu schreien, doch da meldet sich die Mikrowelle, springt auf null, jetzt heißt es keine Zeit mehr verlieren, und Maia sperrt den Mund weit auf, isst, beruhigt sich, und Rebecka sitzt neben ihr, pustet auf den Löffel, auf den Brei, der nach Fischladen riecht, soll ich dich in den Kindergarten bringen und dich nach der Arbeit wieder abholen, wenn ich wieder Vollzeit arbeite? Sollen wir dann jahrein, jahraus tun, als wäre alles normal, als wären wir wie die anderen, als gäbe es deinen Papa und deine Schwester nicht, was soll ich dir sagen, wenn du anfängst zu fragen, wer das da auf den Fotos in dem Zimmer mit den Büchern ist?

Du wirst dich irgendwann wundern. Wirst mich und deinen Vater dafür verurteilen, dass wir sie haben fahren lassen und dann nicht wieder haben finden können.

Mehr, mehr.

Hast du das gesagt?

Sie streichelt Maia die Wange, ihre Haut ist warm und unwirklich weich.

Du musst es tun, Rebecka, die gefährliche Variante ist manchmal die einzige Variante. Menschen sterben auf dem OP-Tisch, das passiert, ist mir auch schon passiert, sie sterben nicht, weil sie es wollen, sondern weil sie an einen Punkt gelangt sind, an dem es kein Zurück mehr gibt und sie keine andere Wahl mehr haben, als alles zu riskieren.

Oh, Mr Tim, wait too long as always, can not wait so long coming.«

Er liegt auf dem Bauch auf Mai Wahs Behandlungsliege, spürt, wie sie die vierzig Nadeln im Nacken und Rücken dreht, eine nach der anderen, und wie der Schmerz zunimmt und gleichzeitig langsam wieder weicht.

Er weiß, dass er ihr nie wird danken können. Sie hat sein Leben gerettet, als sie dafür sorgte, dass Rebecka nach Mallorca kam, als er angeschossen worden war, und auch wenn ihm selbst sein Leben nicht besonders viel bedeutet, so ist er trotz allem noch nicht fertig damit. Er hat auf diesem Planeten noch so einiges zu erledigen.

»Feel good?«

Die Nadeln sind eine Folter und er macht den Fehler, den Nacken zu drehen, um ihrem zwinkernden dunklen Blick zu begegnen, der Wärme in ihm. Worauf es zusticht, fest, brennend, und sie grinst, als er langsam den Kopf wieder senkt und die Stirn auf dem Schutzpapier ablegt.

»How is Miss Maia?«

Er will nicht antworten.

»Es geht ihr gut«, sagt er dann doch, und der Duft von Räucherwerk dringt ihm in die Nase, süßlich und aufdringlich, und eine Spinne kriecht in einer Zimmerecke herum. Sie bleibt bei Mai Wahs neuen, orangefarbenen Crocs stehen, die sie ihm stolz zeigte, als er zu ihr kam.

»My trailer«, sagt Mai Wah jetzt. »Good place for making babies.«

Sie hat sich ausrechnen können, dass Maia in ihrem Wohnwagen gezeugt wurde, als Rebecka gekommen war und Tim operiert hatte.

»How is madam?«

»Ich glaube, sie ist meiner überdrüssig.«

»Why? You should be family now. She here?«

»No, in Stockholm.«

Mai Wah dreht eine Nadel, die oberhalb der Nieren platziert ist, besonders heftig.

»You drink too much, Mr Tim.«

»Maybe.«

Mai Wah verstummt, führt die Behandlung weiter fort und dann, als die Nadeln wieder weg sind, befestigt sie auf seinem ganzen Rücken Elektroden, und schon bald spürt er einen sanften Strom durch die Muskeln ziehen und wie die unfreiwilligen leichten Krämpfe ihn dazu bringen, sich zu entspannen.

»Stockholm nice place«, sagt sie. »Good place to grow up. Maybe you do right thing, let girl grow up there, you look here.«

Er schweigt.

»I think you do right thing, Mr Tim.«

»You are too kind, Mai Wah.«

»Not kind, me bad person, but Stockholm good, good place for girl.«

Und es scheint, als wollte sie ihm etwas sagen, eine Geschichte erzählen, doch dann schaltet sie den Strom ab, entfernt die Elektroden.

»Ready, you can upsit.«

Er setzt sich auf, sieht die Plakate mit den Akupunkturschemata an den frisch gestrichenen rosa Wänden, kann unter dem Räucherwerk den Geruch von Wandfarbe erahnen.

»Better?«

»Sehr.«

»But you not good, Mr Tim. I feel this. Something new broken inside.«

Darauf erwidert er nichts.

»Not too late for you. You will be good father.«

Er zieht sich das Hemd an, holt die Brieftasche heraus, zieht einen Fünfzigeuroschein heraus, den er ihr entgegenstreckt. Sie nimmt den Schein, packt ihn in eine Schublade in einem wackligen Metallcontainer neben der Behandlungsliege.

»And big girl? News?«

Gener.

Die Bulgaren.

Ein Auto, das an einem Unfallort vorbeibraust.

Mädchen, die zusammen in Urlaub fahren durften.

Ein verfluchtes Medium.

Diese ganze Insel ist ein Jammertal, würde er am liebsten sagen.

Sie kneift die Augen zusammen.

»Be careful, Mr Tim. I feel no good. This ist not good.«

Dann macht sie eine Pause, bevor sie hinzufügt:

»Need help, contact me. Always.«

Nicht ein Zeichen von Tim seit gestern.

Sollte sie unruhig sein, sich Sorgen machen?

Er hat eine neue Spur gefunden. Rebecka kennt das aus seiner Zeit bei der Polizei, dass er geradezu die Witterung von etwas aufnehmen und dann nicht mehr loslassen konnte. Und es war das Gleiche gewesen, als er als Versicherungsermittler bei If gearbeitet hatte. Auch wenn es ihn nicht interessierte, ob das übertrieben reiche Unternehmen hereingelegt worden war, so ließ er trotzdem nicht locker, wenn er einen Betrug vermutete. Wie bei dem Fall einer Frau, die, wie sich herausstellte, den Mord an ihrem Mann in Auftrag gegeben hatte, um die Lebensversicherung zu kassieren.

Maia spielt im Wohnzimmer. Sie haut mit einem Auto aufs Parkett, brummt dazu, die Bücher im Arbeitszimmer hat sie noch nicht entdeckt, ist wohl auch schon zu alt, um Emmes Lieblingsbeschäftigung auch zu mögen, alles in Ordnung, lass sie nur machen, aber Rebecka will trotzdem hingehen, nach ihr sehen, ob auch nichts passiert ist.

Sie hat an die Frau denken müssen, die sie im Park getroffen hat. Ivana, deren Vater sie operiert haben soll. Daran kann sie sich nicht mehr erinnern, wo sie sich doch sonst immer an alles erinnert. Sie hat sich auf die Homepage des Krankenhauses eingeloggt, ist alle ihre Operationen durchgegangen, hat aber nichts gefunden.

Ivana ist Bulgarin, sollte ich Tim von ihr erzählen?

Nein, was soll das mit Mallorca zu tun haben?

Sicher befindet sich die Operation auf der Liste, verborgen hinter einem Namen, den ich nicht mit ihr in Verbindung bringe. Ich weiß ja nicht einmal, wie diese Ivana mit Nachnamen heißt.

Aber eigentlich müsste ich mich daran erinnern. Warum erinnere ich mich nicht? Habe ich überhaupt eine Ivana im Park getroffen, oder ist sie eine Illusion, etwas, das mein Gehirn sich nur ausgedacht hat?

Maia im Wasser, mit dem Laub. Erinnerst du dich an sie, Maia?

Sie muss Termine mit einigen Kitas machen. Nicht mit der, in die Emme ging, sie will nicht, dass Maia in die gleiche geht, will nicht das Geräusch von Sandalen hören, die dort über den gelben Linoleumfußboden huschen, Emme wollte beim Abholen immer als Erstes umarmt werden und sich dann aus der Umarmung befreien und rufen: »Mama, Mama, nach Hause!«

Rebecka hasste es, sie zur Kita zu bringen. Sowohl, wenn Emme beim Verabschieden traurig war, aber vielleicht noch mehr, wenn die Tochter einfach im Spielzimmer verschwand, unbekümmert, als bedeutete die Mama ihr gar nichts, als wäre sie selbst bereits nicht mehr in ihrer Zeit, verstoßen von der Zukunft.

Wie sehr ich mich doch geirrt habe.

Brumm, brumm.

Ein Disneyfilm im Hintergrund.

Aber nicht *Nemo*, niemals *Nemo*, niemals Emmes Film.

Eine Lästerung. So denkt sie über alles, was Emme gern mochte und was Maia nicht versuchen oder benutzen darf. Und es gibt viel, was verbotenes Terrain ist: Der Freizeitpark Skansen. Das Technische Museum. Junibacken, das Kinderliteraturmuseum. Aber nicht der Vasapark und nicht Tegnérlunden. Das wäre unmöglich.

Das ist es, ich weiß das. Und es werden noch tausend Dinge dazukommen, ein eingeschränktes Leben.

Niemals die Hackfleischsoße, die du so gern mochtest, niemals Schokoladeneis, nie wieder kleine, runde Lämpchen, in einem Rechteck um einen Spiegel leuchtend, kein Schmollmund, und du, die flüstert, lass mich reisen, Mama, lass mich reisen, wir müssen uns trauen, ihr »space« zu geben.

Jetzt daheim.

Im Wohnzimmer schaut Maia zu ihr hoch, und sie hat Tims wie auch Emmes Augen – und meine eigenen. Du bist eine von uns, Maia, und der Magen verkrampft sich, wo bist du, Tim, was ist passiert, du solltest hier bei uns sein, warum bist du nicht hier, warum will ich überhaupt, dass du hier bist, will ich das wirklich? Und bitte sag mir, was wir mit diesem Kind machen sollen, dessen Atemzüge unsere hoffnungslose Sehnsucht tragen, es scheint, als wäre sie gar nicht hier, und das macht mich matt, und wir sollten eigentlich bei dir sein.

Ein verbotener, gefährlicher Gedanke. Ganz besonders jetzt, wo Tim offenbar weiterzukommen scheint.

Sie setzt sich neben Maia.

»Spielen wir mit dem Brumm-brumm? Darf Mama auch mal?«

Maia schüttelt den Kopf.

»Nim, nim, nim.«

Rebecka steht wieder auf, setzt sich aufs Sofa, schließt die Augen und denkt: Das geht nicht mehr so weiter. Sie versucht etwas zu verstehen, weiß gleichzeitig, dass sie es bereits verstanden hat.

Es geht um sie alle. Sie müssen das zusammen tun. Nicht, weil sie wollen, sondern weil es der einzige Weg vorwärts ist.

Du wirst mir verzeihen, Maia, du wirst es verstehen. Irgendwann werde ich dir erzählen, warum ich das getan habe, was ich getan habe, und du wirst es verstehen.

Die Bulgarin im Park.

Ein Vater, den es nicht gibt.

Wer sind sie? Was wollen sie? Sind wir hier überhaupt sicher, Maia und ich?

Simone sitzt auf der anderen Seite des Tisches in der Bar an der Plaza de Toros, nicht weit entfernt von ihrer Wohnung. Draußen ist der Himmel schwer und dunkel wie vor einem heftigen Regenguss. Die Autos fahren mit eingeschaltetem Licht die Straßen auf und ab, und auf den Bürgersteigen spazieren Menschen, in intensive Gespräche vertieft.

Sie sind allein in der Bar, bis auf einen alten Opa, den Tim noch nie zuvor gesehen hat. Der Mann sitzt in einer Ecke und trinkt ein Glas Rotwein. Der Besitzer steht hinter dem Tresen, poliert Gläser. Er hat die Rahmen der alten Stierkämpferporträts ausgetauscht, die an den vergilbten Kachelwänden hängen, und der Kontrast zwischen dem glänzenden neuen und dem verblassten alten lässt Tim an die Zeit denken, als er bei der Polizei aufgehört hatte. Damals sah er noch jung aus, aber im Inneren war er eine alte, müde Gestalt. Jetzt ist er nicht einmal mehr das.

Simone sitzt in einer weißen Bluse vor ihm, bis zum Hals zugeknöpft. Sie nimmt einen Schluck von ihrem Kaffee, er selbst trinkt eine Cola, traut sich nicht, etwas anderes zu trinken, traut sich nicht, noch eine Nacht nicht Herr seiner selbst zu sein.

»Dass du noch so spät Kaffee trinken kannst«, sagt er.

»Das kann ich auch noch später. Nachts schlafe ich sowieso nicht.« Und während sie das sagt, sieht sie müde und einsam aus, als wünschte sie sich, dass er ihr über die Wange streichen und ihr helfen würde, einzuschlafen.

Aber seine Hände bleiben dort, wo sie sind, auf der Tischplatte, reglos.

»Ich glaube, ich werde demnächst mal Urlaub machen«, fährt Simone fort. »Ich habe überlegt, nach Rom zu fahren, mir den Petersdom ansehen, das Kolosseum und alles, was man dort so anschauen sollte. Pizza essen.«

»Das sieht dir ähnlich.«

»War das jetzt ironisch gemeint?«

»Ganz und gar nicht. Wie läuft es mit deinem Date?«

»Ich hab die Sache beendet.«

»Bevor es überhaupt richtig angefangen hat?«

Sie schmunzelt.

»Ich bin ganz einfach verwirrt«, erklärt sie. »Schlechte Gesellschaft.«

Sie hatte Tim eine SMS geschickt, wollte ihn sehen, schrieb aber nicht, warum, und er fragt sich, ob sie ihm etwas von sich selbst erzählen möchte oder ob es um den Fall geht. Aber er muss gar nicht fragen.

»Es ist mir gelungen, das Handy des deutschen Arztes zu knacken«, berichtet Simone. »Es befand sich in der Nacht in einem Haus in Can Pastilla, ein Stück vom Strand entfernt.«

Sie schiebt einen Zettel über den Tisch.

»Hier ist die Adresse.«

»Danke. Wem gehört das Haus?«

»Das herauszufinden, habe ich nicht mehr geschafft.«

Sie trinkt ihren Kaffee aus. Steht auf und schaut ihn an, und er weiß nicht, ob das Tränen in ihren Augenwinkeln sind oder nur der Staub von Palma ihre Tränenkanäle gereizt hat.

»Ich weiß nicht, ob ich dir noch weiter helfen will, Tim«, sagt sie. »Ich fürchte, dass du dich in Gefahr bringst. In noch größere als bisher. Und ich brauche ein wenig Ruhe und Frieden.«

Er nickt.

»Du hast mir bereits viel mehr geholfen, als ich überhaupt von dir verlangen kann.«

Er fährt zurück in die Wohnung, holt die Pistole aus dem Versteck, dann fährt er hinaus nach Can Pastilla, nimmt die kleine Straße hinter Portixol, El Molinar und Ciudad Jardín, und über der Bucht von Palma begegnen sich das Meer und der Horizont, schwarz in schwarz. Er fährt hinunter zum Wasser, am Club Puro Beach vorbei, wo eine Art Party auf dem Pooldeck stattfindet, das weiß gestrichen aus all dem Schwarz hervorsticht.

Er stellt den Wagen vor dem Restaurant La Payesita ab. Geht durch die engen Gassen hinauf zu dem kleinen Marktplatz, den die Chinesen mit ihren Gemischtwarenläden, Cafés und Friseursalons eingenommen haben.

Die Adresse, die er von Simone bekommen hat, befindet sich ein Stück weiter oben, fast an der Autobahn, direkt gegenüber einem Mietshaus, wo Handtücher und Wäsche auf den Balkonen hängen und die Klimaanlagen mit den Grillen, die aus den Bäumen ringsherum zu hören sind, um die Wette surren.

Tim gelangt zu einem Grundstück, auf dem nur das Gerippe eines ausgebrannten Hauses zu sehen ist.

Da fällt es ihm ein. Vor ein paar Jahren gab es hier eine Gasexplosion, drei Menschen kamen ums Leben, die Nachricht von diesem Unglück ist irgendwo in seinem Hinterkopf abrufbar, er muss darüber im *Diario* oder der *Última Hora* gelesen haben.

Er holt sein Handy heraus, googelt. Schon bald findet er die Information, die er sucht. Klickt auf den Artikel in der *Última Hora*. Drei Männer bulgarischer Herkunft sollen bei dem Unglück ums Leben gekommen sein, eine Frau und ein dreijähriges Kind haben schwere Brandschäden erlitten und sind mit dem Rettungshubschrauber nach Barcelona gebracht worden.

Das Grundstück ist überwuchert, die verbrannte Hülle eines Hauses, die sich selbst in der Dunkelheit in verkohltem Schwarz von der Umgebung abzeichnet, und er meint den Gestank von verbranntem Menschenfleisch zu riechen, die Angst zu spüren, Schreie zu hören, und wie das zerbrochene Fensterglas im Haus gegenüber auf die Straße rieselt und eine merkwürdige Musik ertönen lässt.

Tim betritt das Grundstück. Schaut sich um. Im Obergeschoss scheinen Jugendliche zu hausen. Flaschen, Chipstüten und leere McDonald's-Verpackungen liegen um eine dreckige Decke herum verstreut auf dem Boden.

Hier gibt es nichts für mich zu finden.

Er verlässt den Ort, geht wieder hinunter zu dem kleinen Hafen, auf den Pier, vorbei an all den Menschen in den Straßencafés, schaut nach, ob ihm auch niemand auf Abstand folgt, und er spürt, wie er in dem Sternenlicht fast schwebt, nicht leicht, sondern schwer, als täte er es nicht aus eigenem Willen, sondern weil jemand anderes das will.

Er setzt sich weit draußen auf den Anleger. Schaut zum Horizont.

Da meldet sich sein Handy.

Branka. Was will sie?

I have things for you, schreibt sie.

What things?

Hat sie einen Namen?

I have information. 500 euros, schreibt sie. *All you want.*

Hotel Melià Palma Bay, antwortet er. *En dos horas.*

Bring lots of cash. Hope you have.

Die schwarzen Konturen der Palmenkronen vor einem dunkel-samtenen Meer.

Branka kommt durch die Drehtür herein. Sieht aus, als fürchtete sie sich vor nichts. Sollte sie nicht ängstlich aussehen? Das hier könnte eine Falle sein. Und in dem Fall habe ich mich entschieden, geradewegs hineinzutappen.

Sie trägt ein kurzes, schwarzes Kleid, an ihrem Arm hängt eine große rote Handtasche, ein Stilbruch gegenüber all den beigefarbenen Steinen in der Lobby. Sie ist kräftig um die Augen herum geschminkt, sieht hohlwangig und heruntergekommen aus. Der Nachtportier in seiner grauen Prosegur-Uniform lässt sie trotzdem herein, und sie lässt ihren Blick durch die Lobby schweifen. Die Dame an der Rezeption hebt den Kopf, schaut sie an, scheint fragen zu wollen, wen sie sucht, doch da entdeckt Branka Tim, zupft ihren dunklen Pagenschnitt schnell zurecht, dann den Ausschnitt ihres Kleids, und die Empfangsdame widmet sich wieder ihren Dingen.

Branka geht auf ihren hohen Absätzen geradewegs auf ihn zu. Er steht auf, begrüßt sie mit leichten Wangenküssen und lädt sie ein, sich neben ihm aufs Sofa zu setzen. Sie lächelt, sinkt ein wenig in sich zusammen.

Sie sind allein in der Lobby, nur vereinzelte Autos fahren vor den großen Fenstern vorbei. Es scheint kein Mann mit ihr gekommen zu sein und offenbar ist ihr auch keiner gefolgt.

Ein Flugzeug blinkt rot über der Bucht, während es sich von der Insel entfernt.

»Ich habe ein Zimmer«, sagt er. »Wir können hochgehen.«

Sie nickt.

»You have cash.«

»Yes, I have. In the room.«

»Let's go.«

Die Wände des Fahrstuhls sind bedeckt mit frisch geputzten Spiegeln, und sie beobachtet ihn, ohne zu bemerken, dass er das sieht, mustert ihn von oben bis unten, scheint seinen Körper zu taxieren, welcher Typ von Mann er ist, einer, der schlägt oder nicht, einer, der weiß, was er will, oder der darauf wartet, dass sie die Initiative ergreift. Er schämt sich, als sie ihn so anschaut, schämt sich dafür, wie er sie im Club gemustert hat, schämt sich für seinen männlichen Blick, den sie schon in so vielen Varianten gesehen haben muss und vor dem sie sicher resigniert hat.

Ich bin nicht wie die anderen, möchte er sagen. Ich habe eine Tochter.

Der Fahrstuhl bleibt im fünften Stock stehen. Sie steigen aus, gehen den dunklen Flur entlang bis zum Zimmer, der dicke, schwarze Teppichboden knistert unter ihren Füßen. Hier stinkt es geradezu nach Korruption. Das Kongresszentrum Wand an Wand mit dem Hotel wurde mit öffentlichen Geldern finanziert, von einem Bauunternehmen, das enge Verbindungen mit Politikern in der Stadtverwaltung pflegte. Als die Krise zuschlug, gab es kein Geld mehr, der Bau stand ein Jahrzehnt lang still, und als er wieder aufgenommen und fertiggestellt wurde, gingen die Mietverträge für das Zentrum und das Hotel im Großen und Ganzen alle an die Familie Melià.

Tim hält die Karte an die Tür, grünes Licht. Er hält Branka mit einer übertriebenen Geste die Tür auf, und wieder lächelt sie, geht direkt hinein, setzt sich auf das weiße, gestärkte Bettzeug und schaut durchs Fenster hinaus. Der Stadtteil Soledad liegt dunkel neben dem Parque Krekovic, und ein Stück weiter links wird das neue Ferienresort gebaut. Tim betrachtet die einsamen Betonmischer und Berge von Armierungseisen um den frisch gegossenen Baugrund herum, und er sieht das Bild eines zerschossenen Gesichts vor sich, schiebt es aber beiseite, tut so, als hätte sein Gehirn das nur zufällig gezeigt, als hätte das Bild mit der Wirklichkeit überhaupt nichts zu tun.

Branka zieht ihr Kleid hoch. Zeigt einen roten Slip, dessen weißer Spitzenrand den Eindruck erweckt, als verschmölze er mit der Haut.

»Do you want to fuck first? Only two hundred extra.«

»Please stop it. Do you have something for me?«

Er tritt ans Fenster. Ein Hund ist vor einer der niedrigen weißen Behausungen der Roma in der Calle 123 angekettet. Das Tier steht reglos und still in der Nacht.

Branka zieht ihr Kleid wieder herunter.

»Yes. I want two thousand euro for name.«

Er nickt.

»Du hast fünfhundert gesagt.«

»Price increase.«

»Das hängt davon ab, welche Namen das sind und ob sie mir weiterhelfen können.«

»Ich weiß nicht, was dir helfen kann. Aber ich kann dir einen Namen geben und sagen, wo er sein könnte.«

»Und das soll etwas mit meiner Tochter zu tun haben?«

Sie zuckt mit den Schultern.

»Er soll hier gearbeitet haben, in Palma, als sie verschwunden ist. Mit Mädchen.«

Tim weiß, was für Mädchen sie meint. Die Hunderte, Tausende von Frauen aus dem ehemaligen Ostblock, die jedes Jahr Opfer von Trafficking werden und in vielen der tausendfünfhundert legalen Bordellen in Spanien wie Sklavinnen gehalten werden.

Wieso traut sie sich das?

Sollte jemals die Spur zu ihr zurückverfolgt werden, würde sie ganz schnell von der Bildfläche verschwinden. Wie Emme. Wahrscheinlich wird sie niemals geschnappt, aber sollte es doch dazu kommen, würde das für sie den Tod bedeuten, vielleicht auch Folter. Ich hoffe nur, dass ihr nichts Böses zustoßen wird, weil sie sich dem hier aussetzt, weil ich sie dazu getrieben habe.

»Meine Mutter ist krank«, sagt sie. »Ich brauche das Geld.«

»Bullshit«, erwidert Tim.

»Okay, mein Sohn ist krank. Mein Pferd hat Krebs, my fucking cat needs food, my house in Bulgaria burned down, and now my disabled brother needs nursing home, my family is all starving, oder was willst du hören? Spanischkurs, Ausbildung zur Krankenschwester, was zum Teufel geht dich das an?«

Ihre Wut überrascht Tim, und sie steht auf, geht zu ihm, stellt sich dicht neben ihn und zischt ihm ins Gesicht:

»If you want name so give me cash.«

Sie kann ihn hereinlegen, kann im Auftrag von jemand anderem gekommen sein, sie kann die Wahrheit sagen, und vielleicht weiß sie gar nicht, was die Wahrheit ist. Aber eigentlich spielt das gar keine Rolle, denn er will so oder so dieser Spur folgen, worum es sich auch immer handeln möge. Ihre Pupillen sind klein, zusammengezogen und schwarz, und garantiert nimmt sie etwas, vielleicht klingt gerade ein Amphetaminrausch ab, und sie ist es sicher gewohnt, sich zu wehren, hat ganz bestimmt ein Klappmesser und Pfefferspray in der Handtasche.

»Immer mit der Ruhe«, sagt Tim und muss sich eingestehen, hätte er das Geld nicht, würde er den Namen aus ihr herauszwingen, er würde sie schlagen und sie ihn hassen, und er würde sich selbst hassen. Diesen Hass würde er benutzen, um Emme zu suchen, und wenn er sie gefunden hat, wird sein Blick auf sie vergiftet sein von allem, was er getan hat, zu tun gezwungen wurde, aber trotz allem wird es das wert gewesen sein, denn er wird niemals sein Versprechen brechen, niemals aufhören zu suchen.

Maia hat er nie etwas versprochen. Sie muss noch warten. Rebecka muss noch warten.

Wie kann ich nur so denken?

Nichts muss warten. Ich bin Maia alles schuldig. Rebecka auch. Er weiß es, aber diese Einsicht erschöpft ihn. Er hat keine Wahl. Ebenso wenig, wie er entscheiden kann, ob er atmen will oder nicht.

»Gib mir den Namen.«

Er wirft ein Bündel Geldscheine auf den Boden. Branka springt dorthin, hebt es auf, zählt.

»For this you can fuck too.«

»Name.«

»Damyan Makajev. He could know people who bought your daughter, keep selling her. Er lebt jetzt in Madrid. Hat da ein Bordell in Usera. *Paradise*.«

Sie rollt das Geldscheinbündel wieder zusammen, stopft es sich dann in den BH.

Du liebst Geld. Was auch immer dir zustoßen mag, das liegt nicht in meiner Verantwortung.

»I like Madrid«, sagt sie. »Maybe your girl likes Madrid, too? Maybe she is even there?«

Es gelingt ihm, die restlichen Stunden der Nacht zu schlafen, er wacht erholt und verschwitzt auf, duscht, zieht sich an und fährt hoch zur Calle Patronat Obrer. Stellt den Wagen ab. Aus dem Kofferraum holt er den letzten Teil des Seils heraus, mit dem Emme gefesselt worden war. Er wiegt es an diesem heißen Vormittag in der Hand.

Er klingelt an Clandestinas Tür, weiß nicht, ob sie zu Hause ist, doch schon bald ist ein Mensch hinter der Tür zu hören, Schlüsselgeklapper und dann ihr Gesicht. Er hält ihr das Seil hin, und sie nimmt es.

»Das hier hat sie berührt«, sagt er. »Willst du Geld haben?«

Zunächst nickt sie, doch dann schüttelt sie den Kopf.

»Kein Geld.«

Sie schließt die Tür, und er bleibt still stehen, schaut auf die Schwärze vor sich, den Abgrund. Dann fährt er nach Hause in die Wohnung, packt eine kleine Reisetasche, wickelt die Pistole in Aluminiumfolie, sodass sie aussieht wie ein rechteckiges Päckchen, und legt sie auf den Boden der Tasche. Er fährt zum Flugplatz, kauft sich bei Air Europa ein Ticket nach Madrid. Checkt die Tasche ein, und schon bald ist das Mittelmeer unter ihm zu sehen, blau unter einem blauen Himmel.

Ich weiß nicht, wo ich bin. Ich bin nicht in der Schule, dabei wäre ich so gern in der Schule, in der Oberstufe, im Designprofil, wo ich einen Platz ergattert habe. Würde gern eine Skizze für eine Homepage machen. Einen kleinen Film darüber drehen, wie man den Stoff für ein Kleid zuschneidet. Mamas Gesicht auf kubistische Art zeichnen.

Vielleicht hat die Schule jetzt schon angefangen.

Und ich bin nicht da. Ich sollte dort sein, kann nur hoffen, dass sie auf mich warten, dass ich alles noch nachholen kann. Ich will nicht schon am Anfang hinterherhinken. Das ist nicht mein Ding.

Wie lange bin ich schon hier, wohin bin ich unterwegs? Ich bin mir sicher, dass ich irgendwohin unterwegs bin, ich kann die Vibrationen spüren, Räder auf der Straße, Wasser an den Seiten des Schiffs, wenn es sich nun um ein Schiff handelt, ich höre das Glucksen wie in der Badewanne, bin ich mit dem Schiff gefahren, Papa, und woher sollst du dann wissen, wo ich hingebracht wurde. Oder bin ich geschwommen? Schwimme ich jetzt?

Vielleicht zeichne ich ja doch. Vielleicht bin ich im Klassenzimmer eingeschlafen und träume.

Nein.

Fühlt es sich so an, wenn man ertrinkt, als fiele man hinunter in etwas, das sich feucht anfühlt, das einen umschließt und kalt und dunkel ist, und es ist ein Gefühl, als würde man schwimmen. Immer weiter hinunter, und das tut in den Ohren weh, oder ist das der Mund, oder sind es die Augen, die wehtun, und das Wasser ist jetzt kochend heiß. Ich höre Motoren, Mama, brumm, brumm, dessen bin ich mir sicher, ist das hier ein Parkplatz, und das Licht dringt durch den Stoff, vielleicht ertrinke ich ja doch noch nicht. Ein blaues Stück Tuch, genauso undurchdringlich wie der Himmel. Vielleicht ist es der Himmel.

Manchmal weiß ich nicht, ob ich lebe oder tot bin.

Fühlt es sich so an, wenn man auf dem Weg ist? Auf dem Weg zu sterben? Ich weiß so langsam gar nichts mehr, außer dass ich nicht hier sein sollte. Was werden sie mit mir tun? Ihr müsst jetzt beunruhigt sein. Ich werde schweigen, ich werde nie wieder ein Wort sagen, ich werde nicht schreien oder mich wehren, ich werde schweigen, aber das Gesicht tut mir weh, habe ich überhaupt noch ein Gesicht, vielleicht werden sie mir wieder wehtun. Papa, du hast einmal zu mir gesagt, ich solle vorsichtig sein, die Jungs nicht wütend machen, nie allein mit Typen sein, die ich nicht kenne, und das erst recht nicht, wenn ich was getrunken habe. Gleichzeitig hast du gesagt, dass ich mir selbst vertrauen soll, nicht zurückweichen, sondern versuchen herauszufinden, ob etwas gefährlich ist.

Was hast du damit gemeint?

Ich kann dich jetzt hören, Papa, du flüsterst mir etwas zu, du bist hier, und das Geräusch des Wassers, das ist deine Stimme, die sagt,

sei still, sag nichts, tu, was sie dir sagen,

aber das würdest du nie sagen, Papa, du würdest sagen,

schrei, schrei, damit dich jemand hört, SCHREI LAUT.

Also schreie ich, aber hier gibt es nur die Einsamkeit, und ich zittere, wimmere, habe Angst, möchte auf einer Schulbank sitzen, den aufgeklappten Laptop vor mir und die Größe einer Überschrift bestimmen, ein Bild retuschieren, ich möchte wieder klein sein, mit dir die Upplandsgatan entlanggehen, den Duft gekochter Makkaroni aus der Küche riechen, Schokoladeneis essen und hören, wie Mama und du, wie ihr euch über irgendwas Alltägliches unterhaltet.

T im ist irgendwo in einem Hotelzimmer. Das kann Rebecka an dem kleinen Bild auf dem Display erkennen, und irgendetwas sagt ihr, dass er nicht auf Mallorca ist. Es sind weder die Hintergrundgeräusche noch ist es das Licht, es ist etwas anderes, etwas, das sie selbst nicht in Worte fassen kann, aber ein Gefühl von Heimatlosigkeit, das intensiver ist als je zuvor.

Sie haben ihre Höflichkeitsfloskeln ausgetauscht, die Liebesbeteuerungen, und Rebecka hat Maia auf dem Sofa im Wohnzimmer geparkt, sie schaut sich auf dem iPad ein paar Filmchen an, die sie normalerweise sehr beschäftigen und ruhig halten. Man kann sie hier in der Küche nicht hören, aber Rebecka spürt, dass Maia wach ist, konzentriert auf die Filme. Tim hat nicht darum gebeten, sie zu sehen oder mit ihr zu sprechen.

»Wo bist du?«, fragt Rebecka.

Er schaut direkt in die Kamera, es sieht so aus, als würde er das am liebsten gar nicht sagen.

»So dumm bist du doch nicht. Du würdest doch nicht von einem Hotelzimmer aus anrufen, wenn du davon nichts sagen willst.«

Er trinkt einen Schluck aus einem Glas. Räuspert sich, verzieht das Gesicht.

»Minibarwhisky«, sagt er. »Rattengift.«

»Sag, wo bist du?«

»Ich bin in Madrid, in so einem versifften Hotel an der Gran Vía.«

Sie erinnert sich an die Verkehrspulsader. Die unten an der Calle de Alcalá anfängt und sich nach oben schraubt, vorbei an protzigen Häusern, die während des Bürgerkriegs von den Falangisten bombardiert wurden, und die sich schließlich leicht wieder nach unten neigt zur Plaza de España. Eine Million Autos in beide Richtungen, chinesische Touristengruppen und Bettler auf den breiten Bürgersteigen. Sie war zu einer Ärztekonferenz einmal dort und musste mit ansehen, wie ein Amerikaner überfallen wurde. Einer der Räuber schnappte sich die Tasche des Opfers und rannte davon, ein anderer hatte sich hinter einem Baum versteckt, sprang hervor und warf den Amerikaner zu Boden, der auf den Pflastersteinen liegen blieb und schrie, als wäre er lebensgefährlich verletzt, als ginge es um Leben und Tod und als wolle er unbedingt überleben.

Wie überlebt man? Wenn man es überhaupt sollte. Man starrt auf ein Display, auf jemanden, den man liebt, versucht die Liebe in den Augen des angetrunkenen Menschen zu sehen, man versucht sich an all die Momente zu erinnern, in denen man der Person nahe war, man die warme Haut und den Atem am Hals spüren konnte, die Tausende von unterschiedlichen Düften, die sich zu einem vereinen.

Da gibt es nur ein Problem. Der Bildschirm überträgt keine Düfte, selbst Apple funktioniert bis auf weiteres nur geruchsneutral.

Sie muss selbst über ihre Gedanken schmunzeln, auch wenn eigentlich nichts Witziges daran ist. Er ist nur traurig, es ist nicht richtig, dass sie so miteinander reden müssen, dass Maia allein vor einem Bildschirm ohne Geruchsübertragung sitzt, auf einem Sofa, auf dem sie alle drei sitzen sollten.

Es.

Geht.

Nicht.

So weiter.

Aber sie müssen.

Alles andere ist unmöglich.

Und sie will ihm das sagen, aber irgendetwas hält sie davon ab. Sie weiß, was sie tun muss, und sicher wird er protestieren. Aber wird er das wirklich? Vielleicht tut er das ja gar nicht. Wenn sie von Ivana berichtet, von ihrem unangenehmen Gefühl.

»Was machst du in Madrid?«

Er schließt die Augen, trinkt einen Schluck. Und sie hört die Autos auf der Gran Vía, Hupen, die niemals aufgeben.

Ein süßlicher Duft am Abend dort, das weiß sie. Nach Frittieröl und frisch aufgeschnittenem Schinken, Popcorn aus den Kinos. Sie erinnert sich an die Casa de Campo, das große Parkgelände, wo früher die königlichen Hoheiten jagten und wo im Bürgerkrieg die Republikaner den Nationalisten Paroli boten. Bomben regneten genau dort vom Himmel, wo Tim jetzt ist, und vielleicht regnet es immer noch unsichtbare Bomben, vielleicht ist ihr Leben eine lautlose Explosion, die sich ständig wiederholt und sie in einen Schockzustand versetzt.

»Ich will versuchen, hier einen Bulgaren zu finden«, antwortet er, und sie bekommt Angst, spürt aber gleichzeitig dieses falsche Kribbeln der Hoffnung im Bauch.

»Erzähl weiter. Ich will alles wissen.«

Und er berichtet von einer Prostituierten, dem Namen von jemandem, der in einem Bordell in Usera gearbeitet hat und der mit Emmes Verschwinden etwas zu tun haben kann.

Ballons, die in den Himmel aufsteigen.

Etwas lässt sie an ein Bündel Heliumluftballons denken, die im blauen Himmel verschwinden, Luftballons, die eher größer als kleiner werden, während sie sich immer weiter nach oben bewegen. Blaue, rote, grüne Planeten.

»Hast du irgendeine Bestätigung dafür? Dass dieser Bulgare in Madrid ist?«

Er schüttelt den Kopf.

»Nein? Kann Simone dir nicht dabei helfen?«

»Ich kann sie fragen«, erwidert er.

»Okay, und sag Bescheid, wenn du meine Hilfe brauchst. Sind diese Leute gefährlich?«

Sie kennt die Antwort, trotzdem muss sie diese Frage stellen.

»Ich denke nicht«, erklärt Tim. »Außer vielleicht, dass sie Mädchen rauben.«

Er lacht sein bitteres Lachen.

»Also sind das Schweine.«

»Prachtexemplare von Schweinen.«

»Grüße sie von mir, wenn du kurzen Prozess mit ihnen machst.«

Sie macht eine Pause.

»Aber sei vorsichtig. Vielleicht rauben sie ja auch Männer.«

Augenblicklich bereut sie den ironischen Kommentar, will nicht, dass sie beide sich gegenseitig darin hochschaukeln.

»Ich habe im Tegnérlunden eine Bulgarin getroffen«, fügt sie schnell hinzu. »Glaube ich jedenfalls.«

»Glaubst du?«

»Ich bin mir fast sicher. Manchmal weiß man das ja nicht so genau. Als würde unser Gehirn sich selbst etwas für uns ausdenken.«

»Was war das für eine Person?«

Rebecka berichtet. Von Ivana, der Operation.

»Sicher ist da nichts dran«, sagt Tim. »Aber sei trotzdem vorsichtig. Halte die Augen offen.«

»Das werde ich. Hast du den Arzt gefunden, der Emme operiert haben soll?«

»Ja.«

»Und – stimmt es?«

»Willst du das wirklich wissen, Rebecka?«

»Ja, das will ich.«

»Okay. Ja, es stimmt.«

Beide schweigen.

»Schläft Maia?«, fragt er schließlich.

Als Antwort ein Nicken von ihr.

»Sicher?«

Glaubst du mir nicht, will sie sagen, aber stattdessen erwidert sie nichts, gähnt nur überdeutlich und versucht, es natürlich aussehen zu lassen.

»Wir müssen eine Entscheidung treffen, Tim«, sagt sie.

»Eine Entscheidung?«

»Du weißt, was ich meine.«

»Nein, das weiß ich nicht.«

»Was wir wollen, was du willst. Ich weiß, was ich will.«

»Was ich will? Wie zum Teufel soll ich das denn wissen? Was willst du?«

Erst jetzt merkt sie, wie betrunken er wirklich ist, sonst würde er nicht so schreien, und sie entgegnet:

»Ich will so nicht weitermachen. Wir sollten zusammen sein. Egal, was auch passiert und was passiert ist.«

»Das ist zu gefährlich.«

»Manchmal muss man eben etwas Gefährliches tun«, erklärt sie.

»Ich kann momentan nicht klar denken.«

»Ich lege jetzt auf«, sagt sie nur, nicht mehr, und sie ist fort. Das Display ist wieder schwarz, draußen auf der Gran Vía schreien sich zwei Menschen an, einer auf Russisch, der andere auf Englisch, und Tim wird neugierig, mag aber nicht ans Fenster treten.

Er hatte sie fragen wollen, ob sie bereits im OP gewesen ist, ob alles gut gegangen ist, und er wollte Maia sehen, er will es immer noch, und er ruft wieder an, aber sie geht nicht ran.

Er lässt sich zurück aufs Bett sinken, wirft die Flasche mit dem restlichen Whisky in den Papierkorb. Er kann sie verstehen, kann verstehen, was sie sagt, und sie hat recht und sie irrt sich, genau wie immer in ihrem Leben stimmt es und stimmt es gleichzeitig doch nicht, und er erträgt es nicht, will nicht daran denken. Sie weiß, dass er gar keine andere Wahl hat, als hier zu sein, in diesem nach Schimmel riechenden Zimmer an der Gran Vía in Madrid, wo die Sechsmillionenstadt vor dem Fenster mit ihren breiten Schultern zuckt.

Er schickt eine SMS an Simone.

Ich brauche deine Hilfe.

Meistens antwortet sie sofort. Jetzt antwortet sie gar nicht. Vielleicht hat sie es ernst gemeint, als sie sagte, dass sie mich mit dem, was sie herausfindet, nicht länger dazu bringen will, mich in Gefahr zu begeben. Dass damit Schluss ist.

Er muss erst einmal nüchtern werden, wieder klar denken können, bevor er sich aufmacht, um Makajev aufzusuchen. Das Wasser aus dem Duschkopf ist weich und heiß auf dem Körper, es rettet ihn. Er sitzt auf einem Plastikhocker in der Badewanne und lässt es sich über die Haut rinnen, hier gibt es keinen Heißwasserboiler, der irgendwann leer wird.

Er schließt die Augen. Vor sich sieht er Maia, die in dem großen Bett schläft.

Wecke sie, weck sie auf, dann kann sie mich sehen und hej hej hej sagen.

Ap ap ap

Es scheint, als entstünde sie jetzt, würde zu einem kleinen Menschen. Pa pa. Sie ruft nach mir.

Ein Bulgare, der vor fünf Jahren auf Mallorca gewesen sein soll. Bulgaren in Stockholm.

Ein Seil.

Das ist alles, woran ich mich festhalten kann. Das und all die Absichten, der Wille und die Wünsche, die ich nicht verstehe, sie bringen mich voran, bewusst oder unbewusst, auf Leitern, die so wacklig und lang sind, dass niemand sagen kann, wohin sie führen. Aber vielleicht wissen sie ja auch ganz genau, was sie wollen.

Gener.

Salgado.

Baumann.

Wer hat die Fäden in der Hand, wer hängt an den Fäden?

Als Tim aus der Dusche kommt, hat Simone geantwortet.

Okay, ich helfe dir. Ich kann nicht anders. Aber sei vorsichtig.

Drei Daumen nach oben.

Er schickt ihr den Namen des Bulgaren, Damyan Makajev. Das Bordell in Usera.

Überprüfe ihn und den Puff.

Will do.

Er zieht sich an, ein sauberes weißes, kurzärmliges Hemd und eine beigefarbene Chino. Mit ein wenig Fantasie kann man ihn für einen Geschäftsmann auf der Durchreise halten, der sich nur ein wenig Gesellschaft für die Nacht kaufen möchte. Aber schaut man näher hin, sieht man die Schwere. Die Müdigkeit und die Gewalt, die in seinem Gesicht Spuren hinterlassen haben. Ti ti ti, Tims Gesicht, das möchte er Maia beibringen, Tim, Papa heißt Tim, und seine Arbeit besteht darin, Emme zu finden, deine große Schwester, und jetzt verlässt er ein Hotelzimmer und fährt mit seinem roten, gemieteten Škoda zu einem Bordell in Usera, wo es vielleicht etwas gibt, was nur Papa sehen kann.

Sperrholz vor dem Fenster, gelbes Absperrband über der Tür zu dem alten Fabrikgebäude, in dem das Bordell untergebracht war. Ein zerschlagenes Schild, eine offizielle Polizeimitteilung unter einer ebenso offiziellen Mitteilung von der Gesundheitsbehörde. Bis auf weiteres geschlossen.

Paradise.

Tim leuchtet mit der Handylampe auf die Information des Gesundheitsamtes, das Datum ist einen Monat alt. Sicher eine Razzia, aber er hat nichts darüber gelesen, als er den Club gegoogelt hat, und im Internet stand, dass er geöffnet ist.

Kein Mensch weit und breit.

Und schon gar nicht Damyan Makajev.

Tim hätte anrufen sollen. Aber es ist alles andere als wahrscheinlich, dass ein Etablissement wie dieses überhaupt einen Festnetzanschluss hat.

In den Muskeln ist die Müdigkeit nach dem Whisky zu spüren. Es ist ein Uhr, die Nacht ist empfindlich, die Arbeiter in dem heruntergekommenen Wohnblock ein Stück entfernt schlafen, versuchen einzuschlafen oder wachen zu einem sehr frühen Arbeitstag auf, und Tim geht weg von der Tür, betrachtet das kaputte Neonschild. Er fragt sich, ob dieser Club wohl jemals wieder öffnen wird. Es sieht nicht so aus, vielleicht ist die Zeit der Bulgaren in Madrid vorbei, vielleicht haben andere jetzt das Sagen.

Tim dreht sich um. Geht zurück zum Škoda. Er will zurück in sein Hotelzimmer und schlafen. Er braucht so viel Schlaf, wie er nur bekommen kann, und es fällt ihm schwer, den Schlüssel ins Türschloss zu stecken, so müde ist er jetzt, er schließt die Augen, blinzelt, versucht, einen klaren Blick zu bekommen. Den Schlüssel hineinzuschieben.

Rebecka. Sie hätten sich nicht streiten dürfen, das führt zu nichts

Gutem, und in dem gelben Licht der einzigen Straßenlaterne, die den Parkplatz erleuchtet, erkennt er, was sie ihm hat sagen wollen, und ihm wird klar, dass es eilt, wirklich eilt, sonst läuft er Gefahr, alles zu verlieren, sie könnten das Letzte verlieren, was ihnen noch bleibt.

Endlich bekommt er den Schlüssel ins Schloss gesteckt, dreht ihn, fühlt, wie durchgesessen der Sitz des Mietautos ist, es schmerzt im Rücken, und er legt den Rückwärtsgang ein, schaut über die Schulter nach hinten. Ein Mann nähert sich dem Auto, ein Spanier Mitte dreißig, schlank, mit kurz geschnittenem Haar und in gepflegter Kleidung, kein Gangsterstil, er hebt den Arm, als wolle er Tim stoppen, und er ruft, nicht aggressiv:

»*Señor, señor*, warten Sie.«

Tim will losfahren, aber etwas lässt ihn doch die Fensterscheibe runterkurbeln, und kurz darauf steht der Spanier neben seinem Auto, und weder laut noch in angetrunkenem Ton, sondern ganz freundlich fragt er:

»Kann ich irgendwie helfen?«

»Ich denke nicht«, antwortet Tim. »Ich bin nur für ein bisschen action hergekommen.«

Er deutet auf das stillgelegte Bordell.

»Die Gesundheitsbehörde. Sie hat es vor einem Monat geschlossen. Und das ist ganz gut so. Jetzt wird es hier im Viertel ruhiger, das war doch schon ein ziemlicher Verkehr geiler Männer hier.«

Offenbar glaubt der Mann nicht, dass ich einer dieser geilen Männer sein könnte. Oder er will mich testen.

»Sie wohnen also hier?«

»Da hinten.«

Der Mann zeigt auf ein flaches Mietshaus ein paar Hundert Meter weiter, gleich bei der Auffahrt zur Autobahn.

»Manchmal schlafe ich schlecht. Dann mache ich einen Nachtspaziergang. Das hilft.«

Tabletten helfen. Stesolid. Aber Spaziergänge sind vernünftiger. Selbst in einer Gegend wie dieser.

»Ich muss jetzt wieder nach Hause«, sagt der Mann, bleibt aber mit Tim zugeneigtem Kopf stehen. »Sicher, dass ich Ihnen nicht helfen kann?«

Wer ist dieser Mann? Ein Nachtwanderer? Ein Freier? Etwas ganz anderes?

Ach, was soll's, ich will nicht ganz vergeblich hergefahren sein, und Tim holt seine Brieftasche heraus, zieht ein Foto von Emme hervor, hält es dem Mann hin.

»Haben Sie sie schon mal gesehen?«

Der Mann betrachtet das Foto.

»Soll sie hier gearbeitet haben?«, fragt er.

»Ich weiß es nicht.«

»Ich nehme an, dass Freier immer wieder nach bestimmten Mädchen fragen. Man hat wohl so seine Favoriten, und sie sieht jung und hübsch aus. Fast zu jung.«

Tim umklammert mit seiner freien Hand den Oberschenkel. Fest, sodass die Knöchel weiß werden.

»Ich habe sie nie gesehen«, sagt der Mann schließlich. »Und sie hätten sich nicht getraut, sie hier zu haben. Sie ist dazu viel zu jung.«

»Okay, danke.«

Der Mann wendet sich ab, will gehen, da fällt ihm etwas auf den Boden. Er beugt sich hinunter, um es aufzuheben, außerhalb von Tims Blickwinkel. Anschließend streckt er sich wieder, hält Tim ein Samsung-Handy hin.

»Diese blöden Dinger verliert man ja die ganze Zeit. Zum Glück ist dieses Mal das Glas heil geblieben. Koreanische Qualität. Nicht die beste.«

Tim spürt das kühle Laken am Rücken. Er schaut an die Decke, die früher sicher einmal weiß war, aber im Laufe der Jahre vergilbt ist. Er hat die Gardinen nicht zugezogen, rotes Licht von einer Kinoreklame dringt in den Raum, lässt die kühle Luft, die ihm entgegenströmt, wie Neon glänzen. Inzwischen ist es fünf Uhr, bald wird es hell werden, und schon jetzt kann man den dunkelblauen Ton der Morgendämmerung in dem roten Neonlicht erahnen.

Er trinkt ein Bier, hofft, dass es ihm hilft einzuschlafen. Er spielt auf dem Handy herum, schickt Rebecka eine SMS, das sollte er nicht so spät in der Nacht tun, vielleicht weckt er sie.

Entschuldige.

Mehr nicht.

Er schließt die Augen, gleitet langsam in den Schlaf, und schon bald hupen die Autos draußen auf der Gran Vía, zuerst laut, dann gedämpft und schließlich lautlos, und ihre Scheinwerfer werden von dem Morgen geschluckt, der wieder zur Nacht wird, das Reklameschild des Kinos blinkt jetzt, und er steht mit Emme und Maia vor dem Kino, beide sind sie acht Jahre alt und können sich nicht darüber einig werden, welchen Film sie sehen wollen. *Chinatown, Findet Nemo,* sie streiten sich, ärgern einander, und er will sie bitten, damit aufzuhören, will ihnen sagen, sie könnten beide Filme sehen, und sie laufen ins Kino, er folgt ihnen, aber die Tür schließt sich genau in dem Moment, als er hineingehen will.

Eine Hand vor seinem Gesicht.

Ein Geräusch, ein anderer Mensch, der atmet, bist du hier, Rebecka, aber das kannst du gar nicht sein, und eine Tür öffnet sich, jemand ist hier, im Traum, nein, im Zimmer, und er stellt fest, dass er nicht mehr schläft. Er schlägt die Augen auf, und ein Mann steht mit einem Kissen in der Hand am Fußende des Bettes, hält das Kissen in Tims Richtung, scheint etwas dahinter zu verbergen, und

Tim blinzelt, er ist wach, der Mann ist eine Silhouette vor dem roten Neonlicht, und wie zum Teufel haben sie mich finden können? Niemand weiß, dass er hier ist, und er rollt zur Seite, auf den Boden, hört die schnellen, dumpfen Geräusche, plopp, plopp, als ein paar Kugeln in die Wand einschlagen, und er schaut sich schnell im Zimmer um, außer ihnen beiden ist niemand hier, der Mann ist allein, er umklammert das Kissen, scheint von Tims plötzlichen Bewegungen überrascht zu sein, und noch ein Schuss wird abgefeuert. Tim spürt die Kugel im Haar, und er wirft sich zur Seite, nach vorn und oben gleichzeitig, streckt die Arme vor und rammt seinen Kopf in den Bauch des Mannes, schlingt ihm die Arme um den Körper. Ich muss ihn zu Boden zwingen, und

plopp

plopp

zwei weitere Kugeln schlagen in der Decke ein, Putz rieselt auf Tims Kopf, auf den kleinen, fetten Mann, der jetzt auf dem Rücken liegt, und Tim schlägt dessen Kopf auf den Teppichboden, der Eindringling versucht dagegenzuhalten, aber Tim ist stärker, will mehr, und der Kopf schlägt auf den Boden, fünf sechs sieben Mal, aber nicht zu hart, nur so fest, dass der Mann das Bewusstsein verliert.

Tim tritt ihm die Pistole aus der Hand, die nun völlig kraftlos ist. Er klettert aufs Bett, spürt, wie das Adrenalin seine Muskeln vibrieren und sein Herz rasen lässt, und jetzt immer mit der Ruhe, Tim, ganz ruhig, du hast es geschafft. Er steht auf, geht ins Badezimmer. Leer. Er durchsucht die Taschen des Mannes, keine Ausweispapiere, vielleicht ist er ja ein Bulgare, aber er könnte genauso gut Engländer sein, Holländer, Däne oder Schwede, das ist unmöglich zu sagen.

Tim findet in der Tasche des Mannes ein Patronenmagazin. Er überlegt, ob er die Pistole und das Magazin nehmen soll, wirft dann aber beides neben den Mann auf den Boden. Dann packt er seine Sachen, steckt sich die eigene Pistole in den Hosenbund, schiebt die Augenlider des Mannes hoch, vergewissert sich, dass die Pupillen sich zusammenziehen.

Tim verlässt das Zimmer.

Checkt aus. Er hat bar bezahlt, als er eingecheckt hat.

Er geht hinunter in die Hotelgarage, legt die Reisetasche auf den Beifahrersitz des Škodas, und da fällt es ihm ein, wie der Spanier dort bei dem Bordell sein Handy auf den Boden hat fallen lassen und sich gebückt hat, in einem für Tim toten Winkel.

Jetzt hockt Tim sich hin, tastet mit der Hand unter dem Auto entlang, sucht, er müsste doch etwas finden, und da ist es, klein und rund. Er reißt es vom Fahrzeugboden ab und holt es hervor, schaut es an, ein GPS-Tracker, anschließend klebt er ihn unter den nebenstehenden Wagen.

Er fährt aus der Garage heraus, die Gran Vía hinauf, die gerade von den ersten Sonnenstrahlen des Tages getroffen wird.

Eine Straßenkehrmaschine mit großen blauen Quasten. Ein Müllwagen, der die unterirdischen Müllbehälter mit einem langen, rüsselähnlichen Schlauch leert. Ein paar Bettler, die gemeinsam aus dem U-Bahn-Ausgang herauskommen, um sich dann voneinander zu trennen, jeder geht in eine andere Richtung, auf seinen Platz für diesen Tag. Drinnen im Five Guys Burgers schüttet ein fetter Latino Erdnüsse in eine große Schale.

Er fährt hinunter zur Calle de Alcalá, dann in Richtung Westen, vorbei an der Estación de Atocha und schließlich südwärts, aus der Stadt heraus, weg von denen, die ihn töten wollten.

Der Wagen durchquert im Morgengrauen das spanische Hochland, am Horizont sind hinter der Dunkelheit langsam schweiß-flammenblaue Töne zu erkennen. Eigentlich hätte er an diesem Tag den Škoda am Flughafen von Madrid zurückgeben sollen, statt-dessen fährt er nun nach Valencia, will ihn dann in einer Nieder-lassung der Autovermietungsfirma dort abgeben und schließlich die Fähre nach Mallorca nehmen. Das ist sicherer so.

Er fährt durch eine Steinwüste, eine Landschaft, die von Dürre und Hitze, von Wind und Stürmen in Mitleidenschaft gezogen wurde, knotige Kakteen säumen die Straße, und ihm begegnen Fernlaster, auf dem Weg von den Mittelmeerhäfen mit Waren für die Hauptstadt. Tim fährt schnell, will nicht anhalten, und gegen zehn Uhr ist er nur noch fünfzig Kilometer von Valencia entfernt. Die Landschaft ist immer noch verbrannt, aber je näher er der Küste kommt, umso dichter liegen die Ortschaften beieinander. Kleine Fabrikansiedlungen, auf der Hochebene platziert, anspruchslose Ansammlungen ockerfarbener Ziegelhäuser.

Er muss auf die Toilette, hat Hunger, fährt an zwei Repsol-Tankstellen vorbei, bis er zu einer weiteren kommt, mit einem Imbiss daneben, der anscheinend zu keiner Kette gehört.

Los Victorinos. Comida para viajeros.

Palmen um ein kleines Haus im amerikanischen Motelstil. Drei Autos auf dem Parkplatz.

Das Haus ist wie ein dazu passendes amerikanisches Diner eingerichtet, mit Nischen, die durch rote Plastikwände voneinander abgetrennt sind, und kleinen Tischen mit grau gesprenkelten Laminatplatten. Eine Jukebox steht schweigend in einer Ecke, und hinter der Küchenklappe steht eine schwarze Frau und scheint Essen zuzubereiten.

Er setzt sich an den Bartresen, bestellt einen Cortado, zwei Spiegeleier, und während er warten muss, geht er auf die Toilette, wäscht sich das Gesicht, betrachtet kurz die kleine Wunde am Haaransatz. Seine Hände zittern, er streckt sie vor sich aus, versucht sie zur Ruhe zu bekommen, was ihm aber nicht gelingt, und er schaut an die Decke hoch, der Putz rieselt herunter, Staub juckt in den Augen, und ein fetter Mann liegt zu seinen Füßen.

Tim schließt die Augen, schiebt schnell die Hand nach hinten, berührt die Pistole, die er in den Hosenbund geschoben hat, und das körperwarme Metall beruhigt ihn.

Er isst seine Eier, trinkt den Kaffee, bestellt sich einen frisch gepressten Orangensaft und eine Scheibe Toast, nicht, weil er hungrig ist, sondern weil Menschen das so tun. Sie frühstücken. Er möchte wieder wie die anderen werden, wie sie es vor langer, langer Zeit einmal gewesen sind, er und Rebecka und Emme, ganz normale Leute, die sich wie normale Leute verhalten, Menschen, die ganz normale Dinge tun. Aber so wird es nie wieder werden. Was immer auch geschehen mag. Denn selbst wenn er Emme findet und er und Rebecka und Emme und Maia eine Familie werden, was wird dann passieren, wie wird es ihnen ergehen? Werden sie in der Upplandsgatan am Küchentisch sitzen und sich unterhalten und lachen, zanken und lärmen, essen und spüren, wie ihr Herz schlägt, die Blicke zwischen sich wandern lassen und denken, ja, wir haben es geschafft? Werde ich zurück an meinen Arbeitsplatz als Versicherungsdetektiv bei If gehen, wird Rebecka weiterhin operieren und Emme eine Elitestudentin werden? Maia fängt in der Kita an? Werden wir alle Tage glücklich leben und alles, was passiert ist, vergessen, und wenn wir es nicht vergessen können, werden wir dann so tun, als wäre es nie passiert?

Emme in einem dunklen Loch. Emme, ängstlich, verwundet, vorzeitig gealtert, stumm nach allem, was sie durchgemacht hat. Er will es nicht wissen, will nicht daran denken, was diese Menschen mit ihr gemacht haben, wie groß die Wahrscheinlichkeit ist, dass sie noch am Leben sein könnte. Es besteht das Risiko, dass sie Emme getötet haben, sobald die Sache zu heiß wurde, gleich nachdem die *big fucking news* und er selbst mit Tränen in den Augen im Fernsehen zu sehen gewesen waren. Heute hasst er sich selbst dafür, für seine Schwäche bis hin zu seinem flehenden Appell, dass er dort gestanden hatte und denjenigen, der sie entführt hatte, anbettelte, wer immer das auch gewesen sein mochte. Ich hätte nicht bitten sollen, ich hätte drohen sollen, sagen, dass ich dir den Hals durchschneide, wenn ich dich kriege, und eine Sache sollst du wissen: Ich werde dich kriegen.

Du lebst, Emme. Sie halten dich am Leben, weil sie mit dir Geld verdienen können, und Geld ist das Einzige, was solchen Menschen wichtig ist. Es ist riskant, aber du bist es wert, und es gefällt ihnen, ein Risiko einzugehen, denn was wäre das Leben ohne Risiko?

»Mehr Kaffee?«

»Was?«

»Geht es Ihnen gut, *señor*?«

Tim schüttelt den Kopf.

»Nicht besonders, aber ich komme schon klar.«

Die magere, nach Rauch riechende Kellnerin mit dem blaugrauen Haar lächelt ihn an und zeigt auf seinen Haaransatz:

»Es sieht so aus, als hätte Ihre Frisur da ein bisschen Feuer gefangen. Sie sollten sich die Haare schneiden lassen. So sieht es lustig aus.«

»Dann sollte ich mir wohl den Schädel rasieren?«

»Schon möglich. Das würde Ihnen bestimmt stehen.«

Das Handy klingelt. Er nimmt das Gespräch an, hört Simones Stimme am anderen Ende.

»Ich habe so einiges herausgekriegt«, sagt sie. »Über Makajev.«

Simone liefert. Im Gegensatz zu Axel. Von ihm kam nicht ein Wort, seit sie sich im Schwulenclub getroffen haben.

Tim steht auf, legt zwanzig Euro auf den Tresen, geht hinaus und stellt sich an einen schattigen Platz im Eingangsbereich des Lokals. Ein schwarzer BMW hält an, zwei Männer in hellblauen Anzügen steigen aus.

»Wo bist du?«, fragt Simone.

»Frag mich nicht. Was hast du rausgekriegt?«

»Damyan Makajev ist ein kleiner Fisch. Er hat wegen diverser Delikte gesessen, Marihuanahandel, Straßenraub und so. Nichts, womit sich die *big player* aufhalten würden. Das Interessante ist nur, dass er als Besitzer eines Bordells in Palma auftaucht. Das Bamboo, draußen neben Ikea. Das ist inzwischen dem Erdboden gleichgemacht worden und durch ein McDonald's ersetzt.«

»Strohmann?«

»Auf jeden Fall.«

»Und wem hat der Laden wirklich gehört?«

»Das lässt sich nur schwer herausfinden. Zumindest dauert das seine Zeit. Zuletzt ist Makajev wegen schwerer, bewaffneter Verbrechen angeklagt worden, aber aufgrund irgendwelcher Formfehler oder so ist er freigesprochen worden, was ich absolut nicht verstehen kann.«

Sie holt tief Luft.

»Wie geht es dir?«, fragt sie.

Er will ihr von den Ereignissen der letzten Nacht berichten, lässt es dann aber bleiben. Je weniger alle anderen wissen, um so besser, und er will sie nicht unnötig beunruhigen.

»Makajev scheint auch der Strohmann für ein Bordell in Málaga zu sein, Crazy Girlz. Er ist als Besitzer des Gebäudes eingetragen, in dem es seine Räume hat. Ich weiß nicht, ob das damit etwas zu tun hat, aber zumindest ist es eine Spur, der man folgen kann.«

Ein Bordell führt zum nächsten. Die Kette der Geilheit.

Tim streicht sich übers Haar, spürt die angesengte Stelle, die Haut ist hier rauer als sonst.

»Danke«, sagt er. »Sieht so aus, als müsste ich nach Málaga fahren.«

»Das ist ein Drecksloch«, sagt sie.

»Warst du schon mal da?«

»Noch nie, aber etwas sagt mir, dass dort nichts Gutes geschieht.«

»Und wie geht es dir selbst?«

Für einen Moment schweigt sie.

»Ich vermisse Hassan«, erklärt sie dann, und er weiß, dass er nun erwidern sollte, dass er das versteht, auch er vermisst so viel, und vielleicht vermisst er auch sie.

»Er wird noch mindestens dreißig Jahre einsitzen.«

»Ich weiß. Aber manchmal überrollt mich die Sehnsucht wie eine Flutwelle. Und ich denke, dass das mit uns vielleicht ja doch möglich wäre.«

»Warte nicht auf ihn«, sagt Tim.

»Das tue ich nicht, aber ich tue auch sonst nichts.«

Sie beenden das Gespräch, ein Auto fährt vorbei, dumpfe Tanzmusik dröhnt aus den Lautsprechern, und vier Jugendliche hüpfen auf ihren Sitzen auf und ab, grölen dabei, als wäre ihre letzte Stunde bald gekommen.

Tim wählt Axels Nummer. Lässt es klingeln.

»Tim, sorry, dass ich mich nicht gemeldet habe. Aber ich habe ein bisschen was für dich.«

»Und was?«

»In dem Jahr, als Emme verschwand, herrschte hier in Palma Krieg zwischen Sergio Gener und den Bulgaren. Es ging um Drogen und Prostitution. Wie gesagt, Gener hat gewonnen. Aber vorher haben die Bulgaren offenbar Hunderte, vielleicht Tausende von Frauen herbeigeschafft. Es geht sogar das Gerücht von einem Massengrab mit Prostituierten, die versucht haben zu fliehen oder zu aufmüpfig waren. Aber das ist bestimmt nur ein Gerücht. Andererseits hat man ja so ein Grab in der Nähe von Murcia gefunden, mit zehn Frauen. Also – wer weiß?«

Liegst du in so einem Grab, Emme?

»Der Boss hier auf Mallorca hieß Gavril Ivanović. Anscheinend ist er nach Málaga gezogen. Und hat dort mit den Mädchen weitergemacht. Wurde der Boss eines Clubs, Crazy Girlz. Sie haben Frieden geschlossen.«

Noch eine Verbindung zu Málaga und dem Frauenhandel. Zu Crazy Girlz, dem Bordell, für das Makajev als Strohmann dienen soll. Ein weiterer Grund, dorthin zu fahren.

»Gener hat also seine sanfte Seite gezeigt?«

»Wohl kaum. Jetzt gehen Gerüchte, dass die Bulgaren versuchen, sich wieder ernsthaft auf Mallorca niederzulassen«, fährt Axel fort. »Die haben die Gelegenheit genutzt, als Gener eingelocht war. Aber wer jetzt deren Boss ist, das habe ich nicht rausgekriegt.«

»Kennst du einen Damyan Makajev?«

»Keine Ahnung, wer das sein soll.«

»War das alles?«

»Na, so wenig ist das ja nun nicht.«

»Danke, Axel.«

»So ich noch weiter nachbohren?«

»Von mir aus nur zu gern.«

Die Sonne hat an Kraft gewonnen, sie blendet, und Tim muss die Augen ziemlich zusammenkneifen.

Er setzt sich ins Auto, sucht auf seinem Handy die beste Route nach Málaga heraus. Inzwischen herrscht mehr Verkehr, vielleicht ist in Valencia gerade eine Fähre angekommen, vielleicht eine von Mallorca, und vielleicht wollen die Autos nach Madrid, vielleicht liegen in den Kofferräumen gefesselte Menschen, Mädchen, verängstigte Mädchen, die versuchen, Luft zu bekommen, obwohl ihnen jemand Klebeband über

den Mund geklebt hat, versucht Emme zwischen den Lippen etwas Luft zu bekommen, sogar zu lachen, aber das geht nicht.

Auf diesem Weg kommt kein Sauerstoff in den Körper, also holt sie wieder Luft durch die Nasenlöcher, was klebt da auf meinem Mund, wo bin ich?

Jetzt rumpelt es. Ich rolle von einer Seite auf die andere, langsam, sanft, aber mir ist trotzdem übel, wenn ich mich jetzt übergeben muss und nicht rauskomme, werde ich ersticken. Ich darf nicht spucken, da ist auch nichts, was ich ausspucken könnte.

Sie schließt die Augen, versucht die Übelkeit zu unterdrücken, während sie sich gleichzeitig darauf konzentriert, die Angst fernzuhalten, die auch wieder Übelkeit erzeugt. Sie wird wieder zu einem kleinen Mädchen, auf der Schlittschuhbahn im Vasapark, spürt, wie das weiße Leder um die kalten, schmerzenden Füße festgeschnürt wird, sieht den Pelzkragen an Julias weißer Jacke, wie er vom Winterwind hochgeweht wird, und schwarze Pucks treffen die Kufen, die Papa mit dem Wetzstein geschliffen hat, den er sonst für die Küchenmesser benutzt. Der Wind fängt sie, sie bewegt sich in den Park hinein, auf den kleinen Hügel mit Spielplatz und Kletterwand zu, zu den großen Bäumen, frostig und struppig wie in einem Zeichentrickfilm, und Julia gleitet vorbei, Papa winkt vom Rand, und sie will die Schlittschuhe ausziehen, die tun so weh, doch dann vergisst sie die Schmerzen, bekommt das Eis gewissermaßen zu fassen, spannt die Muskeln an, die Waden, bis hinunter in die Zehen, und sie fliegt über das frisch polierte Eis, das von der letzten, jetzt gefrierenden Wasserdusche glänzt, der rote Helm, nein, der rosa Helm, schmiegt sich an den Kopf, und sie umarmt Julia, beide lachen. Ein Stück weiter liegen die schneebedeckten Minigolfbahnen, und im Ritorno stapeln sich die Zimtschnecken, und dort sitzt sie mit Sofia, sie schwänzen die Sportstunde, trinken Latte macchiato mit extra viel Milch und Zimt obendrauf, sie reißen große Stücke von den riesigen Zimtschnecken ab und tauchen sie in den lauwarmen Kaffee, das ist, als äßen sie Badeschwämme, wunderbar leckere Schwämme, immer wieder eintauchen, dann in den Mund. Und Sofia lächelt, ihre schmalen Augen werden noch schmaler, ganz unwirklich sieht das aus, und sie zeigt ein Video auf dem Handy, von Magaluf, ein paar Mädchen trinken drei Shots ganz schnell hintereinander, und auf einem Podium über ihnen tanzt eine Frau.

»Da müssen wir hin«, sagt Julia, vielleicht ist es auch Sofia. »Das ist *the place to be*.«

»*Sure*.«

Und wieder läuft die Zeit rückwärts, die Kufen ritzen das Eis, ihre vorsichtigen Pirouetten werden zu sich auflösenden Kreisen, und ein Pelzkragen vor einem Himmel, der kaltblau oder sanftgrau sein kann. Jetzt dreht sich die Zeit vorwärts. Zu einem Saal der Designhochschule Beckmans, wo eine strenge Lehrerin mit kurzem silbergrauem Haar und einem schwarzen Kimono das Kleid kritisiert, das Emme für die heutige Lektion entworfen hat.

Sie arbeitet bei H&M. In der Designabteilung. Sie fällt jemandem ins Auge. Paris. P wie in Papa, Mailand, M wie in Mama.

WhatsApp. Ich muss eine Nachricht schicken, Bescheid geben, wo ich bin. Jetzt. Die werden sich wahrscheinlich schon wundern.

Hin und her, von einer Seite auf die andere.

Mit zugeklebtem Mund.

Ich sehe den Himmel, Papa.

Ich weiß, wie ich überleben werde. Indem ich die sein werde, die ich gewesen bin. Das kann mir niemand nehmen, und ich entscheide selbst, was ich gewesen bin.

Ich lebe, Papa, ich lebe.

Er fährt zur Küste hinunter, biegt nach Süden ab, Richtung Afrika, auf Alicante und Cartagena zu, und aus der Entfernung sehen die Kräne im Hafen von Valencia wie müde Stahlmonster aus.

Die Küste hier ist verbrannt, das Wasser ruhig und magnetisch blau, kräuselt sich nur leicht weiß in der Spätsommerbrise, und eine Autofähre mit dem grünen Logo von Baleària fährt in den Hafen ein.

Bist du mit so einer gefahren, Emme? Eingesperrt, gefesselt, den Mund zugeklebt, verängstigt, hast du deine Teenager-Arroganz und deine Fantasie benutzt, um zu überleben, bitte sag, dass du es getan hast. Vertrocknete Büsche, endlose *urbanizaciónes*, Ortschaften mit Reihenhäusern und Mietsblöcken, in denen Urlaubsträume und Pensionsträume von Wärme, billigem Wein und einem langen Leben verwirklicht werden sollen. In Cartagena liegen die Schiffe der spanischen Flotte eins neben dem anderen, und Tim isst Paella mit Tintenfisch und Bohnen in einem Lokal am Rande der Stadt, serviert von einer Matrone, die ihn zu mögen scheint, der er wohl leidtut, und sie besteht darauf, dass er zum Kaffee ein Glas kühlen Schlehenlikörs nimmt. Er gibt nach. Trinkt die süße Flüssigkeit und fährt dann weiter in Richtung Süden, an Almería vorbei, und auf den Stränden vor der Stadt packen die Nudisten ihre Sachen für heute zusammen, die Frauen stehen mit dem Gesicht zur Autobahn, zeigen ihre Brüste, und aus zweihundert Metern Entfernung sind die Penisse der Männer mikroskopisch klein. Afrikas Küste ist ein ockerfarbener, ausgeblichener Rand, eine andere Horizontlinie, und große Containerschiffe fahren auf die Bucht von Gibraltar zu, die Kisten voll mit italienischem Mafiabesitz.

Er fährt an gigantischen Gewächshäusern vorbei, kilometerlangen Gebäuden mit Wänden und Dächern aus beschlagenem Plastik, und vor den Gewächshäusern stehen Afrikaner mit nacktem Oberkörper und trinken Wasser aus Plastikkanistern.

Tim schaltet das Radio ein, versucht die Müdigkeit zu vertreiben, und er hört einen Lokalsender, sie reden von der Vox, von dem Streit im Parlament, dass die Parteimitglieder Schutz durch Leibwächter fordern sowie Polizeieskorten auf ihrem Weg zum Parlament in Málaga und zurück. Dass einer sogar Schutz für seine ganze Familie fordert.

Der Mord an dem Vox-Politiker Miguel Albern ist immer noch nicht aufgeklärt, und der Kriminalkommissar, der interviewt wird, ist so einsilbig, wie Tim es von Polizeipressekonferenzen kennt, wenn sie nichts zu berichten haben, keine heiße Spur, wenn sie im Dunkeln tappen, und als der Kommissar am Ende die Allgemeinheit um sachdienliche Hinweise bittet, wird Tim klar, dass sie gar nichts wissen.

Dann ein Bericht über die Arbeitslosigkeit. Vierundvierzig Prozent aller Bürger Almerías unter dreißig haben keinen Job. In El Ejido und den umliegenden Städten beträgt die Zahl sechsundvierzig Prozent, achtunddreißig in Andalusien, und die Interviewten sind empört darüber, dass das Leben sich nicht so gestaltet, wie sie es gehofft und geglaubt hatten, und sie sind wütend, dass die verdammten afrikanischen Immigranten in ihren Scheißbooten daherkommen und ihnen die Jobs wegnehmen, »sie stehlen uns unsere Träume«.

Durch ihre Träume.

»Aber kein spanischer Jugendlicher will doch auf den Obstplantagen arbeiten«, versucht der Reporter einen Einwand, »im Gemüseanbau, in den Gewächshäusern. Ihr wollt doch nicht sechs Tage die Woche Orangen oder Tomaten ernten, zwölf Stunden am Tag, für einen Hungerlohn? Und das tun die Afrikaner. Oder würdest du so einen Job annehmen?«

»Dafür bin ich überqualifiziert. Ich muss das nicht machen.«

Dann folgt Werbung und anschließend ist ein unerträglicher spanischer Gitarrenrocksong zu hören und Tim schaltet das Radio aus, drückt das Gaspedal durch und fährt schneller. Die entgegenkommenden Autos haben die Scheinwerfer eingeschaltet, gelbe Wolfsaugen, und er fragt sich, wen er eigentlich jagt, in welches Gehege er eindringen muss, um sie zu finden, denn er ist sich sicher, dass sie noch am Leben ist, dass er sie eines Tages wieder in seine Arme schließen kann, sagen kann, Hallo, da bist du ja, und sie kommt von der Schule nach Hause, hat in der Woche vier Tests gehabt, ist müde, traurig, wütend, ihre fünfzehnjährige Teenagerseele ist voller Zweifel, ob sie jemals in die Erwachsenenwelt passen wird, nun schlägt sie die Tür zu, es ist vier Uhr, sie trägt Jeans und einen schwarzen Hoodie mit irgendeinem ironischen Aufdruck, und er ist aus irgendeinem Grund zu Hause, liegt auf dem Bett und hört sie kommen, rufen, Papa, bist du zu Hause, HIER, und eigentlich ist sie zu alt, zu cool dafür, aber jetzt kommt sie doch ins Schlafzimmer, wirft den Schulrucksack aufs Parkett, krabbelt zu ihm, sagt ihm, er solle den Arm ausstrecken, und sie ist jetzt so groß, schwer wie ein erwachsener Mensch, wenn ihr Kopf auf seinen Arm sinkt, und sie sagt, ich bin sooooo müde, ich muss dir was zeigen, und sie schlägt vorsichtig sein Buch zu, was für ein Buch ist es, sicher ein Sachbuch über irgendeinen Krieg, eines von denen, bei denen er so gut entspannen kann, und er wird nicht wütend, spürt, wie das Wunder geschieht, und wie oft wird das noch geschehen, vielleicht ist es das letzte Mal, und sie holt ihr Handy heraus.

»Jetzt zeig ich dir meine neue Lieblingsserie.«

Border Security. Eine Reality-TV-Sendung aus Australien.

Chinesen, die mit getrocknetem Fleisch in Pappkartons geschnappt wurden. Ein Libanese mit einem falschen Pass. Jemand, der versucht, Kokain zu schmuggeln, eine vietnamesische Familie, deren Kinder getrockneten Tintenfisch unter ihren Pullovern verstecken. Nach einer Weile bemerkt er, dass sie eingeschlafen ist, sie schlummert auf seinem Arm. Ihr Brustkorb hebt und senkt sich, hebt und senkt sich, und er fragt sich, was sie wohl träumt, und eine niederländische Familie hat vergessen, ein Visum zu beantragen, sie sind nervös und müssen in einem kalten Raum warten, jetzt sind wieder Kängurus und lebensgefährliche Schlangen zu sehen, keine Sydney Harbour Bridge, kein Opernhaus, aber zum Schluss dürfen sie doch einreisen, und eine strenge Frau wirft ihnen einen kalten Blick zu und sagt: »Macht das nie wieder«, als wären zerbrochene Träume ein ernstes Verbrechen.

Emme schlief auf seinem Arm, und nur das wünscht er sich, ihren Kopf auf seinem Arm, jetzt kann er die Lichter von Málaga am Horizont erkennen, er ist an Nerja vorbeigefahren, das blitzte und blinkte wie Atlantis, an einen Strand gespült und dann auf eine Klippe geworfen. Er fährt an der Ausfahrt in Richtung Granada und Sierra Nevada vorbei, und er überlegt, wo er am besten übernachten sollte, wie er das Ganze hier angehen könnte, welche Gefahren ihn auf seiner Reise in die Seele der Finsternis erwarten, welche Gewalt, und ob es eine Art Läuterung gibt, einen winzigen Spalt in der Tür, die hinausführt.

Im Gran Hotel Miramar in Málaga wollen sie sein Bargeld nicht annehmen. Sehen ihn an, als wäre er ein bösartiger Außerirdischer, als er vier lila Fünfhunderteuroscheine auf den glänzenden Empfangstresen legt. Mit seinem falschen Ausweis haben sie kein Problem, würdigen ihn kaum eines Blickes. Das luxuriöseste Hotel in der Stadt, hier werden die Bulgaren oder wer auch immer ihn nicht suchen, und wenn sie es wollten, werden sie sich wohl kaum trauen, hineinzugehen. Zu viele hoch angesehene Gäste, besonders jetzt in der *feria*, der Festwoche, während der jeden Tag ein Stierkampf stattfindet.

Über der Eingangshalle erhebt sich ein hohes Gewölbe, protzig. Maurisch gemusterte Kacheln an den Wänden.

Auf einem der Sofas in der Lobby sitzt der Stierkämpfer Enrique Ponce, in schwarzem Anzug und weißem Hemd. Tim erkennt ihn von den Klatschzeitschriften wieder, die er immer durchblättert, wenn er bei seinem Friseur wartet. Die Ehefrau des Matadors, diese unglaublich schöne Adelsdame, sitzt in einem rosa geblümten Kleid neben ihm, sie sieht gelangweilt aus und nippt an einem Glas Cava.

Der Rezeptionist zieht seinen blauen Schlips zurecht.

»Eine so hohe Summe an Bargeld nehmen wir nicht entgegen.«

»Das werden Sie wohl«, entgegnet Tim. »Das ist für zwei Nächte. Laut Gesetz dürfen Sie bis zu zweitausendfünfhundert Euro entgegennehmen, ohne nachfragen zu müssen, woher das Geld stammt.«

»Es tut mir leid, *señor*, wir haben unsere Vorschriften.«

Eine Gruppe lärmender Amerikaner betritt die Lobby. Sicher haben sie nach dem abendlichen Stierkampf irgendwo gegessen und sich dabei betrunken und glauben jetzt, sie wären Hemingway. Die Türwachen werfen den Amerikanern ärgerliche Blicke zu und mahnen sie, leiser zu sein, aber die Gruppe zieht nur weiter lärmend zur Bar.

Tim legt einen Hunderteuroschein auf den Tresen. Schiebt ihn dem Rezeptionisten zu.

»Vielleicht ist es möglich, einmal eine Ausnahme zu machen?«

Zehn Minuten später steht er auf einem Balkon, geschützt durch ein Dach, das von weißen Säulen gehalten wird, und schaut übers Mittelmeer. Ganz rechts hinten, hinter weiteren Balkons, ist eine Feuerleiter zu erkennen. Hinter ihm im Zimmer gibt es zwei Sessel, die sehr bequem aussehen, und einen kleinen Tisch mit Aschenbecher. Er hat sich einen Gin Tonic gemixt, Eiswürfel aufs Zimmer bestellt, und die Uhr auf dem weißen Nachttisch zeigt fünf nach halb zwölf. Der Hotelgarten liegt verlassen vor ihm, die Kronen der Palmen hängen schwarz über dem blau erleuchteten Pool, um den die Liegestühle ordentlich in Reih und Glied aufgestellt wurden, auf grünem Kunstrasen, in Erwartung des morgendlichen Ansturms der Gäste. Taxis fahren auf der Straße hinter der verputzten Hotelmauer vorbei, und aus dem Zentrum ist die Musik der Bars zu hören. Draußen auf einem Pier dreht sich ein Riesenrad und wirft Lichtwellen in den Abend, rosa, orange und rostrot.

Nach dem Drink fühlt sich sein Hals nicht mehr wie mit Schleifpapier behandelt an, sein Gehirn ist nicht mehr so müde, und jetzt würde er am liebsten eine Dusche nehmen, geradewegs zu den Crazy Girlz fahren, dort ins Bordell gehen, nach Makajev und Ivanović fragen, Himmel und Hölle in Bewegung setzen, aus ihnen herausprügeln, ob und was sie mit Emmes Verschwinden zu tun hatten – aber das wäre zu gefährlich. Er muss es ruhig angehen lassen, auf Abstand observieren, nach jemandem Ausschau halten, der ihm Informationen geben könnte, sich dann vorsichtig nähern.

Er hat bei einer Autovermietung angerufen, und dort wurde ihm gesagt, dass er einen Wagen ohne Zeitlimit mieten und ihn dann an jeder Filiale abgeben könne, wo auch immer in »ganz Spanien!«. Vielleicht sollte er den Wagen lieber häufiger wechseln, aber hier an der Küste gibt es Tausende und Abertausende ähnliche Autos, anonyme Mietfahrzeuge für die Fahrten zum Flugplatz, Hotel, zu Sehenswürdigkeiten und Stränden.

Er trinkt sein Glas aus. Schaut schnell auf dem Handy im *Diario de Mallorca* nach Neuigkeiten. Angeblich hat Gener die Insel verlassen.

Tim geht in das modern eingerichtete Zimmer, in dem alles im Schein einer Lampe glänzt, die in einer Ecke hinter einem Bang & Olufsen-Fernseher steht. Er zieht sich aus und lässt sich auf Bett sinken, eine anschmiegsame Wolke unter ihm, und er schließt die Augen und schläft ein.

Maia wacht in der Nacht auf, untröstlich, will nicht die Brust nehmen. Rebecka holt sie aus ihrem Bettchen, geht mit ihr durch die Wohnung, summt ein Lied, das ihr nach einer Weile einfällt. Das Lied hat keinen richtigen Text, nur einzelne Worte und Töne, eine Melodie, und in der Dunkelheit wird die Wohnung zu einer einzigen großen Erinnerung. Sie kann sie sehen, Tim und Emme, wie sie nebeneinandersitzen und essen, Pizza, den Hering vom Weihnachtsbüfett, Bratwurst und Makkaroni mit Sahnesoße, und Tim auf dem Sofa mit der schlafenden Emme im Arm, eine Stille, bis auf ihren Atem, und sie schaltete den Fernseher aus, die Geräusche von irgendeiner Nachrichtensendung, und Tim hockt sich im Flur hin, bindet die Schleifen an den Schuhen, Emme isst im Bett Schokoladeneis, und Rebecka wiegt Maia, versucht vorsichtig auf und ab zu gehen mit dem Mädchen auf dem Arm, das weiterhin weint und schreit. Der Nachbar von oben stampft mit dem Fuß auf, soll der Teufel ihn holen, was kann denn das Problem sein, vielleicht hat Maia ihren ersten Albtraum gehabt, Fieber hat sie jedenfalls nicht, und ihr Blick ist klar, aber sie schreit immer noch.

Dann verstummt das Schreien für einen Moment.

Rebecka meint Schritte im Treppenhaus zu hören, sie bleibt stehen, lauscht, aber sie muss sich das eingebildet haben. Dann nimmt sie ein kratzendes Geräusch am Schlafzimmerfenster wahr, die Zweige des Baums bewegen sich im Wind, das muss es gewesen sein, aber das Geräusch ist anders.

Und sie denkt an Ivana, die Bulgarin, an deren Vater, den es nicht gibt, an das, was Tim von den Bulgaren erzählt hat, denen auf Mallorca und in Madrid, und sie drückt Maia fest an sich, geht ins Schlafzimmer, schaut aus dem Fenster, aber da gibt es nichts als den Hinterhof des Nachbarhauses zu sehen.

Dann fängt Maia wieder an zu weinen. Untröstlich.

Ein Paracetamol-Zäpfchen muss her, das kann nicht schaden, ja, ist ja gut, ja, ja, flüstert sie, und Maia schaut sie an, ihre Augen sind schwarze Steine in der Dunkelheit der Wohnung, und Rebecka flüstert, hier sind nur du und ich, niemand sonst, nur du und ich. Und die Worte werden zu einem sich wiegenden Vers, und sie geht durch die Wohnung, versucht fast zu schweben, ganz weich, wie ein Schiff auf dem Meer, nachdem der Sturm vorbeigezogen ist, schlaf jetzt, schlaf jetzt, bald müssen wir wieder aufstehen, flüstert sie, Mama muss morgen arbeiten, und da fängt Maia wieder an zu schreien, aber bald ist sie davon erschöpft, schließt die Augen, wird ruhig, und als Rebecka sich aufs Sofa setzt, schläft Maia tief, sie sitzt auf dem gleichen Platz, auf dem Tim mit Emme saß. Sie setzt sich auf die gleiche Art und Weise hin, der Fernsehbildschirm flimmert, sie sieht die Nachrichten, etwas über eine Debatte im Parlament, dann Auslandsnachrichten, jemand hat irgendwo in Syrien eine Bombe gezündet, es soll mehrere Hundert Tote geben, und Maia schläft, liegt warm an ihren Körper geschmiegt, sie liegt etwas seitlich, wie Emme bei Tim, und Rebecka fällt ein, wie sie schon einmal auf dem Sofa saßen, Emme wie auch Maia, und auf unscharfen Bildern Bomben explodieren sahen, Herz an Herz, Maias Herz, so fühlt sich bedingungslose Liebe an, aber sie ist alles andere als bedingungslos, sie fordert alles, kann alles nehmen, kann genauso gut wunderbar und voller Sinn sein wie auch vernichtend und leer.

Aber sie kann sie retten, das begreift sie jetzt, und nichts und niemand soll ihr dabei im Wege stehen.

Maia wacht wieder auf. Rebecka möchte sie beruhigen, sie wiegen, sie ihre Nähe spüren lassen, aber sie kann es nicht. Sie versucht sie mit Lauten zu trösten, doch die Zunge will nicht mitspielen, und Maia jammert, will etwas von ihrer Mutter, und Rebecka sitzt mit dem Kind im Schoß auf dem Sofa, weiß, sie müsste etwas tun, etwas sagen, aber sie ist nicht hier, das Zimmer existiert nicht mehr, auch Maia nicht, sie nicht, und sie muss aus dem da raus, hierher zurück, und sie kämpft sich durch die Dunkelheit vor, das Gewicht an meiner Brust, das ist Maia, ihre jammernden Laute in meinem Ohr, und sie tröstet das Kind, wiegt es und spürt es an ihrer Haut.

Dann hört Rebecka erneut ein fremdes Geräusch.

Stimmen aus dem Innenhof. Eine slawische Sprache.

Sie steht auf, schnell, aber gleichzeitig vorsichtig, geht ins Wohnzimmer und zieht die Gardine zur Seite, Maia fest an sich gepresst.

Alles leer.

Da draußen ist kein Mensch. Nur Nacht und Stille und ihre eigene Angst. Vor dem, was in ihr steckt und vor den Fenstern der ganzen Welt.

Aber sollte es jemanden da draußen geben, dann wüsste sie, was zu tun ist. Sie würde zum Angriff übergehen, sich und Maia verteidigen.

Es gibt nichts mehr, was uns hier noch hält. Gewalt kann es überall geben. Sicher ist Maia nirgends.

Frühmorgens kommt das Kindermädchen. Rebecka bekommt eine SMS von Tim.

Bin in Málaga. Wohne im Gran Hotel Miramar.

Sie will gar nicht wissen, warum. Nicht jetzt.

Und schon bald steht sie am OP-Tisch. Ein offener Armbruch, Knochenröhren, die direkt über dem Handgelenk aus der dünnen Haut ragen.

Um sie herum sind alle ruhig, ein Daumen hoch von einem Aushilfsanästhesisten.

Sie nimmt das Skalpell, und ihre Hand beginnt zu zittern, sie versucht sie ruhig zu halten, aber sie zittert weiter, unkontrolliert. Als befände sich das Messer gar nicht in ihrer Hand, als wäre es Luft, die scharfen Ränder einer Erinnerung, und der Mensch unter der Sauerstoffmaske, wer ist das?

Maia.

Tim.

Ich?

Emme.

Werden wir die Operation überleben?

»Alles in Ordnung, Rebecka?«, fragt Schwester Siv.

»Nein.«

Emmes Gesicht. Zerschnitten, vielleicht ganz anders.

Die Haut aufgeklappt.

Alle unsere Gesichter, zusammengefügt zu einem einzigen. Aber so ist es nicht.

»Fang an«, sagt der Anästhesist ungeduldig.

Rebecka reißt sich zusammen, zählt bis zehn, und ihre Hand wird ruhig.

Nach der Operation nimmt sie eine Dusche.

Sie ruft das Kindermädchen an. Hört im Hintergrund den Lärm eines Parks.

»Ist alles in Ordnung?«

»Aber natürlich. Warum sollte es nicht?«

Er wacht vom Geklapper der Kellner auf, die auf der Terrasse des Hotels fürs Frühstück decken. Noch ein paar Stunden Schlaf wären nicht schlecht gewesen, aber jetzt wird er nicht wieder einschlafen können. Stattdessen steht er auf, macht sich fertig, schiebt die Pistole in den Bund seiner Jeans, lässt den größten Teil des Geldes im Zimmersafe. Vor dem Hotel lässt er einen Pagen den Wagen vorfahren. Die Hotelgarage hat noch weitere hundert Euro pro Nacht gekostet, und wenn er so weitermacht, wird er ziemlich schnell Peter Kants und Sergio Geners Geld verbrannt haben.

Während er auf sein Auto wartet, geht er wieder auf die Seite des *Diario de Mallorca*, wehrt den Versuch eines anderen Pagen, Small Talk zu machen, ab.

Ihm sticht eine fette Überschrift ins Auge, sodass sich ihm der Magen umdreht, die Kehle zusammenschnürt.

BULGARIN ERMORDET.

Ein verpixeltes Foto, auf dem man doch noch erkennen kann, dass der Kopf fast vom Körper, der in einem Park liegt, abgetrennt wurde.

Das ist sie. Auf irgendeine Art und Weise haben sie sie zu fassen gekriegt. Und ihm werden die Knie weich, er muss alle Beinmuskeln bewusst steuern, um nicht umzufallen. Ich habe sie da hineingezogen, das hängt alles zusammen, das weiß ich.

Verzeih mir, denkt er.

Armselig.

»Ist alles in Ordnung mit Ihnen, Sir?«

»Ja, danke. Mir ist bei der Hitze nur der Blutdruck runtergesackt.«

»Möchten Sie ein Glas Wasser?«

Tim liest den Artikel, Axel hat ihn geschrieben, und die Angst ist zwischen den Zeilen fast greifbar. Branka Andonov hat wohl gestern ihre Arbeit im Globo Rojo beendet und den Nachtclub gegen vier Uhr nachts verlassen. Ihre Kolleginnen im Club haben das bestätigt. Aber sie kam nie zu Hause an, und als man sie am nächsten Tag nicht erreichen konnte und sie nicht zur Arbeit erschien, hat ihre Mitbewohnerin sie bei der Policía Nacional als vermisst gemeldet. Kurz darauf wurde sie im Parque Krekovic gefunden, nahe der Baustelle für das neue Luxusresort.

Polizeidirektor Juan Pedro Salgado informiert direkt vom Tatort aus:

»Sie ist getötet worden, daran besteht kein Zweifel. Momentan haben wir noch keine konkreten Spuren und ermitteln in alle Richtungen.«

Tim umklammert das Handy.

Wenn sie ihr den Kopf abschneiden, was haben sie dann mit dir gemacht, Emme? Jetzt zittert seine Hand, die Buchstaben auf dem Display sind nicht mehr zu entziffern, und Brankas erschöpftes, zerbrechliches Gesicht wird unscharf, die Frau, die im Melià Palma Bay auf dem Bett saß, nur hundert Meter entfernt von der Stelle, an der sie jetzt ermordet aufgefunden wurde.

Sie hatte irgendwo eine Mutter. Einen Vater, vielleicht Kinder. Frage mich nie, was ich getan habe, um dich zu finden, Emme. Ich werde dir nicht antworten.

Und er sieht ein,

die Polizei wird nach mir suchen,

vielleicht werden sie versuchen, mir den Mord in die Schuhe zu schieben.

Zwei Personen, die auf einer Überwachungskamera in einen Fahrstuhl steigen, eine, die vor Trauer und Schmerz gebrochen ist, verrückt geworden, und eine, die den Fehler gemacht hat, dies auszunutzen. Zum Schluss nützt auch der härteste Druck auf der Welt nichts. Zum Schluss geht man so oder so unter. Zum Schluss liegt man da in einem Park mit durchgeschnittener Kehle, nur weil man getan hat, was man tun kann, um zu überleben.

Er parkt auf der anderen Seite der Autobahn, vom Industriegelände aus gesehen. Das Bordell soll sich dort in einem umgebauten Lagergebäude befinden.

Crazy Girlz.

Niemals weniger als siebzig Frauen an einem Abend, laut Reklame im Internet. Autos donnern in beiden Richtungen vorbei, auf dem Weg nach Fuengirola und Marbella, zum Flugplatz oder in die Stadt. Er geht durch einen Fußgängertunnel, fühlt, wie sich die Reifen über seinem Kopf am Asphalt reiben, wie der Beton sich gegen das Gewicht der Lastwagen stemmt. Hier auf dem Festland ist es noch heißer als auf Mallorca, und er muss sich die Stirn abwischen, bevor er überhaupt den siebzig Meter langen Tunnel hinter sich gebracht hat, in dem die Lampen an der Decke flackern und Unmengen von Insekten unter die matten Glaskuppeln gekrochen sind und jetzt versuchen, wieder herauszukommen.

Kein Mensch ist hier. Tim hat vorher bei Google Street View nachgesehen, es sollte ein Café geben, in dem er sitzen kann, mit Blick aufs Bordell und den Parkplatz, sodass er sehen kann, wer kommt und wer geht, alles im Blick behalten, ohne selbst gesehen zu werden.

Er kommt wieder heraus in die Sonne. Das Bordell müsste dreihundert Meter nördlich liegen, und er geht los, hier gibt es keinen Schatten, und die Asche von irgendeinem Feuer, dessen Geruch man schon seit einer Weile nicht mehr wahrnehmen kann, tanzt in der Luft. Das Dröhnen von der Autobahn, Benzingeruch, Abgase. Ein Farbenladen, ein Möbelgeschäft, ein Sportladen und dann eine Bowlinghalle und eine Boutique, die Badezimmerzubehör verkauft. Die übliche Perlenkette von Geschäften im Krieg des Einzelhandels. Das Bordell liegt Wand an Wand mit einem Natursteinhandel, und die großen Marmorbrocken vor dem Laden schützen das Bordell vor fremden Blicken, wenn man auf dem Parkplatz der Geschäfte steht.

Crazy Girlz.

Es ist kaum zu erkennen, dass das Reklameschild rot und rosa blinkt, aber es leuchtet, die Fickfabrik ist Tag und Nacht geöffnet. Tim sucht sich im Café gegenüber einen Platz, an einem Tisch weiter hinten im Lokal, mit dem Rücken zum Raum, und so, dass man sein Gesicht nicht sieht, wenn man hereinkommt. Sie könnten ihn wiedererkennen, sie, von denen er selbst nicht weiß, wer sie sind.

Sie haben Branka getötet. Ihr die Kehle durchgeschnitten. Weiß ihre Mutter schon davon, ihr Vater?

Bleibt nur zu hoffen, dass Mamasans Mädchen immer noch sicher sind. Dass Gener es nicht auf sie abgesehen hat. Und auch nicht auf Mamasan. Aber sie hat bestimmt ihre Vorkehrungen getroffen, die es unmöglich machen, an sie heranzukommen.

Die Hitze ist erdrückend. Am liebsten würde er einfach niedersinken, durch den Asphalt hindurch, in die Erde, hinunter in die brennenden Magmaschichten. Es reicht jetzt, aber er weiß, dass er noch nicht fertig ist.

Graue Metallwände, eine schwarze Tür, rote Taue zu beiden Seiten eines roten Teppichs. Das Gebäude ist vielleicht sechzig Meter lang, zwei Geschosse, mit Luken als Fenster, aus dem Metall herausgeschnitten.

Der Duft von gekochtem Ochsenschwanz dringt aus der Lokalküche herein, und nach frittiertem Tintenfisch. Müde Tapas hinter einem Bartresen und rosafarbene Wände. Er bestellt bei einer Frau, die einen slawischen Akzent hat, einen Kaffee, und er überlegt, ob er nicht lieber sofort wieder verschwindet, falls den Bulgaren auch dieses Lokal gehören sollte, aber der Mann hinter dem Tresen sieht andalusisch aus, ziemlich dunkelhäutig für einen Spanier, klein und gedrungen, in einem weißen Hemd mit Fettflecken.

Tim trinkt seinen Kaffee.

Ein Volvo biegt auf den Parkplatz ein, zwei Männer im Anzug steigen aus, gehen durch das Entree in das Gebäude gegenüber, treten vierzig Minuten später mit schamvollen, doch munteren Mienen wieder aus der Tür. Dann ein klappriger Seat, aus ihm steigt eine ältere Frau, und sie geht durch einen Seiteneingang hinein, kommt schon bald in einem Kittel wieder heraus, mit zwei großen schwarzen Müllsäcken, die sie in einen Container wirft. Ein schwarzer Mercedes erscheint als Nächstes, drei Männer steigen aus. Jeans, T-Shirts mit Aufdruck und Goldketten um den Hals. Sie rufen der Putzfrau irgendetwas zu, diese nickt und kämpft weiter mit den Säcken, ohne dass einer der Männer ihr zu Hilfe käme.

Junge Frauen treffen nicht ein. Vielleicht sind sie bereits an Ort und Stelle. Vielleicht wohnen sie da drinnen, kommen niemals heraus. Wie hoch ist die Wahrscheinlichkeit, dass du da drinnen bist, Emme, dass du da drinnen gewesen bist? Ich sollte es glauben, müsste es, will aber nicht, will nicht glauben, dass du da drinnen bist.

Kunden kommen und gehen, er fotografiert mit seinem Handy die Nummernschilder, geht auf die Toilette, pinkelt in einem kleinen Verschlag, an den jemand *Manny Pacquiao forever* geschrieben hat, und das Café füllt sich mit Mittagsgästen, die Suppe und Ochsenschwanz schlürfend in sich hineinschaufeln, frittierte Calamares aufsaugen, wie man es nur kann, wenn man seit Kindesbeinen geübt hat, schleimigen Tintenfisch zu verzehren.

Gegen vier Uhr wird das Café wieder leerer. Der Besitzer und die Kellnerin müssen sich wundern, was er hier macht, aber sie fragen nicht, lassen ihn in Ruhe dort sitzen, vielleicht glauben sie, er warte auf einen Freund oder er sei ein Polizeibeamter, der den Club überwacht, bis die Obrigkeit zuschlägt, oder er sei vom Club geschickt worden, um zu sehen, ob die Polizei ihn überwacht. Auf jeden Fall scheinen sie sich nicht im Geringsten für den Grund seines Besuchs zu interessieren.

Die Dunkelheit setzt ein, das Schild leuchtet vorm Sternenhimmel, kräftig rot und rosa schillernd.

Crazy

Girlz

blinkt es Buchstabe für Buchstabe,

blink,

blink,

und er würde am liebsten aufstehen, über den Parkplatz laufen, die beiden Fleischberge, die ihren Platz am Tau eingenommen haben, zur Seite drängen, die Tür aufreißen, von Raum zu Raum laufen, sie finden. Aber er darf sich nicht sehen lassen, noch nicht.

Ich will da reingehen. Jetzt. Die Teufel zusammenschlagen, die dort ihre Geschäfte treiben. Mamasans Mädchen. Branka. Ich selbst bin nicht besser.

Er kann sich an Emmes erstes Schreibheft in der Schule erinnern, an die runden, unsicheren, schönen Buchstaben, mit denen sie nicht zufrieden war, sie immer wieder ausradierte, bis das Papier zerriss, aber dennoch nicht aufgab, bis sie das schrieb, was eine Siebenjährige als schöne Buchstaben akzeptiert. Wenn ich so radiere wie du, wird es mich vielleicht trotzdem noch geben, wenn auch grau, erschöpft, verändert. Er erinnert sich an den Radiergummi, schwarz von all dem Grafit.

»Ich brauche einen neuen, Papa.«

Ein Touristenbus fährt auf den Parkplatz, hält vor dem Eingang, und jetzt kommen die Frauen. Auf hohen Hacken, in kurzen Kleidern, grell geschminkt und mit frisch gestyltem Haar strömen sie aus dem Bus und weiter zu ihrem Arbeitsplatz.

Anschließend kommt die Tagesschicht heraus. Müde Gesichter, verwischte Schminke, das Haar zerzaust, zerknitterte Kleider und zerrissene Strumpfhosen. Nur etwa ein Drittel so viele wie die, die gerade angekommen sind. Denn am Abend und in der Nacht, da soll es brummen, und jetzt während der *feria* ist Hochsaison mit ausgebuchten Hotels und Männerhorden außer Rand und Band.

Gegen Mitternacht kommt der Cafébesitzer auf ihn zu, sagt, »Wir schließen jetzt.«

Sonst nichts.

Tim nickt, bezahlt, gibt reichlich Trinkgeld, damit sie ihn vergessen und nicht vergessen. Er geht hinaus, und verdeckt hinter einem Golf beobachtet er das Bordell.

Die Fassade aus Wellblech, das rastlose Schild, Männer, die von Männern willkommen geheißen werden, die Putzfrau, die endlich für heute ihren Job geschafft hat und wegfährt.

Bist du da drinnen, Emme?

Er sollte zu seinem Auto gehen, doch stattdessen wartet er auf eine Lücke im Verkehr, geht dann in dem abwechselnd rot und rosa aufleuchtenden Licht auf den Parkplatz des Bordells und auf dessen Eingang zu,

Und der Raum ist dunkel, es ist heiß hier, wer wird als Nächstes kommen? Ein Neuer, ein anderer, und sie weiß, dass sie immer noch Emme ist, dass sie gelaufen ist, wie fließendes Wasser bis an den Rand der Welt, und dass sie schwimmen, tauchen, kraulen und treten muss, um weiterhin bestehen zu können. Ausradieren, ausradieren, schreiben. Sich vor sich selbst verstecken.

Fuck you.

Aber sie muss alles leise machen, sich fügen, in das Dunkel starren, das ein Dach ist, und es geschehen lassen, es annehmen und schwimmen, weg, weg von dem Rand und zurück in die Welt, zu Papa, Mama, dem Licht in Magaluf und der Flugzeugkabine, zum Gepäcklaufband in Arlanda, wo sie sieht, wie ihre schwarze Tasche aus einem schwarzen Loch herauskommt.

Manchmal spult sie zurück. Bis zu dem Punkt, als sie zusammen mit Sofia und Julia die Reise buchte, sie bei sich zu Hause in der Küche saßen, sie klickte, mit Papas Kreditkarte bezahlte.

YES!

Die fetteste Party aller Zeiten. Fuck, wir werden es verdammt cool haben.

Hoes and bitches, bitches and hoes.

Sie hört Autos.

Glaubt sie.

Vielleicht sind sie auch nur in mir drinnen. Es gibt so viel und so wenig, was nur in mir drinnen ist. Und sie denkt an Mama, an Papa, die müssen sich doch Sorgen machen, und sie weiß, dass Papa sie sucht, dass er nie aufhören wird, sie zu suchen, jetzt hört sie etwas hinter der Tür, bist du es, der da kommt, Papa? Hast du mich gefunden, ich will weg von hier, ausradiert werden und in Mamas Armen wieder aufwachen.

Ich halte mich fest. Ich falle. Ich darf nicht fallen. Du weißt das, Papa, ich weiß das, und jetzt öffnet sich die Tür, bist du es, bitte sag, dass du es bist, und es hört sich an, als würden sich Leute schlagen, als stritten sie sich, ich kann ihre Sprache nicht verstehen, ist das Polnisch, Rumänisch, doch dann wird wieder alles still, ein Handylicht, das bist du, Papa, aber, aber, und das Licht, das in meine Augen tropft.

Ich bin nicht hier.

Das ist die einzige Möglichkeit.

Ich bin nicht hier, aber du kannst mich finden, und ich kauere mich zusammen, bist du das, Papa, oder ist sie es, oder einer von denen, von denen ich mir immer wieder einrede, dass es sie gar nicht gibt, die mich aber trotzdem bis an den Rand zwingen, und die Haut von irgendjemandem an meinen Fingern, wessen Haut, wessen,

Und Tim senkt den Kopf, er sollte das hier nicht tun, warum solltest du da drinnen sein, Emme, und wenn sie mich hier sehen, was werden sie dann tun? Und er versucht eine Welle vor sich aufzubauen, eine riesige Wassermasse, die ihn zurück und zur Seite drückt, weg von der Bordelltür, dem roten Teppich, den samtummantelten Tauen, den Türstehern, und sie flüstert, »ich bin nicht hier, Papa«, ihre Stimme ist die Welle, und er weicht zurück, ist in der Lage, wegzugehen, und er wandert die kleine Straße entlang, die parallel zur Autobahn verläuft.

In der ersten Hochhaussiedlung, die er erreicht, geht er in ein leeres Café. Trinkt an der Bar ein Bier, *una caña*, sammelt sich, seine

Gedanken, trinkt dann ein Glas eiskalten Wein, bevor er zurück zum Auto geht und in die Stadt fährt.

Das Zentrum brodelt vor Urlaubern. Ein zweites Riesenrad wirft glühendes Licht über die Palmen im Parque de Málaga, auf der Calle Larios ziehen die betrunkenen, fröhlich grölenden Horden vorbei und er kommt nur langsam mit dem Auto voran.

Fünfhundert Meter vom Hotel entfernt findet er einen freien Parkplatz. Steigt aus, überquert einen großen Kreisverkehr und läuft zwischen den Menschenströmen entlang, die sich auf der Avenida Cervantes in verschiedene Richtungen bewegen. Es ist immer noch heiß, und die einsetzende Nacht ist voller Erwartungen und Träume, die vielleicht erfüllt werden. Er geht an der im Dunkel liegenden Stierkampfarena vorbei; es ist voll in der Bar Gineva, Frauen in grünen und blutroten Flamencokleidern rauchen an den hohen Tischen draußen, trinken in großen Schlucken aus Tassen ihren Cuba Libre, und sie schauen ihn an, scheinen sich aber nicht zu fragen, wer er ist, was er hier zu suchen hat.

Die Türsteher vor dem Garten des Gran Hotel Miramar erkennen ihn wieder, und es rasselt leise im Schloss, als er die Schlüsselkarte vor das blinkende Lesegerät an seiner Zimmertür hält.

Er schenkt sich einen Whisky ein, öffnet die Balkontür, und die Discomusik, die vorher nur zu erahnen war, schlägt ihm entgegen, wie eine gigantische Welle. Ein spanischer Song, den er nicht kennt, und draußen auf dem Meer fahren zwei große Frachter aufeinander zu, die Silhouetten scheinen zu kollidieren, doch das ist nur eine Illusion, und bald stampfen die beiden jeweils in ihre Richtung weiter in die Dunkelheit.

Im Garten wird gefeiert. Frauen mit glänzender Haut tanzen mit Männern im Anzug. Der Stierkämpfer Enrique Ponce steht mit seiner Entourage in einer Ecke und schaut sich wachsam um. Tim leert sein Whiskyglas, geht ins Zimmer, holt den Laptop aus dem Safe. Das Geld ist noch dort, wo es sein soll. Er legt sich aufs Bett, kämpft darum, den Schlaf fernzuhalten, die Musik hilft ihm dabei. Er loggt sich in Heideggers Intranet ein, sie haben ihn noch nicht abgemeldet. Wilson muss das vergessen haben, oder aber seinem alten Chef ist es nicht wichtig, ob Tim Zugang dazu hat.

Übers Intranet kommt er ins Kfz-Register, tippt die Nummer des Autos der Putzfrau ein. Wartet, während das System rattert.

Er weiß nichts über sie. Wie lange sie schon im Bordell arbeitet, wer sie ist, aber es ist immerhin ein Anfang.

Er bekommt einen Namen angezeigt.

Albert Ventura, sechsundfünfzig Jahre alt. Venezolaner. Vielleicht sind sie erst vor kurzem hergekommen, nachdem ihr Heimatland geradewegs der Hölle entgegenraste, aber es kann natürlich auch sein, dass sie schon länger hier sind. Wenn das überhaupt der Mann der Putzfrau ist.

Eine Adresse.

Er googelt sie.

Ein Hochhaus im Vorort Torre Antalya.

Es gelingt ihm nicht, herauszubekommen, ob dieser Albert Ventura eine Ehefrau hat, und er will damit nicht Simone belästigen. Eigentlich muss er das auch gar nicht wissen. Eigentlich möchte er am liebsten aufstehen, mehr Whisky trinken, auf die feiernden Menschen hinuntergucken, auf die angestrahlten Palmen, die das dunkle Meer scheinbar umarmen wollen, auf dessen ruhige Wellen an der Playa La Malagueta. Aber er bleibt im Bett liegen, löscht das Licht, spürt, wie die Buchstaben auf dem Computerbildschirm in ihn eindringen, das Gehirn trüben, wie die Augenlider sich senken und der Schlaf kommt, wieder mit geflüsterten Worten von Emme, »und wenn ich nun dort bin, Papa, wenn ich nun dort war, in einem dunklen Raum«.

Er muss ihre Wort von sich fernhalten, muss jetzt schlafen, ausruhen, und endlich verabschiedet sich das Gehirn, zu den Geräuschen spanischer Discomusik, die sich mit dem Murmeln eines gelangweilten Stierkämpfers vermischt.

Ein paar Stunden später wacht er auf, die Musik aus dem Garten ist verstummt. Das Zimmer ist jetzt vollkommen dunkel, es ist nur noch das Rauschen der Klimaanlage zu hören und die Musik unten aus der Stadt, sie hämmert und dröhnt, als wäre sie ein Herz, das die Nacht und die Menschen am Leben hält.

Er steht auf, duscht, zieht das Hemd von gestern noch einmal an. Er hätte mehr zum Wechseln einpacken sollen, als er nach Madrid gefahren ist, jetzt muss er neue Kleidung kaufen, er riecht nach Schweiß, aber daran kann man momentan nichts ändern.

Er fährt in den Vorort, wo der Mann, dem das Auto der Putzfrau gehört, wohnen soll. Er sucht die Adresse auf, und der alte Seat steht nicht weit entfernt von dem Eingang zu einem Hochhaus, an dem man ein feinmaschiges blaues Netz über die Fassade gespannt hat, um zu verhindern, dass Putz und Betonteile hinunterfallen.

Es ist halb fünf Uhr morgens. Wer weiß, wann sie anfängt? Vielleicht hat sie heute Frühschicht. Vielleicht muss sie schon bald die Papierkörbe mit den Kondomen leeren, die mit Spermaflecken übersäten Laken wechseln, schleimiges Toilettenpapier vom Boden aufsammeln, der voll mit Brandflecken von ausgedrückten Zigaretten und eingewachsenem Schmutz ist, den man nicht mehr wegbekommt.

Er wartet. Träumt von Kaffee. Langsam geht die Sonne über dem Horizont auf, und jetzt kommt die Hitze, der Innenraum des Autos heizt sich auf. Er schaltet das Radio ein, hört die Nachrichten, immer noch nichts Neues zu dem Mord an dem Vox-Politiker, nichts über den Mord an der Bulgarin in Palma, aber Branka taucht nicht einmal in die Landesnachrichten auf, niemand interessiert sich für sie.

Ihr Blut klebt an meinen Händen. Sie brauchte das Geld, und ich habe das ausgenutzt. Vielleicht werde ich dafür bezahlen müssen.

Er holt sein Handy heraus, geht auf die Homepage des *Diario*. Kein Wort darüber, dass sie sich im Melià Palma Bay mit einem noch nicht identifizierten Mann getroffen hat.

Er würde jetzt gern den Motor anstellen, die Klimaanlage des Autos voll aufdrehen. Ein Mann im Rückspiegel, eine dunkle Silhouette im Morgenlicht, und Tims Hand fährt instinktiv zum Handschuhfach, in dem die Pistole liegt, doch der Mann geht vorbei, verschwindet in Richtung einer Bushaltestelle.

Die Eingangstür des Wohnblocks wird geöffnet.

Das ist sie. Die Putzfrau. Sie geht zu dem Seat, mit müden, fast schlurfenden Schritten, aber ihr Blick ist klar, und sie öffnet das Auto mit einem Funkschlüssel. Tim steigt aus, schaut sich um, sie sind ganz allein auf dem Parkplatz und der Straße, und langsam bewegt er sich auf die Frau zu, die sich jetzt hinunterbeugt, und schon hat sie sich ins Auto gesetzt. Er eilt zu ihr, auf die andere Seite des Wagens, hofft, dass ihr Schlüssel auch die Beifahrertür geöffnet hat.

Das Metall des Türgriffs ist warm in seiner Hand, ihre schwarzen Augen sind voller Angst, als sie den Kopf zu ihm dreht, ihn sieht, sie fragt sich, wer er wohl sein mag, und ihr Mund will sich für einen Schrei öffnen, schnell reißt er die Tür auf, fordert sie mit einem Finger auf den Lippen auf, leise zu sein, versucht ihr einen freundlichen Blick zuzuwerfen, und aus irgendeinem Grund schluckt sie den Schrei hinunter und fragt auf Spanisch:

»Wer sind Sie?«

Aber ohne fragenden Ton, es scheint, als wüsste oder erahnte sie, wer er ist, und hätte sogar auf ihn gewartet.

Er antwortet nicht. Setzt sich auf den Beifahrersitz und zieht die Tür hinter sich zu.

»Keine Angst«, sagt er. »Ich habe nur ein paar Fragen.«

Sie hat tiefe Ringe unter den Augen. Ihr Haar ist frisch gemacht, die Lippen in einem rosa Farbton angemalt.

»Bitte entschuldigen Sie, wenn ich Sie erschreckt habe.«

Sie schaut ihn an.

»Ich erkenne einen schlechten Mann, wenn ich einen treffe. Und Sie sind kein schlechter Mann.«

Er lächelt.

»Dem würden wohl nicht alle zustimmen.«

Sie erwidert sein Lächeln.

»Ich möchte gar nicht wissen, wer Sie sind«, sagt sie.

»Wohnen Sie schon lange hier?«

»Seit sieben Jahren«, antwortet sie. »Wir haben Venezuela recht-
zeitig verlassen, mein Mann und ich. Hier ist es besser. Auch wenn
ich nicht behaupten will, dass mir das Etablissement gefällt, in dem
ich sauber mache. Aber sie bezahlen gut.«

»Crazy Girlz.«

Sie nickt. Als wüsste sie, was er weiß.

»Wie heißen Sie?«, fragt er.

Sie schüttelt nur den Kopf.

»Beeilen Sie sich«, sagt sie stattdessen, »ich möchte nicht mit Ihnen zusammen gesehen werden.«

Tim holt Emmes Foto aus seiner Brieftasche. Zerknittert, mit
zerfransten Rändern, zeigt es ihr.

»Haben Sie sie schon mal im Club gesehen?«

Er wartet auf ihre Antwort, spürt, wie sich die Adern in der
Lunge zusammenziehen, das Herz stolpert, und sie öffnet den
Mund, antwortet,

»Ja.«

Wann Wo Wie

»Ist sie jetzt dort?«

Die Venezolanerin, deren Namen er nicht kennt, schüttelt den
Kopf.

»Das ist schon lange her. Vielleicht fünf Jahre, oder vier, ich kann
mich nicht so genau erinnern, aber jetzt ist sie nicht mehr da. Ich
weiß nicht, wo sie ist.«

Er schnappt nach Luft. Wut steigt in ihm auf, sie kennt dich,
Emme, weiß, wer du bist, was mit dir passiert ist, sie hätte Kontakt
zu mir aufnehmen können, die Polizei informieren, irgendetwas
tun, und sie sieht ihn an mit einem Blick voll Scham.

»Die bringen mich um, wenn sie erfahren, dass ich mit Ihnen geredet habe.«

Branka mit durchschnittener Kehle.

Er nickt. Unterdrückt seine Wut.

»Wie lange war sie dort?«

»Ein paar Wochen. In einem der Räume im Keller. Da sperren sie manchmal diejenigen ein, die zu jung sind oder einfach nur etwas Besonderes.«

»Sind jetzt auch Mädchen in diesen Räumen?«

Sie schüttelt den Kopf.

»Seit mehr als einem Jahr nicht mehr. Es ist inzwischen zu gefährlich mit Minderjährigen. Das kann man nicht mit Schmiergeldern regeln.«

»Wohin ist sie gebracht worden?«

»Ich war manchmal bei ihr drinnen, habe mit dem Handy geleuchtet, ihre Hand gehalten.«

»Warum haben Sie nicht die Polizei gerufen?«

»Dann hätten sie mich umgebracht«, antwortet sie.

»Wissen Sie, wer Damyan Makajev ist?«

Sie schüttelt den Kopf.

»Gavril Ivanović?«

Sie schüttelt noch energischer den Kopf, ihr Blick flackert.

Er atmet schwer, bleibt schweigend neben ihr sitzen. Sieht sie an, hält ihren Blick fest, fleht.

»Ich habe ein paar Mal in einem Haus sauber gemacht«, sagt sie. »Vielleicht haben die sie dorthin gebracht.«

»Wer sind ›die‹?«

Wieder schüttelt sie den Kopf.

»Wo steht dieses Haus?«

»In Benahavís. Ein großes Haus.«

»Wissen Sie noch die Adresse?«

Sie nennt den Straßennamen, eine Nummer, die er sofort in sein Handy eintippt.

»Wem gehört das Haus?«

Sie antwortet nicht.

»Das tut mir leid, was Ihnen passiert ist«, sagt sie stattdessen.

Tim schaut kurz auf, sieht den Müllwagen, der um die Ecke biegt, anhält, und die Müllmänner in ihren neongelben Overalls, sie kippen den Inhalt der grünen Mülltonnen in den Wagen.

»Hatte sie Angst?«, fragt er.

Und bereut die Frage schon, als er sie ausspricht.

Sie schaut ihn an. Sucht eine Antwort.

»Sie hatte keine Angst«, sagt sie. »Wütend konnte sie werden. Manchmal hatte ich das Gefühl, als würde sie schwimmen. In sich selbst schwimmen, in einem Meer, von dem nur sie wusste, dass es das gibt.«

Ihr schwarzer Wagen fährt in die aufgehende Sonne hinein. Es ist jetzt sieben Uhr, bald fängt der Arbeitstag an. Er fährt zurück zum Hotel, die Hände auf dem Lenkrad zittern, und hinter den Wagenfenstern geht das Leben weiter seinen Gang, die letzten Feiernden schleppen sich auf der Schattenseite der Straße im Schutz der Häuserfassaden nach Hause, Bars schließen, Cafés und die Trödelläden der Chinesen öffnen, Menschen treten aus den Haustoren, steigen in ihre Autos, Palmen bewegen sich leicht im Morgenwind, und Motorräder fahren auf dem grauen Asphalt vorbei.

Er stellt den Wagen in der Hotelgarage ab, fragt sich, wie er wohl weiterkommen könnte. Sein Magen macht sich bemerkbar, er bekommt Hunger, und er denkt an Rebecka, an Maia, er sollte Rebecka anrufen, ihr erzählen, dass er Emme einen Schritt näher gekommen ist, auch wenn es schon lange her ist, seit sie hier war, und er nicht die geringste Ahnung hat, wo sie jetzt sein könnte.

Aber er lässt die beiden in Ruhe. Maia ist ein Traum in einem Traum in einem Traum. Er kann nicht so tun, als gäbe es sie, nicht, bevor nicht das hier vorbei ist. Er darf nicht all seinen Gefühlen nachgeben, und er weiß, dass durch das Verschwinden eines Menschen alle Menschen verschwinden können, dass ein Vater, der seine Tochter verliert, bewirken kann, dass eine andere Tochter ihren Vater verliert, und er schließt die Augen, ich irre mich, ich irre mich, er beißt die Zähne zusammen, er bekommt eine Gänsehaut, und er drängt die Tränen, die sich hinter den Augenlidern sammeln, wieder zurück, und dann steigt er aus dem Wagen, setzt sich auf der Hotelterrasse in den Schatten und trinkt mehrere Tassen Kaffee, versucht sich selbst allein auf Handlung zu reduzieren, aber wie soll er handeln?

Die Straße bohrt sich durch den Berg, führt weg von Málaga, an Fuengirola vorbei, weiter in Richtung Marbella. Die Häuser sind wie versteinerte Käfergruppen über die Hänge verteilt, und in der Hitze unter dem freien Himmel glänzt das Meer silbergrau wie geschliffener Stahl. Er fährt, überlegt, Rebecka über Facetime anzurufen.

Aber ist sie zu Hause und hat sie Zeit?

Oder ist sie im Krankenhaus?

Er drückt das Gaspedal durch. Schaltet das Radio ein. Einer der Sommerhits, irgendwas darüber, im Wald und in den Bergen zu tanzen, am Strand und im Meer. Viel Verkehr in beide Richtungen. Touristenbusse, Lastwagen mit Baumaterial, Mietautos, deren Fahrer nervös durch die Windschutzscheibe starren. Und überall Häuser. Überall Träume. Von einem anderen Leben, einem neuen Leben, vielleicht einem reineren Leben.

Ein gutes Stück vor Marbella biegt er ab nach Benahavís. Schaltet das Navi ein und folgt dessen Anweisungen bis in ein Wohngebiet mit riesigen Villen, umgeben von weiß verputzten Mauern. In den Gärten hängen schlaffe Palmenkronen und Pappelspitzen zeigen zum Himmel. Schwarz gestrichene Tore aus Holz und Eisen, Überwachungskameras.

Er hält vor dem angegebenen Haus. Sieht keinen Menschen, und die Luft draußen scheint nicht nur heiß zu sein, sondern außerdem auch radioaktiv, ein unsichtbarer Geigerzähler schießt warnend in die Höhe.

Eine weiße Mauer. Rote Dachziegel, überwuchert von Bougainvillea. Die Farbe an der Mauer blättert ab, sie ist nicht so gepflegt wie die der Nachbarhäuser. Tim steigt aus dem Auto, schaut sich um, versucht, die Hitze zu ignorieren, den Schweiß, der ihm am Rücken ausbricht und das Hemd durchfeuchtet.

Er schaut durch einen Spalt in dem zweiflügeligen Tor auf das Grundstück. Keine Autos auf der Auffahrt, und der Garten sieht vernachlässigt aus. Verbranntes Gras, ein leerer Pool. Ein Mercedes älteren Modells ohne Räder ist vor einer Garagentür aufgebockt. Soweit er sehen kann, steht das Haus leer.

Er folgt dem Lauf der Mauer, in eine Gasse hinein. Er klettert auf eine grüne Plastikmülltonne, ein Auto fährt vorbei, hält an, und Tim springt wieder hinunter, wartet, ob ihm jemand in die Gasse folgt, doch es kommt niemand, stattdessen fährt das Auto wieder weiter.

Erneut klettert Tim hoch, dann über die Mauer. Weder Stacheldraht noch Glasscherben diesmal. Er landet in hohem Gras, geht auf das große, einer Finca ähnelnde Gebäude zu, und in dem glühend weißen Licht sieht das Laub im Garten wie Schnee aus, große, am falschen Ort gefallene Flocken.

Das Haus ist leer.

Er ist ganz allein hier.

Tim schlägt die Scheibe einer Glastür am Pool ein, wartet, dass der Alarm einsetzt. Aber es ist kein Geräusch zu hören.

Ein unmöblierter Raum mit Spuren von Bildern an den Wänden. Terrakottafußboden mit schwarzen Feuchtigkeitsflecken. Langsam geht er durch das Haus. In den ersten Stock. Versucht Emme zu spüren.

Findet aber keinen Hinweis.

Im Keller stößt er auf einen zellenähnlichen Raum, einen Vorratskeller, dem Erdkeller bei Xisco Caras' Haus nicht unähnlich.

Ringe an den Wänden, aber keine Ketten.

Bist du hier gewesen, Emme? Es stinkt nach Schimmel und etwas anderem, ein Geruch von Sehnsucht und Resignation, und er muss feststellen, dass es sein eigener Geruch ist, den er hier wahrnimmt. Die Blicke des Hotelpersonals, die er nicht beachtete. Alle müssen sich gefragt haben, wer dieser schmutzige, übel riechende Mann war, der trotzdem ein Zimmer im Gran Hotel Miramar bezahlen konnte.

Er zögert.

Leuchtet die Wände ab. Sorgfältig, sucht nach etwas, weiß nicht, was.

Dann sieht er es. Ganz unten in einer der Ecken, kaum erkennbar. Drei Buchstaben, in den weichen Sandstein eingeritzt:

EKB.

Schöne, zittrige Linien. Linien, die sich im Traum verlieren.

Emme Kristina Blanck.

Runde, zittrige, unscharfe, aber nicht ausradierte Buchstaben. Perfekt beim ersten Versuch.

Emme war in diesem Raum.

Ich würde es doch spüren, natürlich würde ich es spüren, wenn du tot wärst, ein warmer Luftzug an meinem Ohr, wie von einer Stimme, die von einer Wolke herab flüstert, sie ist nicht tot, sie ist nicht tot, sie ist

nicht im Schrank, dort, wo sie sich sonst manchmal versteckt. Tim schließt die Tür vorsichtig hinter sich, ruft in die Wohnung hinein, EMME, EMME, EMME, wo bist du?

Er geht vom Flur zum Schlafzimmer, legt sich platt auf den Fußboden, schaut unters Bett, aber unter dem Bett ist es leer, kann sie im Wohnzimmer sein? Hinter dem Sofa?

Auch dort keine Emme.

Ein neues Versteck, aber wo? In der Küche öffnet er die großen Schranktüren, doch wie sollte sie Platz zwischen all den Töpfen finden? Sie ist nicht im Putzschrank, wo der Staubsaugeraufsatz ihn angrinst.

Der Duft der gestrigen Tom Kha Gai hängt noch in der Küche, drängt sich in seine Nasenflügel, und er wird hungrig, aber er will mit dem Kochen warten, bis Rebecka nach Hause gekommen ist.

Emme, Emme!

Ich werde dich gleich finden. Bist du im Badezimmer, weiße Kacheln, ein schwarz-weiß gestreifter Duschvorhang, sie wollten hier schon seit langem renovieren, sind aber noch nicht dazu gekommen, wo ist sie denn nun?

Hier auch nicht.

Er schaut hinter die Tür. Leer. Er lauscht, alles still. Kann sie rausgelaufen sein?

Die Wohnungstür ist geschlossen. Ihre kleinen Schuhe stehen noch da. EMME, EMME, jetzt ist Unruhe in seiner Stimme zu hören, eine kurz aufflammende Angst, ein dunkler Druck unterhalb des Magens, der sich nach oben presst.

Wo bist du?

Ein Versteckspiel.

Normalerweise findet er sie immer ziemlich schnell, tut so, als hätte er sie nicht gesehen, und läuft herum und ruft nach ihr, bis sie schließlich kichert und ruft, ich bin hier, ich bin hier, ich bin hier.

Aber dieses Mal nicht – wo bist du?

Die Badezimmertür steht offen, ein leichter Schimmelgeruch, sie müssen unbedingt renovieren, feuchte Handtücher, Tropfen aus dem Duschkopf, die ihren Weg in die mikroskopisch kleinen Löcher in den Fugen finden. Ich komme JETZT, ruft er, und Kokosmilch, Chili, Lavendelshampoo, Orangenblütenester, EMME, EMME,

EMME, sie hört ihn rufen, manchmal glaubt sie, er stehe direkt vor ihrer Tür, dass es seine Stimme ist und nicht das Gebell der Hunde, das sie hört, und dann will sie sich verstecken, unter das Bett kriechen, ein anderes Versteck gibt es nicht, und sie schließt die Augen, versteckt sich hinter dem Sofa, kichert, merkt nicht, wie warm es ist, hört ab und zu die anderen rufen, sie versteckt sich unter dem Bett, und in ihrem inneren Spiel findet sie Platz zwischen den Töpfen und Pfannen in dem großen Küchenschrank, sie kann sich in das Wirrwarr des Staubsaugerschlauchs schmiegen, und er ruft EMME, EMME, und sie macht sich in der Badewanne ganz klein, zieht den gestreiften Duschvorhang vor, die Kacheln werden rosa, wie die Jacke, wo ist die eigentlich geblieben?

Ich bin nicht allein hier.

Das Essen ist gut.

Wir reden miteinander, überlegen, wo wir sind, berühren einander, umarmen uns, flüstern, it ain't so bad, it ain't so bad, no está mal, und die Stimme ist verzerrt, ein Mensch mit einer Maske, unnahbar, und jetzt liegt sie im Wäschekorb, hört ihn rufen, und er klingt besorgt, sie versteht das, obwohl sie erst sechs Jahre alt ist, also ruft sie HIER, HIER, und sie hört Schritte, hört, wie er den Deckel des Wäschekorbs packt, das Rattan abgenutzt und krumm in seinem festen Griff.

Nach oben, ab.

Ihr Gesicht.

Sie schaut zu ihm auf, grinst, lacht, schafft es, sich in dem Korb hochzurappeln, und sie unterdrückt das Lachen, sagt,

»Du hättest mich nie gefunden, wenn ich nicht gerufen hätte. Nie.«

Ich schreibe. Meine Hand zittrig wie in der ersten Klasse, so wie sie auch sein wird, wenn ich bei Beckmans anfange, bei H&M, bei Dior.

EKB.

Ein Foto der Buchstaben auf dem Handy.

EKB.

Sie war dort.

Im Rückspiegel ist zu sehen, wie sich ein Auto nähert, ihn überholt. Was tun, was tun, was tun? Raise hell. Geradewegs zu Crazy Girlz fahren und die Wahrheit herausprügeln.

Ich sollte, will,

kann aber nicht.

Axel rettet ihn. Zumindest hat Tim das Gefühl, als dessen SMS auf dem Handydisplay erscheint, während Tim auf der Autobahn zurück nach Málaga fährt.

Ich habe etwas über Gavril Ivanović rausgekriegt. Er soll auch in Madrid Bordelle besitzen. Und ein Haus in Benahavís.

Da war ich gerade.

Da habe ich deine Initialen gefunden, Emme.

Dann ist Ivanović also der richtige Mann.

Tim legt das Handy beiseite, wird im Rückspiegel von Sonnenstrahlen geblendet, Blitze wie Stecknadelköpfe im Auge. Ich hätte nach Branka fragen sollen.

Er klappt den Sonnenschutz herunter, hier gibt es keine Bilder von Emme dahinter wie in seinem Auto in Palma. Aber ich habe deine Initialen auf dem Handy.

Er biegt ab, in das Industriegebiet, wo das Crazy Girlz liegt. Er muss wieder dorthin.

Das Auto stellt er vor dem Café ab. Setzt sich an den gleichen Tisch wie beim letzten Mal, und der Besitzer nickt ihm zu, die Kellnerin nimmt seine Bestellung auf. Eine Cola light, die er sofort bezahlt.

Dann wartet er.

Und er hat Glück. Nach nur zehn Minuten kommt einer der Türsteher heraus, überquert den Parkplatz und die Straße, geht direkt aufs Café zu, verzieht in der Hitze das Gesicht, als wären die Sonnenstrahlen, die seinen rasierten Schädel treffen, Flammen aus einem Schweißbrenner.

Groß und muskulös. Aber nicht unmöglich zu überwinden.

Der Türsteher setzt sich an die Bar, bestellt einen Kaffee. Er trinkt langsam, redet weder mit dem Besitzer noch mit der Kellnerin, kratzt sich die Glatze, und dann tut er das, worauf Tim gehofft hatte: Er bezahlt und geht zu den Toiletten.

Tim steht auf. Folgt ihm in die Dunkelheit hinein.

Die Tür zu der Toilettenkabine besteht aus Hartfaser und zerbricht unter Tims Tritt, ein kurzer Schmerz im Fuß, und die beiden Teile lösen sich aus dem Scharnier, fliegen nach innen und treffen den Türsteher im Gesicht, bevor dieser überhaupt schreien kann. Tim tritt einen Schritt vor, ballt die Faust, zieht ihm schräg eins über die Nase, aber nicht zu hart, er will nicht, dass der Türsteher das Bewusstsein verliert, und der Schlag trifft den Nasenrücken, Tim spürt, wie der Knochen zerbricht, ich schlage immer noch zu fest zu, und der Mann versucht einen Schrei herauszupressen, aber es kommt kein Laut aus seinem Mund. Die Knochen schmerzen, trotz des Adrenalins, und der Türsteher sammelt sich, versucht aufzustehen, seine Muskeln zucken unter dem dünnen weißen T-Shirt, das mit dem Blut befleckt ist, das von seiner Nase tropft. Tim tritt ihm auf den Oberschenkel, drückt ihn nach unten, sodass der Mann versteht, dass er sitzen bleiben soll. Und er versteht, hebt die Hände über den Kopf, schreit nicht, guckt Tim nur mit aufgerissenen Augen an, und der holt das abgegriffene Foto von Emme heraus, hält es ihm hin. Emme im Auto vor dem Flughafen Arlanda.

»Hast du sie schon mal gesehen? Sie soll im Crazy Girlz gewesen sein. Wurde dort gefangen gehalten. Und in einem Haus in Benahavís.«

Tim versucht etwas aus dem Türsteher herauszulesen, während

dessen Blick zwischen dem Foto und der gelben Kachelwand vor der Kabine hin- und herflackert.

»Ich habe sie noch nie gesehen.«

»Doch, das hast du. Ich weiß, dass sie hier war.«

»Ich versichere es dir. Ich schwöre.«

Lügt er? Ja.

Nein, er lügt nicht, in seinen Augen ist eine Art Verwunderung zu erkennen, und das Blut läuft ihm um den Mund herum runter, jetzt bis auf den Fußboden. ·

»Sie soll in dem Bordell gewesen sein. Ich weiß das.«

»Und wer bist du?«

Und am liebsten schlüge Tim wieder zu, er würde gern losschreien, dass das zum Teufel keine Bedeutung hat, aber er besinnt sich.

»Das spielt keine Rolle. Und wenn dein Boss rauskriegt, dass du mit mir geredet hast, kannst du dein Testament machen. Also kein Wort über das hier.«

»Über was?«

»Über mich, das Foto und meine Frage: Haben die Bulgaren einen Ort, wohin sie die Mädchen bringen, die etwas Besonderes sind? Minderjährige. Außer dem Haus in Benahavís.«

Der Mann schüttelt den Kopf.

»Davon weiß ich nichts.«

»Ich glaube, du weißt etwas.«

Tim streckt sich nach der Pistole im Hosenbund, drückt dem Türsteher die Mündung an die Stirn.

»Nicht schießen, nicht schießen.«

Angst flackert wieder in seinem Blick auf.

»So einen Ort gibt es nicht.«

Der Türsteher schaut Tim geradewegs in die Augen.

»Damyan Makajev. Wo kann ich den finden?«, fragt Tim.

»Er ist seit mehreren Jahren wieder in Bulgarien. Im Knast.«

»Und Gavril Ivanović? Wo finde ich den? Im Bordell?«

»Wie kommst du denn auf die Idee? Scheiße, weißt du gar nichts?«

»Wo kann ich ihn also finden?«

Der Türsteher starrt Tim an.

»Versuch es mal auf dem großen Friedhof in Sofia«, erwidert er. »Er ist vor sieben Monaten erschossen worden. Und die Familie hat seinen Leichnam dorthin geschafft. Hat ihn dort begraben.«

Warum hat Axel nichts über diesen Mord gefunden?

»Hat das in den Zeitungen gestanden?«

»Nicht mit seinem Namen, Gavril hatte einen falschen Pass bei sich, als man seine Leiche gefunden hat. Und als es schließlich keinen Zweifel mehr gab, dass er es gewesen war, da hat das die Zeitungen nicht mehr interessiert. Weißt du, wie viele es von seiner Sorte hier an der Costa del Sol gibt?«

»Hat die Polizei ihn denn nicht wiedererkannt?«

»Er hat immer Wert drauf gelegt, kein Aufsehen zu erregen. Was weiß ich.«

»Und wer ist jetzt der Boss?«

»Erschieß mich, es ist sowieso aus mit mir.«

»WER?«

»Schieß!«

Er wird es niemals verraten, hat mehr Angst vor seinem Boss als vor mir.

Tim senkt die Pistole.

»Wenn du irgendjemandem ein Wort über mich erzählst, dann komme ich zurück.«

Als Rebecka nach Hause kommt, sind das Kindermädchen und Maia im Wohnzimmer. Sie spielen mit dem iPad, und Maia strahlt sie an, widmet sich aber schnell wieder dem Display.

Die Finger.

Die Haut.

Das Gefühl, das sie im OP-Saal hatte, hängt ihr noch nach. Die Kälte, das Gewicht.

»Ist alles gut gelaufen?«, fragt sie.

»Sehr gut. Sie ist so ein braves Mädchen.«

»Hat sie etwas gegessen?«

»Würstchen und Makkaroni, vor einer halben Stunde.« Und jetzt registriert Rebecka auch den Geruch von angebrannter Würstchenhaut und Fett.

»Kannst du morgen wieder kommen, so gegen zehn? Ich muss nicht arbeiten, aber ich habe so einiges zu erledigen.«

Das Kindermädchen nickt, steht auf, es ist etwas älter, als Emme es jetzt wäre.

»Jetzt geh ich ins Fitnessstudio«, sagt sie.

»Go girl.«

Habe ich das gerade gesagt?

Maia fährt mit der Hand über den Bildschirm, wütend, eifrig, unzufrieden, als hinge ihre gesamte Zukunft von dieser Wischbewegung ab.

»Ach, übrigens, da ist heute im Park eine Frau auf uns zugekommen«, sagt das Kindermädchen. »Sie hat nach dir gefragt. Ivana heißt sie, hat sie gesagt.«

Schon wieder.

»Was wollte sie?«

»Keine Ahnung. Sie hat nur nach dir gefragt.«

»Hat sie sonst noch was gesagt?«

»Nein, sie hat nur ein bisschen mit Maia geredet. Kennst du sie nicht?«

»Nein, aber wenn es wichtig ist, wird sie sicher wieder von sich hören lassen.«

Die Wohnungstür fällt hinter dem Kindermädchen ins Schloss.

Ivana. Sollte ich Tim anrufen? Da wirft Maia das iPad auf den Boden.

»Was tust du da?« Rebecka eilt zu ihr, versucht ihre Verärgerung zu verbergen, kniet sich hin und streicht ihrer wütenden Tochter übers Haar.

Der Hotelgarten liegt dunkel und menschenleer da, nur der Pool leuchtet hellblau zum Sternenhimmel hinauf. Tim hat sich den Rest aus der Whiskyflasche eingeschenkt, sitzt auf dem Balkon seines Zimmers, und die Flüssigkeit ist genauso warm in der Kehle und im Magen wie die späte Abendluft an seiner Haut.

Die Straßenlaternen flackern am Strand entlang, bis zum Hafen. Er hat den Mord an Gavril Ivanović gegoogelt. Der Mann wurde von einem gewissen Piotr Garminsky gefunden, mit mehreren Kugeln aus einer kleinkalibrigen Waffe erschossen, in einem Graben ein Stück außerhalb von El Ejido, am Rande von Berja, einem kleinen Dorf im Schatten der Sierra Nevada.

Alles deutet auf eine Hinrichtung unter Gangstern hin. Es heißt, dass es in den letzten Jahren an der Costa del Sol hoch hergegangen sei. Marokkanische, spanische, bulgarische, russische und sogar schwedische Banden haben sich um den Drogenhandel gestritten. Die Toten stapelten sich in den Leichenschauhäusern.

Doch etwas ist anders an dem Mord an Gavril Ivanović. Er kann es nicht genau benennen, aber sein Ermittlerinstinkt sagt ihm das.

Tim nimmt einen Schluck und schließt die Augen. Er sollte Rebecka anrufen, ihr von den eingeritzten Buchstaben berichten, das darf er ihr nicht verheimlichen.

Maia. Viel zu klein, um schreiben zu können. Aber malt sie? Wie malt eine Anderthalbjährige? Striche? Punkte? Maia in seinen Armen, als er sie badet, schaut sie aus der Badewanne zu ihm auf, ihre Arme und Beine rudern vor Freude, Wasser spritzt ihm in die Augen, und Rebecka steht hinter ihm.

Das gefällt dir, was, Maia? Baden ist das Beste, was es gibt. Und sie streichelt seinen Nacken, lässt die Finger dort ruhen, das magst du, Maia, sagt er, schickt kein Foto an Rebecka, zwingt sich selbst, in eine andere Richtung zu denken.

Er überlegt, ob er Salgado anrufen und ihn um einen Kontakt zur örtlichen Polizei bitten soll, damit er sich über den Mord umhören kann. Vielleicht sollte er ihm sogar von dem Beweis berichten, dass Emme in Ivanovićs Haus war.

Aber damit riskiert er, zu verraten, wo er sich befindet. Die Bulgaren haben schon versucht, ihn in Madrid zu erwischen, nachdem er Emmes Foto herumgezeigt hatte. Das müssen die Bulgaren gewesen sein.

Andererseits hat er das Gefühl, dass Salgado bereits weiß, dass er hier auf dem Festland ist, dass auch Sergio Gener es weiß, dass er aus einem bestimmten Grund hier ist, den nur er noch nicht versteht oder nicht sehen kann. Nicht sehen will.

Die Ampel schaltet um, von Rot auf Grün, und die Autos dröhnen vorbei auf dem *paseo* vor dem Strand. Der Sand liegt unberührt da, nicht wie in Magaluf, wo Teenager im Licht der Clubs und Bars kopulieren.

Es ist spät, dennoch wählt er Salgados Nummer. Kann sich nicht zurückhalten. Er muss weiterkommen, und das hier ist momentan die einzige Idee, die er hat. Er kann nicht direkt ins Bordell gehen. Das ist zu gefährlich. Und wonach sollte er suchen? Emme ist nicht mehr dort. Ivanović auch nicht.

Nach dem dritten Freizeichen geht Salgado ans Telefon.

»Tim. Wo bist du? Weißt du, wie spät es ist?«

Wenn er glaubte, ich sei in Palma, würde er nicht fragen.

»Ich bin in Málaga.«

»In Málaga?«

Ist er überrascht? Oder tut er nur so? Tim kann das nur an der Stimme nicht ablesen, und er versucht Salgado vor sich zu sehen, die glänzenden braunen Augen, das Haar mithilfe von Haarwachs wie geleckt am Schädel klebend, die Zigarette zwischen zwei Fingern der linken Hand eingeklemmt.

»Die Suche hat mich hierher geführt.«

»Dann glaubst du also, dass sie dort sein könnte?«

»Ich glaube gar nichts mehr, das weißt du. Ich versuche, etwas herauszukriegen.«

Salgado seufzt, gähnt, und im Hintergrund hört Tim, wie sich ein Mensch bewegt. Vielleicht ist Salgado ja zu Hause, vielleicht ist er bei irgendeiner Geliebten, vielleicht haben sie ihre Rendezvous mit minderjährigen Prostituierten wieder aufgenommen, er und López Condesan.

»Und jetzt soll ich dir helfen?«

»Ja.«

»Und warum sollte ich?«

»Weil es Geners Tipp war, der mich hierher geführt hat. Vielleicht möchte er, dass du mir hilfst?«

Schweigen am anderen Ende. Ein junges Paar in weißen Bademänteln nähert sich dem Pool für ein verbotenes Abendbad, die Frau zieht den Bademantel aus, und ihr Körper zeigt weiche, runde Konturen. Rebecka in einem Fenster in einer Nacht in einem Hotel irgendwo, als sie noch sehr jung waren, als sie sich gerade kennengelernt hatten und sie beide noch eine Art Glauben an die Güte der Welt hatten, dass diese ihnen und allen Menschen wohlgesinnt sei.

»Um was geht es?«

Tim berichtet von dem Mord an Gavril Ivanović, aber nicht davon, wie er das erfahren hat, er sagt nichts von dem Bordell, dem Haus, Emmes Initialen oder dem, was in Madrid passiert ist.

»Ich würde gern mit einem Kommissar hier reden«, sagt er. »Mit jemandem, der mir mehr über den Mord erzählen kann. Über Gavril Ivanović. Interna.«

»Und das ist wichtig für dich?«

»Hätte ich dich sonst angerufen?«

Du Schwein.

»Um diese Uhrzeit? Ich will sehen, was ich tun kann.«

Salgado holt tief Luft.

»Du warst neulich abends im Melià Palma Bay. Oder nicht? Jedenfalls sieht der Mann auf den Bildern der Überwachungskamera aus wie du. Mit einer Frau, die der Frau ähnelt, die im Parque Krekovic ermordet aufgefunden wurde.«

Sie haben mich, wenn sie wollen. Tim bekämpft den Impuls, wegzulaufen, wohin auch immer.

»Dann hast du auch gesehen, dass ich weggegangen bin.«

»Ja, allein.«

»Sie muss nach mir gegangen sein.«

Er hatte sie im Zimmer zurückgelassen, sie hatte noch bleiben wollen, »die große Badewanne genießen«.

»Das ist nicht auf den Bildern zu sehen.«

»Dann ist sie wohl hinten rausgegangen. Hoch in den Park.«

»Das wissen wir noch nicht.«

Er spielt mit mir.

»Was glaubt ihr denn, was mit ihr passiert ist?«, fragt Tim.

»Wir wissen es nicht. Hast du eine Ahnung?«

»Ich habe nichts mit diesem Mord zu tun.«

»Alle können auf alle möglichen Arten mit allen Morden zu tun haben, das weißt du.«

Schwere Atemzüge, bevor Salgado wieder das Wort ergreift.

»Erinnerst du dich noch an das, was ich dir erzählt habe? Dass ich eines von Francos entführten Kindern gewesen bin?«

Tim brummt. Er will auflegen. Will Salgados Gejammer nicht hören.

»Ich habe eine Liste gefunden«, sagt dieser. »Weitere Namen, andere Kinder. Aber was soll ich damit machen? Es stehen keine Elternnamen auf der Liste, und die zuständigen Leute in der Verwaltung sind inzwischen alle tot.«

»Dann hast du nichts Neues darüber herausgekriegt, wer deine Eltern waren?«

»Nicht das Geringste. Ich habe immer die Partido Popular gewählt, aber das kann ich nicht mehr. Die haben auf diese Sache ein für alle Mal einen Deckel draufgelegt, und diese verfluchte Vox ist sogar der Meinung, es sei gut für die Kinder gewesen, von den Eltern weggenommen zu werden, damit sogenannte bessere Menschen sie erziehen konnten. Es heißt sogar, dass sie das Archiv vernichten wollen.«

Die Qualen in Salgados Stimme. Gefühle, die Tim diesem Mann nicht zuordnen kann.

»Gibt es etwas Schlimmeres, als nicht zu wissen, wer man ist?«, fragt er. »Du weißt es jedenfalls. Du bist der Vater, der sucht.«

»Was meinst du damit?«

»Ich meine, niemand sollte so suchen müssen wie du, nach einer Tochter oder einer Mutter. Man darf Menschen nicht kaufen oder verkaufen. Das ist nicht in Ordnung. Das weiß ich inzwischen. Und ich versuche, alles zurechtzurücken.«

»Das mit deiner Mutter?«

Salgados Atem im Telefon.

»Ja, was denn sonst?«

»Emme.«

»Ich spüre Reue, deshalb will ich dir helfen.«

»Nicht, weil Gener es will?«

»Spielt das eine Rolle?«

Die Verbindung wird unterbrochen, und Tim lehnt sich auf dem Stuhl zurück. Der Körper der jungen Frau durchschneidet die Wasseroberfläche und sie schwimmt unter Wasser, lange, fast eine Minute lang schwimmt sie, bevor sie wieder den Kopf herausstreckt und nach ihrem Freund ruft.

Komm, komm, komm, ich warte auf dich, du musst kommen.

Rebecka hält einen rosa Plastikteller in der Hand, spült den Frühstücksbrei ab, das lauwarme Spülwasser an den Fingern, die noch steif sind von den gestrigen Operationen. Die Geschirrspülmaschine streikt, sie müsste einen Handwerker anrufen, kann sich aber nicht dazu aufraffen. Maia ist mit dem Kindermädchen im Park, ein Morgenspaziergang, und Rebecka dreht den Wasserhahn zu und blickt sich um. Es ist kurz nach zehn Uhr, die Küche ist sauber und die Wohnung still, zu still, und was passiert draußen im Tegnérlunden? Ivana war gestern dort. Sicher war sie nur mit ihrem Kind zum Spielen dort, ganz normal.

Rebecka versucht gegen ihre Gefühle anzukämpfen, sie sind jetzt bei den Schaukeln, spielen in der Sandkiste, zu Füßen der Astrid-Lindgren-Statue, hier passiert nichts, in diesen besseren Teilen von Stockholms Innenstadt.

Sie hat Rechnungen zu bezahlen. Muss Maia in der Kita anmelden. Sollte die Versicherung wegen des Elterngelds anrufen. All so ein Mist.

Was passiert im Park?

Ivana.

Die beiden sind erst seit einer Viertelstunde draußen.

Maia geht es gut. Ich muss jetzt loslassen.

Die SMS kommt genau in dem Moment, als Tim die Whiskymüdigkeit aus seinem Körper geduscht hat.

Du kannst um halb elf Gorka Aguirre bei Málagas Policía Nacional treffen. Frag an der Rezeption.

Warum hilfst du mir?

Dann hört Tim aufgebrachte Stimmen draußen auf dem Flur, sie nähern sich seinem Zimmer, also nimmt er die Pistole vom Bett, geht zur Tür, schaut durch den Spion hinaus, spürt, wie sein Herz rast.

Zwei Männer in weißen Gewändern schimpfen mit einem Zimmermädchen, folgen ihm den Flur entlang, vorbei an Tims Tür, und er kann nicht verstehen, was sie wollen, vielleicht soll sie ihr Zimmer als erstes putzen? Tim will rausgehen, ihnen sagen, sie sollen aufhören, aber es ist wohl das Beste, wenn er sich um seine eigenen Angelegenheiten kümmert.

Er zieht sich an. Schließt die Pistole im Safe ein, drückt den Do-not-disturb-Knopf und verlässt das Zimmer.

Gorka Aguirre ist blond und füllt seinen Bürostuhl in der Breite voll aus, jedoch nicht in der Höhe. Sein blauer Leinenanzug ist zerknittert, aber das gelbe Hemd darunter sorgfältig gebügelt. Er sitzt an einem großen Schreibtisch mit Glasplatte, vor einem grauen Aktenschrank und einer Wand, die von oben bis unten mit Bildern der Fußballspieler von Athletic Bilbao vollgeklebt ist. Ein Baske in Andalusien, das geht normalerweise nicht besonders gut. Tim fragt sich, was Gorka Aguirre in diesen Raum verschlagen hat, fragt aber nicht laut, folgt nur der Geste des Kommissars, der auf den Besucherstuhl deutet, und setzt sich. Siebter Stock, heruntergelassene Jalousien und eine eingebaute Klimaanlage, die mit den Fahrzeugen unten auf der Avenida Juan XXIII. um die Wette brummt. Die Stadt bewegt sich langsam in der Hitze, aber sie schläft nicht, und im Aschenbecher liegen Kippen, das ganze Zimmer riecht nach Rauch, Müdigkeit und einer Sehnsucht fort von hier oder zurück, wie auch immer.

Gorka kramt ein Päckchen Zigaretten aus der Brusttasche.

»Stört es Sie, wenn ich rauche?«

»Ganz und gar nicht«, antwortet Tim.

»Möchten Sie auch eine?«

»Das nun auch wieder nicht.«

Gorka zündet sich die Zigarette an, nimmt einen kräftigen Zug. Er stößt den Rauch in Richtung der leicht rosafarbenen Zimmerdecke aus, von der Kabel zwischen den lose zusammengefügten Platten herunterhängen.

»Salgado und ich, wir kennen uns schon lange«, sagt er. »Wir haben uns bei einem Kurs in Madrid kennengelernt, er ist ein lustiger Typ. Als ich ihn das letzte Mal getroffen habe, war er wie besessen davon, seine Mutter zu finden. Sie wissen sicher, er ist eines dieser gestohlenen Kinder.«

»Er hat sie noch nicht gefunden«, erwidert Tim.

»Er hat mir erzählt, dass Sie nach Ihrer Tochter suchen?«

Tim nickt.

»Ich habe von dem Fall gelesen. Alle haben darüber etwas gelesen. Ich kann mir nicht einmal annähernd vorstellen, was Sie durchgemacht haben. Immer noch durchmachen.«

Tim weiß, was jetzt kommt, das kommt immer, und er muss es erleiden, muss sitzen bleiben, obwohl er am liebsten weglaufen würde.

»Ich habe selbst eine Tochter«, sagt Gorka und schnaubt. »Sie ist elf.«

Er nimmt einen weiteren tiefen Zug.

»Ich habe es mit E-Zigaretten versucht, aber das ist nichts für mich. – Sie wollen also mehr über den Mord an Gavril Ivanović wissen?«

»Ja.«

»Und es ist die Suche nach Ihrer Tochter, die Sie hier nach Málaga und zu ihm geführt hat?«

»Ja.«

Tim erwartet, dass Gorka weiterfragt, wie, warum, doch das tut er nicht, stattdessen sagt er:

»Das war keine übliche Hinrichtung. Die Gangster hier bei uns benutzen dafür keine Pistolen. Sie nehmen ihre Uzis oder fette Remingtons oder Kalaschnikows, wenn sie so ein Zeichen setzen wollen. Deshalb war es schon merkwürdig, dass er mit einer Glock erschossen worden ist.«

»Und anfangs habt ihr ihn nicht identifizieren können?«

»Wir hatten keine Personenbeschreibung von ihm, zumindest die Ermittler nicht, die den Fall untersuchten. Er hatte einen falschen Ausweis bei sich. Aber zum Schluss hat sich das geklärt. Interpol konnte eine Fotoidentifikation machen.«

Tim blinzelt.

»Habt ihr irgendeine Spur?«

»Bis jetzt nicht. Aber ich glaube trotz allem, dass es sich um eine Abrechnung zwischen verschiedenen Banden handelt. Die Bulgaren sind hier ziemlich in die Enge getrieben worden. Marokkaner und Russen wollen das Geschäft übernehmen. Auch die Bordelle. Selbst die Andalusier haben es schwer, dagegen anzukämpfen.«

»Und Crazy Girlz, sein Club, können Sie mir etwas über den erzählen?«

Gorka drückt die Zigarette aus.

»Und was zum Beispiel?«

»Ob es dort junge Mädchen gibt. Zu junge.«

Gorka schließt die Augen, es scheint, als suche er nach Worten.

»Eine Sache müssen Sie verstehen«, sagt er und öffnet die Augen. »Es gibt Hunderttausende von Frauen hier, viele davon aus den ehemaligen Oststaaten und Südamerika, Asien und Afrika. Sie kommen in Lkws hierher, mit dem Flugzeug, der Bahn und dem Schiff, sie werden hierher gelockt oder verschleppt, das ist ein Strom, den wir nicht stoppen können, aber wir können es schaffen, dass er für eine Weile anders fließt. Garantiert haben sie und hatten sie minderjährige Mädchen hier. Aber im Großen und Ganzen ist das ein legales Business, das kaum Probleme macht.«

Abgesehen davon, dass der richtige Besitzer ermordet wird.

Abgesehen davon, dass ein entführtes Mädchen hier eingesperrt gewesen sein soll.

Abgesehen.

»Glauben Sie, dass Ihre Tochter hier gewesen ist?«

Tim antwortet nicht auf Gorkas Frage. Am liebsten würde er von dem Haus in Benahavís berichten, von den Buchstaben. Aber er schweigt.

Stattdessen fragt er:

»Und wer ist Ivanovićs Nachfolger?«

»War er überhaupt der Boss?«, fragt Gorka. »Vielleicht war er nur ein Strohmann, der hoch in der Hierarchie stand?«

»Okay, ich verstehe«, erwidert Tim, ohne zu wissen, was er selbst damit meint.

Gorka Aguirre zündet sich eine weitere Zigarette an, der Rauch füllt den Raum, das Licht, das zwischen den Jalousienlamellen hereinsickert, wird von der Wolke gefiltert, aufgespalten in helle und dunkelgraue Bereiche.

»Es tut mir leid, wenn ich Ihnen nicht weiterhelfen kann. Sind Sie sich sicher, dass Ihre Tochter im Crazy Girlz war? Denn das glauben Sie doch, oder?«

»Ich bin mir in gar nichts sicher. Und glauben tue ich auch nichts.«

Gorka beugt sich vor, stützt sich mit den Ellbogen auf der Schreibtischplatte ab, und Tim fürchtet, das Glas könnte unter dem Gewicht zerbrechen.

»Es gibt da etwas, das Sie wissen sollten«, sagt der Kommissar. »Nicht, dass ich wirklich daran glaube, dass es mit Ihrem Fall zusammenhängt, aber vielleicht interessiert es Sie ja. Ich habe versucht, meine Chefs dafür zu interessieren, aber die wollten in der Richtung nichts hören. Niemand will solche schmutzigen Dinge hier.«

»Was? Welche schmutzigen Dinge?«

Gorka zieht eine Mappe hervor. Schiebt sie zu Tim hinüber.

»Verschwundene Mädchen«, erklärt er. »In Andalusien. Drei Stück in den letzten fünf Jahren. Spurlos verschwunden. Teenager, genau wie Ihre Emme. Sollten die Fälle zusammengehören, könnte das heißen, dass in unserem Touristenparadies ein Geisteskranker unterwegs ist, und das will ja wohl niemand.«

Die Stimme des Mediums klingt in ihm nach, Clandestina, die sagt:

die Mädchen, die Mädchen,

die Kinder, die Kinder.

Maia und das Kindermädchen sind seit fünfzig Minuten draußen, als Rebecka sich nicht mehr beherrschen kann. Sie klappt den Laptop auf dem Küchentisch zu. Die Rechnungen werden dann eben später bezahlt.

Sie zieht die weißen Jogggingschuhe an. Eilt über den Hof, durch das Tor, wird auf der Upplandsgatan fast von einem blauen Škoda angefahren, sie läuft, ruft Maia, Maia, wo sind sie nur?

Sie kann sie nicht sehen.

Sie läuft um den Hain herum, der Wind fährt durch die Kronen der Eichen, sie ruft, Menschen auf Picknickdecken auf dem Rasen und am Planschbecken, sie sehen ihr beunruhigt nach, ziehen sich zurück, keiner will helfen.

Die Strindberg-Statue.

Da sind sie auch nicht.

Maia, Maia.

Wo bist du?

Maia!

Sie dreht sich um, sieht sie, sie kommen gerade aus dem Seven-Eleven an der Ecke am Drottninggatsbacken. Das Kindermädchen schiebt Maia in der Karre vor sich her.

Ein Piggelin-Wassereis im Mund, blässlich grün.

Jemand geht hinter ihnen.

Ivana. Und zwei Männer, ziemlich klein und gedrungen, Parodien von Gangstern in Jeans und T-Shirt, mit tätowierten Unterarmen. Sie erreichen Maia und das Kindermädchen, stoppen sie, und jetzt rennt Rebecka zu ihnen, was wollen sie? Maia werden sie nicht kriegen, verdammt, wie konnte ich nur so dumm sein, sie in der Obhut eines Kindermädchens zu lassen, all die idiotischen Dinge, die mich Emmes Verschwinden hat tun lassen.

Jetzt haben sie das Kindermädchen gestoppt. Auf dem Bürgersteig. Sie reden mit ihr, und sie sieht ängstlich aus. Maia leckt unbekümmert ihr Eis, und Rebecka schreit: »Was zum Teufel wollt ihr? Was zum Teufel wollt ihr?« Und die Menschen im Park schauen auf, erstarren in ihren Bewegungen, so etwas gehört nicht hierher, Angst ist ihrer schrillen Stimme anzuhören, und Ivana schaut zu Rebecka herüber, die Männer auch, und Ivana hebt die Hände in einer abwehrenden Geste, während einer der Männer den Karrengriff packt, warum tut er das, und Rebecka weiß, dass sie jetzt zu allem fähig ist.

»Wer seid ihr, was wollt ihr?«

Gleich ist sie bei ihnen. Der ganze Körper ist angespannt, bereit.

Maia, er will dich von mir wegzerren. Aber ich komme jetzt.

Ich schaffe es.

DREI

Die Menschen auf der anderen Straßenseite starren sie an. Rebecka hat dem Mann die Karre aus den Händen gerissen, Maia leckt ihr Eis, das Kindermädchen hat sich bis an die Steinmauer zurückgezogen, schaut sich um, sein Blick ist unsicher.

»Wer bist du? Was willst du?«

Ivana lächelt Rebecka an, rote Lippen.

»Wer ich bin, spielt keine Rolle.«

Und Rebecka tritt einen Schritt vor, packt Ivana an ihrem Kleid, zieht sie zu sich heran.

»Du sagst mir jetzt, wer du bist.«

Sofort sind die beiden Männer bei ihnen, harte Hände packen ihre Arme, Rebecka weicht zurück, lässt Ivanas Kleid los.

Maia weint jetzt, das Kindermädchen läuft zum Seven-Eleven, und die anderen Menschen ziehen sich zurück, schauen aber weiterhin zu. Zwei Väter stehen weiter hinten am Hain, jeder mit einem Kinderwagen, sie zögern, wollen helfen, trauen sich aber nicht.

Einige filmen mit ihren Handys, andere scheinen die Polizei anzurufen, vielleicht aber auch nur einen Freund oder eine Freundin, um über diesen dramatischen Zwischenfall im Alltag zu berichten.

»Ruhig, ganz ruhig.«

Rebecka nimmt Maia in den Arm, tröstet sie, und Ivana, oder wie immer sie auch heißen mag, zischt:

»Sag deinem Mann, dass er aufhören soll. Dass er zurück auf seine Insel fahren und den Ball verdammt flach halten soll, während er dort seinen Wohnsitz auflöst. Er muss aufhören, mit allem. Hörst du. Sonst wird es ihr übel ergehen.«

Sie zeigt auf Maia.

Anschließend gehen Ivana und die Männer fort, zur Drottninggatan hinunter. Sie haben keine Eile, fürchten sich ganz offensichtlich vor gar nichts.

Rebecka atmet schnell und heftig, umklammert Maia und flüstert immer wieder, »Ruhig, ganz ruhig«, und das Kind hört auf zu weinen.

Das Kindermädchen ist zurück. Sie schaut stumm vor sich hin, die beiden Väter kommen auf Rebecka zu.

»Sollen wir die Polizei anrufen? Sind Sie okay?«

»Keine Polizei«, bringt Rebecka heraus.

»Sind Sie sicher? Ich habe sie auf dem Handy.«

»Schon gut, danke«, erwidert Rebecka. »Das ist nicht so dramatisch, wie es aussieht. Wir kommen zurecht. Danke, aber Sie können beruhigt gehen.«

Widerstrebend ziehen sich die beiden zurück. Rebecka presst Maia fest an sich, würde am liebsten sofort Tim anrufen, aber sie muss erst weg von der Straße, in die Wohnung.

»Geh nach Hause«, sagt sie dem Kindermädchen. »Ich rufe dich an, wenn ich dich wieder brauche.«

Tim liegt im Bett des Hotelzimmers, er hat die Akte über eines der verschwundenen Mädchen gelesen, ein Video gegoogelt, in dem die Eltern im Fernsehen flehen, genau wie er und Rebecka es getan haben, mit Panik in den Augen, Schmerz, der Erkenntnis, dass ab jetzt Hölle und Erde für alle Zeiten den Platz getauscht haben. Weg, ohne Erklärung, Emme ist weg, weg, und jetzt schwimmt sie, malt, schreibt, hat die Augen geschlossen und tut so, als schwömme sie unter Wasser, als wäre sie ein Delfin im Zoo von Kolmården, das Wasser ist der Regen, der vom Himmel fällt, als sie am Flughafen Arlanda zum Terminal 5 hastet, sie kann durch die Tropfen hindurchschwimmen, die Luft anhalten und vergessen, wie warm es hier ist, und sie fragt sich, wie es wohl Julia und Sofia geht, was die jetzt tun, wie lange ist es her, seit sie sich das letzte Mal gesehen haben, einen Tag, einen Monat, ein Jahr, mehrere

Jahre, die Putzfrau war nett zu ihr, und dann ein Wagen, ein neuer Raum, und dann Dunkelheit und das hier, aber was ist das hier eigentlich? Es ist still und dunkel, aber warm, und was tut Mama jetzt, schläft sie, und Rebecka steht mit dem Handy in der Hand da, Maia auf dem Wohnzimmerfußboden, und sie spürt, wie ihr Herz rast, sie muss ruhig sein und klar denken, wir müssen von hier weg, aber wohin? Zu Tim.

Sie tippt seine Nummer ein.

Er sieht auf seinem Display, dass sie anruft.

Nimmt das Gespräch an, hört ihre Stimme. Kurzatmig, keuchend, als wäre es in dem Raum, in dem sie sich befindet, heiß und sauerstoffarm.

»Sie haben heute versucht, Maia zu entführen«, sagt sie.

»Wer?«

»Irgendwelche Bulgaren.«

»Was sagst du da?«

»Wir müssen weg hier«, und so langsam und ruhig, wie sie kann, erzählt sie, was am Tegnérlunden passiert ist und wo sie jetzt ist.

Sie hört, wie Tim tief einatmet.

»Soll ich die Polizei anrufen?«, fragt sie.

»Nein, tu das nicht. Sonst kann es nur noch schlimmer werden.«

»Wie hängt das alles zusammen?«

Maia plappert. Klopft mit den Bauklötzen auf den Boden.

»Das weiß ich noch nicht«, antwortet Tim. »Aber vielleicht deutet das darauf hin, dass wir auf der richtigen Spur sind.«

»Wir müssen weg hier.«

Schweigen. Beide denken nach.

»Sag mal, hatte dein Chef nicht ein Sommerhaus in Roslagen?«, fragt Tim. »Vielleicht könntest du dich dort eine Zeitlang verstecken?«

»Wir sollten zu dir kommen.«

»Das ist zu gefährlich.«

»Hier ist es auch gefährlich.«

»In dem Ferienhaus solltet ihr sicher sein, bis all das hier vorbei ist.«

Erneutes Schweigen. Maia schlägt jetzt mit der Faust auf den Holzfußboden.

»Sie hat Hunger«, bemerkt Rebecka.

»Ruf deinen Chef an.«

»Okay. Und wie geht es dir?«

Am liebsten würde er sofort nach Stockholm fahren, diese Ivana und ihre Helfer aufspüren und dafür sorgen, dass sie sich Rebecka und Maia nie wieder nähern, aber er wird hier unten gebraucht.

Und er erzählt, was er herausbekommen hat. Berichtet von dem Haus, von Kriminalkommissar Gorka Aguirre, von den Akten, dass es mehrere verschwundene Mädchen gibt, aber niemand nach ihnen zu suchen scheint, man geht davon aus, dass zwei ertrunken sind und eine nach England weggelaufen ist und nicht gefunden werden will, aber die Eltern der Mädchen und Gorka haben den Verdacht, dass ein Verbrechen dahintersteckt. Niemand sucht nach ihnen, begreifst du das, Rebecka? Es ist, als gäbe es diese Mädchen gar nicht, und deshalb habe ich auch noch nie von ihnen gehört, sicher, das ist in Málaga passiert, in Andalusien, aber die Bulgaren sind ungefähr zur gleichen Zeit, zu der Emme verschwand, von Palma hierhergezogen, deshalb kann es stimmen, stell dir vor, wenn das nun alles zusammenhängt.

Und die Buchstaben, EKB. Er berichtet ihr von den Buchstaben. Verspricht, ein Foto zu schicken.

Das war Emme, sie hat die Buchstaben eingeritzt.

Rebecka schließt die Augen. Emmes zittrige Hand, die im Kindergarten einen Weihnachtsmann malt, die Zeichnung hier an der Wand, und dann, wie sie an einer anderen Wand schreibt, sehr viel später, in einer anderen Zeit.

Der Teufel soll diese Kerle holen.

Was gehört zusammen?

Alles.

»Ich verstehe das nicht, Tim.«

»Was verstehst du nicht?«

Alles. Nichts.

»Wir kommen zu dir.«

»Nein, versuch zu dem Haus in Roslagen zu fahren.«

»Bist du noch in Málaga?« Sie hat das bisher noch gar nicht gefragt.

»Ja, im selben Hotel.«

»Solltest du das nicht wechseln?«

»Eigentlich sollte ich das, aber die Sicherheitsvorkehrungen hier sind gut, besonders jetzt während der Urlaubszeit. Selbst Ponce wohnt hier.«

»Wer?«

»Ich werde mit den Eltern sprechen, Rebecka. Ich werde mit den Eltern der Mädchen sprechen. Es ist für euch hier zu gefährlich. Und ich kann nicht nach Hause kommen, das weißt du.«

Und kannst du dir selbst in die Augen sehen?

Ihr in die Augen sehen, und jetzt ist Maia auf dem Fußboden Emme, die Gefahr vor der Wohnungstür besteht jetzt, alles geschieht jetzt, und sie will auflegen, Stefan Andersson anrufen, fragen, ob sie sich in seinem Sommerhaus verstecken kann. Stattdessen sagt sie:

»Du solltest die Eltern in Ruhe lassen, das ist die Aufgabe der Polizei. Du bist schon zu lange weg von zu Hause, Tim.«

Egal.

»Maia. Kann ich mit Maia sprechen?«

Sie kann nicht sprechen, würde Rebecka am liebsten sagen. Sie kann nicht einmal Papa oder Mama sagen, sie sagt, da da pa pa pa nam nam ma man am, sonst nichts, und du solltest hier sein, wenn sie diese Silben zu einem ganzen Wort formen kann, zu pa pa Papa.

Oder wir sollten bei dir sein. Und jetzt ganz besonders.

Die Haustür wird geöffnet.

Sie lauscht. Eine andere Tür schließt sich. Sie schaut auf den Hof hinaus, kein Mensch ist zu sehen.

»Ich vermisse euch«, sagt er.

Du kannst nicht etwas vermissen, was es nicht gibt, möchte sie
erwidern. Du bist weit weg, Tim, weit, weit weg, und sie beendet
das Gespräch, und er sitzt auf dem Bett, das Telefon in der Hand,
und vor dem Hotel gehen Menschen in stetem Strom vorbei, es ist
früher Abend und der Stierkampf des Tages soll bald beginnen. Er
denkt an Gorka, wie dieser auf der anderen Seite der Glasplatte seines Schreibtischs saß, seine Augen schimmerten auf gleiche Art
wie die Glasplatte, matt und dennoch glänzend im Rauch seiner
Fortuna-Zigaretten, als er sagte, nehmen Sie die Mappe, ich habe
einiges aus den Ermittlungen zu den Mädchen kopiert, vielleicht
finden Sie ja etwas, und Tim nahm sie, stand auf, ging zur Tür, wollte sich bedanken, doch bevor er so weit war, sagte Gorka Aguirre:

»Sollten Sie Ihre Tochter finden, was glauben Sie, in welchem
Zustand sie sich befindet? Nach allem, dem sie ausgesetzt war?
Was glauben Sie, wer sie heute ist?« Er schnappte nach Luft, bevor
er mit tabakheiserer Stimme fortfuhr: »Sind Sie sich eigentlich sicher, dass Sie sie finden wollen? Vielleicht wäre es das Beste, sie
einfach zu vergessen.«

Stefan Anderssons ruhige, feste Stimme am anderen Ende.

»Ist was passiert?«

Er muss mir anhören, dass nichts ist, wie es sein sollte. Maia. Sie
guckt sich jetzt einen Film an, *Coco*, die bunten Farben versetzen
sie in Trance.

»Ich würde gern dein Ferienhaus für eine Weile mieten. Ich muss
unbedingt raus aus der Stadt, muss eine Zeitlang frei nehmen.«

Stefan erwidert nichts.

»Störe ich vielleicht gerade?«, fragt sie. »Esst ihr?«

Sie war einmal zusammen mit Tim in dem Haus, ein weiß gestri-
chenes, modernistisches Holzhaus, das vollkommen einsam liegt,

versteckt in einem dichten, dunklen Wald. Es gibt nur einen einzigen Zufahrtsweg, mit Schildern deutlich als Privatgelände gekennzeichnet. Das Haus liegt weit weg vom Meer, nördlich von Norrtälje, und damals hatten sie dort gegrillt und Tim blieb nüchtern, sodass sie abends noch nach Hause fahren konnten und nicht dort übernachten mussten.

»Schöner Ort hier.«

Tims Stimme knarrte, aber er meinte, was er sagte.

»Leckeres Fleisch.«

Auch das meinte er wirklich, und sie erinnert sich an den Grillduft, der über die kleine Rasenfläche in der Lichtung zog, die den Garten des Hauses darstellte.

»Dann willst du also erst einmal nicht arbeiten?«

»Ich bin noch nicht so weit. Außerdem brauche ich eine Auszeit von der Stadt. Ist das in Ordnung?«

»Sicher ist das in Ordnung. Ich regle das mit den Arbeitsplänen. Und auf jeden Fall kannst du das Haus haben.«

»Natürlich bezahle ich dafür.«

»Kommt gar nicht infrage.«

»Danke.«

»Die Schlüssel findest du im Schuppen, unter der Treppe ganz hinten auf der linken Seite.«

»Nochmals, vielen Dank.«

»Und sonst ist aber alles okay?«

»Ich kann jetzt nicht mehr erklären«, erwidert Rebecka. »Aber es hat mit Emme zu tun.«

»Ich verstehe.«

»Wirklich? Ich verstehe es ja selbst nicht einmal.«

»Sei vorsichtig, Rebecka«, erklärt er. »Was immer Emme zugestoßen ist, es sind keine guten Menschen, mit denen ihr es zu tun habt.«

»Du bist ein guter Mensch«, sagt sie und spürt, wie sich ein vorsichtiges Lächeln auf ihrem Gesicht ausbreitet.

Packen, Klamotten in eine große Tasche stopfen. Ein Messer? Nein, die gibt es bestimmt im Haus. Warme Kleidung, wenn es abends kalt werden sollte, Konserven, einige frische Lebensmittel, Kleidung für warme Tage, Maias Pyjama, Spielsachen, das Ladegerät, als wäre das hier so eine verdammte Urlaubsreise.

Der Wagen steht in der Västmannagatan.

Jetzt ist es draußen dunkel.

Sie schickt Tim eine SMS.

Klappt mit dem Haus. Melde mich später.

Gut.

Sei vorsichtig.

Sie trägt zuerst die Karre die Treppen hinunter, dann die Tasche und Maia, setzt Maia in die Karre und schiebt diese mühsam mit einer Hand, zieht die Tasche mit der anderen hinter sich her, überquert im Zickzack den Hof, und die Fenster des Hauses sind erleuchtet, Nachbarn, Menschen mit ganz gewöhnlichem Leben, die ein spätes Abendessen zu sich nehmen.

Draußen auf der Straße schaut sie sich um.

Nichts Verdächtiges.

Keine Männer, die in Autos sitzen und nach ihr Ausschau halten, die gehen wahrscheinlich davon aus, dass ihre Einschüchterungstaktik funktioniert hat.

Maia im Kindersitz, das Gepäck im Kofferraum, der Motor startet, und sie fährt durch den stillen Stockholmer Abend, aus der Stadt hinaus, vorbei an Roslagstull und dem Naturhistoriska riksmuseet.

Sie biegt Richtung Norrtälje ab, und jetzt ist es vollkommen dunkel. Felder und Wiesen und Wald und noch mehr Wald.

Maia schläft. Schnarcht leise, ihre Augenlider zittern.

Rebecka kauft an einer Tankstelle noch mehr Lebensmittel ein. So viel, dass es für mindestens eine Woche reicht. Makkaroni, Bratwurst, Gläser mit Babyessen, Fischklöße in Hummersauce, Gulasch, Pizza für die Mikrowelle.

Zehn Minuten hinter Norrtälje biegt sie von der breiten Straße ab, das Navi führt sie auf den richtigen Weg, direkt hinein in die Dunkelheit, in den Wald, und nicht einmal Gott würde sie hier finden. Das hier ist eine Dunkelzone, eine geschützte Enklave, wo es weder Gut noch Böse geben kann.

Das Haus sieht aus, wie sie es in Erinnerung hat, vielleicht noch eine Spur größer, zwei Stockwerke, gut gepflegt, breite Fenster, noch hübscher als sie dachte.

Sie stellt den Wagen ab.

Der Hausschlüssel liegt dort, wo er sein soll, und sie atmet die süßliche, feuchte Waldluft tief ein, lauscht in den Wald hinein und hört das Knacken der Bäume und das Flüstern des Windes.

Maia schläft noch, vorsichtig hebt sie das Mädchen aus dem Kindersitz, es gelingt ihr, mit ihr auf dem Arm aufzuschließen und ein Schlafzimmer mit gemachtem Bett zu finden.

Es riecht nach Wunderbaum und Kiefernholz. Nicht abgestanden, nur rein.

Rebecka holt die Sachen aus dem Auto, trägt sie ins Haus, schließt die Tür hinter sich ab, dann schickt sie eine SMS an Tim.

Wir sind jetzt in Sicherheit.

Sie wollen nicht vergessen. Sie wollen es wieder so haben, wie es früher war.

Mit Emme. Und jetzt auch mit Maia.

Sie und Rebecka. Sie sind jetzt in Sicherheit.

Tim hat vor kurzem nach Flugverbindungen geschaut. Er könnte morgen gegen Mittag bei ihnen sein. Aber sie sind jetzt in Sicherheit, bestimmt sind sie das. Die Bulgaren können sie nicht aufspüren, können nichts davon wissen, dass Rebecka ausgerechnet Stefan angerufen hat.

Dann fällt ihm der GPS-Tracker an seinem eigenen Auto ein. Schickt augenblicklich eine SMS an Rebecka.

Guck unterm Auto nach einem GPS-Tracker nach.

Die Antwort kommt nach einer Viertelstunde.

Kein Tracker.

Die Anspannung in den Muskeln lässt nach, er lässt sich in den Sessel in seinem Hotelzimmer fallen, trinkt einen Espresso, versucht sich wachzuhalten, indem er die Nachrichten auf Canal Sur anschaut.

Die Polizei hat immer noch keine heiße Spur in den Ermittlungen zum Mord an dem Vox-Politiker Miguel Albern. Ein Vertreter der Partei in Madrid äußert sich dazu, er meint, dass der Mord eine Bedrohung für das traditionelle Spanien sei, das Spanien, das aufgrund der hohen Zahl der Einwanderer, der katalanischen Unabhängigkeitsbestrebungen und einer übertrieben hohen Zahl von Abtreibungen Gefahr laufe, sich aufzulösen. Der junge Mann strahlt schon in seiner Erscheinung aus, dass früher alles besser war, die Franco-Frisur, dünnes, schwarzes Haar, über den Schädel zur Seite gekämmt, aufgeblähte Nasenflügel.

»Die Polizei«, erklärt er, »muss diesen Fall lösen.«

Auf dem Bett hat Tim die Bilder ausgebreitet, die sich in Gorkas Mappe befanden, Fotos der verschwundenen Mädchen, Passfotos, Schulfotos, Bilder aus dem Urlaub, von Geburtstagen und Weihnachten, aus dem Alltagsleben, Fotos, die die polizeilichen Ermittler von den Eltern bekommen haben müssen.

Kurze Beschreibungen der einzelnen Fälle lagen auch in der Mappe. Der Ermittlungen, die ins Leere liefen.

Ana Sanchez.

Aus Torremolinos.

Neunzehn Jahre alt, verschwunden von der Playa de Torremolinos am 18. Mai 2016. Es wird angenommen, dass sie ertrunken ist, vom Meer erfasst und möglicherweise von Haien gefressen, die sich aus dem kalten Atlantik hierher verirrt haben.

Schwarze, wallende Haare, die ein rundes Gesicht mit braunen, funkelnden Augen einrahmen.

Maria de Dolores.

Achtzehn Jahre.

Aus Marbella. Die Familie soll ursprünglich aus einem kleinen, abgelegenen Ort stammen, aus Berja, vor El Ejido gelegen. Offensichtlich haben sie eine Wohnung in Berja, sind aber unter einer Adresse in Marbella gemeldet.

Tim holt tief Luft. Am Rande dieses Orts wurde der ermordete Ivanović gefunden.

Ist das nur ein Zufall?

Eine Frage, die er jetzt nicht beantworten kann. Stattdessen liest er weiter, schaut sich die Fotos an.

Maria de Dolores ist dünn, groß, der Blick schräg und misstrauisch, als fürchtete sie, die Welt könnte jeden Moment über sie herfallen, sich an ihr vergreifen. Tim hat so einen Blick schon früher gesehen, in Stockholms nördlichen Vororten, unendlich kaputte Mädchen, von ihren Vätern verprügelt oder Schlimmeres.

Maria verschwand vor zwei Jahren nach einer durchgefeierten Nacht im Club Gloria Valero. Auch von ihr wird angenommen, sie sei ertrunken. Sie soll auf den Aufnahmen einer Kamera vor dem Hotel Melià Don Pepe zu sehen gewesen sein, auf dem Weg hinunter zum Strand zusammen mit drei anderen Jugendlichen, einem Typen und zwei ihrer Freundinnen. Sie sollen gekifft haben, dann eingeschlafen sein, und als sie im Morgengrauen aufwachten, war Maria fort, wie vom Sand und vom Meer verschluckt.

Veronica García.

Aus Málaga, zwanzig Jahre alt. Verschwand vor einem Jahr. Es wird angenommen, dass sie sich in London befindet, ihre Kreditkarte soll dort eine Woche nach ihrem Verschwinden benutzt worden sein, aber seitdem herrscht Stille. Sie war nach der Nachtschicht als Reinigungskraft im Hospital General de Málaga auf dem Weg nach Hause zu ihrem Elternhaus. Soll als Letztes gesehen worden sein, als sie ein Stück vom Krankenhaus entfernt auf den Bus gewartet hat, in einem Café, das sie häufiger besuchte.

Laut der Eltern spricht sie kaum Englisch, »was sollte sie also in London tun? Sie ist ein Familienmensch, wollte nie weg von hier.« Blondes Haar, sicher gefärbt, scharfe, aber zögernde Gesichtszüge, als warte die Frau in ihr in gewisser Weise immer noch darauf, geboren zu werden.

Es hat nie Probleme mit ihr gegeben, sie hatte gute Noten, wollte sich an der Universidad de Navarra in Pamplona bewerben, einer der besten Hochschulen Spaniens.

Verschwundene Mädchen.

Wie von schwarzen Löchern verschluckt, die es die ganze Zeit um uns herum gibt, die wir aber erst wahrnehmen, wenn es zu spät ist. Die Orte, die Gottes Blick nicht erreicht und für die auch wir blind sind.

Haben diese Mädchen etwas mit dir zu tun, Emme?

Warum sollten sie?

Aber einen Versuch ist es wert. Sind es die Bulgaren, die diese Mädchen festhalten – und dich auch? Wenn sie dich nicht in ihrer Gewalt haben, warum haben sie dann versucht, mich zu töten, nur weil ich nach dir frage, viele Jahre später?

Der Vox-Politiker ist schon seit langer Zeit vom Fernsehbildschirm verschwunden, der letzte Stierkampf in diesen Ferien ist beendet, der letzte blutige Stier von müden Pferden aus der Arena gezogen worden, und der berühmte Matador Enrique Ponce hat ein Stierohr in die Luft gereckt, er fährt bald heim zu seiner Finca oder irgendwo anders hin, wo die Feria Nacional weitergehen. Tim schaltet den Fernseher aus, will den Wetterbericht nicht sehen, von dem er weiß, dass er sich wieder nur um die Hitze drehen wird.

Die Nacht hat jetzt das Regime übernommen.

Er geht die letzten Papiere aus Gorkas Mappe durch, findet ein paar Artikel von *Diario Sur*, es scheint, als hätten die Leute die Theorien vom Ertrinken und London akzeptiert. Und warum sollten sie auch nicht? Hunderttausende junger Spanier sind nach der

Wirtschaftskrise ins Ausland gezogen, auf der Suche nach einem Job und einem Lohn, mit dem sie sich eine eigene Wohnung leisten können. Anscheinend hat niemand eine Verbindung zwischen den Fällen gesehen. Nicht einmal die Polizei. Gorka hat dazu nichts gesagt.

Die ganze Zeit verschwinden Menschen, und wenn eine naheliegende natürliche Erklärung dafür zu finden ist, gibt sich die Polizei meistens damit zufrieden. Außerdem waren bei allen Fällen unterschiedliche Polizeidistrikte betroffen. Da kann es also nicht besonders viel Zusammenarbeit bei der Ermittlungsarbeit gegeben haben.

Ganz unten in der Mappe findet er einen handgeschriebenen Zettel, der von Gorka Aguirre sein muss.

Eine Mitteilung in der Mitteilung. Ein Spiel, eine stille Post, hingekritzelte Worte, von Bank zu Bank weitergereicht.

Ein Name.

Andrej Burov.

Wir glauben, dass er es ist, der die Bordelle und die Aktivitäten der bulgarischen Mafia kontrolliert. Es heißt, er sei dabei, sich auch auf Mallorca zu etablieren. Jetzt, nachdem König Gener Probleme mit der Justiz hat.

Tim googelt Andrej Burov. Schickt Simone eine SMS, bittet sie, den Mann zu überprüfen.

Anschließend bleibt er auf der Bettkante sitzen, allein im Zimmer im Gran Hotel Miramar, und ihm kommt der Gedanke, dass sein Leben sich auf eine endlose Reihe von Verlusten reduziert hat. Selbst Maia steht für Verlust: alle Sekunden, Minuten und Tage, die er nicht bei ihr war, alles, was sie sich erobert, wenn er nicht dabei ist, es nicht sehen kann.

Einige verlassen die Welt, lassen die anderen zurück, ohne Welt. Einige kehren zurück in sie und erzählen die Geschichte, die allen fehlt.

Er möchte Rebecka anrufen. Aber es ist spät.

Den beiden geht es gut. Das muss er glauben.

Er leert die Minibar.

Es hilft nicht.

Am nächsten Morgen prasselt der Regen vom Himmel. Große, schwere Tropfen schütteln das Laub der Birken durch, und der blaugraue Himmel liegt scheinbar ruhig über den Wipfeln der Kiefern und Fichten. Rebecka macht Rührei für sich und Maia, sie sitzen auf einem grauen Teppich vor einem großen Kamin und essen. Rebecka traut sich nicht, mit Maia auf dem Sofa zu sitzen, sie könnte den teuren weißen Bezug schmutzig machen.

Die Stille des Waldes gehört nicht ihr, auch nicht Maia, sie lauscht hinaus, hört keine Autos, nur Maias Geplapper und den Regen auf dem Dach, fordernd, als wollte er sie zu sich nach draußen locken. So viel passiert, so viel geschieht jetzt in diesem Moment, und hier sitze ich mit Maia. Im Wald, auf einer Lichtung, von der es keinen Fluchtweg gibt, sollte jemand kommen, und sie sieht sich selbst und Maia vor sich, wie sie durch den Wald fliehen, sie stolpert, fällt, wie sie sich beide an den scharfen Farnwedeln schneiden, und durch den Wald hallt Ivanas Stimme, »Kommt raus, kommt raus. Wir wissen, dass ihr dort seid. Wir werden euch kriegen.«

Maia geht auf wackligen Beinen um den Tisch herum, hält sich am Rand fest, und es ist jetzt klamm im Haus, bis ins Mark dringt die Feuchtigkeit, und Rebecka würde gern ein Feuer anzünden, traut sich aber nicht, was, wenn nun jemand den Rauch sieht?

Vielleicht sollte sie versuchen, den Wagen zu verstecken, aber wie?

Sie schaltet den Fernseher ein. Der Wetterbericht verspricht weiterhin Regen, für mehrere Tage, und dann wird von den letzten Idiotien der Politiker berichtet und von der Situation auf dem Wohnungsmarkt.

Die Wände scheinen sich auf sie zuzubewegen. Die bunten Lithografien werden zu Mündern, die flüstern, hier sollt ihr nicht sein, sein, sein.

Aber wir sind jetzt hier, Maia. Und dein Papa ist irgendwo anders, und sie meint ihn spüren zu können, das raue, weiche Haar auf seinem warmen und festen Brustkorb, so erinnert sie sich an ihn, und sie möchte ihn jetzt hier haben, ihn auf jede Art und Weise hier bei sich haben, wie sie es schon einmal erlebt haben. So sehr, dass sie in Atemnot gerät.

Halte die Luft an, Rebecka, dann können wir wieder zusammen sein.

T he queen mother of headaches.

Aber nichts, was nicht mit Kaffee geheilt werden kann, einer kalten Dusche und doppelten Ibuprofen- und Paracetamol-Tabletten.

Keine Antwort von Simone.

Tim bestellt sich Frühstück aufs Zimmer, isst, googelt die Adressen der Eltern der Mädchen.

Die Bilder jetzt durcheinander auf dem Fußboden. Da fällt ihm zum ersten Mal auf, wie ähnlich sie sich sehen, Veronica García und Emme, die gleichen Augenlider, die gleiche Nase, die leicht nach oben zeigt, der gleiche trotzige Blick, in dem ihre Eltern vielleicht lieber Unsicherheit und Unschuld sahen, der aber nichts davon beinhaltet. Vielleicht ist sie ja doch in London?

Was macht Rebecka jetzt? Welcher Tag ist heute, Dienstag oder Mittwoch, definitiv ein Werktag, nach dem Lärm vor dem Fenster zu schließen. Das Warnsignal eines Lasters, sicher eine Warenlieferung für das Hotel oder die Bar unten am Strand.

Er ruft sie an.

Sie geht sofort ran. Erzählt, dass sie in dem Ferienhaus sind, dass es regnet, dass nichts Besonderes passiert ist, und er kann hören, dass sie nicht dort sein will, es ist etwas Genervtes in ihrer Stimme, etwas Rastloses, und sie sagt:

»Wir sollten bei dir sein.«

»Ihr seid sicherer dort.«

»Glaubst du das wirklich?«

»Vertrau mir.«

Sie schweigt, vielleicht hat sie etwas auf der Zunge wie: »Du siehst doch, was passiert, wenn ich das tue«, aber sie spricht es nicht aus, stattdessen tauschen sie Liebesbeteuerungen aus und legen dann auf.

Am besten ist es wohl, in Málaga zu beginnen.

Sicher sind die Eltern nicht zu Hause, sicher arbeiten Veronica Garcías Mutter und Vater. Aber irgendwo muss er anfangen, muss herausfinden, wie er Andrej Burov finden und sich ihm nähern kann.

Tim geht zur Rezeption und bezahlt für weitere fünf Nächte, bevor er seinen Wagen aufsucht. Niemand folgt ihm hier, vielleicht weiß niemand, dass er hier ist, aber das wäre unwahrscheinlich. Es gibt viele, die gern sähen, wenn er von der Erdoberfläche verschwände, aber er hat alle möglichen Sicherheitsmaßnahmen getroffen, hat Beweise gegen Salgado und Condesan, sodass diese sich nicht trauen, etwas gegen ihn zu unternehmen, Videos, die er drehte, als sie Natascha Kant erpressten und bedrohten, die er in eine Cloud lud und dafür sorgte, dass sie weit verbreitet werden, sollte ihm etwas zustoßen.

Ist es ihnen gelungen, sie zu löschen, und jetzt sind sie hinter ihm her?

Unwahrscheinlich.

Was die Bulgaren betrifft, so hat er nichts in der Hand, um sich vor ihnen zu schützen.

Vielleicht ist die Putzfrau ja ungeschoren davongekommen, vielleicht hält der Türsteher den Mund über das, was auf der Toilette passiert ist.

Branka. Sie haben sie geschlachtet wie ein Lamm.

Und er bewegt sich über die Iberische Halbinsel, als wäre sie ein Meer, das er kreuzen muss.

Die ganze Zeit geht es um dich, Emme, nur um dich.

Du bist hier, irgendwo.

Er stellt den Wagen vor einem Wohnblock an der Calle Moral ab, steigt aus, nimmt die Pistole aus dem Handschuhfach und schiebt sie sich in den Hosenbund. Geht zur Haustür. Klingelt bei Wohnung C, siebter Stock, und sagt

Cartero,

und der Summer ist zu hören, er fährt nach oben, der Fahrstuhl ächzt, es ist heiß, und das Licht von draußen brennt immer noch in den Augen. Die Kopfschmerzen sind zurückgekehrt, und er hat die Sonnenbrille im Hotelzimmer vergessen, verflucht seine Vergesslichkeit.

Weißer Steinfußboden, grüne Wände, der Geruch nach Frittieröl im Treppenhaus, nach Sardinenhaut, die in Mehl gewendet und in Öl knusprig schwarz frittiert wurde, und der Geruch weckt in ihm die Erinnerung an einen Aufenthalt in Paris, als er von Austern krank wurde.

Er drückt die Klingel. Hört Schritte hinter der Tür, der Spion wird dunkel, jemand sieht ihn an, und die Tür geht auf. Die Sicherheitskette ist vorgezogen, und eine magere kleine Frau mit scharfen Gesichtszügen ist im Türspalt zu sehen, sie trägt ein Nachthemd, und sie ist müde, in ihrem Gesicht zeichnen sich verfrühte Falten ab, und sie hat den gleichen Blick wie er in den Augen, aber noch nicht so leer, nicht so voller Resignation und Trauer, wie seiner im Laufe all der Jahre geworden ist.

»Was wollen Sie? Sie sind kein Postbote. Ich will nichts kaufen, und wenn Sie von den Zeugen Jehovas kommen, dann können Sie gleich zur Hölle fahren. Sollten Sie aber vom Gasunternehmen sein, dann sage ich Ihnen noch einmal das Gleiche, was ich Ihnen vorige Woche gesagt habe, die Gasleitungen müssen nicht ausgetauscht werden, das haben wir bereits vor zwei Jahren gemacht.«

Tim versucht ihr einen beruhigenden Blick zuzuwerfen, sagt dann mit fester Stimme:

»Ich habe Fragen zu Veronica. Darf ich reinkommen?«

Sie sieht ihn an, schwankt in dem Türspalt, scheint keine Luft zu bekommen, und er fürchtet, sie könnte in Ohnmacht fallen.

Sie schließt die Tür, und er glaubt schon, dass es das gewesen ist, aber nach vielleicht dreißig Sekunden öffnet sie wieder, diesmal ohne Sicherheitskette.

»Kommen Sie rein«, sagt sie und zieht sich einen rosa Morgenmantel fest um den Körper.

Sie setzen sich in die Küche, an einen hellen Holztisch, der nur schlecht zu den dunklen Schranktüren aus Eiche passt.

Margarita García bietet Kaffee an, und Tim erzählt ihr, wer er ist, berichtet von Emme, dass seine Suche ihn hierher geführt hat, dass er früher bei der Polizei gearbeitet hat, also weiß, was er tut. Dass er herausfinden möchte, ob es einen Zusammenhang zwischen den Fällen verschwundener Mädchen gibt.

Sie zweifelt nicht an seiner Geschichte. Hört zu, sagt:

»Die Polizei hat die Suche schon vor langer Zeit eingestellt. Sie sind sich sicher, dass sie in London ist. Aber dann würde sie auf jeden Fall von sich hören lassen. Jemand muss ihre Kreditkarte gefunden und benutzt haben.«

Tim erzählt nichts davon, dass Gorka Aguirre vermutet, es könnte ein Verbrechen hinter dem Verschwinden ihrer Tochter liegen.

Der Kaffee ist heiß und schmeckt gerade richtig bitter.

»Glauben Sie wirklich, das Verschwinden der Mädchen hängt irgendwie zusammen?«

»Ich weiß es nicht. Aber für mich gibt es nicht viele alternative Spuren, die ich verfolgen könnte.«

»Was wollen Sie also wissen?«

Tim sucht ihren Blick. Was hält sie aus?

»Mir ist schon klar, dass Sie schwierige Fragen stellen müssen«, sagt sie.

»Hatte Veronica Probleme mit Drogen? Oder kann sie in Kontakt mit den falschen Personen gekommen sein?«

Margarita García schüttelt den Kopf.

»Weder noch. Da bin ich mir ganz sicher.«

Sie zögert.

»Oder vielleicht so ein kleines bisschen. Ihr ging es nicht immer so gut. Die Pubertät ist keine leichte Zeit.«

»Das stimmt.«

»Drogen hat sie sicher ausprobiert. Und auch mal im Laden etwas mitgehen lassen.«

»Wissen Sie, ob sie irgendwelche Bulgaren kennengelernt hat?«

Margarita schaut ihn fragend an.

»Wie diese Bordellbulgaren?«, fragt sie dann.

Tim nickt.

»Nein. Auf keinen Fall.«

»Hat Ihre Familie irgendeine Verbindung zu Mallorca?«

»Nein, das auch nicht.«

Sie trinken langsam ihren Kaffee, warten jeweils auf die Reaktion des anderen.

»Kann irgendetwas an ihrem Arbeitsplatz passiert sein, im Krankenhaus?«

»Was meinen Sie?«

»Ich weiß nicht, irgendwas.«

»Es ist unerträglich, nicht wahr?«

Tim nickt erneut. »Schlimmer als das.«

»Mein Mann hat mich verlassen«, erzählt Margarita García. »Er hat es nicht ausgehalten. Jetzt arbeitet er in Barcelona, im Hafen. Und Sie, sind Sie noch mit der Mutter Ihrer Tochter zusammen?«

»Wir versuchen es.«

»Es tut mir leid. Ich fürchte, ich bin Ihnen keine große Hilfe. Ich wünschte, ich könnte Ihnen mehr helfen.«

»Als sie das letzte Mal gesehen wurde, da war sie auf dem Weg von der Arbeit nach Hause, ja?«

»Ja, sie wollte den Bus nehmen, die Haltestelle liegt ein wenig abseits, in der Nähe vom Krankenhaus.«

Señora García holt ihr Handy heraus, zeigt ihm ein Foto von einer Haltestelle, direkt hinter einer Kurve, sie muss von den hohen Häusern rundherum verdeckt werden.

»Es gab nie Probleme mit ihr. Sie war eine Tochter wie aus dem Bilderbuch.«

Margarita García schaut Tim an.

»Ich bin mir sicher, dass sie lebt.«

»In London?«

»Nein, an einem schlimmeren Ort. Ich fühle das. Ich glaube, jemand hält sie gefangen. Genau wie ich auch glaube, dass jemand Ihre Tochter in seinen Händen hat.«

»Warum glauben Sie das?«

»So etwas spürt eine Mutter.«

»Und Sie haben keine Idee, wer das sein könnte? Haben Sie mit irgendjemandem noch eine Rechnung offen?«

»Der deshalb unsere Mädchen raubt?«

»Ich weiß, das ist eine dumme Frage, aber es ist eine Standardfrage.«

»Nein, mit niemandem.«

Sie macht eine Pause, bevor sie weiterspricht.

»Darf ich ein Foto von Ihrer Tochter sehen?«

Tim zeigt ihr die lächelnde Emme im Auto.

Margarita García lächelt, trinkt einen Schluck Kaffee.

»Sie sind sich ähnlich, man könnte fast glauben, sie wären Schwestern. Und beide sehen so unschuldig aus. Als müsste man sie vor der Welt beschützen. Glauben Sie, diese Ähnlichkeit könnte etwas mit der Sache zu tun haben?«

Er hat nichts von den anderen Mädchen erzählt. Dass die sehr unterschiedlich aussehen.

»Das kann man nie wissen«, antwortet er.

Fünfundzwanzig Minuten später hat er den Wagen fünfzig Meter von der Haltestelle entfernt geparkt, an der Veronica García verschwand. Der kleine Unterstand mit den blauen Rändern liegt eingequetscht zwischen einem hohen Zaun links und einem Industriegebäude rechts. Dahinter befindet sich ein freies Grundstück. Sie kann hier gestanden haben, ohne dass jemand sah, dass ein Auto vorfuhr, dass jemand sie zu sich lockte, die Wagentür öffnete und sie dazu brachte, einzusteigen, dass jemand ihr eine Spritze gab und mit ihr in eine lange, dunkle Nacht fuhr.

Die Haltestelle ist leer. Hier gibt es nur Einsamkeit, wie ein glühendes weißes Licht auf der Wellblechfassade der Fabrik, auf die jemand geschrieben hat:

Muerte a los fascistas.

Tim lässt die Bushaltestelle hinter sich, beim Fahren nimmt er eine Hand vom Steuer, streicht über die kleine, gewölbte Narbe an der Bauchseite, wo die Kugel eindrang, die Rebecka herausoperiert hat.

Wann gehört etwas zu deinem eigenen Leben, etwas, das eigentlich nur vorübergehend sein sollte? Zum Schluss ist man einsam, wenn man allem den Rücken zuwendet bis auf das, an das man glaubt und von dem man hofft, es irgendwann zu finden.

Tim fährt nach Marbella.

Maria de Dolores.

Doch das Haus am Rande von Marbella, wo sie gewohnt haben soll, ist leer, die Jalousien sind heruntergelassen hinter Eisengittern, das Gras wächst hoch und die gelben Halme wiegen sich in der leichten Brise vom Meer. Auf dem vertrockneten Rasenstück vor dem Haus steht ein Schild mit der Aufschrift »Zu verkaufen« und dem Logo einer Bank darauf, die das Haus höchstwahrscheinlich übernommen hat. Vielleicht wohnen die Eltern in der Wohnung in Berja?

Die Kopfschmerzen sind, seit er Margarita García verlassen hat, ganz verschwunden.

Er fährt in die Stadt, parkt ein Stück vom Strand entfernt, findet ein Café an der Promenade, und unter den blauen Sonnenschirmen, die tief in den Sand gerammt wurden, liegen Menschen mit rot und braun gebrannten Körpern und tippen auf ihren Handys herum, trinken Gin Tonics aus Plastikbechern. Hinter ihm, in der Küche des Cafés, wäscht eine dunkelhäutige Frau weiße Teller ab.

Er holt sein Telefon heraus. Geht auf die Seite des *Diario de Mallorca*.

Als Erstes sieht er das hohlwangige Gesicht des Richters Javier Jara. Dann liest er den dazugehörigen Artikel.

Richter tot aufgefunden.

Axel Bioma hat den Text verfasst, und zwischen den Zeilen kann Til herauslesen, dass es sich um einen Selbstmord handelte. »Die Polizei sieht keinen Hinweis auf ein Verbrechen«, schreibt Axel und erwähnt dann fast wie nebenbei den Fall Sergio Gener, in dem der Richter seine Befugnisse genutzt hat, um ihn freizulassen.

Tim ruft Axel an. Er erwartet gar nicht, dass dieser sich meldet, aber nach nur wenigen Freizeichen hört er Axels Stimme.

»Tim! Was verschafft mir die Ehre?«

»Der Richter, war das Selbstmord?«

»Welche Frage! Alles, was in der Zeitung steht, ist doch wahr!«

»Also ist man sich da nicht so sicher.«

»Ich war direkt nach der Polizei an Ort und Stelle. Er hatte sich in die Stirn geschossen, mit einer Pistole, die neben ihm lag. Es sah also wie ein Selbstmord aus. Aber andererseits kann man das ja nie genau wissen.«

»Sergio Gener«, sagt Tim.

»Das will ich nicht gehört haben. Pst, in den feinen Salons redet man nicht über so etwas.«

Die Angst in Axels Stimme ist trotz des scherzhaften Tons zu erkennen.

»Salgado, war er dort?«

»Soweit ich es verstanden habe, war er der Erste am Tatort.«

»Hat er etwas gesagt?«

»Was glaubst du denn, Tim?«

»Nun, was hat er gesagt?«

»Er hat gesagt: ›Kein Kommentar.‹«

Tim bleibt noch im Café sitzen. Schreibt sich SMS mit Rebecka. Bei ihr im Haus ist alles ruhig.

Er würde am liebsten direkt nach Torremolinos fahren, zu den Eltern des letzten Mädchens, aber es ist wohl besser zu warten, bis der Arbeitstag zu Ende ist.

Javier Jara ist vielleicht ermordet worden. Und garantiert wird Sergio Gener alle Spuren verwischen, vielleicht ist er zum Schluss auch noch hinter mir her. Ich will gar nicht wissen, was mit Mamasans Mädchen passieren wird. Hoffentlich kann sie sie weiterhin schützen.

Tim schaut sich um, kann keine auf ihm ruhenden Augen entdecken.

Aber die Schlinge zieht sich zu. Um meinen Hals und um den anderer. Vielleicht hat Gener mich hierher gebracht, aber wenn das der Fall ist – warum? Und spielt das überhaupt eine Rolle? Was auch immer passieren wird, so hat mein Wille genauso viel Einfluss darauf wie der jedes anderen Menschen. Ich habe eine einzige Aufgabe, und zwar Emme zu finden, und wenn mich das zu einem Stein im Spiel von wem auch immer macht, dann ist es eben so.

Gorka Aguirre wünscht sich vielleicht, dass ich den Fall mit den

227

verschwundenen Mädchen für ihn löse, wenn es denn überhaupt einen Fall gibt. Aber was will Gener, wenn er überhaupt etwas will?

Das Telefon klingelt. Es ist Salgado.

»Ich habe gehört, dass du dich mit Gorka getroffen hast.«

»Ja.«

»Hast du was rausgekriegt?«

»Schon möglich.«

Salgado fragt nicht, was, und Tim ist klar, dass er bereits Bescheid weiß.

»Vielleicht hast du ja von Javier Jara gehört. Das war Selbstmord. Ich möchte, dass du das weißt, damit du nicht auf dumme Gedanken kommst.«

»Ich bin schon auf ziemlich viele dumme Gedanken gekommen.«

»Seine Frau ist letzte Woche gestorben. Das war wohl mehr, als der alte geile Bock verkraften konnte.«

Salgado macht eine Pause.

»Und du, Tim, du hast immer noch nichts über den Mord an der bulgarischen Frau zu berichten? Das solltest du aber.«

»Was sollte ich denn zu berichten haben?«, fragt Tim, aber Salgado antwortet nicht darauf. Stattdessen erzählt er:

»Ich habe gerade erfahren, wie meine Mutter heißt. Sie lebt. Irgendwo in Madrid, in einem Altersheim. Ich werde hinfahren und sie besuchen. Muss nur noch die Adresse herauskriegen.«

»Das freut mich für dich.«

»Sie war Prostituierte im La-Latina-Viertel. Vater unbekannt. Irgend so ein verdammter Freier. Aber weißt du, das interessiert mich nicht, ich möchte sie nur treffen, genau wie ich will, dass du deine Tochter wieder treffen kannst.«

Ein Freier wie du.

Wie du in der Wohnung, in der ihr Emme festgehalten habt.

Salgado schnaubt, scheint noch mehr sagen zu wollen, schweigt dann aber doch.

Torremolinos.

There are no sights to see, and the living is easy, wie es vielleicht in den Reiseführern der Achtzigerjahre stand.

Ein ruhigeres Magaluf, ein etwas in die Jahre gekommenes Can Pastilla.

Der Strand erhebt sich aus dem Meer, wird abgenutzt, entsteht erneut, verschwindet mit der Sonne und ersteht bei jeder Morgendämmerung wieder auf. Die Eltern von Ana Sanchez sollen laut Google Maps an der Strandpromenade wohnen, in einem Haus mit einem Fischrestaurant im Erdgeschoss, und als Tim dort ankommt, setzt bereits die Abenddämmerung ein. Im Restaurant legen die Kellner weiße Leinentücher auf die Tische, schütteln die Salz- und Pfeffermühlen, füllen Öl und Essig nach. Ausgestopfte Schwertfische hängen von glänzenden Eichenpaneelen herab und in einem Kühltresen liegen Krabben und Austern auf Eis. Tim geht an dem Restauranteingang vorbei, in eine Gasse, die zum Eingang des Mietshauses führt. Die Haustür ist unverschlossen. Er nimmt den Fahrstuhl bis in den siebten Stock, klingelt, aber niemand macht auf. Er dreht sich um, will wieder gehen, als die Fahrstuhltüren sich öffnen und ein Mann in seinem Alter aussteigt, bekleidet mit einer blauen Hose und einem ebenso blauen Tennistrikot mit dem Logo der Feuerwehr auf der Brust. Der Mann sieht Tim an, scheint zu wissen, dass Tim gerade an seiner Wohnungstür geklingelt hat.

»Sind Sie Rafael Sanchez?«, fragt Tim.

Erst jetzt bemerkt er, wie groß der Mann ist, breit, muskulös, einen Kopf größer als er selbst.

»Kommt drauf an, wer fragt.«

»Jemand, der seine Tochter sucht.«

Die Worte lassen Rafael Sanchez mitten im Schritt innehalten. Sein Gesicht verliert jede Fassung.

»Haben Sie sie gefunden?«

Wen? Dich, Emme, und Tim spürt, wie sein Gehirn versucht, alle Informationen zusammenzubringen, und er weiß mit einem Mal kaum, wo er ist, und noch weniger, warum.

»Ana, habt ihr sie gefunden?«

»Es tut mir leid«, erwidert Tim. »Niemand hat Ihre Tochter gefunden, aber ich suche nach meiner, und diese Suche hat mich hierher geführt, zu Ihnen.«

Rafael Sanchez geht an ihm vorbei, steckt den Schlüssel ins Schloss.

»Warten Sie unten im Restaurant«, sagt er. »Grüßen Sie von mir.«

Tim nickt.

Beschließt, dem Feuerwehrmann zu vertrauen, der, wie behauptet wird, seine Tochter an das Meer verloren hat.

Sie wollen ihm keinen Tisch geben, haben noch nicht geöffnet, außerdem weigern sie sich, bloß einen Kaffee zu servieren. Als er aber anmerkt, dass Rafael Sanchez ihn hierher geschickt hat, ändert sich der Ton, und er darf sich ganz hinten im Restaurant hinsetzen. Es duftet nach Safran, gebräunten Zwiebeln und Paprika, und der Küchenlärm dringt ihm in die Ohren, aber auf eine nicht unangenehme Art und Weise.

Nach zwanzig Minuten kommt Rafael Sanchez. Frisch geduscht, in Jeans und einem weißen T-Shirt, das schwarze Haar sorgfältig mit Seitenscheitel gekämmt. Er stinkt nach Brandy.

»Ich weiß, wer Sie sind«, sagt er. »Sie sind der Vater des schwedischen Mädchens, das vor vielen Jahren auf Mallorca verschwunden ist. – Trinken Sie nichts?«

»Ich kann ein Bier nehmen«, erwidert Tim, und schon bald stehen zwei beschlagene Gläser vor ihnen.

»Sie behaupten, Ana sei ertrunken. Das ist sie nicht. Sie war in der Schule die Beste im Schwimmen. Sie wäre niemals ertrunken.«

»Was glauben Sie denn, was passiert ist?«

»Ich weiß es nicht. Die Polizei ist nicht weitergekommen. Sie gehen von keinem Verbrechen aus. Man hat ihre Schuhe und ihre Bluse ein paar Wochen später am Strand gefunden, und ich glaube, das war Beweis genug für sie, dass sie ertrunken ist.«

Rafael Sanchez trinkt von seinem Bier, vorsichtige, kleine Schlucke, nicht große, wie man es von jemandem erwartet, der so einen massiven Körper hat und dem Alkohol offensichtlich zugeneigt ist.

»Und wie haben Sie mich gefunden?«

»Ein verschwundenes Mädchen führt zum nächsten.«

Rafael Sanchez schaut ihn an, lange, zögernd, scheint sich mit der Antwort zufriedenzugeben.

»Glauben Sie, dass sie noch lebt?«

Wer? Ihre Tochter oder meine?

»Ich glaube, sie leben alle beide noch«, antwortet Tim.

»Und wie schaffen Sie es, diese Hoffnung am Leben zu erhalten?«

»Ich spüre es«, sagt Tim. »Es muss einfach so sein.«

»Dann vertraue ich auf Sie.«

Rafael Sanchez schließt die Augen. Öffnet sie wieder, langsamer, als es Tim jemals bei einem Menschen gesehen hat.

»Dieser Verlust macht mich wahnsinnig«, sagt er. »Und die Ungewissheit lässt mein Herz verkümmern. Meine Frau wird mich verlassen, wir gehen mit der Sache total unterschiedlich um. Sie ist eine Auster, und ich muss reden. Sollte es nicht eigentlich umgekehrt sein?«

»Da gibt es keine Regeln.«

»Nee, die gibt es wohl nicht.«

Das Restaurant hat jetzt geöffnet, die ersten Touristen nehmen an den Tischen Platz. Anspruchslose Menschen in pastellfarbener Kleidung, Caprihosen und gebügelten, kurzärmligen Hemden.

»Gibt es da etwas, was ich wissen sollte?«, fragt Tim. »Etwas, das die Polizei übersehen haben könnte, etwas, das Sie denen nicht von Ana erzählt haben?«

»Die Polizei macht gar nichts«, antwortet Rafael Sanchez. »Dass Sie das nur wissen. Aber nein, mir fällt da nichts ein.«

»Hatte sie irgendwelche besonderen Interessen? So etwas in der Art.«

Rafael Sanchez schüttelt den Kopf.

»Ab und zu hat sie Paintball gespielt, oben in Antequera. Ich fand das ziemlich blöd, aber sie hat ihren Willen durchgesetzt, so wie immer.«

Nichts von Paintball in Gorka Aguirres Papieren.

»Haben Sie der Polizei von dem Paintball erzählt?«

»Das und alles andere auch.«

»Was anderes?«

»Hin und wieder hat sie Drogen genommen. Kokain. Geraucht. Ich bin ihr auf die Spur gekommen, aber da hatte sie schon aufgehört.«

Also gab es doch etwas zu berichten.

»Sie hatte aufgehört«, wiederholt Rafael Sanchez und leert sein Bierglas. Winkt nach einem neuen.

»Wie halten Sie das aus?«, fragt er. »Wie können Sie einfach so weitermachen?«

»Das tue ich nicht. Schließlich sitze ich hier.«

»Es muss schrecklich sein, zu glauben, man hätte sie gefunden, und dann ist sie es doch nicht, und alles fängt wieder von vorne an.«

Das Meer leuchtet zwischen den weißen Tischdecken und den Touristen. Unten auf der Strandpromenade schlendern Verkäufer mit gefakten Louis-Vuitton-Schals über den Armen auf und ab.

Die Wellen nagen am Strand, dieser beißt zurück, alles beginnt, nichts endet, es geschieht einfach immer und immer wieder, doch das sagt Tim nicht zu Rafael Sanchez. Stattdessen trinken sie ein paar Bier zusammen und reden über den bitteren Geschmack, die angenehme Kühle in der Kehle, und Rafael Sanchez bestellt einen dreifachen Brandy, den er in einem Zug austrinkt.

Wäre die Welt ein Glas, der Regen hätte es jetzt bis zum Rand gefüllt.

Rebecka schaut aus dem Fenster. Sie hat den Wagen umgeparkt, im strömenden Regen, während Maia schlief, hat ihn hinter dem Haus versteckt.

Hier ist es menschenleer. Es gibt nur sie beide, den Wald und sonst nichts. Niemand kann wissen, dass wir hier sind. Die Dämmerung setzt ein. Maia hat geschlafen. Rebecka hatte versucht, sie wach zu halten, damit sie stattdessen die Nacht durchschläft, doch das hat sie nicht geschafft, das Kind hat seinen eigenen Rhythmus.

Der Weg, der hier zum Haus führt, und von ihm wieder fort, ist ein schwarzes Loch, dahinter gibt es Menschen, und da hört sie auf einmal durch den Regen ein Geräusch. Das ist ein Motor, da gibt es keinen Zweifel. Sie weicht vom Fenster zurück, zieht schnell die Gardinen vor, schaut hinaus, ohne gesehen zu werden.

Das Geräusch wird immer lauter, ein Auto, ein Motorrad, sie erwartet einen BMW oder einen Mercedes heranfahren zu sehen, aus dem Ivana und ihre Gorillas aussteigen, um ins Haus zu stürmen und Maia und sie mit sich zu schleppen.

Jetzt ist es so laut, dass das Fahrzeug jede Sekunde zum Vorschein kommen muss.

Maia. Soll ich ins Schlafzimmer laufen, sie auf den Arm nehmen und mich bereit machen, durch die Hintertür zu fliehen, oder soll ich warten? Mir aus der Küche ein Messer holen? Wenn sie mich finden wollen, dann werden sie es auch. Der Wald kann uns nicht retten, auch der Regen nicht, und jetzt klopft ihr Herz, wie der Regen auf die Erde trommelt.

Da ist es.

Ein Quad. Warum sollten sie auf so einem Gefährt kommen?

Zwei Personen sitzen drauf, in Regensachen und mit gelben Helmen. Sie bleiben vor dem Haus stehen, schreien auf Schwedisch:

»Verdammt noch mal, wo sind wir?«

»Ich weiß es nicht. Wir müssen uns verfahren haben.«

Das Quad wird wieder gestartet. Es kehrt um, verschwindet in dem schwarzen Loch.

Rebecka atmet auf. Das hier funktioniert nicht. Ich, wir, können so nicht leben.

Sie greift zum Telefon, huscht mit den Fingern über den Schirm, die Tasten, schickt eine Nachricht an Tim.

Wir kommen, Maia und ich.

Er antwortet nicht, aber sie kann sehen, dass er es gelesen hat, also schreibt sie:

WIR KOMMEN

Sie weiß, das ist der reinste Wahnsinn, Tim ist im Augenblick keine gute Gesellschaft für ein kleines Kind. In Málaga ist es gefährlich, aber das ist es hier auch.

Es geht nicht.

Aber es muss eben gehen.

Wir werden nie frei werden, wenn wir sie nicht finden. Und wir müssen sie gemeinsam finden.

Rebecka schaut sich im Haus um, die Unordnung, die schon nach nur einem Tag entstanden ist.

Wir kommen, Tim. Ob du es willst oder nicht.

Die fremden Wände und der Wald draußen erdrücken sie, sperren sie ein mit allen unmöglichen Erinnerungen, die durch ihr Inneres fließen, Kapillaren, aus Erinnerungen geformt, als wäre das Blut selbst eine Erinnerung, die in einer gigantischen Transfusion ausgetauscht werden muss.

Maia.

Sie ist jetzt wach.

Ruft Ma ma ma.

Ich bin eine schlechte Mutter, wenn ich dich dorthin mitnehmen will. Aber das hier ist kein Leben mehr, Maia.

Dann antwortet Tim.

Das geht nicht. Das weißt du. Das ist zu gefährlich.

FUCK YOU WIR KOMMEN

Komm. Ich will das.

Fuck you.

Habe ich genau das gerade geschrieben? Ich habe es geschrieben, und ich habe es so gemeint, und all die Müdigkeit, der Instinkt, Maia zu beschützen, all das ist ersetzt worden durch Wut, sie möchte brüllen, schreien, zeigen, wie unendlich wütend sie auf alles ist.

Jetzt antwortet er nicht mehr.

Sie schreibt:

Wo bist du? Bleibst du noch im selben Hotel?

Der Wald, dunkel, kalt, nass, der Regen weigert sich aufzugeben.

Jetzt antwortet er direkt.

Ich bin überall und nirgends, und in ihrer Erinnerung streckt sich Emme nach einem Teller auf dem Küchentisch in der Wohnung in der Upplandsgatan, und sie nimmt ihn, hat noch nie etwas in der Art getan, das, was sie jetzt tun wird, und sie hält den Teller mit Resten von Spaghetti und Hacksauce fest in der Hand, und dann wirft sie ihn, als wäre es ein Tennisball, fest und mit aller Kraft gegen die weiß gestrichene Wand hinter dem Küchentisch, und sie brüllt, VERDAMMTE SCHEISSE, ist außer sich vor Wut, und die Scherben fliegen durch den Raum, Essensreste kleben an der Wand wie Blut, als hätte sich jemand hier in der Küche den Kopf weggeschossen, und jetzt weint Maia, ruft mamamamamamama, om, om, om, kom,

ich komme, Mama kommt.

Und Maia sitzt kerzengerade im Bett, lächelt, lacht, sagt papapap.

Bald, flüstert Rebecka. Bald wirst du ihn sehen.

Sie nimmt Maia in den Arm, drückt sie fest an sich, so fest, dass sie die eigene Körperwärme und die des Kindes nicht mehr unterscheiden kann.

Er kann nicht einfach eine andere Entscheidung treffen, flüstert sie. Niemand kann das. Nicht er, nicht Emme, nicht ich, nicht einmal Gott hat das Recht, in so einer Frage zu entscheiden.

Es ist heiß im Auto, seine Hände liegen auf dem Lenkrad, der Schlüssel hängt ruhig im Zündschloss.

Sie wird nicht kommen. Dessen ist er sich sicher. Es war wahrscheinlich einfach nur zu viel für sie da draußen im Wald. Mit der Stille, der Dunkelheit und allem.

Sie darf nicht kommen, das ist zu gefährlich. Er will nicht abgelenkt werden, und das Schlimmste ist, dass er diese Sache hier für sich allein behalten will, er will nicht, dass jemand sich in seinen Verlustschmerz einmischt, seine Suche, dadurch droht, ihm alles zu nehmen, dass er schrumpft, zu einem anderen wird, gezwungen wird, sich die Frage zu stellen: Wer bin ich?

Wer bin ich geworden?

Er, der sich nicht einmal an das Gesicht seiner jüngsten Tochter erinnern kann.

Maia darf nicht kommen.

Aber er weiß, dass er sich selbst anlügt. Die beiden müssen kommen, sie hätten schon die ganze Zeit hier sein sollen. Es gibt keine andere Wahl für sie, Maia ist in diese Familie hineingeboren, und daran ist nichts zu ändern. Es ist, wie es ist. Es kommt, wie es kommt.

Die SMS von Simone trifft ein, als er gerade auf die Autobahn fährt. Eine Adresse, an der sich der jetzige bulgarische Gangsterkönig Andrej Burov aufhalten soll. Tim hat keine Ahnung, wie sie das herausbekommen hat, aber es stimmt garantiert.

Seine SMS: ein Dankeschön.

Er fährt weiter.

Die Adresse, unter der Andrej Burov zu finden sein könnte, befindet sich in Fuengirola, in einem einstöckigen Haus am Rande des Zentrums, laut Google Street View, nur ein paar Hundert Meter von der Autobahn entfernt. Er biegt in Fuengirola ab, findet das Haus. Es liegt eingeklemmt zwischen ähnlichen Häusern in einer Seitengasse, in der die Straßenlaternen orange flackern, und als er den Motor ausstellt, hört er das Brummen und Sausen von der Autobahn, die auf Betonpfeilern ruht, in der Dunkelheit, hoch über ihm, aber dennoch nahe, mit den noch dunkleren Bergen dahinter.

Vor der betreffenden Haustür steht eine Wache, ein Zweimeterriese mit markantem Kinn. Ein paar Autos parken auf der Straße, ein SUV, Licht fällt aus den kleinen Fenstern des Hauses nach draußen, ein bleiches, gelbes Licht, das sich mit dem Flackern der Straßenbeleuchtung vermischt. Wie viele können da drinnen sein? War es dieser Burov, hat er Tim den Mann nach Madrid hinterhergeschickt, gehören ihm die Bordelle dort auch?

Das spielt keine Rolle.

Ich bin jetzt hier, Emme.

Er steigt aus dem Wagen. Zieht die Pistole aus dem Hosenbund, hält sie am ausgestreckten Arm an der Körperseite und geht auf den Wachmann zu, dieser entdeckt ihn zu spät, und Tim schlägt ihm mit der Pistole auf den Kopf, der Wachmann verliert das Bewusstsein und Tim spürt, wie die Zeit sich auflöst, wie das Adrenalin ihn in ein einziges Jetzt versetzt, und das ist schön, so schön. Der Wachmann fällt, alles fällt, und Tim tritt die Tür ein, ein kleiner Vorraum, Stimmen, und er stürmt hinein, die Pistole vor sich, gelangt in ein Wohnzimmer, in dem zwei Männer aufgesprungen sind, Tribal-Tattoos, enge T-Shirts, zu viele Muskeln und zu wenig Gehirn, ein weißes Sofa, ein kleiner Tisch, darauf Koks-Lines, ein Esstisch, zwei junge Frauen mit nacktem Oberkörper und an der Stirnseite des Tischs ein kleinerer, magerer Mann in weißem

Hemd. Er ist der Einzige, der nicht aufspringt, und Tim zielt mit der Pistole auf ihn, sieht, wie die beiden anderen Männer sich zu den Holstern strecken, die über den Lehnen der Stühle am Esstisch hängen. Es riecht nach Rauch, Schweiß, Drogenschweiß, Kokainatemzügen, Geilheit und eingetrocknetem Sperma, und Tim schreit:

»Keine Bewegung, ich schieße, wenn ihr die Pistolen anfasst. Alle hinsetzen!«

Und die Mädchen lassen sich auf die Stühle sinken, die Männer sehen den Mageren an, der eine beruhigende Bewegung mit der Hand macht, sie aufs Sofa befiehlt, und seine Augen sind dunkel, die Wangen eingesunken, im Schatten. Er erkennt mich, er weiß, wer ich bin, er weiß, was ich will, und Tim weicht zurück, stellt sich in den Türrahmen, lässt den Blick durchs Zimmer schweifen, lauscht, der Wachmann draußen rührt sich nicht.

»Was weißt du über meine Tochter? Ich weiß, dass sie vor vielen Jahren in deinem Bordell war.«

Er sollte nach dem fragen, was in Stockholm passiert ist, bei Rebecka und Maia. Aber das würde alles nur kompliziert machen, und sie würden ja sowieso nichts sagen.

Der magere Mann, der Andrej Burov sein muss, beugt sich vor, seine Augen werden im Licht der Deckenlampe sichtbar, sie sind eisblau. Er ist jünger als Tim angenommen hatte, höchstens Mitte dreißig, und seine Wangen sind mit tiefen Pockennarben bedeckt.

»Warum sollte ich etwas über deine Tochter wissen? Wer ist das?«

»Das weißt du. Spiel nicht den Dummen, sonst erschieße ich dich. Wenn du noch nie einen verzweifelten Mann vor dir gesehen hast, dann siehst du jetzt einen.«

Andrej Burov lacht.

»Okay.«

»Was ist okay?«

»Sie soll eine Weile im Club gewesen sein, aber das war zu Gavrils Zeit. Er machte solche Geschäfte. Bis er ein paar Kugeln ins Herz und ins Gesicht gekriegt hat. Soweit ich verstanden habe, ist deine Tochter danach umgezogen, vielleicht ist sie auch ertrunken? Oder hat sich in den Bergen verirrt? Was weiß ich? All das ist lange vor meiner Zeit passiert. Stimmt's, Jungs?«

Die beiden Muskelpakete auf dem Sofa nicken. Die Mädchen sitzen stumm da, und Tim mustert sie. Wissen sie etwas? Aber sie sind zu jung, können vor fünf Jahren höchstens elf, zwölf Jahre alt gewesen sein, und sie sind heute immer noch zu jung, aber das ist nicht mein Problem.

»Kann Gavril Ivanović sie verkauft haben? Es heißt, dass er so etwas früher schon auf Mallorca gemacht hat.«

»An wen sollte er denn die Mädchen verkauft haben? An die Marokkaner, die Spanier? Oder an die Russen? Hier kaufen wir keine Mädchen von den Kollegen, wir kaufen sie woanders.«

Tim richtet jetzt die Pistole direkt auf Andrej Burovs Stirn. Dieses lügende Stück Scheiße, und er erinnert sich an einen anderen Abzug im Licht der Palmanacht, wie er abdrückte, immer und immer wieder, und erst jetzt dringt der ohrenbetäubende Lärm des Schusses an sein Ohr, der Kugeln, die die Pistole verließen und Joaquin Horrachs Gesicht und Gehirn zerfetzten. Aber diesmal drückt er nicht ab.

»Und weißt du, was wir mit denen machen, die reden, die dafür sorgen, dass ›geredet‹ wird? Denen schneiden wir die Kehle durch und dann laden wir sie an einem Ort ab, wo ihre Seelen sich eine ganze Weile verdammt einsam fühlen können, bis sie irgendwann gefunden werden. Vielleicht in einem verdreckten Park nahe am Meer.«

Branka.

Ihr wart es also. Natürlich. Wer hätte es denn sonst sein sollen? Oder?

»Wann bist du nach Spanien gekommen?«

»Ich bin schon immer hier gewesen. Und nie. Deine Tochter ist vor meiner Zeit verschwunden.«

Andrej Burov scheint die Unterhaltung ermüdend zu finden.

»Wer hat sie gekauft?«

»Was weiß ich – ist sie denn überhaupt verkauft worden? Vielleicht ist sie ja geflohen, wie schon gesagt. Aber okay, Gavril kann sie natürlich auch an irgendeinen saudischen Prinzen verkauft haben.«

Die beiden auf dem Sofa lachen laut auf, und am liebsten würde Tim ihnen in den Kopf schießen, ins Gesicht, stattdessen schreit er laut:

»Ana Sanchez, Veronica García, Maria de Dolores.«

Er senkt die Stimme.

»Was weißt du über sie?«

»Über wen?«

Sein Gebrüll hat Burov nicht beeindruckt, und jetzt erkennt Tim, dass die Mädchen unter Drogen gesetzt wurden, irgendwelche Tranquilizer, sie sehen schläfrig aus, scheinen noch nicht mal bemerkt zu haben, wie laut er geworden ist.

»Die anderen Mädchen«, sagt Tim.

»Welche anderen Mädchen?«

»Die auch verschwunden sind.«

»Mir ist schon klar, dass du es schwer gehabt hast«, erwidert Andrej Burov. »Aber ich fürchte, du bist verrückt geworden. Wer sollen diese Mädchen sein? Gibt es sie überhaupt, bist du dir da sicher? Und eine Sache sollst du wissen, verschwundene Mädchen, das ist nicht unser Business, mit denen können wir kein Geld verdienen.«

Tim bleibt ruhig stehen. Er spürt, wie der Adrenalinrausch abebbt. Er sieht, wie ärmlich das Zimmer ist, die abgenutzten weißen Wände, die billigen Reproduktionen, die durchgesessenen Polstermöbel, der Aschenbecher, die schweren Halsketten in Goldimitation.

»Mallorca«, sagt er. »Seid ihr dabei, euch dort auch zu etablieren?«

»Wir sind schon immer dort gewesen.«

Tim hebt die Pistole.

Maia. Rebecka. Im Wald.

»Sollte meiner Familie irgendetwas zustoßen, werde ich dafür sorgen, dass ihr vernichtet werdet.«

»Hast du Familie? Das wussten wir gar nicht«, grinst Burov, und Tim spürt, wie seine Hände zittern, aber er will sich nicht von der Wut lenken lassen.

Nicht jetzt.

Er zieht sich zurück, rückwärts gehend, in den Flur und durch die Haustür, steigt über den immer noch bewusstlosen Torwächter und läuft zum Auto.

Sie folgen ihm. Die beiden Männer, mit gezogenen Waffen.

Tim startet den Wagen, fährt rückwärts raus, schnell, schnell, sie zielen auf ihn, könnten ihn durch die Windschutzscheibe erschießen, und er reißt das Lenkrad herum, dass der Wagen sich dreht, und fährt hinunter nach Fuengirola, wartet auf die Schüsse, aber es kommen keine, als hätte es die Männer in der flackernden Straßenbeleuchtung nie gegeben, als wäre es nur ein Traum, dass sie die Pistolen auf ihn richteten, und als wären die Worte aus dem Mund des pockennarbigen Mannes niemals ausgesprochen worden.

Bald.

Bald sehen wir uns wieder.

Das Handydisplay flimmert, wodurch Rebeckas Augen müde werden. Sie hat lange nachgedacht, versucht, sich selbst zu stoppen, aber soll's der Teufel holen, ich kann nicht einfach nur hier sitzen und warten. Sie hat sich ein Ticket bei der SAS besorgt, für die Morgenmaschine, die um halb elf Uhr in Málaga landet.

Der Regen ist noch schlimmer geworden. Eine Sintflut im August.

Er entscheidet nicht, was er für dich ist, Maia. Was er für mich ist, das kann er entscheiden, aber ich glaube nicht, dass er das weiß oder überhaupt noch versteht. Früher einmal war dein Papa ein kluger Mann, der Dinge verstanden hat, sowohl mit dem Verstand als auch mit dem Herzen, aber inzwischen frage ich mich, wen wir da wohl treffen werden, was aus ihm geworden ist, nachdem er am Meer, zwischen den Gemüse- und Obstfeldern und in den Bergen herumgeirrt ist, in den Städten, Tag und Nacht, in der Abend- wie in der Morgendämmerung, und nach deiner großen Schwester gesucht hat. Ich bezweifle sogar, dass er noch weiß, wonach er sucht, Maia.

Du schläfst wieder, die Arme über den Kopf ausgestreckt, aber dein Schlaf ist nur eine falsche Sicherheit. Du brauchst Tim, wir brauchen ihn, aber am allermeisten braucht er uns. Tipp, tipp, tipp, ich gebe unsere Namen ein, die Nummer meiner Kreditkarte, und schon haben wir unsere Tickets, die Plätze sind reserviert, und wir werden zehntausend Meter in den Himmel hochsteigen, und dann werden wir dich treffen, du wirst uns treffen.

Und ich möchte mich für all die Male entschuldigen, wenn ich gesagt habe, dass Emme tot ist. Sie lebt, Tim. Emme und Maia leben, und sie sollen Geschwister werden, sie sollen nebeneinandersitzen, und wir werden ihnen gegenüber sitzen und darüber reden, wie ähnlich sie sich doch sind, und Emme wird sich um Maia kümmern, wenn wir beide einmal einen Abend für uns allein haben wollen, zum Sturehof gehen und eine Flasche Wein teilen, oder uns davonschleichen, ins Kino und irgendeinen französischen Film angucken, der dich einschlafen lässt, und dein Schnarchen stört die anderen Zuschauer im Kinosaal, und ich stoße dich in die Seite, wecke dich, und der Film, ein Liebesfilm, erleuchtet unsere Gesichter, wie das Handydisplay jetzt meines erleuchtet.

Sie steht auf. Packt all ihre und Maias Sachen zusammen, bis auf die, die sie mit auf die Reise nehmen will. Holt das Paket mit Babybrei, das sie an der Tankstelle gekauft hat. Das soll mit. Maia kommt zwar auch ohne Brei zurecht, aber der beruhigt sie immer.

Die Dunkelheit draußen. Wer auch immer kann durch den Wald herankommen. Am liebsten würde sie jetzt sofort zum Flughafen Arlanda fahren und einchecken. Dort sind sie wahrscheinlich sicherer als hier.

Da klingelt das Telefon.

Stefan.

Warum ruft er jetzt an? So spät?

»Ist alles in Ordnung?«, fragt er.

»Ja.«

»Seid ihr im Haus? Ich konnte nicht schlafen, darum habe ich gedacht, ich frage mal, wie es euch geht. Tut mir leid, wenn ich dich geweckt habe.«

Sie lauscht genau seiner Stimme. Ist da jemand bei ihm, klingt er bedroht, ist er und sind damit wir in Gefahr?

»Ich bin wach. Wir werden morgen woandershin fahren.«

»Okay.«

»Aber es ist schön hier. Vielen Dank noch mal.«

»Ich freue mich, wenn ich dir helfen konnte. Dann wollt ihr also wieder aufbrechen?«

Schweigen, keuchende Atemzüge.

»Es ist gut, in Bewegung zu bleiben«, sagt er dann. »Pass auf dich und die Deinen auf, Rebecka.«

Damit beendet er das Gespräch.

Seine feingliedrigen Chirurgenhände. Der deutsche Arzt, hat er auch solche Hände?

Was haben sie mit dir gemacht, Emme?

Ihre eigenen Hände zittern jetzt, der Magen verkrampft sich. Und Rebecka fragt sich, ob sie jemals wieder ein Skalpell in den Händen halten kann.

Will ich das überhaupt?

Was hat Stefan eigentlich gesagt? Gut, in Bewegung zu bleiben. Sind sie bis zu ihm durchgedrungen?

Tim fährt zurück ins Hotel. Er hat nichts mehr von Rebecka gehört, also ist sie wohl hoffentlich doch noch zur Vernunft gekommen.

Er lässt sich der Länge nach aufs Bett fallen. Schaut an die Decke, die ist dunkel, wunderbar dunkel, aber nicht schwarz, eher handelt es sich um ein Weiß, das aus Mangel an Licht zu einem Grafitgrau geworden ist. Die Bulgaren müssen wissen, dass er hier wohnt, und er fragt sich, warum sie ihm hier nicht aufgelauert haben. Aber vielleicht behalten sie ihn auch nur im Auge, während jemand anderes ihn schützt und am Leben halten will, oder will, dass er etwas tut, was er selbst nicht versteht.

Er war noch nie müder. Und Emmes Gesicht ist an der Decke, sie ist älter jetzt als zu dem Zeitpunkt, als er sie das letzte Mal gesehen hat, vor Arlandas Terminal 5 im Regen. Ihre Nase ist schmaler, und sie hat bereits feine Fältchen um die Augen. Aber ihr Lächeln und ihr blondes Haar sind immer noch wie früher, und keine Operation hat sie zu jemand anderem gemacht. Sie sagt nichts. Das ist ein Standbild, und jetzt wachsen aus ihrem Kopf rosa Kaninchenohren, eine Snapchat-Geschichte, bei der ein Feuer hinter ihr brennt, und er weiß, wo sie gewesen ist, er ist sich dessen jetzt vollkommen sicher, aber wo ist sie jetzt?

Das Telefon piepst.

Eine SMS von Gorka Aguirre.

Wir haben gerade den Ballistikrapport für den Mord an Albern reinbekommen. Die Kugel, die ihn getötet hat, ist vom gleichen Kaliber wie die Kugeln, die Gavril Ivanović getötet haben. Und ob Sie es glauben oder nicht: Es könnte dieselbe Waffe gewesen sein. Aber die Kugeln beim Vox-Mord sind abgefeilt, das kann also nicht genau ermittelt werden. Die KTU in Madrid überprüft das jetzt.

Und was hat das mit mir zu tun?

Die Antwort kommt prompt.

Sie haben doch nach Ivanović gefragt, und das ist eine Information über ihn.

Um Tim dreht sich alles, er will nichts trinken, aber die Götter wissen, dass er einen Drink gebrauchen kann. Zehn Drinks eher, die Dachbar des Hotels ist noch geöffnet, und er würde am liebsten gleich hinaufgehen.

Danke.

No problem. Und die Mädchen?

Nada.

Danach bleibt das Display schwarz. Er holt den Laptop aus dem Safe, checkt die Nachrichten. Bei den Ermittlungen zu dem Mord an Branka ist nichts Neues herausgekommen, aber ich werde bald in ihnen auftauchen. Das ist mir klar, auch wenn die Polizei in Palma genau wie ich weiß, was passiert ist.

Der Richter Javier Jara scheint bereits vergessen zu sein, bald wird er begraben.

Tim sucht nach Miguel Albern, dem ermordeten Vox-Politiker. Das hat er bisher nicht gemacht, aber jetzt ist es an der Zeit.

Fünfunddreißig Jahre alt, ein Universitätsabschluss in Jura. Abgeordneter für den Distrikt El Ejido. Aber er soll nicht aus der Stadt stammen, sondern aus einem ordentlichen Elternhaus in Berja.

Berja.

Maria de Dolores. Sie wohnte in dem verriegelten Haus in Marbella. Ihre Familie soll von dort stammen, aus Berja, und sie sollen eine Wohnung dort im Ort haben.

Und Gavril Ivanović wurde nicht weit von El Ejido ermordet aufgefunden, direkt vor Berja.

Eine Art sonderbarer geografischer Zufall. Drei schwache Glieder bilden vielleicht keine Kette, aber das kann trotzdem etwas bedeuten.

Tim klappt den Computer zu. Das Telefon klingelt.

Rebecka, sie steht im Wohnzimmer des Ferienhauses, ist froh,

dass er antwortet, und es ist dunkel, sie hat keine Lampen eingeschaltet.

»Wir kommen morgen«, sagt sie. »Nur damit du das weißt. Hier
ist es nicht sicher.«

Stefan hat sie geradewegs gewarnt. Das ist ihr jetzt klar geworden. So ist er. Riskiert sein Leben für andere.

»Der Flug geht ganz früh, aber wir schlafen diese Nacht noch
hier.«

Was sagt sie da?

Tim steht auf, geht im Zimmer auf und ab, sieht Pistolen vor
sich, auf ihn gerichtet, auf sein Herz, durch die Heckscheibe und
die Nackenstütze.

»Ihr dürft nicht herkommen, das kann hier jeden Moment explodieren.«

»Sie braucht dich, Tim. Ich muss etwas tun. Jetzt.«

Sie hat sich entschieden, und das ist eines der Dinge, die er immer so an ihr geliebt hat, ihr Dickschädel, der dazu führte, dass sie
Chirurgin wurde, obwohl alle meinten, das solle sie nicht machen, sie solle sich damit zufriedengeben, überhaupt eine Ärztin zu
sein.

Im Ferienhaus riecht es nach aufgewärmter Mikrowellenpizza,
süßlich, Übelkeit erregend, getrockneter und tiefgefrorener Ore-
gano, angebrannter Käse, und sie sagt:

»Wir kommen. Wir werden morgen um halb elf landen. Hol uns
vom Flughafen ab. Du bist doch immer noch in Málaga?«

Er lässt sich auf den Sessel niedersinken, sieht das rote Ampel-
licht am Paseo Picasso, das in den Abendhimmel hochsteigt.

»Ich bin in Málaga. Ich hole euch ab. Natürlich hol ich euch ab.«

»Dann wirst du morgen Maia sehen.«

Und das klingt nicht, als spräche sie über sein Kind, oder über
das anderer Eltern, das klingt auch nicht, als spräche er über Emme,
das klingt, als spräche sie über etwas, das ihm früher einmal gegeben und für ihn selbstverständlich war, jetzt aber fort ist, etwas, das

sich in der Zeit verirrt hat und versucht, zurückzufinden, wie ein Gebet zu einem Gott, der seit langem aufgehört hat zuzuhören.

Er schläft nicht. Sieht die beiden vor sich.

Er muss das Hotel wechseln. Hier hält er sich schon viel zu lange auf.

In einer Ankunftshalle bewegt sich etwas auf ihn zu, Maia in einer Kinderkarre, Rebecka hinter ihr mit einer schwarzen Reisetasche neben sich, die vier Räder machen es ihr leicht, sie zu schieben. Sie lächeln ihn beide an, Maia zappelt mit den Beinen, lacht, wedelt mit den Armen, als wäre er der Einzige, den sie sehen will, und Rebecka lächelt, Maias zappelnde Beine machen sie froh.

Tim schließt die Augen.

Dann klingelt das Telefon auf dem Nachttisch. Er geht ran, aber es wird sofort aufgelegt.

Kommen sie jetzt?

Er richtet sich auf, lauscht zum Flur hin.

Er geht zur Tür, schaut durch den Spion hinaus. Niemand ist dort, nur ein leerer Flur mit weißen Wänden und weißem Marmorfußboden.

Sie könnten hier sein.

Er schleicht sich zum Safe, nimmt seinen Pass, das Geld, seine Kreditkarte heraus, dann stopft er den Laptop und alles andere in eine Plastiktüte, schiebt sich die Pistole in den Hosenbund, und erst will er die Treppe nach unten nehmen, nicht den Aufzug, aber warum das Risiko eingehen.

Er tritt auf den Balkon hinaus. Es sind zwanzig Meter nach unten bis zur Frühstücksterrasse, aber er kann an der Seite weiterklettern, *kein balconing, Papa, versprochen,*

und er knotet die Tüte an einer Schlaufe seiner Jeans fest, kann sie nicht in der Hand behalten und gleichzeitig klettern. Er zieht den Knoten extra stramm. Das muss halten.

Er lauscht ins Zimmer hinein. Ist da jemand an der Tür? Er kann nichts hören. Ich kann immer noch auf den Flur gehen, dann die Treppen nach unten nehmen. Nein, das ist zu gefährlich.

Wieder klingelt das Telefon, aber er nimmt nicht ab.

Die grauen Steine der Terrasse sehen schwarz und hart dort unten aus, und auf der Straße fahren die Autos in beide Richtungen. Tim klettert auf das Geländer, balanciert an der Wand entlang zum nächsten Balkon, hält sich krampfhaft fest, und das dünne Plastik vibriert; wenn es kaputtgeht, fällt er. Er schwingt sich über das Geländer zum Balkon des Nachbarzimmers, die Tür ist geschlossen, hier gibt es keine Gäste, aber er muss weiter, sieben Balkone, bis er zur Feuerleiter gelangt, die in den Garten führt, vielleicht gibt es dort ein Tor nach draußen.

Der nächste Balkon liegt zwei Meter entfernt. Ein Abgrund, den Tim überwinden muss.

Er nimmt Anlauf, und die Luft schluckt ihn, zieht ihn nach unten, die Tüte rüttelt an der Schlaufe, klatscht ihm gegen den Oberschenkel, aber sie hält, und er schafft es hinüber.

Hier gibt es offenbar niemanden, der hinter ihm her ist, aber er wagt es nicht, umzukehren. Also klettert er zum nächsten Balkon, und zum nächsten, und da fällt Licht aus dem Zimmer nach draußen, aber niemand scheint ihn zu hören, und aus einem Fernseher strömt arabische Musik. Im nächsten Zimmer unterhalten sich ein Mann und eine Frau auf Russisch, und die Männer sind jetzt in sein Zimmer gekommen, sie sind aufgebracht, reden etwas zu laut, und Tim springt zum nächsten Balkon, in dem dahinterliegenden Zimmer lieben sich zwei, die Tüte schlägt ihm gegen das Bein, die Pistole ist im Hosenbund hochgerutscht, er darf sie nicht verlieren, und er will ins Zimmer hineinsehen, sieht, wie ein Mann eine Frau von hinten nimmt, sieht Gordon Shelley und Natascha Kant dort, wie sie es im Haus in Andratx trieben, aber Gordon Shelley ist tot, so viele sind tot und verschwunden, und er will Emmes Gesicht sehen, wie er es dort gesehen hat, obwohl es unerträglich schmerzhaft war. Zu weit zum nächsten Balkon. Weiter, als er gedacht hatte. Also betritt er vorsichtig das Zimmer, und die beiden im Bett, die sich Liebenden unter einer dünnen weißen Decke, bemerken ihn gar nicht, die Frau reitet nur weiter den Mann, leicht vorgebeugt über ihm, und als sie sich umschaut, ist Tim bereits verschwunden.

Er öffnet die Tür zum Flur.

Niemand dort.

Ich bilde es mir nur ein, aber ich darf nichts riskieren.

Er geht dicht an der Wand entlang nach links, auf dem weißen Marmorboden, und er öffnet die Notausgangstür, läuft die Treppen hinunter.

Unten drückt er die Tür zum Garten auf, und hier, zwischen gepflanzten Palmen und Farnen, Rosenbüschen und Kakteen, ist die Nacht fast tropisch, warm und feucht, und es gibt tatsächlich eine Tür in der Mauer. Er läuft, drückt sie auf, ist draußen auf der Straße, genau gegenüber einem Churros-Stand, der ist geschlossen, aber trotzdem geht von ihm der Geruch nach frittiertem Teig aus, nach warmer Schokolade und Zucker. Tim läuft hinunter zum Paseo, dort zeigt die Ampel Rot, ein älteres Paar weicht zurück, als sie ihn sehen. Er winkt ein Taxi heran, der Wagen hält neben ihm, und er öffnet die hintere Tür auf der Beifahrerseite, steigt ein.

»Wohin möchten Sie?«

»Zum Flughafen.«

Der Fahrer zeigt ein halb zahnloses Lächeln im Rückspiegel.

»Das hört sich nach einer guten Idee an. Mal für eine Weile raus aus der Stadt, meine ich.«

»Ich will jemanden abholen«, erwidert Tim.

»Ihre Familie?«

»Ja, zumindest Teile davon.«

»Schön«, nickt der Fahrer. »Meine Familie ist lange Zeit in Argentinien geblieben, aber jetzt sind sie hier. Das war meine Rettung. Ohne sie habe ich zu viel getrunken, habe ich mich selbst verloren.«

Die Nacht ist voller Schatten und Atemzüge, und während der Regen an die Scheibe trommelt, knackt es draußen vorm Fenster. Rebecka ist wach, sie steht in der Küche und lauscht, meint ein Auto heranfahren zu hören, aber das Geräusch ist nur in ihrem Kopf. Maia schläft auf dem Sofa, alles ist gepackt, und es geht auf vier Uhr zu, das Herz der Nacht. Sie tritt ans Fenster, hält draußen Ausschau. Die Dunkelheit ist undurchdringlich, und Rebecka nimmt das Gepäck, öffnet die Haustür, schaltet die Flurlampe ein, und deren Schein strahlt über die Lichtung, sie läuft nur im Kleid hinaus in den Regen, in kurzen Schritten zum Auto, so gut es mit der schweren Tasche in der Hand geht, und diese wirft sie in den Kofferraum, dann läuft sie zurück, holt sich einen Regenmantel. Maia darf nicht so nass werden wie ich, und sie hebt das Kind hoch, schützt es vor dem Regen, indem sie es in den Mantel wickelt, und Maia schläft immer noch, nachdem Rebecka sie in den Kindersitz gesetzt hat.

Sie geht noch einmal zurück ins Haus. Macht das Licht aus. Schließt ab.

Fährt los. Sieht ein letztes Mal im Rückspiegel das Haus.

Wieder dunkel.

Sie hatte schon früh alle Lampen ausgeschaltet, wollte ihre Anwesenheit nicht verraten, und jetzt fährt sie durch den Wald, die Autoscheinwerfer erleuchten den Regen, der gegen die Windschutzscheibe peitscht, der Schotter knirscht unter dem Gewicht der Räder, Tropfen, die zerplatzen, einer nach dem anderen, in einem verschwindenden Lichtschein, und die Äste der Nadelbäume werden zu silberfarbenen Palmwedeln, Tim, Emme, und sie blickt geradeaus auf den Weg, fährt schneller, als sie sollte, sie will hier raus, auf die große Straße, bevor ihr jemand entgegenkommt, auf sie zufahrende Scheinwerfer, das wäre der Albtraum, denn das könnten nur sie sein.

Sie biegt auf den Asphalt ab, in Richtung Arlanda. Maia schläft immer noch.

Der Brustkorb des Kindes hebt und senkt sich, schnell, als hätte sie es eilig, älter zu werden. Eine Augenbraue zuckt.

Rebecka parkt in der Nähe des Terminal 5. Sie holt die Tasche heraus, die Karre, und Maia wacht auf, als Rebecka sie vorsichtig hineinsetzt, aber sie fängt nicht an zu weinen, schaut nur vertrauensvoll die Mama an, als gäbe es nichts Böses auf dieser Welt.

Rebecka steigt im falschen Stockwerk aus dem Fahrstuhl aus. Sie legt den Regenmantel über Maia und tritt hinaus in den Regen. Die Drehtür zu Terminal 5 liegt direkt vor ihr, langsam rotiert sie, immer rundherum.

Rebecka müht sich zur Tür zu kommen. Sie zögert.

Tretet ein, und ihr werdet verschwinden. Oder gerettet.

Sie geht hinein. Lässt es zu, dass die Türen sie beide verschlucken.

Sie klingen in ihm wie ein Echo, Maia, Emme und Rebecka. Ein Echo ohne Ursprungslaut, Töne und Worte, die entstehen, ohne geboren worden zu sein. Es gibt sie, und es gibt sie dennoch nicht, und bald werden zwei von ihnen vor ihm stehen, wie eine Erinnerung an den, der man einmal gewesen ist und der er wieder werden soll.

Die Wachleute lassen ihn in Ruhe, sodass er auf einer Bank vor dem Flugplatz schlafen kann, bis die Morgendämmerung ihn weckt. In den Sanitärräumen wäscht er sich mit kaltem Wasser und Seife unter den Armen und im Gesicht. Die Zähne schrubbt er notdürftig mit dem Zeigefinger.

Er mietet ein neues Auto bei einer kleinen Firma, die ganz hinten in der Abflughalle ihren Schalter hat, und dann ruft er seine frühere Autovermietungsfirma an und sagt, dass der Škoda in der Garage des Gran Hotel Miramar abgeholt werden kann. Die Uhren zeigen fast halb zehn. Bald werden sie kommen, die beiden einzigen wichtigen Menschen für ihn, er will weder so denken noch so fühlen, aber jetzt, da sie gleich kommen sollen, taucht alles in ihm wieder auf, alles, was er selbst nicht wahrhaben wollte. Ist es möglich, dass sie Seite an Seite mit dir existieren, Emme? Können sie das? Aber Emme antwortet nicht, was er als ein Nein interpretiert. Trotzdem betritt er eine Stunde, bevor das SAS-Flugzeug aus Stockholm landen soll, die Ankunftshalle, stellt sich hinter die Absperrung, dort, wo die Fahrer mit Namensschildern in der Hand und andere Abholer warten müssen.

Schwedische Stimmen um ihn herum. Erwartungsvolle Menschen, die sich über die unterhalten, die ankommen werden, und großartige Pläne für noch großartigere Tage schmieden. Er tut, als verstünde er nicht, was sie sagen, zieht nur sein schmutziges T-Shirt zurecht und fährt sich mit den Fingern durchs Haar.

Zehn fünfundzwanzig.

Dann landet das Flugzeug. Das wird auf einem Monitor über dem Ausgang gezeigt, es setzt auf dem Boden auf, und von dem Asphalt der Landebahn wird Staub in die Luft gewirbelt.

Er schließt die Augen.

Lässt die Zeit vergehen, träumt, Maia schwimmen zu sehen, sie müssen sich ein Hotel mit Pool suchen, aber nein, dafür ist sie ja noch zu klein, sie kann noch nicht schwimmen. Aber baden kann sie, und sie werden zusammen baden, er wird ihr einen Schwimmreifen kaufen, und dann werden sie zusammen baden, wie Emme und er es in Ko Chang gemacht haben, in dem Jahr nach dem Tsunami, vor dem Wirbelsturm.

Die Türen öffnen sich, teilen sich wie ein erfundenes Meer, und da stehen sie, Rebecka und Emme, nein, Maia, und sie entdeckt ihn, lächelt, kann die Beinchen nicht still halten, und er wünscht sich, dass all das hier ein Ende findet, damit alles endlich anfangen kann,

Sie wünschte, dass die Dunkelheit endlich ein Ende hätte, und manchmal kann sie das Licht sehen, für wenige Sekunden, und sie ist sich sicher, dass es die Sonne ist, und glaubt, auch das Blau sehen zu können, ist es das Meer oder der Himmel, aber das spielt keine Rolle, denn so oder so erinnert es sie daran, dass es sie immer noch auf dieser Welt gibt. Dass es die anderen gibt. Sie versucht sich zu erinnern und auch wieder nicht, und sie weiß nicht mehr, was tatsächlich Erinnerungen sind und was während der vielen Wechsel zwischen Schlaf und Wachsein in ihr entstanden ist.

Hat sie die Zara-Jacke im Mai oder vor Weihnachten gekauft, lag Schnee auf den Kirschbäumen im Kungsträdgården oder waren das Blüten, welchen Film haben sie sich angeschaut, *Jurassic Park* oder so einen Marvel-Film, sicher etwas vollkommen Hirnrissiges, damals ging sie so oft ins Kino, auf Partys, saß auf Sofas in Häusern in schicken Vororten und rauchte Gras, alberte mit Julia und Sofia herum, alle drei freuten sich darauf, im August nach Magaluf zu fliegen, da würden sie so richtig einen draufmachen, und dann die Augen eines Mannes über einer OP-Maske, weißes Vlies auf sonnengebräunter Haut, und das ist einer der vielen Filme, die sie gesehen hat, ein Film, den jemand in einem anderen Film überprüft, der von ihr handelt und auch wieder nicht, das ist wie mit den Spiegeln im Aufzug, in denen man sich in tausend verschiedenen Bildern sieht, die alle unterschiedlich sind, und doch immer wieder ein und dasselbe, und es ist in keinerlei Weise man selbst, den man sieht. Nur ein Bild von einem Bild, das immer kleiner und undeutlicher wird, je näher man ihm kommt.

Sie spürt, dass sie älter geworden ist. Eine andere.

Ein Teil dessen, was sie einmal war, ist verschwunden und ersetzt worden von etwas anderem. Nicht nur wegen allem, was passiert ist, sondern auch, weil sie älter geworden ist. Sie denkt jetzt mehr nach, das ist eigentlich der große Unterschied, würde aber trotzdem nicht zögern, stünden drei Shots vor ihr auf dem Bartresen.

Scheißsaure Fische, please.

Ab und zu dürfen sie einander treffen. Im Zimmer zwischen den Zimmern, dem mit den weichen Sofas, dort reden sie, flüstern, umarmen sich, halten einander fest, aber sie sind auf der Hut, man weiß nie, ob jemand sie belauscht. Einmal weigerten sie sich, wieder zurückzugehen, und da verschwand sie in einem Nebel und erwachte irgendwann wieder im Bett in ihrem Zimmer, auf dem rosa Bettzeug mit den blauen Babyelefanten.

Da hört sie Schritte. Über ihr, über der dunklen Decke. Sie hört die Hunde und die anderen, oder bin ich es selbst, die ich höre?

Sie schließt die Augen, jetzt gibt es hier kein Licht, kein Blau, und die dünne Haut der Augenlider vermag das Dunkel nicht noch dunkler zu machen. Sie erinnert sich an ihren Vater, er kam mit einem Twix zu ihr ins Zimmer, oder war das Mama, die kam, es könnten beide gewesen sein, und jetzt sieht sie sie, in einem großen Raum, der in Licht badet, aber trotzdem kalt ist, und

Soll er Maia aus der Karre nehmen, oder soll er in Rebeckas offene Arme sinken. Sie schaut ihn an, als wäre er ein Geist aus einem japanischen Film, direkt einem trüben Selbstmordwald entstiegen, und Maia sagt pa pa pa, also erinnert sie sich. Rebecka fängt seinen Blick, sie fangen gegenseitig ihre Blicke, und sie trägt ein dünnes rosa Kleid und hat sich die Lippen angemalt, und er geht zu ihr, umarmt sie, spürt ihre warme Haut unter dem Stoff, die Knochen, die Härte, die immer zu ihr gehörte, ihren Duft, bestehend aus einer Mischung aus tausend Erinnerungen und all den Gerüchen dieses

Flugplatzes, und jetzt zittert er, sie zittert, und ma ma ma, heb mich hoch, und sie flüstert ihm Worte ins Ohr, welche Worte, und die Menschen um sie herum in der Ankunftshalle starren die beiden an, ihre Wiedervereinigung, du siehst schrecklich aus, was hast du letzte Nacht gemacht, ihr solltet nicht hier sein, du stinkst, Tim, ich habe auf dem Flughafen geschlafen, und sie hält ihn ein Stück von sich fern, sieht ihm in die Augen, als wolle sie sich vergewissern, dass er auch da ist, und dann begegnen sich ihre Lippen, warm, dann die Zungen, und es schmeckt nach Sehnsucht, einer Sehnsucht, die vorbeigeht, und nach der Einsicht, dass die einzige Geografie, die wirklich etwas bedeutet, die der Muskeln und der Haut des Menschen ist, wo immer er sich auch befinden mag.

»Jetzt bist du hier.«

»Wir sind hier. Wie es sein soll.«

Pa pa, ma ma, und Maia streckt ihm die Hände entgegen, ihr rundes Gesicht inzwischen schmaler, die Oberlippe fülliger, das blonde Haar dicker und länger, das ganze Kind größer, und sie ist schwerer, ein neues Gewicht auf der Erde, als er sie hoch in die Luft hebt, der Decke und den rot gestrichenen Eisenträgern entgegen, hoch, ganz hoch, und er weiß nicht, wie es dazu gekommen ist, er hat sich von Rebecka freigemacht, aus ihrer Umarmung und ihrem Kuss, und Maia lacht, ein Lachen, das klingt, als komme es tief aus ihrem Inneren, und er drückt sie an sich, fühlt sich dazu eigentlich zu schmutzig, verschwitzt, übelriechend, aber er will sie so in den Armen halten, fühlen, wie sie ihn zurückführt, weg von dem Wahnsinn, weiter, und er weigert sich, in diesem Moment Scham oder Schuld zu fühlen, für wenige kurze Sekunden will er davon frei sein, will allein reine, selbstverständliche Liebe spüren.

Er trägt sie, und Rebecka schiebt die Karre mit der einen Hand, die Reisetasche mit der anderen. Sie gehen zum Parkhaus, durch einen stickigen Gang, in dem die weiße Farbe von der Decke blättert, außerdem stinkt es nach Zigarettenrauch.

»Ich habe ein Auto gemietet«, sagt er. »Und wir müssen uns ein neues Hotel suchen. Ich habe es nicht geschafft, aus dem alten meine Tasche mitzunehmen.«

»Was ist passiert?«

Maias kleine Finger in seinem Haar, sie kitzeln auf der Kopfhaut, und er muss die Tränen zurückhalten, von denen er nicht weiß, woher sie kommen.

»Ich erzähle dir später alles. Wir müssen vorsichtig sein.«

»Als ob ich das nicht wüsste«, erwidert sie. »Ich habe die Pistole gespürt.«

Und sie bleiben stehen, schauen einander an, und sie nickt.

Er will etwas über Maia sagen, dass sie nicht hier sein sollte, aber sie hat ja niemanden außer ihren Eltern. Keine Großeltern, weder mütterlicher- noch väterlicherseits, keine nahen Verwandten, und obwohl es sich so falsch anfühlt, ist es richtig, und er steckt den Schlüssel in die Tür des weißen Peugeots.

»Es gibt da so ein Hotel in Marbella. Das ist zwar der falsche Ort für das, was ich tun muss, aber Málaga ist ein zu heißes Pflaster. Und ich glaube nicht, dass sie dort suchen. Das ist ziemlich teuer, und sie haben gute Sicherheitssysteme dort.«

»Wer sucht dich, die Bulgaren?«

»Ja. Vielleicht auch andere. Ich weiß es tatsächlich nicht mehr. Es scheint, als wüsste das niemand.«

Sie helfen sich gegenseitig, den Kindersitz zu montieren, schnallen Maia darin an, und Rebecka setzt sich hinters Lenkrad. Als sie vom Flughafen herunterfahren wollen, treffen sie auf eine Autoschlange.

Ganz hinten auf der Straße nach Málaga kann man eine Verkehrskontrolle erahnen, alle Fahrzeuge müssen offenbar anhalten, werden überprüft.

Kann es sein, dass sie hinter mir her sind?

Das ist doch nicht normal. Er will Rebecka auffordern, umzukehren. Aber dazu ist es bereits zu spät. Er kann jetzt die Polizisten erkennen, wie sie die Autos anhalten, um Führerschein oder Ausweis bitten.

Pistolen in Holstern. Lederjacken. Pilotensonnenbrillen.

Sie sind an der Reihe, und Tim spürt sein Herz aus dem Rhythmus geraten. Ein Polizist steckt auf Rebeckas Seite den Kopf in den Wagen. Er lächelt, und sie gibt ihm ihren Führerschein.

Er studiert ihn genau, schaut zu Tim auf dem Rücksitz, und Tim lächelt auch, beugt sich vor und streicht Maia über den Kopf, und diese gluckst, grinst den Polizisten an, der ihr Grinsen erwidert und den Wagen durchwinkt.

»Worum ging es hier?«, fragt Rebecka.

»Ich weiß es nicht. Schalte mal das Radio ein.«

Während sie auf die Autobahn fahren, hören sie Nachrichten. Eine schrille weibliche Stimme.

»Wieder ist ein politischer Mord in Málaga verübt worden. Die Frau des Vox-Politikers Juan Romero wurde heute früh auf offener Straße erschossen. Sie war im siebten Monat schwanger, und es heißt, dass auch das Kind starb. Die Polizei hat an den Ausfallstraßen der Stadt Sperren errichtet. Bis jetzt ist kein Verdächtiger gefasst worden.«

Hat Rebecka das verstanden? Sie scheint in ihre eigenen Gedanken versunken zu sein.

Eine schwangere Frau, ermordet. Welche Wut und Überzeugung führen zu derartigen Handlungen? Gibt es in Spanien wieder linksextremistische Terroristen?

»Sie überprüfen alle, weil in der Stadt ein Mord passiert ist«, erklärt er.

»Das habe ich verstanden«, erwidert sie.

Die Straße nach Marbella verschwindet vor ihnen, und es existieren nur noch sie drei auf dem Weg in einem fremden Fahrzeug, ein einziges Ziel im Blick.

Maia ist eingeschlafen. Er wünschte, er könnte ihren Atem hören, aber der Motorenlärm übertönt ihn.

»Glaubst du, wir können sie finden?«

»Ich weiß, dass wir sie finden werden.«

Er klingt überzeugt, und das ist er auch, und jetzt erzählt er Rebecka alles, all das, was sie bisher nicht wusste, und vielleicht auch einiges, was sie bereits weiß, fasst es für sie beide zusammen, berichtet von den Eltern der verschwundenen Mädchen, von Burov, von dem Richter, der höchstwahrscheinlich ermordet wurde, von Branka, die mit durchschnittener Kehle gefunden wurde, ihrem Treffen im Melià Palma Bay, und dass er nur darauf wartet, im *Diario de Mallorca* über sich selbst als Verdächtigen zu lesen. Er erzählt, dass er in Madrid fast erschossen worden wäre, und sie stellt die logischen Folgefragen, die eines scharfen Intellekts.

»Ein Elternpaar eines Mädchens ist also noch übrig, die hast du noch nicht gesprochen?«

»Stimmt. Die von Maria de Dolores.«

»Und die wohnen in dem Ort, aus dem auch dieser ermordete Politiker stammt?«

»Ja, ich denke schon.«

»Ist das nur ein Zufall?«

»Was sollte es sonst sein?«

Rebecka schaut hinaus auf die aufgegebenen Reihenhausskelette an den kahlen Abhängen, dann in die andere Richtung, aufs Meer.

»Glaubst du, den Menschen geht es gut hier?«, fragt sie.

»Sicher. Das Licht ist gut für die Seele.«

»Ja, das sagt man.«

»Sobald wir ein Zimmer haben, muss ich noch mal los«, erklärt er. »Zu Marias Eltern. Ich werde wohl eine ganze Weile wegbleiben.«

»Wir warten auf dich.«

Sie halten am Carrefour außerhalb von Torremolinos. Rebecka und Maia warten im Auto, während er Kleidung kauft, je zwei Chinos, T-Shirts und Hemden. Ein Paar Tennisschuhe, eine Badehose,

Unterhosen, Socken, Deodorant, eine neue Zahnbürste, obwohl es die wahrscheinlich auch im Hotel gibt.

Sie wollten Maia nicht wecken, am besten ist es, wenn sie weiterschläft, und als er an einer der vierzig Kassen bezahlt, die zwei Hunderteuroscheine einer jungen Frau mit einem Schlangentattoo am Hals reicht, überfällt ihn das Gefühl, es gäbe Rebecka und Maia gar nicht, sie wären vom Parkplatz verschwunden, sie wären nie gekommen, er hätte Maia nicht vor kurzem im Arm gehalten, Rebecka geküsst, dass da nur ein leeres Auto unter Hunderten anderer Wagen auf einem Parkplatz steht, in einem verdorrten, öden Land.

Wie konnte ich sie nur allein lassen?

Er muss sich beeilen.

Die Kassiererin nimmt seine Scheine.

Beeilen.

Und er stopft seinen Einkauf in eine große Plastiktüte und rennt hinaus auf den Parkplatz.

D a sitzen sie. Natürlich sitzen sie dort, die schlafende Maia, die wachsame Rebecka. Auf dem Parkplatz, auf dem die Sonne von allen Wagendächern reflektiert wird und die Farben verzerrt, sodass Gelb zu Rot, Blau, Weiß werden kann. Er wirft die Tüte mit der neuen Kleidung in den Kofferraum.

»Du siehst gehetzt aus«, sagt Rebecka, als er wieder im Auto Platz genommen hat und ihr die kalte Wasserflasche, die er gerade gekauft hat, reicht. Sie nimmt sie entgegen, trinkt schnell einige Schlucke.

»Das ist die Hitze«, sagt er. »Die Hitze macht mich fertig.«

Sie trinkt noch mehr, leert die Flasche, und er ruft das Hotel an, fragt, ob noch ein Zimmer frei sei. Das ist es, aber nur eins für tausendzweihundertfünfzig Euro die Nacht, und er bucht es in Rebeckas Namen. Dort werden sie sicher sein. So verbrennen sie

Geners Geld wie die Rockstars, vernichten es wie Dreck, was es ja letztlich auch ist.

Marbella Club. Vorsichtig fährt sie durch das Portal von The Golden Mile. Drei goldene Löwen auf blauem Untergrund sind auf den weißen Putz des Torbogens geprägt, die Palmen an der Einfahrt sind gestutzt, und im Garten unten zum Meer hin strahlen die Rosen rot, gelb und weiß, protzig und frisch gegossen. Vor den geöffneten Eingangstüren stehen einige Autos in einer Reihe: Maserati, Mercedes und ein BMW.

Ein Portier in dunklem Anzug öffnet die Wagentür für Rebecka, und Tim lässt sie allein hineingehen, er hat ihr gesagt, sie solle seinen Namen nicht nennen, und wenn sie nachfragen, soll sie sagen, dass sie allein mit dem Kind hier ist, der Mann an ihrer Seite ist nur ein Freund, der nicht einchecken wird.

Der Portier nimmt ihre Taschen und die Tüte von Carrefour. Er stellt alles auf einen Gepäckwagen mit glänzenden Messingbögen, und fünf Minuten später kommt Rebecka wieder heraus, lächelnd, und der Portier bekommt eine Mitteilung in seinen In-Ear-Kopfhörer, sicher ihre Zimmernummer. Tim steigt aus, hebt Maia aus dem Kindersitz, sie wacht davon auf, ist aber nicht schlecht gelaunt, im Gegenteil, sie schaut sich mit großen Augen um, windet sich, will hinunter, sich bewegen, laufen, und zwei Zimmermädchen in weißen Kitteln mit schwarzen Schürzen entdecken die Kleine und lächeln, kommen auf sie zu, genau in dem Moment, als Tim Maia auf den Boden stellt, und Maia lächelt die beiden an, die ausrufen:

»Que guapa!«

»Que bonita!«

Und Rebecka lächelt, als wäre das hier ein Familienurlaub, vielleicht erlaubt sie es sich einfach für eine Weile, so zu tun, als ob.

»Das ist schön hier«, sagt sie, als die Zimmermädchen verschwunden sind, und sie folgen einem anderen Portier zu den flachen Häusern im fast überwucherten Garten des Hotels. Alles ist alt, aber blitzblank und in gutem Zustand, sodass es einen Hauch von der guten alten Zeit vermittelt.

Maia wackelt voraus, sie lassen sie laufen, und sie muss einem Golfwagen mit zwei Pensionären ausweichen.

Sie folgen dem Portier eine kleine Treppe hinunter, zu einem der Zimmer in einem Gebäudeteil, der neben einem großen, blau schimmernden Pool liegt. Es duftet nach Geißblatt und Mandarinen im Zimmer, und eine Flasche Begrüßungschampagner steht in einem Kübel auf einem kleinen Holztisch direkt hinter den großen Glastüren, die zum Garten hinausgehen.

Nachdem der Portier sie verlassen hat, legen sie sich alle drei aufs Bett, das ist breit und weich, und der rote Stoff der Tagesdecke ist fest, aber dennoch seidig glatt und mit Goldrosen bestickt. Alles ist teuer hier, schwer, und Maia klettert über sie, sie küssen sich, und jetzt ist sie unten auf dem Boden, klopft gegen die Glastüren, die zum Garten führen, zeigt auf den Pool, sagt nim nim nim, und Rebecka lacht, ich glaube, sie will baden, was denkst du? Willst du mit deiner Tochter baden?

Ich will, aber ich schaffe es nicht, ich will, aber ich kann nicht, ich muss los, Marias Eltern treffen. Baden? Ich kann nicht baden, und Rebecka öffnet die Reisetasche, jede Menge Spielzeug, Brei, sie holt einen Bikini heraus, er ist hellblau und sitzt garantiert perfekt, und er fragt sich, wie sie nur ihre Form hält, sie isst alles, spielt kein Tennis mehr und macht auch sonst keinen Sport, aber so ist sie nun einmal, so war sie schon immer, an ihr bleibt kein Gramm Fett haften. Maias Badeanzug ist gelb-rosa gestreift, und Rebecka hat auch die Schwimmflügel eingepackt, ich habe vergessen, bei Carrefour einen Schwimmring zu kaufen, wie konnte ich nur? Und er fragt sich, ob die beiden im Eriksdalsbad waren, ob Rebecka dort geschwommen ist, draußen in der kalten Winterluft? Wie sahst du dabei aus? Wie saht ihr aus?

»Du schaffst es noch zu baden«, erklärt Rebecka und wirft ihm die neu gekaufte Badehose zu. »Der Pool sieht fantastisch aus.«

Er hilft Maia, sich auszuziehen, den Badeanzug anzuziehen, und sie wippt aufgeregt in den Knien, und Rebecka ist nackt, sie steht einen Meter von ihm und Maia entfernt, und für einen kurzen Moment ist sie ganz offen für ihn, sie schaut den beiden zu, und er möchte sie zum Bett tragen, ihre Haut an seiner spüren, ihre Finger auf seinem Rücken, fühlen, wie sie über die Narbe an seiner Seite streicht, sich daran erinnern, wie sie ihn gerettet hat.

mam mam

pap pap

Sein Blick lässt Rebecka zögern, dann zieht sie den Bikini an, und die blaue Farbe betont ihre Augenfarbe, ihre Augen sind grün, aber der Bikini macht sie blau.

Er schiebt die Türen auf, Maia zögert, dann tappt sie hinaus in den Garten, über die kleine gepflasterte Terrasse vor dem Zimmer, stößt gegen einen der Stühle, die um den weiß gestrichenen Eisentisch stehen, fällt fast hin, sie schwankt, hält sich aber aufrecht, und sie hat sich nicht wehgetan, läuft nur einfach weiter in den Garten, zum Pool, zum Wasser.

»Mama, Mama«, jubelt sie, und Rebecka hält mitten in der Bewegung inne, dreht sich zu ihm um und sagt, das ist das erste Mal, das hat sie noch nie gesagt, Mama, Mama, und schon ist Emme wieder da, wie sie in der Wohnung am Tegnérlunden den Laufwagen vor sich herschiebt, Papa Papa Papa, das Wort hallte durch die Wohnung, das erste richtige Wort, und Rebecka läuft Maia nach, er zieht sich schnell um, reißt sich die schmutzigen Kleider vom Leib, schlüpft in die militärgrüne Badehose, und mit schnellem Schritt folgt er ihnen, möchte laufen, aber er geht, passt sich an unter all den reichen, braun gebrannten und mit Schmuck behängten Menschen, die wie Walrosse oder magere Gnus in den Liegestühlen liegen. Einige schmunzeln über das kleine Mädchen, das begeisterte Rufe von sich gibt, als die Mama ihr die Schwimmflügel überstreift, und dann geradewegs in das blau schimmernde Wasser stolziert. Das Wasser teilt sich, und sie sinkt hinab, aber sofort kommt der

Kopf wieder zum Vorschein, und sie blinzelt das Wasser aus den Augen weg, hat keine Angst, ist nur glücklich, die reine Freude, und sie springen hinter ihr her, Rebecka ohne zu zögern, er selbst ist vorsichtiger, will keine Aufmerksamkeit auf sich ziehen.

Sie baden zusammen. Er hält Maia übers Wasser, lässt sie los, sie fällt hinein, und die Tropfen spritzen hoch bis zu den spitzen Palmenblättern, den Rosenbüschen und zu babyblauen, dicken Frotteehandtüchern und Gin Tonics in großen Gläsern, Milchshakes und Salaten, in denen magere, blasierte Frauen herumstochern.

Emme schwimmt ihm im Pool in Ko Chang entgegen. Weiter und immer weiter fort schwimmt sie, und trotzdem auf ihn zu, und er macht keine Fotos, aber sie schwimmt trotzdem in diesem Jetzt auf ihn zu, sie ist eine Bewegung, die das gesamte Wasser durchzieht, eine Strömung, eine Welle, die auf ihn zurollt, und er jagt die Welle, und Rebecka kommt zu ihm, umarmt ihn, flüstert ihm ins Ohr:

»Es ist okay, Tim. Du darfst ganz einfach diesen Augenblick genießen.«

Maia spielt im Wasser, bis ihre Haut ganz runzelig ist. Sie sitzen am Beckenrand, schauen ihr zu, und Maia vergisst, dass Rebecka und Tim dort sind, sie ist offen gegenüber all den Fremden, die mit dem kleinen, fröhlichen Mädchen planschen wollen, das einen rot gestreiften Wasserball vor sich herschiebt. Tim und Rebecka trinken ein Bier, und als Maia fertig ist mit Planschen, setzt bereits die Dämmerung ein. Sie ist etwas traurig, das Wasser verlassen zu müssen, isst Pommes frites und das Ei aus einem Club-Sandwich mit reichlich Mayonnaise, und sie selbst essen die Reste, sie haben beide keinen Hunger, und dann gehen sie zurück in ihr Zimmer, er trägt Maia, die bereits auf seinem Arm eingeschlafen ist, noch bevor sie die wenigen Meter zurückgelegt haben.

Sie schließen die Türen hinter sich, ziehen die Gardinen vor. Vorsichtig legt er Maia in das Kinderbett, und sie schnaubt, stößt die Luft aus wie ein sehr, sehr müder, aber dafür umso zufriedenerer Mensch, der gerade das Wichtigste seines Tagewerks erledigt hat.

Sie sind allein jetzt, er und Rebecka, nur sie beide sind wach, während das schlafende Kind schwimmt, weit in seinen Träumen schwimmt, und vielleicht tut das vermisste Kind das ja auch.

Aber sie darf jetzt nicht hier sein.

Nur uns gibt es, denkt Rebecka, und sie zieht das Bikinihöschen aus, lässt es auf den Boden fallen, und er kommt jetzt zu mir, legt die Arme um mich, und er ist warm, hart, weich, und er fingert an dem Verschluss des Oberteils herum, tastet auf ihrem Rücken entlang, bläst Luft gegen ihren Hals, und sie schnappt nach seinem Schlüsselbein, ist jetzt ganz nackt, seine Brust gegen ihre, und sie will es so, will es so sehr, dass sie fast das Bewusstsein verliert.

Er beugt sich hinab, und sie hilft ihm, die Badehose auszuziehen, er ist steif, doch dann steht er auf, und sie schaut ihn an, fällt auf die Knie, schluckt ihn, und er sagt, Mein Gott, Mein Gott, geht voran, und sie folgt ihm, zum Bett, und das Kind schläft, es gibt nur uns zwei, sie legt sich aufs Bett, ihre Beine ein offener Schmetterling, komm, komm, komm zu mir, und dann ist er dort, wie er es immer war und immer hätte sein sollen, Tim, zum Teufel, was tun wir, was haben wir getan, und sie bewegen sich miteinander, gegeneinander, wie keine zwei anderen Menschen es tun können. Gemeinsam einsam, für ein paar brennende Augenblicke fast doch nicht einsam.

Er zögert, wird ruhig.

Stößt jetzt tiefer, hinein in das, was sie als ihren Grund empfindet, langsam, dann ängstlicher, schneller, und dann wieder langsamer, als erwartete er in sich selbst und in ihr all ihre Erinnerungen. Ich habe dich vermisst, flüstert er, und sie will auch etwas sagen, bleibt aber stumm, und draußen am Pool wird jetzt Musik gespielt, unbekannte Töne und Takte, Dissonanzen und Rhythmus und Haut und Schweiß, und tief hinein, Tim, jetzt brodelt sie, wie der Schaum auf den Wellen an einem fernen Strand, wo ein erzürn-tes Meer sich aufs Land stürzt und die Menschen sich in allen Ecken und Winkeln der Erdkruste verstecken.

Wo bist du?

Ich zähle bis zehn.

Komm,

komm.

Und jetzt sind sie gekommen, zeigen sich, und genau in dem Augenblick ist es ihnen erlaubt zu verschwinden.

Sie nannten Maia ihr Überlebenskind, ihr Traumkind, das Kind, das in einer Nacht gezeugt wurde, die es nie so hätte geben dürfen.

Sie wurde im Karolinska geboren, spät in der Nacht, um 04.41 Uhr wurde sie herausgeschrien und -gepresst, und Tim nahm sie entgegen, er war dort, für wenige Sekunden gab es nur Maia, das Kind der Sehnsucht, ihre offenen Augen, die in seine schauten, die ersten Augen, die ihr begegneten. Sah sie, wie sich sein Blick veränderte, angezogen wurde von der geschlossenen Tür des Kreißsaals, sah sie ihn verschwinden? Hörte sie ihn denken, ich darf nicht hier sein, kann das nicht, das ist nicht richtig, ich habe es versprochen, ich muss gehen, begriff sie, dass er Emme sah, einsam irgendwo in einem finsteren Raum?

Wir müssen deine große Schwester finden, Maia.

Ohne sie sind wir nichts.

Als Tim wach wird, ist es Nacht. Er steht auf, zieht sich einen der weißen Bademäntel des Hotels über, das Frottee reibt an seiner Haut, gleichzeitig weich und fest. Er holt sein Handy, geht hinaus in den Garten, und die Luft ist schwerer als der Stoff, süßlich und gesättigt, die Feuchtigkeit legt sich auf den Palmenblättern und den Pappelstämmen zurecht.

Das Restaurant ist leer, es öffnet erst zum Frühstück, kein Mensch ist zu sehen. Die Füße werden in dem taufeuchten Gras kalt, und er setzt sich auf einen Liegestuhl. Liest über den Mord an der Frau des Vox-Politikers.

Es soll eine regelrechte Hinrichtung gewesen sein. Der Täter soll vor der Villa, in der sie wohnte, auf sie gewartet haben, sei dann hervorgetreten und habe ihr mehrere Kugeln erst in den Bauch geschossen, dann in den Kopf, um anschließend in einem gelben Wagen davonzufahren. Niemand hat sich die Automarke oder das Kennzeichen gemerkt, nur die Farbe. Gelb wie die verbrannte Landschaft.

Das Handy klingelt.

Clandestina. Die Seherin.

Was will die jetzt? Geht es um das Seil, das ich ihr gegeben habe? Er nimmt das Gespräch an. Hört sie atmen.

»Du bist nahe dran«, sagt sie.

»Weißt du, wo ich bin?«

»Nein, aber du bist nahe dran. Du bist nahe an deinem Mädchen.«

Wind zieht vom Meer herauf, rüttelt an den Palmenkronen.

»Lebt sie?«

»Dein Freund leidet.«

»Wer?«

»Er, der sich fragt, wer seine Mutter ist.«

»Warum rufst du mich an?«

»Ich sehe sie«, erwidert Clandestina. »Ich sehe sie, ich sehe sie alle.«

Dann legt sie auf, und Tim sitzt mit dem Telefon in der Hand da. Er starrt auf das Display, das Foto von Emme hinter den App-Logos, ihre Augen, die vor Neugier funkeln. Dann wird der Bildschirm schwarz, und sie sind allein, aber doch zusammen, scheinen sich aufeinander zuzuarbeiten, sind aber dennoch verlassen.

Alles gehört zusammen. Und nichts.

Salgado. Sie muss Salgado gemeint haben. Woher kennt sie ihn und seine Geschichte?

Geraubte Kinder, verschwundene Mädchen, und der Sternenhimmel ist ein Muster über ihm, unsichtbare Linien zwischen den leuchtenden Dioden.

Jemand raubt in diesem Moment Mädchen.

Schon früher wurden Kinder geraubt.

Aber die Wunden sind noch nicht lange verheilt, vielleicht sind sie immer noch offen.

Fügen sich die Geschichte und das Jetzt hier zu einem zusammen?

Er ruft Simone an. Sicher schläft sie, aber er muss es tun.

Ein Freizeichen nach dem anderen. Dann meldet sie sich, schneidet seine Gedanken wie eine Nabelschnur durch.

»Tim.«

»Es tut mir leid, wenn ich dich geweckt habe.«

»Das meinst du nicht ernst.«

»Doch, das meine ich.«

»Was willst du?«

Er holt tief Luft, kann spüren, wie der Duft all der Blumen im Garten seine Lunge erfüllt.

»Ich brauche deine Hilfe. Ein letztes Mal. Ich bin nahe dran.«

»Okay, um was geht es?«

»Hast du von den Kindern gehört, die unter dem Franco-Regime geraubt wurden? Die ihren biologischen Eltern weggenommen und regimetreuen Leuten mit den richtigen Kontakten gegeben wurden?«

Sie brummt zustimmend.

»Ich möchte, dass du dir eine Reihe von Namen vornimmst und sie auf alle möglichen Arten gegeneinander checkst, um herauszufinden, ob es da womöglich irgendwelche Verbindungen zu diesen Franco-Kindern gibt.«

»Gib mir alles, was du hast.«

Also rattert er Namen herunter, von Orten, Plätzen, von Menschen, auf die er bei seiner Suche gestoßen ist. Er nimmt alles mit. Selbst die Namen der Bulgaren. Vielleicht gibt es noch ganz andere Muster als jene, die er sehen oder erahnen kann.

»Ich werde es versuchen«, sagt sie und legt auf.

Er ruft Salgado an, doch ohne Erfolg.

Nach ein paar Minuten kommt eine SMS.

Ich fahre morgen nach Madrid. Werde meine Mutter besuchen. Muss jetzt schlafen. Viel Glück.

Er hat also eine Adresse herausbekommen. Gut. Was wird er ihr sagen, der alten Dame im Altersheim, die seine Mutter ist? Vielleicht können Jahre zu einem Augenblick werden. Wir hoffen es, du wie auch ich.

Tim geht zurück zum Zimmer und zieht den Bademantel aus. Er kriecht zu Rebecka ins Bett, legt sich dicht an ihren nackten Körper, schließt die Augen und spürt die dünne Luftschicht zwischen ihrer und seiner Haut.

Den Rest der Nacht schlafen sie. Rebecka steht um vier Uhr auf, gibt Maia ihren Brei, dann darf die Kleine zwischen ihnen liegen. Im Schlaf halten sie einander an der Hand, sind frei von Träumen, und hoch oben über ihnen hängen müde die Sterne in Erwartung, sich zurückziehen zu dürfen.

Tim wird vom Vogelgezwitscher im Garten des Hotels geweckt. Er steht auf, zieht sich seine neuen Kleider an, und Rebecka tut so, als schliefe sie, hört, wie er hin und her läuft, versucht, leise zu sein, was aber mit einem großen und schweren Körper wie dem seinen nicht einfach ist. Sie möchte, dass er bleibt, weiß aber gleichzeitig, dass das nicht möglich ist, also schläft sie wieder ein, und er trinkt in der Hotellobby eine Tasse Kaffee, an einer kleinen Frühstücksstation für Gäste mit früher Abreise, während er darauf wartet, dass der Portier mit dem Wagen kommt.

Er braucht gut zwei Stunden bis El Ejido, zuerst auf schmalen andalusischen Bergstraßen, die sich um die steilen Felswände und Abhänge schlängeln, dann immer geradeaus über die Ebene, auf der Orangen- und Zitronenbäume fast zusammenbrechen unter den reifen Früchten und sich große Arbeitstrupps von dunkelhäutigen Männern und Frauen in der Sonne abmühen.

Der offene, blaue Himmel, so klar, dass er zu der reinen Iris eines Kinderauges wird, eines Auges, das auf ihn hinunterstarrt. Francos Kinder, die Korruption, Vox. Wenn alles eine Farbe ist, ist kein Zusammenhang zu erkennen, ein Auge, das blinzelt, und du bist weg. Wir sind weg, Gefangene der Zeit genau wie die Immigranten, die auf den Obstplantagen arbeiten, die Arbeitslosen in den heruntergekommenen Häusern, die Frauen in den Clubs, ja, selbst Salgado und alle seiner Art.

Tim fährt Richtung Berja ab, vorbei an riesigen Gewächshäusern.

Der Ort liegt einige Meilen oberhalb von El Ejido, hat einen Bahnhof und mehrere Packzentralen für all die landwirtschaftlichen Produkte, die in der grünen Hügellandschaft rundherum angebaut werden, auf riesigen Fincas und Ländereien, die im Besitz der Erben der Conquistadoren sind oder im Besitz von Stierkämpfern aus armen Familien, die zeigen wollen, wie vornehm sie geworden sind.

Ein leerer Marktplatz, umringt von Mietshäusern, eine Kirche mit zwei Türmen, ein ziegelrotes Gemeindehaus mit einer spanischen Flagge neben der EU-Flagge. Zwei von drei Cafés scheinen dichtgemacht zu haben, und die leeren Ladenlokale haben *se vende*- und *se alquila*-Schilder in den Fenstern. Das ist der Teil Andalusiens, der am härtesten von der Krise getroffen wurde, das Andalusien, in dem die Vox-Partei stark geworden ist.

Miguel Albern.

Gavril Ivanović. Ermordet mit der gleichen Waffensorte.

Einer Glock, der üblichsten aller Schusswaffen, und Gorka Aguirres Worte: *Das kann die gleiche Waffe gewesen sein.*

Tim parkt auf dem Marktplatz. Er weiß, er sollte den Politiker näher unter die Lupe nehmen. Kann er sich mit den Bulgaren verschworen haben? Bestechungsgeld von ihnen genommen haben?

Er schickt Gorka diesbezüglich eine SMS, die jener sofort beantwortet.

Wir haben derartige Verknüpfungen nicht gefunden. Wir haben auch schon daran gedacht, aber es gibt sie nicht.

Tim liest die Antwort. Fragt:

Und die Frau, die gestern ermordet wurde, war das mit der gleichen Waffe wie bei Albern?

Könnte sein. Wir geben jetzt Gas. Und sind noch nicht durch mit Ivanovićs Fall.

Tim zögert auszusteigen. Sein Wagen steht hinter einem Taxi, und der Fahrer, ein Mann mit Bart und runden Wangen, starrt Tim im Rückspiegel an. Eine Gruppe von zehn Afrikanern in verschlissener Kleidung kommt um die Ecke, setzt sich in den Schatten der Sonnenschirme vor dem einzigen geöffneten Café. Ein Kellner kommt heraus, nimmt ihre Bestellung auf, zeigt aber mit seiner gesamten Körpersprache, dass sie hier nicht erwünscht sind.

Eine Frau steht von einer Bank auf und geht, als die Afrikaner sich setzen, schüttelt den Kopf und schaut Tim im Auto an, als fragte sie sich, was er hier zu suchen habe.

Er zögert immer noch. Vermag nicht auszusteigen. Welches Recht hat er, bei Maria de Dolores' Eltern hereinzuplatzen und sie an dieses namenlose Gefühl zu erinnern, das ihm nur allzu vertraut ist?

D as Haus, in dem die de Dolores wohnen, liegt in einer schmalen Gasse, in der es einigen struppigen Hunden gelungen ist, eine Mülltonne umzukippen, sodass sie jetzt mit ihren dreckigen

Schnauzen in den stinkenden Essensresten wühlen können. Das Mietshaus scheint fast in der Hitze zu schwanken, als ob die Stahlträger, die die Struktur aufrecht halten, nachgeben wollten.

Keine Gegensprechanlage. Die Haustür steht einen Spalt offen.

Tim betritt das Treppenhaus. Die weißen Wände zeigen Spuren von Möbeltransporten. Der Schweiß sammelt sich am Ende des Rückgrats, auf dem neuen Hemd zeigen sich Flecken. Die vier Treppen lassen Tim außer Atem kommen, und als er auf den Klingelknopf drückt, keucht er immer noch. Es ist kein Signal zu hören, also klopft er stattdessen. Geräusche hinter der Tür, eine Frau in seinem Alter öffnet. Sie schaut ihn mit schmalen Augen an, und aus der Wohnung schreit eine Männerstimme:

»Wer ist da?«

Die Frau gibt keine Antwort.

In der Wohnung stinkt es nach Zigarettenrauch, und Tim hat das Gefühl, als stieße der Atem des Mannes mit seinem zusammen, warme Luft gegen warme Luft, aber es gibt einen leichten Durchzug, der zu Tim durchdringt, vielleicht von einem Balkon.

»Was wollen Sie verkaufen?«

»Ich verkaufe nichts.«

»Tun nicht alle das?«

Die Frau zeigt ein schiefes Lächeln. Dann öffnet sie die Tür ganz, lässt ihn herein und stellt sich als Pilar vor, sagt, sie erkenne ihn wieder, und Rafael Sanchez habe gestern angerufen, um sie zu warnen, dass er möglicherweise kommen könnte. Sie haben sich in Málaga kennengelernt, in einer Selbsthilfegruppe für Eltern, deren Kinder verschwunden sind.

»Genau wie Ihre Tochter.«

Der Mann, schwer und massig, sitzt hingefläzt auf einem geblümten Sofa, das aussieht, als wäre es kurz davor, unter seinem Gewicht zu zerbrechen. Ein Bild aus Streichhölzern von der Stierkampfarena in Ronda hängt an der grauen Wand hinter ihm.

Er streckt seine Pranke aus.

»Paco.«

Tim ergreift sie und stellt sich selbst vor. Er hört, wie die Frau anscheinend nach etwas sucht, Schubladen werden herausgezogen. Er kann nicht sehen, ob sie in der Küche oder im Schlafzimmer ist, und er weiß nicht, ob er in Gefahr ist, denn er weiß gar nichts über diese Menschen. Vielleicht haben sie selbst mit dem Verschwinden seiner Tochter zu tun?

Er nimmt auf einem Stuhl Platz, und Pilar kommt zurück und setzt sich neben ihren Mann. Durch eine offene Balkontür kann man die Straßenhunde bellen und knurren hören, und eine Katze miaut, dann schreit sie.

Pilar hat ein Fotoalbum in der Hand. Sie öffnet das Album, legt es auf den Tisch vor ihm, zeigt schweigend auf die Fotos, und Tim holt tief Luft, denn das ist fast Emme, die er hier vor sich sieht. Fast. Ein Mädchen, ungefähr sechzehn, unglaublich niedlich, mit blondem Haar und Stupsnase. Ein klarer, intelligenter Blick, der zu einer Person gehört, die die ganze Welt besitzen, sie sich zu eigen machen will. Sie sieht anders aus als auf den Fotos in der Mappe. Hier hat sie nicht diesen misstrauischen Blick.

Er blättert. Fotos aus der Schule, von Freunden. Ein Gasthaus, ein Straßencafé, kaltes Herbstlicht mit einem ausladenden Apfelbaum im Hintergrund. Die Jacke, die sie trägt. Eine rosa Emme-Jacke. Exakt die gleiche Jacke, bei ihrem Anblick zieht sich sein Magen zusammen. Der Stoff, Satin, ein rosa Himmel vor einem blaugrauen Himmel.

»Wann wurde das Foto gemacht?«

»Ihre Tochter hatte auch so eine an, als sie verschwand, nicht wahr?«, fragt Pilar.

Paco sagt: »Im November 2018.«

Tim erinnert sich daran, was er in Gorkas Akten gelesen hat. Dass Maria auf einer Strandparty beim Melià Don Pepe gewesen und dann verschwunden ist. Wahrscheinlich ertrunken. Es stand dort nichts von Problemen in der Familie, aber Tim kann verstehen, dass sie von hier fort wollte und jede Möglichkeit nutzte, um weiterzukommen. Ein Mädchen wie sie, ein Emme-Mädchen, will mehr.

»Sie wäre nie ertrunken«, sagt Pilar. »Jemand muss sie vom Strand entführt haben, oder irgendwo in der Nähe.«

»Die Polizei hat nichts rausgefunden«, fügt Paco hinzu, und jetzt klingt seine Stimme jämmerlich.

»Die haben überhaupt nichts gemacht«, ergänzt Pilar.

»Nicht einmal die glauben, dass sie ertrunken ist. An der Stelle ist es ganz seicht.«

»Was glauben Sie dann?«

»Wie ich gesagt habe: Dass jemand sie mitgenommen hat.«

»Hatten Sie häufig Streit?«

Maria de Dolores' Eltern sehen einander an, der Mann nickt.

»Ja, es gab Streit. Sie hat Drogen genommen, ist in schlechte Gesellschaft geraten, hat sich mit diesen verdammten Afrikanern getroffen. Die kommen her und nehmen uns unsere Jobs weg, dann sollen sie zumindest unsere Töchter in Ruhe lassen.«

»Die können es gewesen sein, die sie mitgenommen haben«, ereifert Pilar sich, »diese Afrikaner.«

»War sie an dem Abend mit irgendwelchen Afrikanern zusammen?«

»Nein, aber die können ihr und ihren Freunden gefolgt sein.«

»Hat die Polizei irgendwelche Beweise dafür gefunden?«

»Die Polizei hat gar nichts getan.«

Marias Vater zieht den riesigen Bauch ein, lehnt sich zurück, zündet sich eine Zigarette an und stößt den Rauch aus.

»Die sollten diese Afrikaner zurück in die Wüste schicken. Es wäre besser, wenn wir stattdessen Vietnamesen und Kambodschaner herholen für die Ernte. Die Asiaten wissen, wo ihr Platz ist. Die Afrikaner sind alles nur Diebe.«

Redete ich so wie er, du würdest mich anschreien, Emme, würdest brüllen, ich solle die Schnauze halten.

»Haben Sie irgendwelche Namen? Von Afrikanern, von denen Sie glauben, sie hätten etwas mit dem Verschwinden Ihrer Tochter zu tun? Oder welche, die sich mit ihr getroffen haben sollen?«

Paco zögert mit der Antwort. Schaut seine Frau an, die vorsichtig nickt.

»Da waren zwei, aber die sind wieder nach Hause gezogen, nachdem sie uns ausgesaugt haben. Und die hatten ein Alibi.«

Paco schaut Tim an, drückt seine Zigarette in einem überquellenden Aschenbecher aus, der auf dem kleinen Beistelltisch steht.

»Eines müssen Sie wissen. Als die Krise kam, haben drei der kleinen Fabriken hier in der Gegend dichtgemacht. Hunderte haben ihren Job verloren. Mich haben sie auch gefeuert, ich hab als Vormann auf der Finca Navarro bei Marbella gearbeitet. Sie haben so einen verdammten Afrikaner eingestellt, mit Ausbildung an irgendeiner Universität in Nigeria. Was sagen Sie dazu? Begründet haben sie es damit, dass er die Sprache kann und mit der Hälfte des Lohns zufrieden ist. Und jetzt schreiben diese Idioten von Wichtigtuern in *El Mundo*, dass die Afrikaner gut für die Wirtschaft sind. Wessen Wirtschaft bitte schön? Können Sie mir das verraten? Gehen Sie in die Küche und machen Sie den Kühlschrank auf, da sehen Sie nur Lebensmittel, die die Kirche uns gegeben und die Stütze uns bezahlt hat. Für solche wie uns gibt es keine Jobs. Und jetzt haben sie auch noch unser Mädchen gestohlen.«

»Was ist mit Ihrem Haus in Marbella passiert?«

Die beiden sehen einander stumm an.

»Wir konnten die monatlichen Raten nicht mehr bezahlen«, erklärt schließlich Pilar. »So einfach ist das.«

Auf dem Weg hinaus erhascht Tim einen schnellen Blick in ein kleines Schlafzimmer mit Plakaten von Metalbands an den Wänden.

Slayer.

Megadeth.

Das muss Marias Zimmer gewesen sein.

Aus einem offenen Schrank ragen zwei Gewehrkolben hervor, allem Anschein nach Jagdwaffen.

Er verlässt die Wohnung. Die Hunde und Katzen sind verstummt, er geht zurück zum Marktplatz.

Gerade als er um die Ecke biegt, springen alle Afrikaner auf, sie schreien, zeigen in seine Richtung, es sieht aus, als suchten sie Schutz, und instinktiv wirft Tim sich zur Seite, hört die Schüsse, spürt, wie eine Kugel an seinem Ohr vorbeizischt, die Heckscheibe des Autos zertrümmert, und Glassplitter spritzen über seine Wange, wo eine Scherbe die Haut mit einem perfekten kleinen Schnitt teilt.

Ein Schuss, dann noch einer.

Wohin kann ich fliehen?

VIER

Maia spielt im Garten, sie hält sich an einem Stuhl fest und versucht, einen Wasserball zu erreichen, sie beugt sich weit vor, doch das genügt nicht, und sie traut sich nicht, den Stuhl loszulassen, weiß, dass sie dann nach vorn fallen kann. Rebecka will schon von ihrem Liegestuhl aufstehen und ihr helfen, aber dann bleibt sie doch sitzen, spürt die kühle Luft aus der Klimaanlage in dem Zimmer hinter sich im Nacken, und sie tut so, als wäre dieser Luftstrom warm, als wäre es Tims Atem letzte Nacht.

Der Garten, der vor ihr liegt, ist wunderschön, rote und rosa Rosen hängen über ihrer Terrasse in einem unglaublichen Arrangement herab, und der Rasensprenger hält das kräftige Gras am Wachsen. Oben am Pool sind alle Liegestühle besetzt, aber es ist trotzdem ruhig dort, Maia ist das einzige Kind weit und breit. Rebecka hat an der Rezeption nach einem Babysitter gefragt, den gibt es hier im Hotel, also können vielleicht Tim und sie heute Abend nur zu zweit essen gehen, im Restaurant des Hotels. Das Gartenrestaurant, in dem sie und Maia gefrühstückt haben, war traumhaft, mit riesigen Kerzenleuchtern, deren Arme von dem Wachs bedeckt waren, das heruntertropfte und schmutzig weiße Eisberge bildete. Freundliche Kellner, »die Ladys kommen doch sicher heute Abend wieder zum Essen?«

Es ist Wahnsinn, dass sie hier sind. Und das weiß sie. Dennoch müssen sie hierbleiben. Wir Menschen entscheiden nicht immer, wo wir landen, zumindest nicht in dem Ausmaß, wie wir es denken. Im Safe liegt das Geld, jede Menge Scheine, sie weiß nicht, woher die stammen, und sie fragt sich, ob die Männer, die Tim gejagt haben und die vielleicht eine Verbindung zu den Bulgaren in Stockholm haben, sie hier finden können. Aber wie sollten sie? Schließlich haben sie unter Rebeckas Mädchennamen eingecheckt, Persson, bar bezahlt, und Tims Daten stehen nicht mal im Buchungssystem. Dieser Kokon hier ist warm und sicher, hier kann nichts Böses geschehen.

Eigentlich möchte sie Tims Platz einnehmen. Sie möchte diejenige sein, die sich den größten Gefahren aussetzt, aber er kann das hier besser als sie. Schließlich ist er der ehemalige Polizist.

Maia lässt den Stuhl los. Streckt die Arme nach dem Ball aus, der nun wegrollt.

Dann fällt sie hin.

Wo kommen die her? Wer ist das?

Tim schaut hinter dem Wagen hervor, er muss es riskieren, und sofort schlägt eine Kugel in die Reste der Heckscheibe ein, irgendwie von der Seite her, und die Glassplitter rieseln auf ihn herab. Durch die Scherben kann er einen der Bulgaren von Burovs Haus in Fuengirola erkennen, er ist halb verdeckt von einem Pfeiler, aber die Schüsse, die in die Wagenseite einschlagen, kommen aus einer anderen Richtung, also müssen die Verfolger mindestens zu zweit sein. Es sind vielleicht zwanzig Meter bis zu einer Gasse hinter ihm, die vom Marktplatz wegführt, er kann dorthin sprinten oder versuchen, sich in den Wagen zu setzen, oder er könnte sich über den Platz schlängeln, auf den schmutzigen Pflastersteinen, vielleicht schafft er es so.

Polizeisirenen in der Ferne, sie kommen näher, immer näher, und er legt sich auf den Boden, schaut unter dem Auto hindurch. Zwei Paar Beine, und er schießt in die Luft, sie bleiben stehen, ziehen sich zurück, und die Sirenen können jetzt nur noch wenige Hundert Meter entfernt sein. Rufe auf Bulgarisch, aufgebrachte Stimmen in irgendeiner afrikanischen Sprache, und wieder erklingen die bulgarischen Stimmen, ertrinken in dem Geheul der Sirenen, dann das Geräusch einer Autotür, die zugeschlagen wird, und eines Motors, der startet. Ich muss weg hier, weg, das weiß er, er kann jetzt hier nicht von der Polizei gefasst werden, im Gefängnis landen, und er springt auf, rennt, hofft, dass die Bulgaren verschwunden sind, rechnet mit einer Kugel, die ihn im Rücken trifft und ihn lähmt, ihn zu Boden fallen lässt, aber es kommt keine Kugel.

Nur Sirenen, aber weiter weg, und er läuft durch die Straßen, hinaus in Richtung Stadtrand. Schon bald werden die Häuser niedriger, dann gibt es sie gar nicht mehr, und bald befindet er sich auf einem unbefestigten Weg, der hinab führt, er ist gesäumt von zusammengesunkenen Zelten mit Feuerstellen und Campingkochern davor. Hier wohnen sie alle, die in den Gewächshäusern arbeiten. Sein Herz hämmert im Brustkorb. Er dreht sich um. Niemand verfolgt ihn.

Er wird langsamer.

Verfällt in Schritttempo.

Schnappt nach Luft.

Tim versucht herauszufinden, wo er ist, in der Ferne erahnt er eine größere Straße, das muss die sein, auf der er hergefahren ist. Er sieht die Umrisse einer Tankstelle, und er geht über ein Feld auf die Tankstelle zu, versucht, sich hinter den wenigen verkrüppelten Büschen zu verstecken, aber wer nach ihm Ausschau hält, der kann ihn auch sehen.

Ein Repsol-Schild.

Er hockt sich hin, zieht das Handy aus der Gesäßtasche und ruft Rebeckas Nummer an. Ein, zwei, drei Freizeichen.

Vier, fünf, dann meldet sie sich, und Maia lacht im Hintergrund, sitzen sie am Pool?

»Ich bin in Berja. Du musst herkommen und mich abholen.«

»Ist was passiert?«

»Ich musste den Wagen zurücklassen.«

»Was ist passiert?«

»Die Bulgaren.«

Sie gibt sich mit dieser Erklärung zufrieden, will nicht mehr wissen. Ein kleiner Skorpion krabbelt zwischen seinen Beinen hindurch, rotbraun, auf der Jagd, mit hochgestelltem Stachel, und er tritt ein Stück zur Seite.

»Ich kann Maia nicht allein lassen.«

Daran hat er nicht gedacht. Der Gedanke ist ihm überhaupt nicht gekommen. Natürlich kann sie Maia nicht mitnehmen, aber sie muss es tun.

»Du musst mich hier abholen.«

»Aber wie denn, Tim? Kannst du nicht von dort, wo du bist, ein Taxi nehmen?«

Das Taxi auf dem Marktplatz, der Fahrer, der ihn anstarrte.

»Hier in diesem Kaff gibt es kein Taxi«, lügt er. »Und wenn es eins gäbe, woher wissen wir, dass es sicher ist?«

Paranoid, denkt Tim. Ich bin paranoid.

»Okay, was soll ich also tun?«, fragt Rebecka. »Sie mitnehmen?«

Und er kann ihrer Stimme anhören, dass sie kommen will, spürt ihre Entschlossenheit. Die sie bereits hierher getrieben hat.

»Du bist clever, du findest schon eine Lösung. Wenn du kurz vor Berja bist, halt an der Repsol-Tankstelle und ruf mich an. Du kannst mich dort aufsammeln.«

»Ich nehme Maia mit«, sagt sie, und was soll er darauf erwidern? Nein. Ja.

Das ist ihre Entscheidung.

»Dann bis später«, sagt er. »Küsschen.«

»Küsschen? Als würde ich an einem gewöhnlichen Dienstag zur Arbeit gehen?«

»Entschuldige.«

»Du darfst gern ›Küsschen‹ sagen, Tim. Für ein paar Sekunden habe ich mich ganz normal gefühlt.«

Der Babysitter kommt nur fünfundvierzig Minuten nachdem Rebecka bei der Rezeption angerufen und gefragt hat.

Hundert Euro die Stunde.

»Sie kann bis zehn Uhr abends bleiben, kein Problem. Das ist eine zuverlässige Frau.«

Die Frau ist etwa Mitte vierzig. Sie hat dunkle Haare, trägt die weißen Shorts des Hotels und ein hellblaues Polohemd. Sie übernimmt sofort das Kommando, grüßt, setzt sich auf den Zimmerboden und spielt mit Maia. Die Türen zur Terrasse sind zugezogen. Die Gardinen auch, eine scheinbar frühe Nacht.

Maia freut sich, sie scheint Caterina, wie sie heißt, zu mögen. Das wird gut gehen, ich muss los. Ich kann nicht los, kann sie nicht zurücklassen, Rebecka ist jetzt ein einziges schwarzes Loch, sie hat das Gefühl, an allen unmöglichen Entscheidungen und Pflichten zugrunde zu gehen. Niemand kann wissen, dass wir hier sind.

Sie sieht Ivana vor sich, die Männer, die sie begleiteten. Vielleicht haben die Bulgaren uns doch hier schon gefunden? Sie haben Tim in Berja gefunden.

Nein.

Nein.

»Sie können beim Zimmerservice Spaghetti bestellen. Mit Butter. Das mag sie. Und Vanilleeis. Gegen halb zwei, und danach schläft sie immer. Bleiben Sie hier im Zimmer. Öffnen Sie nicht, wenn jemand klopft, von dem Sie nicht wissen, wer es ist. Sondern rufen Sie dann den Sicherheitsdienst.«

Caterina schaut zu ihr auf. Begegnet ihrem Blick. Nickt, sagt jedoch nichts, hält nur Rebeckas Blick fest, und ihre Augen sind dunkel und vertrauenerweckend, als spürte sie, wie aufgeregt Rebecka hinter der ruhigen Fassade wirklich ist.

»Sie sind Ärztin, richtig?«, fragt Caterina.

Woher kann sie das wissen?

»Das sehe ich an Ihren Händen. Sie bewegen die Finger wie ein Chirurg. Normalerweise bin ich OP-Schwester. Das hier ist mein Nebenjob.«

Lügt sie? Ist das Ganze hier eine dumme Idee? Aber diese Caterina scheint die Freundlichkeit in Person zu sein, absolut zuverlässig.

»Haben Sie selbst Kinder?«, fragt Rebecka.

»Nein. Ich hatte mal einen Freund, aus Schweden, wie Sie. Aber irgendwann war Schluss mit ihm. Und seitdem habe ich keinen neuen mehr gefunden.«

»Ein Schwede?«

»Aus Stockholm. Er hieß Carl.«

»Was ist passiert?«

»Eine Menge dumme Sachen. Aber das ist jetzt lange her.«

Rebecka nickt.

Was ist in Berja passiert?

Die Bulgaren.

Ist Tim in Ordnung?

Sie wagt es nicht, unnötig anzurufen, wenn er sich nun versteckt und das Telefonklingeln ihn verrät?

»Wann sind Sie zurück?«, fragt Caterina.

»Nicht zu spät«, antwortet Rebecka und überlegt, ob sie sich hinausschleichen oder sich lieber von Maia verabschieden soll. Das eine ist genauso falsch wie das andere. Sie geht zu Maia, hockt sich hin, drängt sich dem beschäftigten Kind auf, umarmt es, sagt: »Mama muss für eine Weile weg, aber ich bin bald zurück.«

Caterina lächelt.

»Das wird schon gut gehen. Wir sind bereits beste Freunde.«

Rebecka will sie warnen, ihr sagen, dass sie auf der Hut sein soll, dass jemand kommen könnte, aber wer? Hier besteht keine Gefahr, hier ist es sicher, niemand wird es wagen, in dieses Hotel zu stürmen und einem Kind Schaden zuzufügen.

»Ich hole nur Papa«, sagt sie und umarmt Maia noch einmal, sie ist so klein und weich, und sie duftet wie Emme.

Rebecka saugt diesen Duft tief ein. Mit einem langen, entschlossenen Atemzug.

Dann geht sie.

Tim hat hinter einem stacheligen Gebüsch einen schattigen Platz gefunden. Er geht auf die Homepage des *Diario de Mallorca*.

Ganz unten auf der Seite findet er das, was er nicht sehen will, von dem er jedoch geahnt hat, dass es kommen wird. Eine Notiz über den Mord an Branka. Darüber, dass die Polizei im Zusammenhang mit diesem Mord einen Mann skandinavischer Herkunft sucht, einen nicht identifizierten Mann, der die ermordete Frau im Melià Palma Bay getroffen haben soll.

Versuchen Salgado, Gener und die anderen, Druck auf mich auszuüben? Aber warum?

Er ruft Axel Bioma an.

»Tim! Wie hältst du das nur in der Hitze aus?«

Doch der hat keine Lust auf Small Talk.

»Diese Notiz über den Mord an der Prostituierten im Krekovic-Park. Was weißt du darüber?«

»Gar nichts. Das habe ich nicht geschrieben. Du kennst doch Salgado. Frag den.«

»Stell dich nicht dümmer, als du bist, Axel.«

Schweigen.

Dann: »Bist du derjenige, den sie suchen?«

»Die wissen, dass ich das bin, deshalb wundert mich, dass sie das durchsickern lassen. Glauben sie etwa, ich hätte sie ermordet?«

»Würden sie es dann nicht eher wagen, dich darauf festzunageln? Es sieht doch viel mehr ganz so aus, als wollten sie etwas von dir.«

»Aber warum dann dieses Versteckspiel?«

»Weil es nicht nötig ist, mit offenen Karten zu spielen.«

Tim schließt die Augen, lauscht den Autos weiter hinten auf der Straße. Inzwischen sind zwei Stunden vergangen, es wird Zeit, dass Rebecka kommt.

»Du hast niemanden getötet, das weiß ich, Tim. Das ist nicht dein Stil.«

Horrachs blutige Masse, wo vorher das Gesicht war.

Und ich könnte wieder töten.

»Das habe ich auch nicht.«

»Ich werde mich mal umhören«, sagt Axel. »Was die Polizei weiß und was nicht. Aber das wird einiges kosten.«

»Ich bezahle nächstes Mal, wenn wir uns sehen. Danke.«

»Tausend.«

»Okay.«

Sie legen beide auf. Schweiß läuft Tim in den Nacken, die Luft flirrt vor Hitze.

Eine halbe Stunde verstreicht.

Das Telefon klingelt. Es ist wieder Axel.

»Offensichtlich wissen sie nicht, wer der Mann im Hotel war, wer mit ihr dort war. Auf dem Foto kann man sein Gesicht nicht sehen, und das ist doch möglicherweise ein Glück?«

»Das ist wie ein Sechser im Lotto.«

»Sei vorsichtig«, bemerkt Axel noch und legt wieder auf.

Tim hockt sich in den Schatten. Er spürt, wie die Zeit vergeht, fragt sich, was Rebecka wohl mit Maia gemacht hat, vielleicht kommt sie gar nicht, will Maia weder allein lassen noch sie mitnehmen, aber sie muss sie im Hotel zurückgelassen haben, dort ist es für sie sicherer als hier, und dann klingelt wieder das Handy.

Rebecka.

»Ich bin an der Tankstelle. Komm her.«

Er steht auf, überquert den verbrannten Acker, bewegt sich vorsichtig auf den Horizont zu, wo eine ockerfarbene Linie eine Grenze zu dem ätzendblauen Himmel bildet.

Dann läuft er los.

Wenn sie nun an der Tankstelle auf mich warten? Aber wieso sollten sie auf die Idee kommen, dass ich dort bin? Monster gibt es überall. Er weiß das. Sie wissen das.

Ein weißer BMW. Sie hat einen BMW gemietet, er steht neben einer Dieselzapfsäule. Eine offene Tür, Rebecka auf dem Fahrersitz, und er springt hinein, zieht die Tür hinter sich zu, und er streckt sich zu ihr, küsst sie und kann ihre Zungenspitze fühlen, bevor sie sich zurückzieht.

Sie schaut ihn an, während sie den Wagen startet, und schenkt ihm einen Blick, wie er Fremden zugedacht ist, einem Menschen, den man nicht versteht, der ganz andere Erfahrungen gemacht hat als man selbst.

»Ein Babysitter passt auf Maia auf«, erklärt sie und fährt auf die Straße.

»Wir müssen zurück.«

Ich bin noch klein. Ich stehe an einem Tisch, und meine kleinen Hände sind hell auf einer noch helleren Tischplatte. Das muss ein Wohnzimmertisch sein, vielleicht in einem Hotelzimmer, auf einer der Reisen, von denen ihr mir erzählt habt, an die ich mich aber nicht mehr erinnern kann, anders als jetzt.

Aber wann ist jetzt?

Die Zeit, das ist die Luft um mich herum, das sind die Wolken und der Regen, die Schwärze der Nacht und die funkelnden Sterne hinter dem Glas.

Die anderen, das seid nicht ihr. Und wir können sie dort draußen nur erahnen. Ist es einer, sind es mehrere? Ich weiß es nicht, Papa.

Die Zeit, das ist die Luft, die ich atme, aber was für eine Luft ist das? Wie alt bin ich, wie alt kann ich werden? Wenn ich die Augen schließe, sehe ich einen Garten und eine Frau in einem weißen Kittel, ist sie die Putzfrau, jemand, der das Zimmer sauber machen soll, und sind es Mama und Papa, die ich sehe, sind es ihre Silhouetten dort in der Ferne?

Ich versuche mir einzubilden, dass es die Zeit nicht gäbe. Aber die Zeit, es gibt sie, und ich bin eine andere.

Das Mädchen, das ich einmal war, ist verschwunden.

Für immer.

Ich stelle mir ein Kind vor. Dass es jemanden vor mir gab, dass es jemanden nach mir geben wird, dass es jemanden gibt, der auf mich wartet, auf der anderen Seite der Glasscheibe, dort, wo die Welt sein muss.

Ich lebe.

Ich bin am Leben, Papa, Mama.

Meine Hände.

Eine Glasscheibe, und ich höre eine der anderen, sie singt, und ich trommle den Takt dazu auf die Glasscheibe, ich öffne die Augen, doch den Himmel gibt es hier nicht.

Vielleicht bin ich ja noch das kleine Mädchen. Das neben einem Tisch mit Glasscheibe steht, sich mit den Fingerspitzen festhält, indem es diese auf das Glatte, Lauwarme presst.

Vielleicht ist es meine Zunge, die sich bewegt.

mam mam

pa pa

Gern würde ich sagen, dass es nicht so schlimm ist. Aber ihr müsst kommen.

Das müsst ihr.

Seid ihr es, die da gerade durch den Garten herankommen, zu mir?

Oder ist das jemand anderes?

Rebecka drückt das Gaspedal immer weiter durch. Es gibt nur die Straße, nichts sonst, keine Häuser entlang der Golden Mile, keine roten Porsches, gelben Lamborghinis, keine orientierungslosen, sonnenverbrannten Briten auf den Bürgersteigen.

Zunächst sind sie schweigend gefahren. Sie hat gewartet, dass er etwas sagt, wollte nicht fragen, was passiert ist.

»Sie sind hinter mir her«, erklärt Tim schließlich. »Ich weiß nicht, warum, aber sie sind hinter mir her, anscheinend wollen sie, dass ich etwas für sie tue.«

Sie versteht nicht, was er damit meint, was soll er tun? Es müssen die Bulgaren sein, die hinter ihm her sind.

»Sie versuchen, mir einen Mord in die Schuhe zu schieben. Wollen, dass ich etwas tue, aber ich verstehe nicht, was.«

Nicht die Bulgaren.

Die Straße. Dort das Eingangsportal des Hotels, hin zu Maia, die jetzt schläft oder sich im Hotelzimmer an der Tischplatte entlanghangelt, zur Decke hochschaut und eine Lampe sieht, die der Sonne ähnelt.

»Wer?«

»Was meinst du mit Wer?«

»Wer versucht, dir was anzuhängen?«

Sie wird langsamer. Wartet, dass die Gegenfahrbahn frei wird.

»Willst du das wirklich wissen? Ich weiß es selbst nicht. Nicht sicher. Aber das hat mit dieser alten Bande zu tun, Salgado und die.«

Autos in stetem Strom. Keine Chance, auf die andere Seite zu kommen.

»Natürlich will ich das wissen.« Die Wut steigt in ihr hoch. »Ich will alles wissen.«

Immer weitere Autos. Sie trommelt auf das Lenkrad. Und er erzählt ihr von den Zusammenhängen zwischen Salgado, Gener und dem Mord an Branka. Dass es die Bulgaren gewesen sein können, oder Gener, der das Ganze in Szene gesetzt hat, um ihn damit unter Druck zu setzen.

Endlich eine Lücke.

Sie biegt ab, fährt auf den Hotelparkplatz, dort gibt es sogar einen freien Platz im Schatten einer Palme.

»Sie nutzen mich aus.«

»Wenn sie dich ausnutzen, dann nutzen sie uns aus.«

Die Wut ist verflogen. Manchmal ist es das Sicherste, nichts zu wissen, doch dafür ist es jetzt zu spät.

Maia.

Der Motor verstummt, und das Brummen der Autos auf der Golden Mile dringt in das Fahrzeuginnere, die Palmenkrone über ihnen schüttelt sich in dem leichten Wind und produziert ein merkwürdig zischendes Geräusch.

Sie öffnet die Wagentür. Der Türgriff, warm in ihrer Hand.

Sie sollte mehr fragen, alles wissen.

Ich weiß genug.

Sie muss jetzt nur raus aus dem Auto, kann nicht auf Worte warten, auf Fragen, die formuliert werden müssen, und Absichten, die sie nicht verstehen kann. Sie läuft. Es ist heiß, ein Paar in weißer Kleidung muss ihr ausweichen, sie läuft hinunter in den Garten, kann nicht auf Tim warten, du musst dort sein, Maia. Es gibt keinen Grund zur Beunruhigung; vorhin, als sie von der Autobahn abbogen, hat sie noch angerufen, und Maia war im Zimmer, sie schlief laut Caterina, die ganz ruhig klang, nichts war passiert. Maia hatte gespielt, Spaghetti gegessen und war dann eingeschlafen, wie die flüsternde Babysitterstimme berichtete.

Ihr kleines Mädchen schläft.

Sie ist hier.

Was Sie auch zu tun haben, Sie brauchen sich keine Sorgen zu machen.

Noch mehr Palmen, Gras unter den Füßen, braun gebrannte, fette Körper um den Pool mit weiß gestrichenem Betonrand.

Das schimmernde Poolwasser.

Die Glastüren sind geschlossen, die Gardinen vorgezogen, und Tim ruft hinter ihr:

»Immer mit der Ruhe, Rebecka, sie ist hier. Sie ist hier.«

Bist du hier, Emme?

Rebecka hört die Sehnsucht in seiner Stimme, und sie weiß, es ist ihre einzige Chance, sie müssen Emme finden, tot oder lebendig, auf welche Weise auch immer, sonst wird das hier niemals klappen, der Spürhund, der er ist, wird weiterschnüffeln, bis er umfällt, erschöpft keuchend, am Ende all seiner Kräfte, mit einem Herzen, das aufhört zu schlagen, und einem Gehirn, das wie ein müder Stern erlischt.

Vorsichtig öffnet Rebecka die Tür, ruft in den Raum hinein. Es ist dunkel hier drinnen.

»Maia, Maia, bist du da?«

Alles ist still.

Sie wird sicher schlafen.

Maia.

Wo bist du?

Tim, sie spürt ihn jetzt nahe neben sich, seine Hände auf den Schultern, sanft, aber entschlossen, und er sagt,

»Rebecka, sie ist hier, sie hat vor zehn Minuten geschlafen und sie wird immer noch schlafen.«

Wenn man jemanden nicht sieht, gibt es ihn nicht. Man weckt sein schlafendes Kind nicht, verschwindest du aus dem Raum, bist du für alle Zeit fort.

Du bist ein flüchtiger Atemzug.

Sie tastet nach einem Lichtschalter. Findet keinen.

»MAIA.«

»Bleib ruhig.«

Erzähl mir nicht, dass ich ruhig sein soll, Tim, erzähl mir das nicht, und er sagt nichts mehr, hält sie nur an den Schultern, und dann wird eine Lampe am Bett eingeschaltet, und zuerst sehen sie Caterinas Gesicht, eine Falte zwischen den Augenbrauen, und dann Maia, müde, gerade aufgewacht im Arm eines fremden Menschen, sie blinzelt, versucht zu verstehen, wo sie ist, wer sie ist, und hinter ihr schimmert die Glasscheibe des Wohnzimmertisches gelb im Licht einer der Nachttischlampen.

Maia.

»Da ist sie.«

»Ich wollte sie nicht aufwecken«, sagt Caterina entschuldigend.

Rebecka nimmt Maia aus den Armen der Babysitterin. Drückt sie an sich, als handelte es sich um das einzige Gewicht, das sie noch auf der Erde festhält.

Caterina bekommt hundert Euro Trinkgeld, das ist viel zu viel, aber sie sah etwas verängstigt aus, und Tim wollte, dass sie sich an etwas anderes erinnert und nicht an einen Vorfall, der sie vielleicht auf die Idee bringt, dass diese Schweden doch keine Gäste wie alle anderen sind.

Inzwischen ist Maia munter geworden, schwankend steht sie auf der anderen Seite des Couchtisches, fährt mit den Fingern über die glänzende Oberfläche, brummt, klingt fast wie ein Hund, gurgelt vor Freude darüber, am Leben zu sein.

Rebecka sitzt neben ihr auf dem Sofa. Ihr Atem geht immer noch stoßweise, flach, als bekäme sie nicht genug Luft, als liefe sie Gefahr, dass der Sauerstoff ihr für alle Zeiten ausginge.

Er nimmt ihre Hand. Doch sie entzieht sie ihm. Nickt, schluckt Luft hinunter, versucht das ruhige Atmen wiederzufinden, doch das gelingt ihr nicht. Es ist, als bestünde ihre ganze Person nur aus lautloser Panik, als stünde sie am Rand der Welt und müsste sich entscheiden: springen oder einen Schritt zurücktreten. Und er weiß, dass sie genau wie er beides gleichzeitig tun will.

Stolpern, fallen, direkt in all das fallen, was verloren gegangen ist.

»Das hier muss ein Ende haben«, sagt sie, und sie will noch etwas hinzufügen, wird aber vom Piepen seines Handys unterbrochen.

Eine SMS von Gorka Aguirre.

Es ist dieselbe Waffe. Beim Vox-Mord wie auch beim Mord an Ivanović.

Auch dieses Mal antwortet Tim Gorka nicht. Er beruhigt Rebecka. Hält sie in den Armen.

»Ich bin okay«, sagt sie.

Er geht zum Pool, wo die letzten Gäste ihre Sachen zusammenpacken.

Das Telefon wiegt schwer in der Hand, als er die Nummer wählt, als hätte der Tag ihm alle Kraft aus dem Körper gesogen.

»Simone.«

Er sagt ihren Namen etwas zu laut, zwei ältere Gäste, die sich bereits fürs Abendessen umgezogen haben und auf einer Nachbarterrasse sitzen, heben den Blick, schauen ihn vorwurfsvoll an, er möge doch bitte leiser sprechen.

Er nickt in ihre Richtung, lässt sich auf einem der Liegestühle nieder, und das Polster ist weich wie eine soeben gelandete Wolke.

Der Himmel hat sich rosa gefärbt.

Rosa wie deine Jacke.

»Ist alles in Ordnung?«, fragt Simone.

»Alles ist in Ordnung.«

»Hast du etwas von der Polizei gehört? Ich nehme an, dass du der Mann bist, den sie im Zusammenhang mit der Bulgarin suchen?«

»Das bin ich.«

»Ja, und?«

»Ich weiß nicht, was ich glauben soll.«

»Hast du mit Salgado gesprochen?«

»Ja.«

»Und was hat er gesagt?«

»Nichts, was Klarheit in die Sache bringen könnte.«

Eine weiße Taube hebt von einem Dachfirst ab, wird zu einem Schmetterling, als sie durch die heiße Luft flattert, vorbei an grünen Palmenblättern und beschnittenen Zypressen.

»Ich habe etwas für dich«, sagt Simone zögernd.

Sie macht eine Pause, als wisse sie etwas nicht so genau, als fehle dem, was sie sagen will, der Beweis.

»Es gibt einen Mann«, fährt sie schließlich fort. »In El Ejido, genauer gesagt in Berja, woher der ermordete Politiker Albern stammt. Er soll als Kind seinen Eltern gestohlen worden sein.«

»Woher weißt du das?«

»Frag mich nicht. Aber sein Name stand in *El País*. In einem Artikel darüber, dass er seine Mutter wiedergefunden hat.«

»Wie heißt der Mann?«

»Lucas Pancha.«

Gestohlene Kinder, verschwundene Mädchen.

Dieses geografische Zusammentreffen.

Der Vox-Politiker. Maria de Dolores. Ivanović.

Die Waffe. Das Kaliber.

Und es musste andere Verbindungen geben, Erklärungen, nur dass er sie noch nicht erkennen kann.

Er streckt die freie Hand aus, im Dämmerlicht verschwindet sie fast im hellen Wasser des Pools, als wäre sein ganzer Körper nicht mehr als eine dünne Ader, kurz vorm Platzen.

Hinter sich hört er leise Maia. Sie versucht Worte zu bilden, gibt auf, stattdessen lässt sie ein undefinierbares, fröhliches Lied hören.

»Ist das Maia da im Hintergrund?«

»Nein.«

»Sei vorsichtig, Tim.«

»Es gibt so viel, was wir nicht tun sollten, aber wir tun es trotzdem.«

»Ich weiß.«

Sie nennt ihm eine Adresse in Berja, in der Calle Ugíjar. Schickt einen Link zu dem Artikel in *El País*.

Nachdem sie das Gespräch beendet haben, liest er den Artikel. Darüber, wie dieser Lucas Pancha in den Sechzigern direkt nach der Geburt im Krankenhaus in Almería seiner Mutter gestohlen wurde.

Wie er bei einem sadistischen Kapitän der Guardia Civil landete, der ihn seine ganze Kindheit über misshandelte, wie er mit seinen neuen Eltern brach, fieberhaft nach seiner Mutter suchte und zum Schluss, nach fast vierzig Jahren, sie tatsächlich fand, alt und müde, und Lucas Pancha sagt:

»Ich habe das Gefühl, dass es trotz allem zu spät ist, trotz der Freude heute. So etwas darf niemals wieder geschehen.«

Auf dem Foto wirkt er sehr kräftig für sein Alter, muskulös, ohne graue Haare. Es heißt, er arbeite als Tierschutzinspektor.

Tim geht zurück zum Hotelzimmer. Rebecka sitzt auf der Bettkante, mit Maia auf dem Schoß, sie schaut zu ihm hoch, drückt Maia an sich, von ihm abgewandt, und Maias flaumiger Schädel schaukelt leicht, als sie ihr Gesicht in Rebeckas Haar vergräbt.

Lange bleibt er so stehen und schaut die beiden an.

»Wir warten hier«, sagt Rebecka. »Fahr. Ich würde gern mitkommen, aber ich lasse Maia nicht noch einmal allein.«

Er nickt.

»Ich will nicht.«

»Du musst.«

Er hört Clandestinas Worte in sich.

Du bist nahe dran, du bist nahe an deinem Mädchen.

Verschwundene Mädchen, gestohlene Kinder.

Salgados Qual.

Kann ich sie verstehen?

Er zieht sich die Jacke an, schiebt die Pistole in den Hosenbund.

»Immer habe ich gewartet«, erklärt Rebecka. »Immer haben wir aufeinander gewartet. Du auch.«

Die Berge scheinen im Licht des Sonnenuntergangs zu verwittern, als würde der Sauerstoff aus der Welt gesogen, alle Zwischenräume verschwinden und sich langsam alles zu Staub verwandeln.

Die eine Hand liegt auf dem Lenkrad des BMWs, der Blick geradeaus gerichtet auf die Autobahn nach Málaga. Er holt sein Handy aus der Hosentasche, sucht Salgados Nummer heraus. Zögert, ist das der richtige Weg, ihn direkt zu konfrontieren? Tim weiß, dass sie etwas wissen, etwas wollen, aber was und warum?

Es gelingt ihm nicht, sich weiter zu konzentrieren, also drückt er auf die grüne Taste. Die Freizeichen erzeugen ein Echo in seinem Ohr, wandern durch das Autodach, hoch in die Atmosphäre, weiter, immer weiter, und dann bricht ein Signal ab, und er hört Salgados Stimme, die gleiche Stimme wie damals, als sie in der Bar Bosch zusammensaßen und er Tim versicherte, dass sie niemals aufhören würden, nach Emme zu suchen, die gleiche Stimme wie in der Wohnung, nachdem ich Horrach erschossen hatte, der gleiche Mann, das gleiche Schweigen, als hätte er sich selbst in einen Käfig gesperrt, streckte die Hand durchs Gitter und versuchte, einen Schlüssel ein Stück weiter im Sand zu erreichen.

»Tim Blanck, sieh an.«

Ein roter BMW, ein teures neues Modell, rast vorbei.

Salgado atmet schwer.

»Ich habe deinen Anruf schon erwartet.«

»Ich bin das auf den Fotos. Aber das wisst ihr wohl schon?«

»Jetzt wissen wir es mit hundertprozentiger Sicherheit. Wir wissen, dass du mit ihr im Melià Palma Bay gewesen bist. Eine Dame von der Rezeption kann das bestätigen. Aber wir wissen nicht, ob es dein Blut ist, das wir auf dem zerrissenen T-Shirt neben ihr im Park gefunden haben. Bist du wütend geworden, Tim? Hast du die Kontrolle verloren und all deinen Zorn an ihr ausgelassen?«

»Du weißt, dass nichts von all dem stimmt.«

»Ich habe den Film aus der Wohnung, die Aufnahmen.«

Und Tim weiß, dass das möglicherweise überhaupt keine Bedeutung mehr hat, trotzdem spielt er das Spiel mit:

»Du weißt so gut wie ich, dass es hier nicht um mich geht. Ich bin unwichtig. – Wie war der Besuch bei deiner Mutter?«

Schweigen. Lange, schwere Atemzüge.

»Sie ist gestern Nacht gestorben, kurz nachdem ich dir die SMS geschickt habe. Ich habe es nicht mehr zu ihr hin geschafft.«

Salgados Trauer und Verwirrung ist mit Händen zu greifen, das Gefühl, vom Leben selbst im Stich gelassen worden zu sein.

»Mein Beileid.«

»Ich kriege, was ich verdient habe, das ist mir jetzt klar geworden.«

Tim kann sich nicht länger von Salgados Selbstmitleid aufhalten lassen.

»Ist dir jemals der Name Lucas Pancha bei deinen Ermittlungen untergekommen?«, fragt er. »Hast du ihn mal getroffen?«

»Nein. Wer ist das?«

»Niemand.«

Wieder eine lange Pause.

»Hör mal, Tim. Hör genau zu. Ich bin nur ein kleiner Polizeibeamter. Kapierst du das?«

Salgados Stimme klingt jetzt anders. Zielbewusst, als führe er die Befehle eines anderen aus, als hätte er die Trauer an einen anderen Menschen weitergegeben.

Sergio Gener in der Zelle. Auf der Finca bei Orient. Er hat mir etwas gegeben, aber er wollte gleichzeitig mehr von mir.

Was will er?

Ich ahne es.

Geben und Nehmen. Und dann wieder nehmen.

»Du bist jetzt bereit«, sagt Salgado.

Bereit wofür?

»Sag mir, was ich tun soll.«

»Du sollst genau das tun, was ich dir sage. Sonst war es dein Blut, das wir an dem Ort gefunden haben, wo Branka ermordet wurde.«

»Und was soll ich tun?«

»Du sollst Andrej Burov erschießen. Heute Abend. Er wird im

Crazy Girlz sein, er ist zwar selten dort, aber heute Abend wird er dort sein.«

Tim fragt nicht, wieso oder woher Salgado hat wissen können, dass er ihn anruft, aber ansonsten hätte er sicher selbst angerufen, und das ist, als wollte er den Himmel fragen, warum die Sonne untergeht, oder die Sonne, warum sie aufgeht. Garantiert will Gener die Bulgaren vertreiben, Burov daran hindern, sich auf Mallorca zu etablieren.

»Kommst du mit dem Mädchen irgendwie weiter?«

»Weißt du, wo ich bin?«

»Nein, Tim. Du bist geschickt, das muss ich zugeben. Aber du bist nicht weit entfernt von dem Club, das habe ich schon begriffen.«

»Sie haben versucht, mich umzubringen.«

»Du bist ein besserer Mensch als die, du schaffst das.«

Es knistert in der Leitung, als versuchten fremde Wesen sich in eine ihnen unbekannte Frequenz einzuhacken, um die geheimsten Gespräche der Menschen zu belauschen.

»Und wenn du den gefunden hast, der sie entführt hat, dann handle, wie du immer handelst.«

Eine weitere Pause. Neue, noch schwerere Atemzüge.

»Dann hat das hier ein Ende«, erklärt Salgado schließlich. »Das kann ich dir versprechen. Für mich ist schon seit langem alles zu Ende.«

»Das ist es nicht.«

»Du weißt nicht alles, Tim.«

Eine Mädchenstimme im Hintergrund, vielleicht seine Tochter.

»Man muss eine gewisse Seelenruhe erreichen«, fährt Salgado fort, »um das Zusammensein mit denen zu genießen zu können, die man liebt. Was ich dir angetan habe, deiner Tochter. Kein Gott kann oder soll mir das vergeben. Wir sehen uns in der Hölle, Tim Blanck.«

Sie sollte jetzt zu Hause sein, die Putzfrau, deren Namen er nicht kennt. Fertig mit ihrer Arbeit im Crazy Girlz. Er parkt neben dem Eingang zu dem Mietshaus, holt sein Handy heraus, tippt sich durch bis zu dem Link, den Simone geschickt hat. Noch einmal liest er den Artikel, schaut sich das Foto an.

Lucas Pancha umarmt seine Mutter in einem sterilen Aufenthaltsraum, das in einem Gemeindehaus oder auch auf einer Polizeistation gelegen sein kann. Seine Mutter ist eine gebrochene Frau. Sie soll ihr ganzes Leben lang in Almería gelebt haben, nur ein paar Kilometer von Berja entfernt, wo Lucas aufwuchs. Beide sollen nichts voneinander gewusst haben. Sie waren sich nahe, und doch lag eine ganze Galaxie zwischen ihnen.

Dieser Schmerz, diese Verbitterung.

Du bist nahe.

Nahe.

Tim legt das Handy zur Seite, schaut die Hausfassade hoch, Wäsche auf den Balkonen, die ächzenden Klimaanlagen, aber nur wenige, und der Himmel zeigt inzwischen ein dunkleres Blau, schimmernd, als hätte jemand Tinte in bereits blaues Aquarellwasser gekippt, Farben, die ineinanderfließen, wie ein Bild auf WhatsApp.

U watch me dad

me do da jump.

Er steigt aus dem Wagen. Die Haustür steht offen, und im Treppenhaus gibt es eine Reihe rostiger Briefkästen, aus deren Schlitzen Werbeprospekte quellen. Er nimmt den Aufzug bis in den siebten Stock, Wohnung Nummer 3. Er klingelt. Die Wände des Treppenhauses scheinen sich auf ihn zuzubewegen, der Schweiß tritt ihm auf die Stirn.

Geräusche hinter der Tür.

Schlüsselgeklapper.

Dann wird geöffnet, und die Putzfrau schaut heraus. Zuerst schaut sie ihn ganz verschreckt an, doch dann öffnet sie die Tür ganz, bittet ihn herein, schüttelt den Kopf und sagt:

»Ich wusste, Sie würden wiederkommen.«

Er folgt ihr hinein, in den einzigen Raum. Ein Futon, vor einer Wand zusammengerollt, an der Landschaftsbilder hängen, die von ihr selbst stammen könnten. Ein Aschenbecher auf einem Tisch, schwere Vorhänge mit Blumenmuster, die das letzte Tageslicht aussperren, das Zimmer wird erhellt von einem Fernsehbildschirm, auf dem eine lautlose Spielshow vor sich geht.

Sie zeigt auf ein Sofa, bittet ihn, sich doch zu setzen.

»Sie sollten nicht hier sein«, sagt sie. »Das ist zu gefährlich.«

Für uns beide.

Für sie.

Für alle.

Sie setzt sich neben ihn, zündet sich eine Zigarette an, fragt, ob er auch eine möchte, doch er lehnt dankend ab.

Er zeigt ihr den Artikel. Das Foto von Lucas Pancha.

»Erkennen Sie ihn wieder?«

Sie nickt.

»Er hatte so ein lustiges Auto.«

»Was heißt lustig?«

»Das war gelb wie eine Rose. Schon auffällig, aber hier in der Gegend auch nicht so vollkommen ungewöhnlich. Ich kann mich dran erinnern. Er war im Crazy Girlz.«

»Erzählen Sie.«

Sie nimmt einen tiefen Zug.

»Ich habe Ihre Tochter in der Zeitung gesehen«, sagt sie. »Habe mich an sie erinnert. Ich hätte Kontakt zu Ihnen aufnehmen sollen.«

»Jetzt sitzen wir hier.«

Er versucht, sanft zu klingen.

»Er mochte sie. Er war oft bei ihr.«

Bei Emme, bei dir, er war bei dir,

wer immer du

jetzt bist.

»Er mochte sie«, sagt sie. »Wie ein Vater, so sah es jedenfalls aus.«

Emme Kristina Blanck, Tochter von Tim und Rebecka.

EKB.

Ich werde immer Emme bleiben, wer immer ich auch geworden bin.

Ich bin die Farbe auf einem Bild, das versucht, scharf zu werden, und in der Schärfe tritt mein Gesicht hervor, so, wie ich es in Erinnerung habe.

Sucht ihr immer noch nach mir?

Sagt, dass ihr sucht.

Ich weiß, dass du suchst, Papa. Du wirst zu mir kommen. Zu den anderen.

Ich stecke in der Luft fest, als wäre die Zeit eine Reihe von Balkonen, und wir müssen von einem zum anderen springen.

Der Nachthimmel ist da.

Ich sehe Heliumballons auf der Flucht vor Gewichten und Seilen.

Mama, Papa.

Ich sehe die gleichen Sterne wie ihr.

Maia schläft. Sie liegt mitten im Bett unter der weißen Decke. Im Restaurant haben sie Hunderte von Kerzen angezündet, und ein warmer Lichtschein breitet sich bis in den dunklen Garten aus. Klavierklänge. Stimmen, Sprachen. Rebecka kann Deutsch, Französisch, Russisch und Chinesisch heraushören, Dänisch, Spanisch und Niederländisch. Worüber reden all diese Menschen?

Was sagen sie, Emme?

Sie setzt sich auf einen der Stühle auf ihrer Terrasse, trinkt einen vorsichtigen Schluck aus dem Glas Wein, das sie sich selbst eingeschenkt hat. Der Wein ist warm in der Kehle, süß und rau auf der Zunge.

Der Pianist spielt jetzt etwas anderes, eine Etüde von Chopin, sie weiß selbst nicht, wieso sie diese wiedererkennt.

Rebecka schaut hoch in den schwarzen Himmel, an dem sich die Sterne langsam aus der Dunkelheit befreien und sichtbar werden, Bilder und Zeichen schaffen, die die Menschen deuten können, an sie glauben können, wenn sie etwas brauchen, an das sie glauben können.

»Was glaubst du, was Papa jetzt macht?«, fragt sie.

Wie ein Vater.

Papa. Padre. Father.

Wie einer, der einen niemals im Stich lässt.

Die Putzfrau sagt es wieder, sie sitzt immer noch neben ihm auf dem Sofa, ist in sich zusammengesunken, schwer auf eine Art und Weise, wie sie es bisher nicht gewesen ist.

»Dieser Lucas. Er ist ziemlich oft gekommen. Ich weiß nicht so viel über ihn, ich glaube, er hat mit Tieren gearbeitet, hat sie inspiziert, und damit kann man viel Geld verdienen. Wenn man bei der Inspektion ein Auge zudrückt.«

Sie seufzt vernehmlich.

»Er wollte immer nur sie haben. Nur sie, ich glaube, er war mit ihr allein in einem der hinteren Räume. Ich habe ihn mit Gavril Ivanović reden gesehen, der war wütend, und es sah so aus, als würden sie über deine Tochter reden. Vielleicht auch über andere Mädchen. Ich hatte das Gefühl, als wollte er sie beschützen. Vielleicht dachte er, er könnte sie retten?«

Sie versucht den Rücken zu strecken, sinkt aber unter dem Gewicht der Worte und der Erinnerungen wieder in sich zusammen.

»Und dann war sie weg.«

»Und wohin ist sie verschwunden?«

Er weiß, dass sie das nicht weiß, muss aber trotzdem fragen.

»Vielleicht hat er sie gekauft? Vielleicht haben sie darüber geredet, dass er sie kaufen wollte, dass sie nur ihm allein gehören sollte. Die kaufen und verkaufen doch die ganze Zeit Mädchen und Frauen, warum also nicht?«

Geld in einem Briefumschlag in einem Industriegebiet am Rande von Málaga.

»Er war fürsorglich ihr gegenüber. Vielleicht war er es ja, der Gavril erschossen hat, weil dieser sie schlecht behandelte. Im Club wurde darüber geredet.«

Wie ein Vater.

Das gestohlene Kind.

Die Faschisten.

Vox.

Ein gelbes Auto, wie bei dem Mord an der schwangeren Frau.

Die gleiche Waffe.

»Sie glauben, dass er sie geliebt hat?«

Sie zündet sich eine neue Zigarette an, und die Glut strahlt im Licht des Bildschirms, auf dem jetzt in irgendeiner amerikanischen Serie Nacht ist, vielleicht handelt es sich um *Law & Order*, irgendeine uralte Folge.

»Wie ein Vater«, wiederholt sie. »Nicht auf die andere Art. Und das ist eigentlich noch schlimmer, oder?«

Welche Art ist am schlimmsten? Diese Frage möchte er am liebsten stellen. Es gibt nur eine Art, und zwar die schlimmste.

Er holt sein Handy heraus, zeigt ihr die Fotos, die er von den anderen verschwundenen Mädchen gemacht hat.

Sie sieht sich die Bilder genau an, scheint zu verstehen, worum es geht.

»Haben Sie diese Mädchen auch im Club gesehen? Zusammen mit Lucas Pancha?«

»Nein«, antwortet sie, »aber ich habe auch nicht alle gesehen.«

»Sicher, dass Sie keine von ihnen wiedererkennen?«

»Warten Sie. Blättern Sie noch mal zurück.«

Ein Bild von Ana Sanchez.

»Es kann sein, dass ich die dort mal gesehen habe«, sagt sie. »Aber sie war nur für eine kurze Zeit dort. Ich glaube, ich habe sie zusammen mit Lucas gesehen. Vielleicht hat er sie auch gekauft?«

Verschwundene Mädchen.

Man kann sie rauben, man kann sie kaufen, sie besitzen.

Sie können alle im gleichen Bordell gelandet sein, oder auch nicht.

Wieder im Auto, schickt er eine SMS an Rebecka.

»*Bei mir alles okay. Bei dir auch?*«, schreibt er, denkt, jetzt beginnt es, das Ende.

Sie antwortet.

Maia schläft, ich trinke ein Glas Wein.

Er fährt in das Industriegebiet, zum Crazy Girlz, lässt die Häuser und Autos und die schwarzen Palmenkronen an sich vorbeiziehen. Er weiß, was er tun muss, *heute Abend ist er dort* – er sollte versuchen, etwas aus Andrej Burov herauszuquetschen, aber was kann der Mann schon sagen?

Ivanović hat sie verkauft.

Ihn habe ich nicht erschossen.

Ich weiß nichts.

Eigentlich spielt es überhaupt keine Rolle, ich muss das hier tun, ich darf nicht wegen des Mordes an Branka eingebuchtet werden, auch wenn es mir widerstrebt, ich muss es tun, denn so bin ich, so bin ich geworden.

Maia, Emme.

Ihr müsst mir verzeihen. Alles, was ich tue, tue ich für euch.

Er hält an einem Seven-Eleven. Kauft ein Paar Strumpfhosen, bezahlt bar, achtet darauf, dass sein Gesicht nicht auf irgendeiner Überwachungskamera zu sehen ist.

Er fährt weiter, parkt vor einem großen Baumarkt, ein paar Hundert Meter vom Bordell entfernt. Er steigt aus dem Wagen, spürt die Pistole, die gegen den Rücken drückt. Sie ist geladen, bereit, benutzt zu werden. Er wartet hinter einem grünen Müllcontainer, beobachtet vorsichtig das Nachbargrundstück neben dem Crazy Girlz.

Die Kunden kommen in teuren, glänzenden Fahrzeugen angefahren, in alten Autos, sie kommen mit dem Taxi und auf dem Motorrad, und sie werden von den Türstehern begrüßt, die das Seil öffnen und sie hineinlassen. An der seitlichen Hauswand leuchtet ein rosa Schild mit der Aufschrift *Privat* über einer Metalltür. Vor der Tür steht der SUV, den Tim am letzten Abend vor dem Haus in Fuengirola gesehen hat.

Andrej Burov ist hier.

Ich kann ihn erwischen.

Die Stunden vergehen, und Tim hockt zusammengekauert da, die Nacht wird alt, die Hitze nimmt ab, und dann kommt der Durst, der Hals ist trocken und kratzt, aber er kann jetzt nichts dagegen tun, er muss warten. Gegen fünf Uhr morgens wird der Kundenstrom spärlicher, die meisten haben ihre Wünsche erfüllt bekommen, und es treffen keine neuen Freier ein.

Die Türsteher rollen den Läufer ein, räumen das rote Seil, das an glänzenden Metallstangen befestigt ist, weg. Twentyfour hours open!, aber jetzt beginnen die toten Stunden, bis das erste Licht der Morgendämmerung die nächtliche Scham wie einen räudigen Hund verjagt.

I'll kill you.

Er schließt die Augen, und jetzt ist die Nacht ein Meer, in dem er schwimmt, er schwimmt und segelt und lässt sich treiben, bis zu diesem Punkt, und als er wieder die Augen öffnet, sieht er, wie sich die Seitentür öffnet. Einer von Burovs Männern aus dem Haus in Fuengirola tritt heraus, scheint zu überprüfen, ob die Luft rein ist, und Tim holt die Strumpfhose aus der Tasche, zieht sie sich über den Kopf, nimmt die Pistole in die Hand, läuft auf den Parkplatz, zum SUV, und Andrej Burov steht jetzt in der Tür, groß und breit, in einem gestärkten weißen Hemd, und er entdeckt Tim augenblicklich, hebt instinktiv die Arme, kreuzt sie vor dem Gesicht, und sie werden zu einem Flehen, als wüsste er, dass er jetzt sterben wird, dass das hier das Ende ist.

Zwei weitere hünenhafte Typen zeigen sich. Keinen von ihnen erkennt er wieder. Sie wollen nach ihren Waffen greifen, scheinen aber vergessen zu haben, wo die sind, und Tim drückt den Abzug durch, lässt den Finger schnell, blitzschnell gegen das warme Metall schlagen, und die Nacht wird von dem Lärm des Schusses und von Andrej Burovs Schmerzensschreien zerrissen, Blutflecken breiten sich auf seinem weißen Hemd aus, bevor er auf den Asphalt fällt und in dem schwachen rosa Licht des Schildes über der Tür liegen bleibt.

Die Männer haben hinter dem Wagen Schutz gesucht, sie schreien, und Tim feuert noch einen Schuss ab, jetzt in Andrej Burovs Kopf. Anschließend läuft er davon, weiß, dass er die Waffe wegwerfen sollte, aber vielleicht braucht er sie noch.

Er rennt die Straße entlang, zum Auto. Erwartet, dass eine Kugel in seinen Rücken einschlägt.

Doch es kommt keine Kugel.

Nur die Morgendämmerung naht, als er im Auto sitzt, und das Licht der Straßenlaternen, das langsam über sein Gesicht rollt.

Sie stritten sich im Taxi auf dem Heimweg von einem Essen bei Freunden. Weder sie noch Tim konnten sich hinterher erinnern, worum es dabei gegangen war, aber sie erinnerten sich umso besser an die Nacht, die darauf folgte, ihr lautloses Liebesspiel, und Rebecka spürte das Werden von Emme, das redet sie sich zumindest jetzt ein, während sie nackt hinter der dünnen weißen Gardine steht, die sich leicht in einem Wind bewegt, der sich in der Dunkelheit seinen Weg durch den Hotelgarten gesucht hat. Ich konnte es spüren, denkt sie, wie sich in dieser stillen Nacht alles veränderte, als die Zweige eines Baums gegen unser Schlafzimmerfenster schlugen und die Wut noch zögerte, unsere Körper zu verlassen, wie wir dann sachte alle Zweifel ausräumten, die letzten, die wir einander gegenüber gehabt hatten, wenn wir denn überhaupt welche gehabt hatten, und du wurdest zu Emme, und ich warte hier auf dich, deine Schwester wartet, ihr werdet einander mögen, ich weiß das, ich weiß das, Emme,

du bist nahe, ich bin jetzt nahe, ich spüre es, und Tim überlegt, ob er ins Hotel zurückkehren soll, Rebecka und Maia holen, sie auf die Reise in den nächsten Tag mitnehmen, doch das wäre zu gefährlich, er muss sie dort zurücklassen, selbst heil zurückkommen, sie wieder heil machen, und er muss das allein tun, aber er ist müde, so müde, und vielleicht sucht die Polizei bereits nach ihm, aber eigentlich bezweifelt er das, die Tentakel strecken sich dennoch bis hier aus, und der Körper ist immer noch ein und derselbe.

Gorka Aguirre, was wusste er? Wie sehr hat er mich ausgenutzt, wie sehr wurde er selbst ausgenutzt? Wem konnte er etwas nicht abschlagen? Vielleicht wollte er mir nur das geben, was er hatte, um zu sehen, ob ich damit weiter komme als er.

Tim biegt auf die Straße Richtung El Ejido, und je näher er Andalusiens Herz kommt, umso karger wird die Landschaft, und auf den ersten Höhen der Sierra Nevada drehen sich die gigantischen Propeller der Windkrafträder, wie schwarze Animationen, kaum erkennbar in der Dunkelheit.

Er stellt den BMW auf einem geschützten Rastplatz ab. Hier steht kein anderes Fahrzeug, und er sucht sich einen Platz, der im Schatten sein sollte, wenn die Sonne aufgeht, im Schutz einer großen Pinie.

Er legt die Pistole auf die Knie, kippt die Rückenlehne nach hinten, schließt die Augen, registriert, dass das Wageninnere neu riecht, nach Plastik und Chemikalien, das ist ein neues Auto, bis jetzt ist ihm das noch gar nicht aufgefallen, und er holt tief Luft durch die Nase, gleitet in den Schlaf, und draußen auf der Straße fahren in der Morgendämmerung Autos vorbei. Vielleicht sind es Polizeifahrzeuge, die nach ihm suchen, vielleicht sind es Fernlaster, voll beladen mit Orangen, Zitronen und Blumen von den plastiküberzogenen Feldern, die hier die Landschaft verschandeln, sie hässlich, hart, gestutzt erscheinen lassen, und er schläft, wagt es zu schlafen, er muss es zulassen, der Schlaf gibt ihm Kraft. Später wacht er von einem kräftigen heißen Sonnenstrahl auf, der ihn an der Wange trifft, er schwitzt, schaut aufs Handy. Es ist neun Uhr geworden, und er fährt sich mit den Händen über die Wangen. Sie sind rau von den Bartstoppeln, er registriert den Geruch seiner Körperausdünstungen, und ihn verlässt der Mut, das Herz sinkt hinab, durch den Boden der Karosserie, in den Staub, der sich unter dem Fahrzeug befinden muss.

Ich will sauber sein, wenn ich sie finde. Frisch gebügelt, ordentlich rasiert, nach Rasierwasser und Deodorant duftend, Neroli Portofino von Tom Ford, das dir so gefiel, das war doch der Duft, den du so gern mochtest? Der viel zu teure Duft.

Er richtet die Rückenlehne wieder auf, startet, fährt, und an den Ausläufern einer namenlosen Stadt hält er an einer Tankstelle und bestellt einen dreifachen *café solo* mit extra Milch und dazu ein Twix, er fährt, isst dabei, und als er in Berja ankommt, zeigt die Uhr kurz nach zehn.

Er schickt eine SMS an Rebecka.

Alles in Ordnung. Und bei euch?

Wir haben gerade gefrühstückt. Kommst du bald?

Noch nicht.

Ruf an, wenn du kannst.

Vielleicht hat sie im Fernsehen etwas über den Schusswechsel in Málaga gesehen? Vielleicht versteht sie, zu was ein Mensch gezwungen werden kann. Sie stellt keine weiteren Fragen, geht damit um, wie sie mit den Bulgaren in Stockholm umgegangen ist. Ruhig, mit einer Eiseskälte, und sollte jemand sie in dem Hotel finden, dann wird sie auch das meistern. Ohne sie wäre ich nie so weit gekommen.

Maia und sie am Frühstückstisch. Ein hart gekochtes Ei für Rebecka, das sie pellt, in Scheiben schneidet und auf eine kräftig getoastete Weißbrotscheibe legt, den Kellner nach Mayonnaise fragt, möglichst Hellmann's, wenn sie die haben, und Maia, die unbeholfen den Löffel mit Rührei zum Mund führt, bevor sie ein dunkelrotes Stück Wassermelone nimmt und es zwischen den Fingern zermatscht, begeistert von dem Gefühl des Fruchtfleischs, das sie durch ihre physische Kraft zerdrücken kann, dem Gefühl des Triumphs und der Unverletzbarkeit, und am liebsten würde er umkehren. Aus welchem Grund solltest du dort zu finden sein, Emme? Doch er fährt in die Stadt hinein, durch schmale Gassen, gesäumt von Mietshäusern aus den Siebzigern, schlampig zusammengezimmert, eilig mit minderwertigem Material hochgezogen, genau wie die Häuser in seinem *barrio* in Palma.

Der Markt, die Bulgaren, die schossen, die Afrikaner, die schrien.

Ich darf jetzt nicht daran denken.

Ich muss die Calle Ugíjar 84 finden.

Das Telefon klingelt. Er wird langsamer, nimmt das Gespräch an. Es ist Salgado.

Im Hintergrund das Geräusch von Wellen, die gegen einen Bootsrumpf schlagen.

»Bist du draußen auf dem Meer?«

»Genau. Ich habe gehört, dass du getan hast, was du tun solltest.«

»Ja, das habe ich.«

»Es ist einsam hier draußen. Das Boot ist klein. Ich habe es vor gar nicht allzu langer Zeit gekauft, es lag im Yachthafen von Portixol.«

»Und das wolltest du mir erzählen?«

»Ich bin ihr nachgefahren, Tim.«

»Wem?«

Vor einem niedrigen Mietshaus, dessen Fenster alle dunkel sind, hält Tim den Wagen an.

»Deiner Emme. Ich konnte sie nicht einfach gehen lassen und das Risiko eingehen, dass sie irgendwo eingesammelt würde, also bin ich ihr nachgefahren, habe sie ein Stück außerhalb auf einem Acker gefunden und sie zu mir ins Auto geholt. Sie zeigte hoch zu den Bergen, daran erinnere ich mich noch genau, denn ich wunderte mich darüber, und dann habe ich Kontakt mit Xisco aufgenommen. Er hat sie an die Bulgaren verkauft. Ich bekam die Hälfte vom Geld. Fünftausend Euro, wenn du es wissen willst.«

Tim starrt vor sich hin, direkt auf die leere Straße. Er umklammert das Lenkrad. Fest, ganz fest, und sein Blick wird trübe.

»Wir haben versucht, mehr rauszuhandeln, aber das haben wir nicht geschafft. Eigentlich brauchte ich das Geld gar nicht, aber so war ich nun mal damals.«

»Du wirst mir nicht so davonkommen, das weißt du.«

»Ich bin weit draußen, Tim. Weit weg von der Insel.«

»Ich werde dich töten.«

»Dazu ist es zu spät. Es ist zu spät für mich. Kein Beichtstuhl auf dieser Welt kann mir die Vergebung meiner Sünden verschaffen. Und ich bin gar nichts mehr, absolut gar nichts. Nicht einmal mehr meine Sünden.«

»Du hättest sie retten können.«

»Nichts kann mich retten.«

Gnade gibt es nicht, will Tim sagen, Gnade gibt es, der Satz hallt in ihm wider, sie waren irgendwo tief verborgen, der Klang und das Gefühl, aber er sagt es nicht. Glaubt nicht daran.

»Tu es«, sagt er stattdessen. »Tu es. Diese Welt ist fertig mit dir.«

Dann ist ein Schuss zu hören, anschließend ein Platschen im Wasser, und schließlich das Meer, ein Gluckern, als tränke es sich selbst.

Calle Ugíjar 84.

Ein einstöckiges Haus, eingezwängt zwischen den höheren Mietshäusern. Weiß gekalkte Wände, die ergraut sind, abblätternder Putz und rostige Eisengitter vor heruntergelassenen Jalousien.

Tim parkt auf der anderen Straßenseite. Versucht, das zu begreifen, was Salgado gerade gesagt hat, was er soeben gehört hat, was passiert ist und wozu er ihn gedrängt hat.

Das Schwein ist weg. Er hat dich verkauft, Emme. Ich hätte ihn mit bloßen Händen töten können. Am liebsten würde ich ihn von den Toten erwecken und noch einmal umbringen.

Aber er ist jetzt dort, wo er hingehört.

Nicht im Meer, sondern in der Hölle.

Das Wageninnere ist warm, und Tim hat einen guten Blick aufs Haus, er lässt die Stunden vergehen, doch nichts passiert. Niemand kommt zu dem Haus, niemand verlässt es, es gibt keinerlei Anzeichen von Leben hier, und im Rückspiegel liegt die Straße still in der Vormittagshitze. Auf dem kleinen Marktplatz, hundert Meter entfernt, stehen leere weiße Plastikstühle vor den Straßencafés. Davor liegt ergrauter Asphalt, ein toter Vogel im Rinnstein, eine Taube oder eine Schwalbe. Aber keine Menschen.

Er schiebt die Pistole in den Hosenbund, steigt aus dem Wagen und geht schnell aufs Haus zu. Schaut sich um, aber die Straße ist immer noch menschenleer, und es ist unmöglich zu sehen, ob jemand ihn aus einer der Wohnungen in den umliegenden Häusern beobachtet, als er sich mit der Schulter gegen die wenig solide wirkende Tür presst.

Diese gibt seinem Gewicht nach, und er drückt sie nach innen auf. Es riecht nach Staub, und er tritt ins Haus, zieht nicht die Pistole, spürt, dass er hier allein ist, schon eine ganze Weile ist kein Mensch mehr hier gewesen. Hinter der Haustür liegt ein großer

Haufen an Werbeprospekten und ungeöffneten rot-weißen Umschlägen der Banco Santander.

Er schließt die Tür hinter sich. Ruft ins Haus hinein:

»Ist da jemand? Ist da jemand?«

Doch er erhält keine Antwort, und er legt den Lichtschalter um, aber nichts passiert, es bleibt schummrig im Raum, in der unappetitlichen Küche, nur schmale Lichtstreifen suchen sich ihren Weg durch die Spalten der Jalousie. Er kann die Staubkörnchen im Licht tanzen sehen.

Wonach suche ich?

Nach was auch immer.

Ein unaufgeräumtes Wohnzimmer. Hier ist es heller, er braucht nicht die Taschenlampe des Handys einzuschalten. Ein grünes Sofa mit durchgesessenen Polstern, ein schwerer Schrank aus dunklem, lackiertem Holz. Glastüren, die zu einem kleinen Garten hinausgehen, wild gewachsene Büsche sind zu erkennen und ein rostiger Metalltisch unter einem rot-gelben Sonnenschirm.

Eine sonderbare Einsamkeit ist hier zu spüren. Sie sitzt nicht in dem abgestandenen Geruch, nicht in dem Staub, nicht in der dunklen Medaillontapete, sie ist eher wie ein Wesen, ein vergessenes Gefühl, das Gestalt angenommen hat.

Ganz hinten im Wohnzimmer ist eine braune Tür. Sie hängt schief in den Angeln.

Vorsichtig bewegt Tim sich auf diese Tür zu, achtet darauf, nicht in den Mäusekot auf dem Boden zu treten.

Er zieht die Tür zu sich auf, weiß nicht, was er dahinter finden wird, doch als er den runden Knauf an der Haut spürt, das kalte Metall, da weiß er, dass sich hinter dieser Tür etwas befindet, nach dem er schon lange gesucht hat.

J ump, jump, jump!«

Im Pool feuert die blauhaarige Amerikanerin Maia an, die noch zögernd am Beckenrand steht. Die rosa Schwimmflügel sind genauso groß wie Maias Kopf, und ihr gestreifter Badeanzug schmiegt sich an ihren runden Babybauch.

Jump.

Spring, Maia, spring. Rebecka spürt, wie das warme Wasser ihren Körper umschließt, der Wind lässt die Palmenkronen rauschen, und ein Stück weiter trinkt ein Brite mit großen Drachentätowierungen auf einem Sonnenstuhl liegend sein viertes Bier.

»Komm zu Mama. Komm. Das ist schön.«

Und Maia geht einen Schritt vor, noch zu klein, um zu springen, sie vertraut der Luft, wird vom Wasser angezogen, verschwindet für eine Sekunde unter der Wasseroberfläche, und als sie wieder auftaucht, ist ihr Gesicht nass, sie zwinkert emsig, schnell, starrt dann mit weit aufgerissenen Augen Rebecka an, bevor sie lachend sagt:

»Nim nim.«

Und Rebecka sieht Tim in ihren Augen, hört Emme in ihrer Stimme, und in beiden kann sie sich selbst wahrnehmen, wie ein Hologramm, das sich in einem Raum bewegt, losgelöst von der Zeit, einem Raum, gebaut aus Sehnsucht und Trauer, aus Gewalt und Bosheit,

U nd Tim starrt auf die Wand in dem fensterlosen Arbeitszimmer. Auf die angehefteten Passfotos von Maria de Dolores, Veronica García und Ana Sanchez. Ausgeschnittene Artikel über ihr Verschwinden, Interviews mit Eltern, Freunden, Polizisten. Vergilbtes Papier, mit Heftzwecken festgehalten. BITTE, FINDET UNSERE TOCHTER.

DIE ELTERN FLEHEN.

Er will das vierte Passfoto nicht ansehen.

Will es ansehen.

Er wendet den Blick ab, schließt die Augen, öffnet sie, lässt den Blick langsam an Schärfe gewinnen.

Verschwommene schwarz-weiße Augen, helles Haar, dünne Lippen, grau, nicht rot, die Haut weiß, vergilbt, als hätte die Zeit selbst sie vergiftet.

Aber sie ist es, das bist du.

Seine Hände zittern. Sein Brustkorb bebt.

Ruhig, Tim, ruhig.

Wie hat er dein Passbild in die Finger bekommen? Das ist ein Ausdruck aus dem Internet, dein Foto wurde oft publiziert, er muss es von dort ausgedruckt haben.

Er hat dich.

Sag mir, dass er dich hat. Sag, dass du lebst, Emme, und Tim schaltet die Handylampe ein, leuchtet, und die Konturen auf den Bildern treten deutlicher hervor, die Gesichter der entführten Mädchen erwachen zum Leben.

Ich sollte die Polizei anrufen. Ich sollte. Aber das geht nicht. Vielleicht könnte ich es ja doch. Gorka Aguirre. Nur ihn.

Tim wühlt zwischen den Papieren und Artikeln auf dem kleinen Schreibtisch herum, leuchtet, sucht nach etwas Lesbarem, und er findet mehrere Artikel darüber, dass Lucas Pancha mit seiner Mutter wiedervereinigt wurde. Auf einem Bild aus *El Mundo* lächeln ein paar Partido-Popular-Politiker in Madrid in die Kamera, und der Text hat einen leicht Madrid-feindlichen Ton, behauptet, dass die Zentralregierung viel zu lange die Informationen über Francos gestohlene Kinder verheimlicht hat.

»Ich bin einfach nur glücklich«, erklärt Lucas Panchas Mutter.

Er selbst äußert sich nicht, schaut nur verbissen, ernst.

Dann quietscht eine Tür. Tim reißt den Blick von dem Artikel los, dreht sich um, hört noch einmal das quietschende Geräusch.

Ist jemand hier?

Er hält die Pistole ausgestreckt vor sich. Steht still da, lauscht. Doch dann fällt die Tür wieder zu, von einem Windzug von irgendwoher.

Die Rückseite der Tür.

Auch dort Artikel.

Über die Vox, ihre Erfolge bei der Wahl, dass sie die Tatsache, dass sie das Zünglein an der Waage sind, ausnutzen wollen, um diesen Saustall auszumisten, dass sie Recht und Ordnung wieder einführen wollen, »wie sie früher in diesem Land herrschten«.

Dann der Mord.

Fotos einer Leiche unter einer gelben Plane. Im Hintergrund ein Rettungswagen, Polizisten in voller Kampfmontur, die sich unruhig umschauen.

Über den Artikeln auf der Tür ein A2-Bogen mit großen Buchstaben, geschrieben mit rotem Edding.

NIEMALS WIEDER

Nichts über die schwangere Frau, die ermordet wurde. Aber Lucas Pancha scheint seit geraumer Zeit nicht mehr hier gewesen zu sein, deshalb ist das nicht verwunderlich.

Tim liest mehrere Artikel über die Mädchen. Wenn man genau hinschaut, erkennt man, dass Emme und die anderen einander ähnlich sehen. Die gleichen geraden Augenbrauen, markante, aber kleine runde Nasen.

Tim überfliegt die Texte. Er versucht ein Muster zu finden, und sollte es eines geben, dann kann er es jetzt sehen, die anderen drei Mädchen standen auf der Kippe, auf dem Weg in die falsche Richtung. Sie waren ordentliche Mädchen, die dabei waren, sich in dem endgültigen Erwachsenwerden zu verlieren.

Sie mussten von der Welt gerettet werden, schwebten in ernster Gefahr. Sicher waren sie von Menschenhändlern entführt worden, von den Bulgaren, um in die Prostitution verkauft zu werden, oder vielleicht hast du sie gekauft, Lucas, genau wie Emme?

Die große finstere Welt. Der kleine, dunkle Raum, erhellt von rotem Licht, mit Samttapete und schmutzigen Bettlaken.

Behüte sie davor.

Du rettest sie.

Oder nicht?

Tim schaut sich weiter auf dem Schreibtisch um. Er sucht nach etwas, das die anderen Mädchen mit den Bulgaren verbindet. Er dreht die Papiere um, liest. Und da, auf der Rückseite einer Stromrechnung, findet er eine Notiz.

A. S. C. G. 15 000.

Ana Sanchez. Crazy Girlz 15 000 Euro.

Damit ist alles klar.

Ich werde jetzt kommen, Emme, aber wo hat er dich und die anderen versteckt?

Tim zieht eine Schreibtischschublade auf, sucht nach Dokumenten, die darauf hinweisen, dass Lucas Pancha irgendwo noch andere Immobilien besitzt. Er findet eine Nachlassverfügung. Ein Protokoll. Die Hinterlassenschaften einer Marga Comar, alles soll ihrem biologischen Sohn, Lucas Pancha, vermacht werden.

Gibt es ein Haus?

Einen alten Hof?

Er überfliegt das Protokoll. Kann nichts finden.

Er zieht eine weitere Schublade auf, und ganz hinten liegt ein Ordner. Er durchblättert ihn, und da ist sie. Eine Grundbucheintragung für ein Grundstück, eine Adresse. Er sucht auf dem Handy nach der Adresse, und auf Google Earth ist zu erkennen, dass es sich um einen Hof handelt, ungefähr dreißig Kilometer nördlich im Landesinneren, in Richtung Sierra Nevada. Er zoomt ihn heran. Ein größeres Haus und vier kleinere, die im Halbkreis davor liegen.

Eine Zufahrtsstraße. Ein Auto vor dem großen Haus.

Da bist du, Emme.

Du bist dort.

Sag, dass ich nicht zu spät komme.

Ich komme jetzt, wie ich es versprochen habe.

Papa, du bist es.

Du bist derjenige, der ruft, und deine Stimme existiert nicht nur in meinem Inneren, sie erklingt vor dem Fenster, sie bewegt sich über den Himmel da draußen, wie es die Zugvögel immer tun.

Bin ich Afrika nahe, bin ich dort?

Ich bin ganz bis nach Afrika geschwommen. Manchmal höre ich merkwürdige Geräusche.

Bist du gekommen, um mich zu holen, Papa? Du bist hier, denn ich will es, ich will dich sehen, ich will hören, wie du die Tür öffnest. Komm jetzt, ich bin nicht allein, komm, komm jetzt.

Du musst kommen.

Bitte.

Ich will nach Hause.

Zu dir und zu Mama.

PAPA

pa pa

pa,

ich kann das hier nicht allein tun. Ich brauche Hilfe, es ist sonst zu gefährlich. Rebecka anrufen? Nein.

Tim steht reglos da, sieht den Staub in der Luft wirbeln. Er greift zu seinem Handy, wählt Gorka Aguirres Nummer, und dieser meldet sich.

»Ich habe etwas für Sie.«

»Was?«

»Das sage ich Ihnen, wenn wir uns treffen.«

»Und wenn ich keine Zeit habe?« Gorka klingt müde. »Hier drehen alle durch wegen der politischen Morde«, fügt er hinzu.

»Aber wenn ich Ihnen sagen würde, dass ich Ihnen Ihre Mörder präsentieren kann, kommen Sie dann? Und die verschwundenen Mädchen?«

»Dann würde ich sagen, Sie reden Mist, Tim Blanck.«

»Warum sollte ich das?«

Die Artikel, die Fotos an den Wänden. Das Gefühl, keine Zeit verlieren zu dürfen.

»Sie werden ein Held sein«, sagt Tim.

»Das interessiert mich nicht.«

»Alle wollen Superman sein. Das weiß ich, und das wissen auch Sie.«

Tim wartet anderthalb Stunden im Auto, ab und zu schaltet er den Motor ein, möchte den Innenraum einigermaßen kühl behalten. Dann biegt ein blauer Škoda in die Straße ein, und Gorka Aguirres Silhouette ist auf der Fahrerseite erkennbar. Er ist allein im Auto, genau wie sie es verabredet haben.

Tim schaltet den Motor ab und steigt aus. Er winkt Gorka zu, der sein Fahrzeug parkt und dann auf ihn zukommt, in dünner Jeans und einem zerknitterten weißen Hemd, das Holster mit einer schweren Pistole hängt an seiner rechten Seite herab.

Linkshänder.

Das ist mir bisher nicht aufgefallen.

Sie begrüßen sich.

»Danke, dass Sie gekommen sind.«

»Was haben Sie für mich?«

Tim führt Gorka zum Haus. Die Hitze ist erdrückend, nicht ein Mensch ist zu sehen, es scheint, als wären sie ganz allein auf dieser Welt.

Doch das sind wir nicht.

»Die Tür war offen«, erklärt Tim, während er Gorka den Vortritt ins Haus lässt.

»Gut. Und Sie wollen mir nicht erzählen, was ich zu sehen bekommen werde?«

Gorka bleibt stehen, schaut Tim an. Zieht die Augenbrauen zusammen.

»Wie sind Sie auf diesen Ort gekommen?«

»Spielt das eine Rolle?«

»Kommt drauf an.«

Tim zeigt auf die Tür zum Arbeitszimmer.

»Gehen Sie dort hinein.«

Vorsichtig bewegt sich Gorka weiter vor, die Hand an der Pistole, als erwarte er da drinnen eine Schlangengrube. Er öffnet die Tür, schaut in den Raum, tritt schließlich ein, und kurz darauf kann Tim ihn hören.

»*Madre mia, hijo de puta, madre madre mia.*«

Tim folgt ihm. Gorka steht mit offenem Mund da, die Arme hängen herab.

»Er hat die Mädchen«, sagt Tim. »Und ich glaube, ich weiß, wo sie zu finden sind.«

»Dann fahren wir dorthin.«

»Ohne Verstärkung?«

»Das hier erledigen wir allein.«

Wie Superman.

»Ich will Lucas Pancha nicht aufscheuchen, nicht, dass er noch etwas Übereiltes tut«, fügt Gorka hinzu.

Tim fährt voran, Gorka dicht hinter ihm. Bevor sie das Haus verließen, hatte Tim Gorka alles erzählt, und zum Schluss lächelte Gorka und fragte:

»Heute früh gab es eine Hinrichtung vor dem Crazy Girlz, davon wissen Sie sicher nichts?«

»Ich war dort«, antwortete Tim, und Gorka erwiderte:

»Ich weiß. Aber ganz gleich, was behauptet wird, Sie sind niemals dort gewesen.«

Die Straße schlängelt sich hinauf und hinunter, über verbrannte Hügel, das GPS führt Tim. Am besten fahren sie nicht zu nah heran. Die Motorengeräusche sollen nicht im Haus zu hören sein. Vielleicht gibt es auch Kameras entlang der Zufahrtsstraße, versteckt in der trockenen Vegetation. Man kann nie wissen.

Fünfhundert Meter vor dem Hof hält er an, und Gorka fährt seinen Wagen dicht hinter Tims. Sie parken an der Seite des schmalen Wegs, steigen aus. Tim stopft seine Pistole am Rücken in den Hosenbund. Gorka verzieht nicht eine Miene, als er die Waffe sieht, nickt nur in Tims Richtung.

Die Landschaft rundherum ist ockerfarben, tausend Nuancen von Beige und verbranntem Gelb, der Boden ist steinig, rau, ab und zu dorniges Gestrüpp. Tim bekommt das Gefühl, in einer sterbenden Landschaft angekommen zu sein, einer Art Grenzland zwischen der Welt der Lebenden und der Toten. Sie verlassen den Weg, gehen einen Hügel hoch, anschließend wieder runter in eine Senke, und die kleinen Steinchen rollen weiter in ein ausgetrocknetes Bachbett, die spitzen Steine drücken durch die Schuhe in die Fußsohlen.

Weiter.

Hitze, Schweiß. Die Lunge kämpft damit, die unerträglich heiße Luft einzuatmen. Gorka schwitzt neben ihm, schnaubt, sein Raucherhusten rasselt, er sagt jedoch nichts.

Sie gehen weiter, gelangen auf einen weiteren Hügel, und hier suchen sie Schutz hinter einem knorrigen Pinienbaum, ducken sich, und dann streckt Tim sich, späht hinunter: Da unten liegt der Hof.

Ein größeres Haus aus Sandstein, zwei Stockwerke, Ziegeldach. Gepflegte Zypressen und Palmen. Ein Garten mit einer verbrannten Rasenfläche. Ein gelber Mercedes steht vor dem Haus, auf einer geharkten Zufahrt mit kleinen weißen Steinchen, die spitz und kieselartig glänzen.

Menschenleer, keine Bewegung ist zu erkennen.

Die vier anderen Gebäude sehen aus, als wären sie zur Hälfte in den Boden eingegraben. Große Dachfenster weisen zum Himmel, und über den ganzen Platz dröhnt der Lärm eines Generators. Vielleicht ist der Strom ausgefallen?

Gorka hat auch den Kopf gereckt.

»Er hat sie in den kleinen Häuschen«, sagt er.

»Ist anzunehmen.«

»Wir gehen rein.«

Sie verlassen den Schutz hinter dem Pinienbaum. Ziehen ihre Pistolen, laufen auf den Hof zu, und Tim stolpert, kann sich aber im letzten Moment fangen. Gorka ist sicher auf den Füßen, peilt zielbewusst das Haus an.

Ein Stacheldrahtzaun.

Den hat Tim vorher nicht bemerkt. Ein Gittertor zur Straße hin. Sie müssen dorthin, und sollte Lucas Pancha da drinnen in dem Haus auf sie warten, eine Gewehrmündung auf sie gerichtet, dann sind sie hier wie auf dem Präsentierteller, eine leichte Beute.

Die vier niedrigen Häuser.

Zellen.

Eine für jedes Mädchen.

Es muss so sein, wie Gorka vermutete.

Bist du dort, Emme?

Tim fasst die Pforte an, und er zuckt zurück, es brennt im ganzen Körper und er klebt an dem Metall, an den Eisenstangen, er zittert, versucht sich loszureißen, aber der Strom zieht ihn an sich, hält ihn fest, und er müht sich ab, schreit, er muss freikommen, und er zerrt, rüttelt und kämpft, doch die Hand weigert sich loszulassen, und er spürt Gorkas Arme um sich, sie ziehen an ihm, und endlich kommt er von dem elektrischen Strom los.

Zitternd fällt er zu Boden. Spürt, wie die Krämpfe durch den Körper schießen, aber ich muss wieder zu Kräften kommen, und zwar schnell.

»Sind Sie okay?«

Gorkas Gesicht über ihm.

Tim kämpft gegen die Schmerzen an. Tut so, als gäbe es sie gar nicht.

»Ich bin in Ordnung.«

Langsam richtet er sich auf, schaut sich um. Immer noch ist alles leer, kein Mensch zu sehen.

Aber sie müssen doch gehört haben, dass wir kommen.

Der Körper zittert, Tim spürt den brennenden Schmerz, der immer noch da ist, die Krämpfe, aber trotz allem müssen sie jetzt auf den Hof gelangen.

Sie versuchen über den spiralförmigen Stacheldraht zu springen, doch der ist zu breit, und Tim bleibt hängen, fällt nach vorn, bleibt liegen, der halbe Körper drinnen auf dem Hof, die andere Hälfte hängt im Stacheldraht fest, und er zieht und zerrt, und die Haut an den Schenkeln und Knöcheln platzt auf, als die Hose in Fetzen reißt.

Gorka hat es geschafft, hinüberzukommen. Er dreht sich um, sieht Tim mit dem Stacheldraht kämpfen, aber Tim nickt, gibt Gorka mit seinem Blick zu verstehen, dass er nur weiter vorangehen soll. Und dann kommt er endlich los, ist jetzt auf der anderen Seite, und er hebt den Kopf, will aufstehen, zögert aber noch.

Gorka steht zwanzig Meter von ihm entfernt reglos da. Eine Gestalt ist vor ihm aufgetaucht, ein männlicher, weiß gekleideter Körper mit einer schwarzen Sturmhaube, die das ganze Gesicht bedeckt, und einem Gewehr in der Hand, an der Seite herabhängend.

Der Mann ist vielleicht fünfzig Meter von Gorka entfernt, er kommt näher, vierzig, dreißig, zwanzig, und endlich ist Tim auf den Beinen.

Er sieht, wie der Mann das Gewehr hebt, zielt. Tim versucht, die Pistole zu ziehen, doch sein Arm gehorcht ihm nicht. Was tut Gorka?

Der hat seine Pistole auf den Mann gerichtet.

Schieß, Gorka, schieß – zeigt die Gewehrmündung nun etwa auf mich?

Schieß, Gorka, drück ab.

Ein Knall, und es brennt in der Seite, als der Schrot ihn trifft.

Ist es schlimm?

Nein.

Ist Gorka getroffen?

Nein.

Er steht auf. Schießt. Trifft er?

Gorkas Waffe hat Ladehemmungen, und Tim schreit, packt zu, es gelingt ihm, die Pistole zu heben, zu zielen, aber seine Hand zittert, er könnte ebenso gut Gorka wie den Mann mit der Sturmhaube treffen, und er versucht, die Pistole direkt auf den maskierten Mann zu richten, er weiß, dass er einen Schuss abfeuern, dass er treffen muss. Der Mann umklammert jetzt den Gewehrabzug, und Tim hört ein Klicken von Gorkas Pistole, er versucht neu zu laden, ich muss jetzt schießen, das ist meine Chance, eine andere bekomme ich nicht, und er brüllt EMME, EMME, EMME, bist du hier, und der gesichtslose Mann fummelt mit einer roten Schrotpatrone herum, doch da drückt Gorka ab, und die Waffe gehorcht ihm jetzt, Tim hört es laut und hart knallen, und die Schrotflinte explodiert in dem Lärm auch wieder.

Brenne ich? Ist mein Gesicht zerschossen, habe ich ihn getroffen? Fällt Gorka zu Boden oder steht er auf, und Tim öffnet den Mund, will erneut brüllen EMME, EMME, EMME,

ma ma ma. Rebecka sitzt mit Maia auf dem Schoß auf einem Liegestuhl, und die Amerikanerin ein paar Liegestühle weiter überschüttet sie mit guten Ratschlägen, während Maia versucht, ein Eis zu essen und gleichzeitig zu reden.

»Man darf sie nie aus den Augen lassen«, erklärt die Amerikanerin, »man muss sie die ganze Zeit im Blick behalten, denn es kann immer etwas passieren. Just look at this place, iiiiit's beeeautiiiiful, but the pool? It has no fences. It's dangerous, and when they're teenagers it's a totally different ball game. But one thing is for sure, they never learn to completely take care of themselves!«

Good girl with the ice cream.

So adorable.

»Parenting«, fügt die Amerikanerin hinzu und leert ihr Glas mit Bloody Mary, »is for life.«

Rebecka fühlt Maias Herzschlag an ihrem eigenen Herzen, harte, rhythmische, schnelle Schläge, und sie weiß, dass jetzt gerade etwas geschieht, dass der bebende Himmel über ihr mehr von diesem Augenblick weiß als sie selbst.

ma ma.

Kommt Emme jetzt? Papa? Ist es das, was sie versucht zu sagen?

Dann ein heftiger Knall, drüben vom Parkplatz her. Klirrendes Glas, Hunderte von Flaschen, die zerbrechen, als ein Container zu Boden fällt.

»What a bang«, sagt die Amerikanerin, »someone will get into a lot of trouble over that.«

Rebecka nickt.

»Glass breaks so easily«, sagt sie und wischt Vanilleeis aus Maias Mundwinkeln.

Der Mann mit der schwarzen Haube steht ganz still, das Gewehr rutscht ihm aus der Hand, fällt auf den weißen Kies. Ein letztes Mal zuckt er, jeder Muskel in seinem Körper scheint sich noch einmal anzuspannen, und dann fällt er, geradewegs nach vorn, wird zu einer unförmigen Masse auf den Steinen.

Tim gelingt es, sich aufrecht zu halten, er zwingt sich, den Schmerz in der Seite zu ignorieren. Er blinzelt, schluckt, ringt nach

Atem. Das sind sicher nur oberflächliche Wunden, und er zieht das Hemd hoch. Das Blut lässt unmöglich erkennen, wie ernst es ist, aber wenn es wirklich schlimm wäre, könnte er ja wohl kaum hier aufrecht stehen.

Gorka scheint unverletzt zu sein, er hält die Pistole immer noch vor sich ausgestreckt, während er zu dem fremden Mann tritt, neben ihm in die Hocke geht. Tim folgt ihm, fällt mühsam neben Gorka auf die Knie, während der eine Hand unter die Sturmhaube des Mannes schiebt, dessen Pulsschlag sucht.

»Kein Puls.«

Nur warme Haut, denkt Tim.

Gorka zieht ihm die Haube ab. Ein Gesicht, geschlossene Augen, ein allzu normales Gesicht, das Tim schon auf Fotos gesehen hat.

Lucas Pancha.

Tim steht wieder auf.

»Such du weiter«, sagt Gorka. »Ich rufe jetzt Verstärkung. Wir brauchen hier mehr Leute.«

Tim geht auf die vier halb in der Erde versunkenen Gebäude zu, stolpert, spürt, wie das warme Blut ihm das Bein hinunterrinnt. Du musst jetzt einen klaren Kopf bewahren, Tim. Er umrundet das erste Haus. Eine Eisentür, ein Vorhängeschloss. Er zielt, stellt sich so, dass ihn kein Querschläger treffen kann. Drückt ab.

Das Schloss geht auf, und er öffnet die Tür. Eine kleine Schleuse, Wände, die mit glänzenden Stahlplatten verkleidet sind, noch eine Tür, auch die aus Metall, mit rostigen Kanten.

Emme, bist du dahinter?

EMME!

Er schreit ihren Namen. Das hält ihn aufrecht, trotz der Schmerzen und dem dringlichen Wunsch, sich hinzusetzen, in sich zusammenzusinken.

Hier versperren Riegel die Tür. Drei solide Riegel, und er zieht sie zur Seite, einen nach dem anderen. Emme, ich komme. Ich bin hier. Sag, dass du dich hinter dieser Tür befindest.

Er zieht die Tür auf. Öffnet sie gleichzeitig ungeduldig und langsam, in einer Bewegung, auf die er schon viel zu viele Jahre gewartet hat.

Eine Zelle, ein liebevoll eingerichteter Raum. Rosa Wände, ein gelbes Sofa, Kissen mit afrikanischen Mustern, ein Bett mit einer dicken Matratze und einer orangefarbenen Decke, ein Teller mit Essensresten, eine Duschkabine, ein Waschbecken und eine Toilette aus Porzellan, fest in der Wand verankert. Warm, aber nicht heiß wie in einem Backofen, das Sonnenlicht fällt durch das Dachfenster herein.

Auf dem Boden neben dem Bett streckt ihm ein Mädchen die Hand entgegen.

Nicht Emme.

Du nicht.

Sie spreizt die Finger, versucht zu reden, aber es kommt kein Wort aus ihrem Mund. Ihr Haar ist lang, aber gepflegt, und sie versucht aufzustehen, doch der Körper will ihr nicht gehorchen.

Er sucht in seiner Erinnerung, wer ist sie? Welches der verschwundenen Mädchen ist das?

Maria de Dolores.

Dann kann er sie nach den Fotos wiedererkennen, und er möchte bei ihr bleiben, ihr erklären, dass jetzt alles gut wird, sie ist gerettet und wird nach Hause gehen können, es ist jetzt vorbei.

Er geht zu ihr, lässt sich neben ihr niedersinken, flüstert,

»Alles wird jetzt gut.«

Aber er kann nicht bei ihr bleiben.

»Ist Emme hier?«, fragt er. »Weißt du, ob es noch mehr Mädchen hier gibt?«

Maria de Dolores gibt keine Antwort, sie flüstert etwas auf Spanisch, was er nicht verstehen kann.

Tim steht auf, und sie starrt ihn mit einem Blick an, in den gerade erst wieder Hoffnung zurückgekehrt ist, eine Hoffnung, der sie nicht traut, und dann beginnt sie zu schreien:

»Lass mich hier nicht allein zurück, *no me dejes aqui!*«

Ich muss es.

Du kannst jetzt einfach hier rausgehen, aber vielleicht kommst du gar nicht auf den Gedanken.

Er verlässt rückwärts die Zelle, spürt, wie die heiße, aber frische Luft den Raum füllt.

»Ich komme zurück. Du bist jetzt frei.«

Ihr Schreien, Worte, die nicht zu verstehen sind, die sich gegenseitig auffressen, bis es keine mehr gibt.

Das nächste Haus.

Es sieht identisch aus, und er schießt sich wieder die erste Tür frei, zieht die Riegel auf an der zweiten.

Veronica García liegt auf dem Bett, anscheinend todmüde. Sie ist nicht einmal in der Lage, sich aufzusetzen, sagt nichts, und er streicht ihr über die Wange, flüstert, du wirst jetzt nach Hause gebracht, hab keine Angst, dann geht er zum nächsten Haus.

Das vorletzte.

Dort musst du zu finden sein, Emme.

Er schießt, geht hinein.

PAPA, PAPA.

Ana Sanchez. Bekleidet mit einem blau geblümten Kleid, die Haare ordentlich. Frisch gekämmt, glänzend, und hier ist es kühler, eine Klimaanlage summt in dem Raum.

An der Decke läuft eine Hundeleine entlang, und sie steht auf, schnell, mit kräftigen Bewegungen, sie hat ein Lederband um den Hals, und sie geht auf ihn zu, läuft, wird aber hart zurückgeworfen, wie ein eifriger, aggressiver Hund auf einem Hofplatz fällt sie nach hinten, als sie den Halt verliert.

Sie bleibt auf dem Rücken liegen, flucht und kratzt mit den Fingern auf dem Betonboden. Die Sonnenstrahlen, die durch das Dachfenster hereinfallen, lassen ihr Gesicht grau erscheinen.

Mehrere Jahre. So lange muss sie schon in diesem Raum sein.

Gefangen.

Jetzt frei, wenn sie es überhaupt wieder werden kann.

Sie ist als Einzige angebunden. Wie angekettet. Die anderen scheinen es auf eine groteske Art und Weise gut gehabt zu haben.

Das muss ich zumindest glauben. Dass er ihnen wohlgesinnt war, sich um sie gekümmert hat. Sich nicht an ihnen vergriffen hat.

»Papa, geh nicht«, flüstert Ana Sanchez. »Geh nicht, Papi Rafi.«

Aber Tim geht, er lässt zwar die Tür offen, verlässt das Mädchen aber.

Sie kommen bald und holen dich hier raus.

Und wieder läuft das Blut, wie viel schaffe ich noch.

Das letzte Haus.

Der Körper auf dem weißen Kies. Gorka, der zu ihm gelaufen kommt.

»Die Mädchen sind hier«, sagt Tim.

»Ich komme gerade von dort.« Gorka zeigt auf eine Luke in der Erde, die zu einem weiteren Raum zu führen scheint. »Das da ist so eine Art Aufenthaltsraum. In den Boden eingelassen. Als hätten sie doch mal zusammen sein dürfen, wie in einem beschissenen Ferienlager. Ich glaube, von dort führen Gänge zu den Zellen. Hinter versteckten Türen.«

»Ich muss da hinten hin. Zu dem letzten Haus.«

»Ich kümmre mich um die Mädchen. Verstärkung ist unterwegs. Krankenwagen auch.«

Tim eilt weiter, spürt, wie ihm das Blut langsam am Bein hinunterläuft, wie es in der Wunde brennt, aber das kann ihn jetzt nicht aufhalten.

Noch ein Haus.

Sag mir, dass du dort bist, Emme, bitte, sag mir, dass

Ich bin hier, Papa, ich habe die Schüsse gehört. Das bist du, der zu mir kommt. Ich höre Schreie.

Der Himmel da oben ist das Meer, die verschiedenen Blautöne, das sind die Wellen, die der Wind in meinem Haar geschaffen hat, als du mich an einem Strand in Thailand im Arm gehalten hast, als du an die Tür geklopft hast und dir mit mir ein Twix teilen wolltest, die Himmelswogen, das ist der Schnee, der draußen vor dem Fenster auf das Seven-Eleven am Tegnérlunden fällt, das sind meine Hände im Stroboskoplicht, zur Decke hochgereckt im City Lights,

du bist jetzt hier.

Ich bin hier, Papa.

Ich bin es.

Noch ein Schuss.

Näher.

Die Riegel, beiseitegeschoben.

Bist du es? Du siehst mich an, ich bin es, Papa, ich bin es, das bin ich, die du hier siehst.

Zuerst erkenne ich dich nicht wieder. Was haben sie mit dir gemacht, was hat er gemacht?

Dann kann ich es sehen, es dauert nur den Bruchteil einer Sekunde, ein Bruchteil, der ein ganzes Leben bedeutet, aber dann erkenne ich dich wieder.

Emme.

Du bist es. Hier bist du.

Liebe.

Rebecka, Maia.

Wir.

Sie warten auf uns, ich will etwas sagen, und du sitzt auf einem Bett mit rosa Laken, in einem weißen T-Shirt und Jeansshorts, schaust mich an, als glaubtest du nicht, dass das hier tatsächlich geschieht, ich habe es versprochen, Emme, ich habe es versprochen, und ab jetzt wird alles gut, das wird es doch, oder?

Was haben sie mit deinem Gesicht gemacht?

Ich gehe auf dich zu, mache die Tausende von Schritten, fahre die Tausende von Meilen, atme die Millionen von Atemzügen, und dann setze ich mich neben dich, drücke dich fest, ganz fest an mich, und ich bin müde, kann kaum atmen, kannst du atmen, Emme, ich habe es versprochen, ich habe es versprochen, und du fragst:

»Papa, wo kommt all das Blut her?«

Du sagst, er hat auf mich geschossen, du sagst, komm, wir wollen fort von hier, und jetzt flüsterst du etwas, du flüsterst, ich bin okay, komm, wir wollen jetzt weg von hier, zu Mama, und gemeinsam schauen wir hoch zu den Himmelswogen, Papa, kommt er, kommt er?

Er ist tot, sagst du. Alles wird gut werden.

Ich bin frei.

»Wo bin ich?«

»In Andalusien.«

»In der Nähe von Málaga?«

Dein Kopf ist klar, du bist hier, Emme.

»KOMMT ER?«

Ich fange an zu zittern, Papa, aber du hältst mich fest im Arm.

Er wird niemals wieder kommen, flüsterst du mir ins Ohr, ich bin jetzt hier, er wird nie wieder hierherkommen, denn es gibt ihn nicht mehr.

Tim steht auf, hilft Emme hoch, und sich gegenseitig stützend gehen sie hinaus. Gorka sitzt mit den anderen drei Mädchen im Schatten einer Palme, die Mädchen halten einander im Arm, und Tim und Emme wandern weiter in die verbrannte Landschaft hinein, unter einem endlosen Himmel. Emme schließt die Augen, schlägt sie auf und schaut sich um, ihre offenen blauen Augen werden immer größer, als wollten sie alles Licht auffangen, das Gott auf die Erde geworfen hat.

Dann blinzelt sie, als sähe sie die Welt zum ersten Mal.

Er kann nicht glauben, dass sie es ist, die neben ihm im Wagen sitzt, auf dem Beifahrersitz zusammengekauert, klein und blass, und doch größer als früher.

Körperlich unverletzt. Am Leben.

Sag mir, Emme, bist du es wirklich?

Ich bin es, flüstert sie, ohne die Lippen zu bewegen.

Er möchte sie die ganze Zeit nur anschauen, aber er muss den Blick auf die Straße richten, versuchen, das Blut zu ignorieren, den Schmerz dort, wo die Schrotkörner in den Körper drangen. Es brennt, aber er geht davon aus, dass es nicht so schlimm ist.

»Wir fahren zu Mama«, sagt er. »Sie ist hier.«

Ihnen kommen Polizeifahrzeuge und Krankenwagen entgegen. Sirenen, Blaulicht.

Emme sagt nichts. Sie nestelt am Stoff ihres T-Shirts herum, scheint nicht mehr zur Sonne hochschauen zu wollen.

Er dreht den Rückspiegel, sodass er sie sehen kann. Keine Narben im Gesicht, nur der Kiefer scheint etwas schief zu sein, vielleicht eine kleine Narbe an der Oberlippe. Er kann nicht die ganze Zeit auf die Straße schauen, er muss sie ansehen.

»Du riechst genau so, wie ich es in Erinnerung habe«, sagt sie. Streckt die Hand aus, legt sie ihm auf den Arm, und er möchte ihre Hand ergreifen, kann das Lenkrad aber nicht loslassen. So spürt er stattdessen ihre Finger, weiche, unbenutzte Finger. Die Wärme ihres Körpers durchdringt seine Haut, wandert schnell in jede Zelle, und er fühlt, wie sie ihn zum Leben erweckt, wie sie alles heilen kann, von dem er glaubte, es wäre zerstört, für ewig verloren.

Er lächelt.

Lächelt den Horizont an und sie, die geliebte Tochter, denn er hat das Versprechen gehalten, das er ihr einmal gegeben hat.

Dann lacht er laut los. Und sie hebt den Kopf, sieht ihn an, blinzelt, zwinkert, bis ihr Blick ganz klar ist, und zuerst schauen ihre Augen ihn verwundert an, dann lächelt auch sie, prüfend, als wäre das gerade erst zugelassen worden, und dann lacht sie, sie lachen gemeinsam, wie sie es noch nie zuvor getan haben.

Anschließend Schweigen.

Ihre Atemzüge finden einen gemeinsamen Rhythmus.

Er hält am Fahrbahnrand. Unterhalb von ihnen liegt eine leicht abfallende Ebene, ockerfarben, verbrannt und steinig zieht sie sich hin bis zu einem gewellten Bergrücken, der das Meer verdeckt, nicht aber den brennend blauen Himmel.

Tim schaltet den Motor aus. Er wendet sich ihr zu, drückt sie fest an sich, und sie presst sich an ihn, und seine Liebe dringt in mich ein, seine und Mamas Liebe, und sie schaut vor sich auf die Straße, der Horizont ist ein Streifen in der Windschutzscheibe, und sie weiß, dass sie sich durch diesen Streifen hindurchkämpfen muss, sich durch einen Spalt zwängen, weg von all dem, was passiert ist, um wieder auf dieser Welt dabei sein zu können.

Blutig, er ist ganz blutig.

»Du musst ins Krankenhaus, Papa.«

»Das ist nicht so schlimm. Alles ist gut.«

»Dann fahr jetzt.«

Er tut, was sie ihm sagt.

»Zuerst zu Mama«, flüstert er.

Sie schließt die Augen.

U watch me dad.

me do da jump

Ich bin Emme.

Und du hast mich gefunden.

Sie gehen durch den Garten, die Gäste am Pool bekommen Angst, was sind das für Menschen, was ist mit ihnen passiert? Was haben diese Menschen durchgemacht, dass sie so aussehen?

Schmutz, Blut, Müdigkeit, Hoffnung.

Erleichterung.

Dann läuft Rebecka los, bleibt stehen, dreht sich um, hebt Maia vorsichtig aus dem Liegestuhl hoch, in dem sie unter einer Decke schlief, und sie läuft ihnen jetzt entgegen, Tim und dem Mädchen, sie erkennt, dass es Emme ist, durch all die Jahre hindurch und alles, was geschehen ist.

Du bist es, Emme.

Du.

Ihr.

Wir.

Sie streckt Maia Emme entgegen, hier, hier, das ist deine Schwester, und sie will Emme umarmen, lässt Tim Maia halten, und dann fällt sie Emme um den Hals, und sie stöhnt, spürt, wie ihr die Knie weich werden, aber sie kämpft dagegen an, bleibt aufrecht stehen, und Emme erwidert ihre Umarmung, ich bin es, Mama, ich bin es, und du bist es, und ist das meine Schwester, wie lange war ich fort, was ist passiert, wie heißt meine Schwester, und ihrer aller Haut wird zu einer einzigen, gemeinsames Blut durchströmt sie, und Tim umarmt sie jetzt beide mit Maia im Arm, die aufgewacht ist, aber keinen Laut von sich gibt. Jetzt sind sie zusammen, Nähe, Körper, unmöglich voneinander zu trennen.

Eine freier Liegestuhl. Sie sinken alle miteinander hinab, und Tim schließt die Augen, entfernt sich von ihnen, und ich spüre dich an meiner Haut, Emme, deinen Atem, deinen Duft. Deine Mama ist hier, dein Papa und deine kleine Schwester Maia, du sagst nichts, aber du schaust mich an, schaust Maia an, und ich umarme dich, und Tim, Tim, du musst ins Krankenhaus, was ist passiert? Ins Krankenhaus, Papa. Jetzt wird nichts mehr schiefgehen. Ich bin jetzt hier, bin zurück bei euch.

Wir sind zusammen.

Alles wird gut werden.

Und die Zeit vergeht, und die vier sitzen einfach nur zusammen, ganz dicht beieinander an einem Meer, irgendwo in einer freien, besseren Welt schauen sie auf die Wellen, hören sie auf einen Sandstrand rollen und blicken auf das, was der Rest ihres Lebens werden soll,

ENDE